무
쇠
탈 下

한 국 의 번 안 소 설 · 10

우보 민태원 번안 소설

무쇠탈 下

편 자 박진영
펴낸곳 현실문화연구
펴낸이 김수기

편 집 좌세훈 강진홍
디자인 권 경
마케팅 오주형
제 작 이명혜

첫 번째 찍은 날 2008년 5월 20일
등록번호 제22-1533호
등록일자 1999년 4월 23일
주소 서울시 서대문구 충정로 2가 190-11 반석빌딩 4층
전화 02)393-1125
팩스 02)393-1128
전자우편 hyunsilbook@paran.com
값 12,500원
ISBN 978-89-92214-51-3 04810
    978-89-92214-13-1(세트)

* 이 도서의 국립중앙도서관 출판시도서목록(CIP)은 e-CIP 홈페이지
(http://www.nl.go.kr/cip.php)에서 이용하실 수 있습니다. (CIP제어번호:
CIP2008001008)

한 국 의 번 안 소 설 · 10

근대의 한국과 한국인 그리고 한국어의 역사적 연원

무쇠탈 下

우 보 민 태 원 번 안 소 설

박진영 편

현실
문화

한국 문학사에 이름을 남기지 못한
삼대 전문 번안 작가에게 이 책을 바친다.

일재(一齋) 조중환(趙重桓)
하몽(何夢) 이상협(李相協)
우보(牛步) 민태원(閔泰瑗)

그들은 '순 한글의 한국어 문장'으로
지금 우리 시대의 근대 소설을 향한 첫발을 내디뎠다.

추천의 글

김영민(연세대학교 국어국문학과 교수)

　　문화는 전통적 기반 위에 외래적 영향이 더해지면서 변화하고 발전한다. 따라서 한 나라의 문화를 올바로 이해하기 위해서는 전통의 계승과 외래의 영향이라는 두 측면을 모두 살펴보아야 한다. 번안 소설의 출현은 외래문화의 영향을 대표적으로 보여 주는 현상이다.

　　과거의 근대 문학 및 문화 연구에 비해 오늘날의 연구가 상대적으로 더 큰 주목을 받는 이유는 그것이 폭넓은 자료에 근거를 둔 연구이기 때문이다. 폭넓은 자료에 근거를 둔 연구는, 선입견을 바탕으로 목소리만 높이는 연구와는 근본적으로 구별된다. 선입견을 바탕으로 한 연구는 특정한 작가, 특정한 작품에 대한 논의만을 반복한다. 십여 년 전, 한국 근대 문학 혹은 문화에 대한 연구는 이제 일단락되었다는 것이 이른바 이 분야 전문가들의 견해였다. 이미 중요한 작가와 작품에 대한 논의는 대개 이루어졌고, 그것들의 문학사적 가치에 대한 결론 역시 합의에 도달했다는 것이 이들의 판단이었다. 이러한 합의는 새로운 시각의 연구를 불가능하게 만들었고, 한동안 한국 문학 및 문화 연구의 길을 가로막고 있었다.
　　출구가 없어 보이던 근대 문학 연구의 새 길을 연 것은 새로운 세대의 연구자들이었다. 이들이 새 길을 여는 데 결정적인 역할을 한 것은 새로운 영역의 자료들이다. 새로운 자료들을 한국 근대 문학 연구에 끌어들여 공감대를 형성해 나간 것이야말로, 의미 있는 새 작업을 위한 출발 신호가 아닐 수 없었다.

한국 근대 문학사에서 번안 소설이 차지하는 위치에 대해서는 아직 본격적으로 정리된 바가 없다. 다른 분야의 연구에 비한다면 이 분야에 대한 한국 학계의 반응과 연구의 진전 속도는 참으로 이해하기 힘든 것이 아닐 수 없다. 번안 소설에 대한 연구는 번역 소설에 대한 연구와도 영역이 구별된다. 번안은 창작의 요소가 중요하게 작용하는 작업이기 때문이다.

번안 소설은 번역 소설과 창작 소설의 특성을 함께 지니면서, 출현 당시에는 창작 소설과 경쟁하던 문학 양식이었다. 한국 근대 문학사에서 번안 소설의 출현은 '신소설'과의 경쟁 관계 속에서 이루어졌다. 1910년대의 유일한 중앙지였던 〈매일신보〉는 소설을 통해 대중 독자를 확보하는 일에 큰 관심을 보였다. 〈매일신보〉는 신소설을 대중들의 문자인 순 한글로 연재하면서 1면 중앙에 배치했고, 이들 작품의 연재를 광고를 통해 알렸다. 한 신문에 두 편의 소설을 연재한 점 등은 당시 〈매일신보〉가 지닌 소설에 대한 관심의 크기를 짐작하게 한다. 1912년 7월, 조중환이 번안 소설 《쌍옥루》의 연재를 시작할 무렵까지 한국 근대 문학사에서 가장 대중적 인기를 누리던 작가는 이해조였다. 이해조는 〈매일신보〉에 연재한 〈화세계〉, 〈월하가인〉, 〈구의산〉, 〈봉선화〉 등의 작품을 통해 커다란 대중적 인기를 얻었다.

그러나 조중환의 등장과 번안 소설의 성행으로 인해 이해조의 시대는 막을 내리게 된다. 〈매일신보〉가 번안 소설 《쌍옥루》를 1면에 배치하고, 이해조의 작품에 붙어 다니던 '신소설'이라는 표기를 삭제한 것은 우연한 일이 아니다. 〈매일신보〉에서 '신소설'이라는 용어는 독자들의 관심을 끌기 위한 수사(修辭)로 사용되던 것이었다. 〈매일신보〉의 편집자가 이해조의 소설에서 이러한 수사를 삭제한 것은 곧 편집진의 관심이 신소설에서 번안 소설로 옮겨 가고 있음을 보여 준 것이다. 〈매일신보〉는 《쌍옥루》를 연재하면서 이것이 독자들의 일시적 소일거리를 위한 가벼운 소설이 아니라 실제 사회를 다룬 것이며, 따라서 일반 사회의 풍속을 개량할 만한 좋은 매개체가 될 것이라고 주장한다.

이른바 한국 최초의 신소설 작가로 불리던 이인직의 퇴진 역시 번안 소설의 성행과 관련이 있다. 〈혈의루〉와 〈귀의성〉 그리고 〈은세계〉 등 일련의 작품으로 주목 받던 작가 이인직은 한일 병합과 더불어 창작 활동을 일시 중단한다. 그가 다시 작품 활동을 시작하게 되는 것은 1912년 3월 〈매일신보〉에 단편 〈빈선랑의 일미인〉을 발표하고, 이어서 1913년 2월 장편 〈모란봉〉을 연재하면서부터다. 이인직이 〈모란봉〉을 통해 추구했던 것은 대중적 흥미였다. 〈모란봉〉이 남녀의 삼각관계를 바탕으로 한 염정 소설류의 구성을 취하고 있는 것은 이 때문이다. 그러나 〈모란봉〉은 외형만 삼각관계를 취하고 있을 뿐 실제 등장인물 사이의 갈등 구조를 드러내는 일에는 실패한다. 〈모란봉〉이 대중들에게 외면당하고 있을 때 등장한 것이 조중환의 또 다른 번안 소설 《장한몽》이었다. 《장한몽》은 삼각관계의 소설이 어떠한 구성법을 취해야 하며 등장인물들 사이의 갈등 구조가 무엇인가 하는 점을 전형적으로 보여 주게 된다. 결국 《장한몽》의 성공은 〈모란봉〉의 연재 중단이라는 결과를 가져오게 되고, 이는 곧 이인직의 퇴진으로 이어진다.

한국 근대 소설사에서 번안 소설이 지니는 의미는 다양하다. 그것은 아직 장형 소설에 익숙하지 않은 당시의 작가와 독자들에게 긴 호흡의 소설에 대한 새로운 인식을 심어 주었다. 이를 통해 새로운 문화 창조의 기운이 생겨나고, 창작의 기법에 대한 이해가 넓어진 것도 사실이다. 그런가 하면 번안 소설의 성행이 근대 문학의 통속화를 부추겼다는 주장도 무시할 수 없다. 그러나 번안소설에 대해 어떠한 입장을 취하건 이에 대한 객관적이고 종합적인 정리가 필요하다는 점에 대해서는 누구나 동의할 것으로 믿는다. '한국의 번안 소설' 간행을 매우 의미 있는 일로 생각하는 가장 큰 이유가 여기에 있다.

이른바 자료 작업의 어려움은 직접 해 보지 않은 사람은 알기 어렵다. 한국 근대 문학 관련 자료들은 여기저기 분산되어 있고, 열람의 절차도 까다로운 경우가 많다. 영인본의 상태도 그리 좋지 않아서 제대로 읽어 내는 일이 쉽지가 않다. 결국 대부분의 자료 작업은 영인본을 바탕으로 하면서 원본과의 보완 대조 작업을 거치게 마련인데, 이런 번거로운 절차는 상당한 시간과 노력을 필요로 한다. '한국의 번안 소설' 간행은 박진영 선생의 오랜 자료 작업의 성과물이다. '한국의 번안 소설' 간행을 통해 한국 근대 문학 및 문화에 대한 이해의 범위가 크게 확산될 수 있을 것이며, 근대 문학 연구의 영역 또한 확장될 수 있을 것이다. 박진영 선생의 이 작업에 감탄하며 아울러 반가운 마음을 표한다.

'한국의 번안 소설'을 펴내며

근대 문학 초창기의 번안 소설 가운데 수작을 가려 뽑아 '한국의 번안 소설'을 펴낸다. 지금 우리 시대의 장편 양식을 처음으로 맛보고 향유하기 시작한 것은 〈매일신보〉의 전문 번안 작가 일재 조중환, 하몽 이상협, 우보 민태원을 통해서였다. 그들은 '순 한글의 한국어 문장'으로 된 소설을 쓴다는 것과 읽는다는 것이 어떤 의미를 지니는지 투철하게 의식하고 있었다. 따라서 '한국의 번안 소설'은 일간지 연재 당시의 형질과 감각을 살리기 위해 각별히 힘을 쏟았다.

당대 최고의 인기 소설이었을 뿐만 아니라 그 뒤로도 오랫동안 대중의 정서를 대표해 온 번안 소설은 아직 객관적이고 공정하게 평가받지 못했으며 번안 작가의 이름 역시 말뜻 그대로 말끔히 지워져 있었다. 이를테면 《혈의 누》는 이인직의 《혈의 누》이고 《무정》은 이광수의 《무정》이되, 《장한몽》은 오자키 고요의 《장한몽》이거나 《곤지키야샤》의 《장한몽》인 식이다. 순수한 창작이 아니기 때문이라면 그나마 다행이라 하겠지만 식민지 점령 당국의 기관지에 연재되어 한국인의 감성을 오도하고 민족정신을 훼손시킨 싸구려 읽을거리라는 그릇된 선입관이 너무나도 강하게 자리 잡고 있었기 때문이다. 이런저런 이유로 주체로서도 주류로서도 인정받을 수 없었던 셈이다.

초창기의 전문 번안 작가들은 일본이나 서구의 소설을 번역하는 것이 아니라 번안함으로써만 자신들의 시대에 맞닥뜨린 문화적 동요

와 새로운 질서 수립의 역로를 드러낼 수 있다고 믿었다. 창조적인 상상력을 발판으로 근대의 한국과 한국인 그리고 한국어의 전망을 제시하는 것이야말로 그들에게 부여된 역사적 소명이었다. 실제로 그들이 펼쳐 보인 상상력의 지평은 결코 빈약하거나 초라하지 않았으며 그 나름의 고유한 가치와 시선을 무기로 삼고 있었다. 그래서 십여 년에 걸쳐 이어진 번안 소설의 시대는 명실상부한 번안의 시대이자 소설의 시대였다.

번안 소설을 다시 읽는다는 것은 근대 한국, 한국인, 한국어의 길지도 깊지도 않은 역사적 연원을 생생하게 드러내 줄 것이다. 그것은 통쾌할 수도 씁쓸할 수도 있으며 가지런하고 갈피가 설 수도 혹은 모순투성이일 수도 있다. 어느 쪽이냐는 그리 중요하지 않다. 다만 지금 이곳에서 펼쳐지는 우리의 삶과 언어를 되짚어볼 수 있다면 그보다 더 가치 있는 일은 없을 것이다. 엄격한 교열과 방대한 낱말 풀이를 덧붙인 비평적 정본이어야 하는 것은 그래서다. 이 원칙이 같으면서도 다른 두 시대의 독자들이 가장 행복하게 만날 수 있는 지름길이라는 점을 강조해 두고 싶다.

매일 아침 설레는 마음으로 신문을 펼쳐 들고 주인공이 밟는 길을 따라 나란히 걸으며 울고 웃는 독자들의 모습을 그려 본다. 바로 그런 장면을 떠올리면서 '한국의 번안 소설'을 펴낸다. 마지막으로 삼대 전문 번안 작가 일재, 하몽, 우보의 이름을 거듭 새겨 둔다. 잊혀 버린 그들의 자취를 비롯하여 숱한 한국 문학 번역가들의 고투와 공적이 지금 우리 시대의 말과 글에 스며 있다는 역사적 사실이 기억되기를 바란다.

이 책을 펴내는 데에는 겉에 드러나지 않는 많은 분들의 값진 품이 숨어 있다. 자료의 조사와 수집부터 사진 촬영에 이르기까지 갖은 도움을 아끼지 않은 여러 대학 도서관의 담당자 분들께 가장 먼저 감사의 뜻을 전한다. 특히 연세대학교 중앙 도서관 국학 자료실의 협조가 아니었다면 정교한 판본 비교와 삽화 수록이 대단히 어려웠을 것이다. 또한 편자가 오랫동안 공을 들일 수 있는 여력과 기회를 마련해 준 각종의 사회적 지원은 물론 '한국의 번안 소설'이 지닌 문화적 · 학술적 가치가 비로소 빛을 발할 수 있도록 힘을 한데 묶어 낸 현실문화연구에도 거듭 사의를 표한다.

2008년 5월
편자 박진영

추천의 글 | 김영민(연세대학교 국어국문학과 교수) / 7
기획의 말 | '한국의 번안 소설'을 펴내며 / 11
일러두기 / 20

86. 본색이 드러났다 / 21
87. 증거는 무쇠탈 / 25
88. 괴물과 한방에 / 28
89. 놀랄 것 없네 / 31
90. 월희는 어디 있나 / 34
91. 나한욱의 심문 / 38
92. 파리 같은 그의 목숨 / 41
93. 날이 새기 전에 / 45
94. 에그! 귀신이!! / 48
95. 한 걸음 전에 / 51
96. 부륜 백작 (1) / 56
97. 부륜 백작 (2) / 59
98. 나매신의 체포 / 63

99. 독약 심문정 (1) /66

100. 독약 심문정 (2) /69

101. 독약 심문정 (3) /73

102. 독약 심문정 (4) /76

103. 독약 심문정 (5) /80

104. 이천오백 원의 창문 (1) /83

105. 이천오백 원의 창문 (2) /87

106. 이천오백 원의 창문 (3) /91

107. 비녀울의 병참소 /95

108. 꿈은 아니다! /99

109. 붉은 피를 잉크 삼아 /103

110. 기막힌 별은전 /106

111. '그만두어라' /110

112. 내일 아침까지 /113

113. 마주 잡아맨 수건을 /118

114. 그것이 참 된 수로군 /121

115. 일은 발각되었소 /126

116. 방월희 씨, 나매신 씨 / 129

117. 실상은 내 원수를 / 133

118. 기구한 소경력 (1) / 137

119. 기구한 소경력 (2) / 141

120. 기구한 소경력 (3) / 145

121. 위선 전옥을 방문 / 148

122. 잘 말하여 두리다 / 152

123. 동기라는 다른 것 / 156

124. 죄수들 좀 봅시다 / 160

125. 대개 맘대로 합니다 / 164

126. 몸도 가볍게 / 168

127. 아아, 부인께서는 / 172

128. 더할 봉변은 없겠소 / 175

129. 생각나는 과거사 / 179

130. 밤중에 놀라 깨어 / 182

131. 산간에 울리는 총성 / 186

132. 얼굴 좀 들어라 / 189

133. 춘풍아! 춘풍아! /192

134. 또다시 만날 때까지 /196

135. 성 전옥의 전임 /200

136. 다시 파리에 /203

137. 막다른 곬 /207

138. 뼈저리는 마디마디 /211

139. 이튿날의 등화원 /215

140. 어려워 말고 말하라 /218

141. 미친 사람이로고 /222

142. 살았어도 시체 /225

143. 산수골의 별장 /229

144. 여기는 내 별장이다 /232

145. 큰일 날 뻔하였다 /235

146. 몸조심을 하여 주게 /239

147. 의외의 난관 (1) /244

148. 의외의 난관 (2) /248

149. 도적이야, 도적이야 /251

150. 도적은 파수 병정 /255

151. 설마 이번에야 /259

152. 지루하던 삼 주일 /262

153. 두서너 시간 뒤에는 /266

154. 에! 이것이? /269

155. 불행한 아이들아! /273

156. 죽어서까지도 /277

157. 축골동 속에서 /281

158. 고쳐 죽으러 가는 길 /284

159. 어느 틈에 바뀌었다 /288

160. 고수계의 의심 /291

161. 하늘가의 검은 점 /296

162. 나와서는 어디로 /300

163. 파르마를 향하여 /303

164. 내가 보았소! /306

165. 경사로운 말로 /310

낱말 풀이 /315

《무쇠탈》 연재 예고 /357

《무쇠탈》 단행본 서문 민태원 /359

《무쇠탈》 단행본 광고 /361

《철가면(鐵假面)》 서문 구로이와 루이코(黑巖淚香) /367

《철가면(鐵假面)》 해제 포르튀네 뒤 보아고베(Fortuné du Boisgobey) /369

《철가면(鐵假面)》 발문 구로이와 루이코(黑巖淚香) /377

《철가면의 비밀》 머리말 정비석(鄭飛石) /379

해설 | 역사 속에 묻힌 비밀과 모험의 이국적 상상력 박진영 /381

일러두기

- 《무쇠탈》은 1922년 1월 1일부터 6월 20일까지 총 165회에 걸쳐 〈동아일보〉 4면에 연재되었다. 단행본으로는 1923년 동아일보사 출판부에서 처음 간행하였으며, 해방 후 덕흥 서림에서 재간행하여 판을 거듭하기도 했다.

- 이 책은 교열(校閱)과 이본 조합(異本照合)을 거친 '결정판'이자 '비평적 정본'으로서 〈동아일보〉에 연재된 최초의 판본을 저본으로 삼았다.

- 표기법과 띄어쓰기는 지금의 한글 맞춤법 및 표준어 규정에 맞게 바로잡았다.

- 옛말, 의성어와 의태어, 센말과 여린말 등은 될 수 있는 대로 살려서 원문의 어투와 어감을 잘 드러낼 수 있도록 하였다.

- 외래어는 지금의 외래어 표기법 규정에 맞게 고쳤다.

- 분명한 오류와 오식은 바로잡았으며, 그렇지 않은 경우에는 몇 종의 우리말 사전들을 참고하여 정확한 본딧말을 확인하고 이를 '낱말 풀이'에서 밝혔다.

- 말뜻의 풀이는 그 낱말의 어근만을 풀이하였다.

- 구두점과 문장 부호, 행갈이 등은 신문 연재본과 단행본을 두루 참고하여 결정하였으며, 특별한 경우가 아니라면 신문에 연재된 상태를 그대로 따랐다. 다만 큰따옴표와 작은따옴표로 처리된 대화, 속생각 등은 모두 독립된 문단으로 처리하였다.

- 한자 표기는 원문에 괄호 처리되어 있는 것을 그대로 따랐으며, 명백하게 잘못 표기된 경우에만 바로잡았다. 그 밖의 경우에는 모두 '낱말 풀이'에서 밝혀 주었다.

- 이 책의 삽화는 〈동아일보〉 원본에서 추려 따온 것이다. 〈동아일보〉 연재소설에 삽화가 함께 수록된 것은 《무쇠탈》이 처음이다. 다만 보존 상태가 좋지 않은 몇 장은 싣지 못했음을 밝혀 둔다.

86. 본색이 드러났다

방월희의 얼굴이 별안간 변하여짐을 본 노붕화는 나한욱을 책망하고자 하다가 위선 이편을 돌아보며

"놀라실 것 없소. 이 사람은 내 친구요"

하고 그 등을 쓰다듬기 시작하는데 나한욱은 월희가 행여나 하고 믿던 보람 없이 벌써 알아보았던지 입 안으로

"아아, 분명 그렇지"

하며 인정 없이 달려들어 단도 자루에 대고 있는 월희의 가는 팔을 비틀어 돌렸다.

월희보다도 노붕화는 불같이 성이 나서

"이놈, 나한욱아, 내 말 없이 이 방에 들어온 것부터도 안 된 버릇인 데다 대체 이게 웬일이냐. 네가 미쳤니. 상성을 하였니. 너는 지금 당장에 면직을 시키는 것이니 그리 알아라"

하면서 다시 소라 같은 주먹을 들어 사정없이 후두들긴다. 나한욱은 그 매를 맞아 가면서도 소리를 높이어

"대감이야말로 상성을 하셨소. 이 여자가 누구로 아십니까. 방월희여요. 안택승의 아내 방월희란 말은 여러 번 들으셨지요. 이 여자가 그 방월희여요. 어떻게 살아났는지는 모르거니와 살아나 가지고 지금 대감을 속이러 온 것이여요. 이는 천만뜻밖의 일이지마는 벌써 증거가

역력합니다"

하고 주먹을 맞아 가며 이야기하니 노붕화는 꿈속의 꿈을 꾸는 듯하나 이러한 때에도 원래 비밀한 일에 익은 몸이라 곧 일어서서 방문을 안으로 잠그고 돌아서면서

"무엇이야, 이 부인이 안택승의 아내 방월희라고. 그럴 까닭이 있나. 훌륭한 유씨 부인인데. 위선 이 부인의 말을 들어 보면 알지. 여보시오, 부인"

하며 나한욱의 손을 물리치다가 다시 눈여겨보더니

"아, 아, 이것 보게. 네가 너무 무지한 짓을 하기 때문에 이것 보아라, 기절을 하였다"

과연 그 말과 같이 월희는 너무도 놀라서 어느덧 기절이 되었다. 노붕화는 노기가 등등한 중에도 곧 눈물을 흘리다시피 하면서

"여보시오, 유 부인"

하고 월희의 뺨에다 첨으로 키스를 하고자 하니 나한욱은 그를

가로막으면서

"무얼이요, 여자의 기절은 흔히 있는 일이지요. 인제 저절로 피어 날 터이니 그대로 두시고 그동안에 자세히 말씀을 들으십시오"

"말씀은 무슨 말씀이야. 너 따위 놈에게 들을 말은 없다. 자아, 나 가거라! 나가! 다시는 참견 말고. 무슨 손톱만 한 공이나 좀 세워 보겠 다고 당치 않은 일에까지 의심을 하여 가지고. 에끼, 미친놈. 방월희가 도깨비골에서 죽은 것은 벌써 확실한 사실이 아니냐"

나한욱은 아주 열심으로

"시체가 떠오르지 않았으니까 확실하다고는 할 수 없어요. 그러 기에 지금까지도 늘 일행 중에 살아 있는 사람이 있다고 하지 않았습 니까"

"그럴는지 모른다 할지라도 이 부인은 그렇지 않아. 첫째, 방월희 라 하는 것이 이처럼 도저한 미인이란 말을 못 들었는데"

"참 딱한 말씀도 다 하십니다. 내가 이 얼굴을 보아 아는데 어떻 게 하나요. 그뿐 아니라 저거번에 검정 수건을 쓴 자가 대감 마차를 가 로막고 나라의 큰 비밀을 아노라고 한 일이 없습니까. 그것도 도깨비 골에서 살아난 사람 중의 하나입니다. 대감께서 들어 주시지 않기 때 문에 그자가 내게로 와서 그자의 말을 듣고 방월희가 여기 와 있는 것 도 알았습니다. 그 말을 들은 뒤에 자세히 조사하여 본즉 과연 틀림이 없습니다"

하며 여러 가지로 말을 하나 미인에게 반한 노봉화의 귀에는 들 어오지 않는다.

"너는 돈에 팔려서 엉터리없이 늘어놓는 거지 놈의 말을 다 믿고 멀끔한 부인을 다 의심하면서 그래도 탐정을 잘하노라고 주적대니"

나한욱은 어찌할 도리가 없다고까지 생각을 하였으나 그는 별안간 한 가지 도리를 생각한 것처럼

"위선 그 증거로는 대감 입으로 무쇠탈의 이름과 있는 곳을 알아내려고 하였겠지요"

한다. 이 말은 과연 노붕화의 가슴에 못을 박았다.

그는 기가 막히는 것처럼 입을 딱 벌리고 있더니 이윽고

"오오, 그것은 물은 일은 있다"

나한욱은 비로소 기운이 나서

"그것 보시지요. 방월희가 아니면 누가 그것을 묻겠습니까. 그의 목적은 그 말 한마디에 있는 것입니다"

노붕화는 마치 선불 맞은 범과 같다. 등 뒤에 있는 의자에 가 우그리고 앉아서 숨소리만 식식하더니 이윽고 결심을 한 것같이 벌떡 일어나며

"상관없다, 상관없어. 설령 방월희라고 한대도 상관없어. 다만 한 몸이 우연히 살아나 가지고 의지할 곳이 없으므로 혹 우리 남편이 살아 있지나 아니한가 하여 여러 가지로 알아보려다가 필경 그 죄인이 무쇠탈을 쓴 것까지 알고 무쇠탈이 자기 남편인가 하여서 이렇게까지 하는 것이지. 탄복할 열녀가 아니냐. 그 정리를 생각하면 가긍한 일이지"

남의 사정을 살펴 준 일 없는 몰인정한 노붕화의 입에서도 이러한 말이 나올 때가 있다. 그러나 본색이 탄로된 방월희는 장차 어찌 될까.

87. 증거는 무쇠탈

　노붕화는 다시 단연한 태도로

　"여자의 홑몸으로 무엇을 하겠니. 방월희 같고 보면 더구나 오래
두고 맘을 위로하여서 내 은혜로 감동시켜 세상에 꺼릴 것 없는 몸이
되도록 구하여 주어야지"

　나한욱은 이 열심에 놀라서

　"정말 답지 아니한 말씀도 듣겠습니다. 이 여자 한 사람만 같고
보면 과연 겁날 것도 없겠지요. 그야말로 대감 맘대로 하실 일이지요
마는 살아 있는 것은 이 여자뿐이 아니고 파란 사람 고수계라고 하는
자가 같이 있어서 오늘도 이 아래까지 따라온 것을 아까 잡아다 가두
었습니다"

　"무엇이야"

"아니, 거짓말이 아닙니다. 그러한 형편이고 본즉 어떻게 여자의 홑몸이라고 업신여길 수가 있습니까. 그런 여자를 내버려 두고 보면 대감 목숨이 없어져요. 이 여자의 결심으로는 대감 손에 건져 나서 사느니보다는 대감을 죽이고 죽어 버리는 것이 소원이겠지요. 그렇지 않고 보면 무슨 까닭으로 가슴에다 이런 비수를 품고 다닙니까. 내가 오던 때에도 벌써 칼자루에 손을 대었어요. 그러기에 내가 그 팔을 비튼 것이지요"

하면서 방월희의 품속으로부터 얼음 같은 칼날을 꺼내어 노붕화의 눈앞에 집어 던지니 저렇듯이 미쳤던 노붕화도 꿈을 깨인 것같이 되었다.

그는 너무도 어이가 없어 그 칼을 손에 집어 들고 월희의 얼굴과 그 칼날을 연해 보노라니 나한욱은 더욱더욱 계제를 타서 그 독한 입을 놀린다.

"이 여자에게는 지금 말씀한 고수계 이외에도 정말 무서운 뒷배가 있습니다"

노붕화는 혼잣말과 같이

"뒷배라는 것은 그 오 부인이겠지"

"부인도 한 사람이지요마는 부인보다도 더욱 무서운 것은 부인의 시녀 나매신이여요. 요전에 면직시킨 궁중 어자 안동익의 처인데 비록 여자일망정 남자보다 무서운 위인입니다. 그따위 물건들이 이 여자와 동심합력을 하여서 열심으로 비밀 운동을 하는 터이니까 내버려 두면 어떠한 일이 날는지도 모르지요. 그자들의 힘이란 것은 정말 놀라운 형편일 뿐 아니라 더욱이 나매신은 독약 선생 오기칠의 수제자이니까 이 세상에 오래는 살려 둘 수 없는 독종입니다. 지금까지에도 잡아 후무릴 생각은 여러 번 있었으나 계제가 없어서 오늘날까지 밀려 왔습니다. 이번에야말로 이 방월희서껀 여러 가지 증거가 있으니까 그 자들을 한 그물에 옭아 들이지요. 벌써 요전에 안시제가 대감옥을 빠져나간 것도 이 방월희를 위시하여 오 부인과 나매신이 한 일입니다. 어쩌면 그 안시제까지도 지금은 이자들과 한동아리가 되어서 나매신 의 집에 숨어 있을는지도 모르지요"

하고 흥감을 부린다.

노붕화의 얼굴은 한 마디 한 마디에 점점 참된 빛이 더쳐서 이제 는 그 미간에 주름살을 지으며

"흥, 그런 것이 다 증거인가. 역시 그것도 검정 수건 쓴 거지의 입 에서 난 말이겠지"

"예, 거지의 말도 얼마간 섞이기는 하였습니다마는 대개는 그것 을 거리 삼아 가지고 내가 조사한 것입니다"

"증거는, 증거는"

"증거는 제일 알기 쉬운 것이 안시제의 썼던 무쇠탈을 이 유 부인 이라고 자칭하는 방월희의 집에서 찾아낸 일입니다. 나는 아까 이 여 자가 대감에게 불려서 고수계와 같이 집을 나서자 곧 그 뒤에 들어가 서 집 안을 뒤었더니 벽장 속에 제일 호의 무쇠탈이 나왔어요. 그것은 안시제의 썼던 것이 분명합니다. 그래도 의심을 하십니까"

여기까지 말을 들으면 물론 다시 의심할 것이 없을지나 노붕화는 오히려 사랑의 꿈이 깨진 것을 분히 여기는 모양인지 아주 불쾌한 말 로

"너는 누구의 명령으로 그 집을 수색하였니"

나한욱은 어이없는 모양으로 노붕화의 얼굴을 바라보면서

"물론 대감 명령이지요. 결사대에 관한 정탐 사건 전부를 맡긴다고 하시던 명령은 아직 효력 있을 것입니다. 오늘부터 취소를 시키신다면 그는 모르거니와 지금까지 내가 한 일은 다 대감 명령을 디디어 한 일입니다. 누구의 명령이냐고 새삼스러이 물으실 일인가요"

노붕화가 자기 정신을 차리는 것 같을수록 이 나한욱의 말은 점점 굳세어진다.

88. 괴물과 한방에

노붕화가 어렴풋한 사랑의 꿈속으로부터 한 걸음씩 물러 나옴을 따라 점점 굳세어지는 나한욱은 다시 말을 이어서

"대감은 결사대를 정탐하던 중대한 목적을 잊어버리셨습니까. 비밀의 상자를 찾아내어 그 동류들의 성명 성책과 광덕, 충린 두 공작이 안택승과 주고받던 편지를 압수하여 가지고 두 공작의 죄상을 밝혀 내지 아니하면 불란서의 조정은 위태하다고 말씀하지 아니하였습니까. 두 공작을 몰아내지 못하면 도리어 대감이 쫓겨날는지도 모른다하여 그 까닭으로 나더러 정탐을 하라신 것이 아닙니까. 그처럼 조사를 하여도 상자의 간 곳은 알 수가 없어 지금 다 같이 애쓰지 않습니까. 그 비밀의 상자를 맡은 사람이 누구여요. 이 방월희가 아닙니까. 지금이라도 이 여자를 닦달하면 대번 상자의 있는 곳을 알 것입니다. 대감의 목적을 이룰 것입니다. 이 여자에게 무쇠탈을 씌워 놓고 차차 좁히면 여자의 몸이것다, 앞뒤 관계를 다 아는 터이것다, 상자의 있는 곳은

고사하고 안택승과 두 공작 사이의 비밀한 관계까지라도 다 알게 될 것입니다. 내 생각에는 이 여자가 도깨비골에서 살아난 뒤로 위선 브뤼셀을 가서 그 상자를 꺼내어 다른 데다 옮겨 놓고 왔을 줄 압니다. 벌써 그 상자를 감춘 듯한 브뤼셀 어떤 예배당 근처에서 이 여자를 보았다는 보고까지도 내게 와 있습니다. 그러고 본즉 지금 그 상자는 이 여자와 같이 이 파리에 들어와 있을 것이요 그것을 아는 것은 이 여자밖에 없습니다. 평일에 그처럼 단단하신 대감이 이 여자의 인물에 반하여서 내 말을 못 알아들으신다는 것은 참 아니 할 말로 환장이 되셨습니다. 기막힌 일입니다. 대감은 인제 비밀한 상자도 일이 없습니까. 이 자를 문초 받을 필요가 없습니까. 그러실 것 같으면 위선 무쇠탈부터도 놓아주시지요. 이 사건은 오늘부터 집어내 버리지요. 그러고 대감께서는 광덕, 충린 두 공작 앞에서 벌벌 떨고 계시지요"

하며 여지없이 힐난을 한다.

만일 방월희로 하여금 이러한 말을 들었으면 요하네 교당 뒤에 파묻은 그 상자가 아직 검정 수건의 수중에도 들어가지 않고 어디 가 무사히 있음을 알고 그러면 그때 파 간 줄로 알았더니 실상은 파 간 것이 아니었던가 의심을 하였을 것이나 아직도 방월희는 인사정신을 모르고 누워 있다. 노봉화는 이러한 말을 듣는 중에도 가슴속에서는 몇 차례나 사랑과 노염이 서로 싸우는 모양이더니 필경은 노여운 생각이 앞을 서서 평일과 같이 인정 없는 얼굴이 다시 되며

"알았어. 이 여자는 자네가 좋도록 처치하여 주게. 나도 잘 생각하여 봄세"

하더니 아까 잠근 문을 열어젖히고 나가 버렸다.

뒤에 남은 나한욱이는 시체나 다름없는 방월희를 안아서 자기 마

차에 실어 가지고 어디로 가 버렸는데 이 뒤 몇 시간 만에 정신을 차린 방월희는 감옥인 듯한 컴컴한 방 안에 자기 몸이 들어 있는 것을 보았으며 또 옆을 돌라본즉 방 안에는 역시 자기와 같이 갇혀 있는 사람이 있는데 고수계인가 하고 본즉 고수계는 아니고 저 무서운 검정 수건의 괴물이었다.

검정 수건의 괴물과 같은 방에 갇혀서 비로소 정신을 차린 월희는 어떻게 하려는가. 충복 고수계까지도 나한욱의 손에 잡히고 보았은즉 이제는 월희를 살려 낼 사람이 없고 무쇠탈 역시 소식을 알 길 없다. 저 나한욱의 간특한 수단은 겨우 목숨을 보전하던 결사대의 남은 식구를 인제 모조리 얽어 들인 셈이다.

그러나 아직도 다행히 지혜 많은 나매신이 있고 그를 돕는 검객 안시제가 있고 나매신의 남편 안동익이 있고 사납기가 젖먹이 암범 같은 오 부인이 있다. 이러한 사람들은 지금 어찌하고 있는가. 방월희의 고생을 알지 못하는가.

89. 놀랄 것 없네

밤은 벌써 열 시가 지나 으슥한 골목에 인적은 끊기고 궂은비는 부슬부슬 내리며 쓸쓸한 바람은 검은 구름 밑에 소리를 거두어 침침하고 고요하기 죽음의 굴속 같다. 이 골목 한편에 높은 담을 돌라쌓은 저택은 누구의 집인지 안뜰에 무성한 나뭇가지는 우산과 같이 길가에 늘어져 뷔걷는 사람의 머리를 어루만진다. 초저녁부터 이에 숨어 있는 두 사람이 있는데 밤이 어두워 모양은 보이지 아니하나 수군수군하는 말은 들린다.

"여보게, 이 나뭇가지를 붙들고 담을 넘어 들어가 보았으면 여기서 이렇게 기다리고 있느니보다 덜 갑갑하지"

"그는 그렇지마는 두 사람 다 몸집이 무거워 놓으니 할 수가 있나. 이 가지를 붙들면 올라가기 전에 부러져 버릴걸"

"그렇지마는 어떻게든지 해 보아야지. 이 모양으로 있다가는 내일 아침까지 공연히 죽은 말 지키듯이 헛파수만 보지 않겠나"

"아니, 그럴 리 없지. 내가 확실히 알아보았는데. 방월희와 고수계가 이 안에 갇혀 있단 말을"

"그는 그렇다 할지라도 두 사람이 오늘 대감옥으로 가게 되는지 안 가는지는 알 수 없지"

"아니, 그것은 오 부인이 알아낸 것이니까 틀림없을 것일세"

"그렇지만 여태까지 마차를 준비하는 기척도 없으니 웬일이야"

"이 넓은 집 안에서 마차 준비를 한나기로 밖에까지 들리나. 그뿐 아니라 저편에서도 비밀 중의 비밀이니까 밤이 깊기 전에는 내보내지 않네"

"그는 그렇지. 그러나 그편이 결국은 다행이야. 비밀을 지키기 위하여서 필경 보호도 안 세울 것이고. 하기는 우리 둘이서 달려들면 그따위 놈들 다섯이나 여섯쯤은 하잘것없지마는 그래도 소리를 지르면 귀찮으니까"

"아무렴, 소리를 지르면 경관들이 사방에서 모여드네. 나한욱이 일이니까 아무리 비밀이라도 그만한 준비는 있으려든"

"그렇지만 고놈을 붙들기만 하면 참 내 속이 시원하겠다. 니는 고놈이 미워서 꼭 죽겠어"

"누구는 우리 동지들 중에서 그놈을 좋다는 사람이 어디 있을꼬. 그렇지만 너무나 좋아라고 그놈을 죽여 버려서는 안 되네"

"응, 그는 염려 말게. 나는 그놈 하나만 훔켜 들고 달아나면 될 것이니까. 그까짓 것 하나쯤이야 끽소리 못 하도록 손아귀에 집어넣고 가지"

"나 역시 그렇지. 오늘 밤 일은 정말 식은 죽 먹길세. 마차 안에 있는 월희와 고수계를 뺏어 가지고 달아 오기만 하면 될 것 아닌가. 또 두 사람 역시도 마차 문만 열리면 벌써 눈치를 채고 따라나설 것이니까"

"설마 그렇게 손쉽기야 하겠나. 필경 결박을 하였겠지"

"글쎄, 잘못하다가는 무쇠탈까지도 씌웠을는지 모르지"

"그는 알 수 없지"

이야기하는 중에 을(두 번째 사람—편자 주)은 별안간에 귀를 기울이며

"어찌 마차 소리가 나는 것 같다"

"옳아, 옳아, 분명히 나한욱이가 월희와 고수계를 태워 가지고 나오는 것일세. 자아, 안동익 군, 자네는 저편으로 가게"

하면서 두 사람은 양편으로 갈려 갔다. 이 두 사람은 독자의 이미 살핀 바와 같이 검객 안시제와 나매신의 남편 안동익의 두 사람이며 오 부인과 나매신의 지휘를 받아 지금 나한욱의 집을 지키고 있는 중이다.

두 사람이 문 앞에서 갈라진 뒤로 얼마 아니 되어서 안으로부터 굴러 나오는 마차는 길을 비추는 앞 등만 있고 탄 사람을 비추는 등불이 없는 고로 과연 나한욱인지 또 월희와 고수계를 실었는지 그는 알 수가 없으나 별로 뒤따르는 사람이 없으매 안시제는 서슴지 않고 길가에 썩 나서며 마차 뒤채를 꽉 붙드니 한 쌍의 세찬 말도 끌지를 못하고 우적우적 소리가 나며 그 자리에 딱 붙어 섰다. 마차 위에 앉은 사람은 잡혀 선 줄도 알지 못하고 애매한 말 등만 채찍으로 갈기니 말은 부질없이 네 발을 허비적거릴 뿐이라 너무도 이상하다고 생각을 하였던지 어자대 앞으로 고개를 내밀어 비로소 어떤 사람이 자기 마차를 붙들어 세운 줄 알고

"누구냐"

하고 호령하는 음성은 분명히 나한욱일다. 안시제는 옳지 되었다고 못내 기뻐하면서 마차 안에 있는 월희와 고수계도 들으라는 듯이 높은 소리를 내어

"나한욱 군, 놀라지 말게. 오랫동안 자네한테 신세를 지던 안시제일세"

나한욱은 깜짝 놀라서

"에끼, 못된 놈"

하고 부지중에 소리를 질렀으나 안시제는 아주 속 편한 말소리로

"오늘 밤에는 이 마차 속에 있는 두 사람을 대감옥에 넣기 전에 찾아갈 양으로, 그래서 초저녁부터 와서 기다렸더니"

하면서 어자대에 뛰어 올라가 힘들지 않게 덜미를 집어 끌어 내렸다. 그러나 나한욱 역시 맹랑치 아니한 위인이라 미처 입을 가리기 전에 위선 호각을 꺼내어 날카롭게 울렸다.

90. 월희는 어디 있나

나한욱은 호각을 울려서 순사를 부르고자 하였으나 안시제는 상관하지 않고 위선 입을 틀어막은 뒤에 동그마니 꿰차 들고 어두운 골목에 숨어 버리니 그 뒤를 따라 나온 안동익은 창구멍으로 마차 안을 들여다보면서

"고수계 군인가"

하고 급히 물었다.

"그래, 날세"

하고 대답하는 음성은 다시 의심할 것 없으매 곧 구하여 내고자 하였으나 이때에 벌써 호각 소리를 듣고 사방에서 모여드는 순사의 칼 소리가 절그럭절그럭하는지라. 그는 별안간 수단을 생각하여 비조같이 어자대 위에 올라앉으며 채찍을 들어 말 등에 얹으니 말들은 주인이 갈린 줄도 알지 못하는지 순사들 사이를 이리저리 새겨서 쏜살같이 달려 나간다. 뒤에는 다만 순사들만 남아 있어

"에, 지금 가던 것이 나 장관이겠지. 그런데 왜 호각은 불었나. 말이 말을 안 듣던가. 손수 고삐를 잡은 일이 별로 없으니까 혹 그러하기도 쉽지. 그렇지만 인제 가 버렸으니 할 수 있나"

서로 얼굴을 쳐다보며 의논하는 소리가 들릴 뿐이다.

안동익은 마차에 올라앉아 흔적 없이 순사들 사이를 빠져나와 가지고 어디까지든지 나한욱인 체하기 위하여 마차를 대감옥 편으로 달려갔으나 얼마 가다가 뒤따르는 사람이 없음을 보고 사람 없는 골목에 마차를 멈추고 어자대의 등불을 떼어 들고 마차 안을 비추어 보니 고수계는 아직 무쇠탈은 쓰지 않고 수갑, 차꼬만 채워 있는지라. 안동익의 얼굴을 보고

"참 고마워. 오늘 밤에는 참 애들 썼네"

하고 위선 치하를 한다. 안동익이 곧 수갑과 차꼬를 벗겨 주니 고수계는 툭툭 털고 뛰어나오며

"나는 감옥에 들어간대도 상관없지마는 월희 씨가 걱정이지. 월희 씨는 지금 어디 계신가. 응당 자네들이 잘 보호하여 드렸겠지"

하고 도리어 묻는지라. 안동익은 깜짝 놀라서

"무엇이야, 월희 씨는 자네와 같이 있지 않았던가. 나는 이 마차 안에 자네와 같이 들어 있는 줄만 알았는데"

"나와 같이가 무엇이야"

"야아, 큰일 났구나. 그러면 지금 곧 나한욱의 집을 가서 그놈의 집을 들부수고라도 찾아내야 하겠군"

하며 곧 그길로 뛰어갈 눈치이라. 고수계는 까닭을 알지 못하여 위선 안동익을 붙들면서

"잠깐 기다리게. 자네 말은 내 까닭을 알 수 없네. 대체 월희 씨가 어찌 되었단 말인가. 나 모양으로 잡혔는가"

"물론이지. 자네는 몰랐던가"

"혹 그런 일이 있지나 아니한가 하고 염려는 하였지마는 그렇게 된 줄은 까맣게 몰랐어. 나는 월희 씨를 모시고 요릿집을 갔다가 문간에서 별안간 잡혔는데 그때 월희 씨는 이 층에 계셨으니까 어떻게 되신지를 알 수 있나"

"아니, 자네가 잡힌 뒤에 월희 씨도 이 층에서 곧 잡혔네"

고수계는 새삼스러이 분하게 여기며

"아아, 이런 분할 데가 있나. 그래 지금 월희 씨는 어디 갇혀 있나"

"글쎄, 우리들은 필경 자네와 같이 나한욱의 집에 있을 줄만 알았는데"

"아니, 그렇지 않아. 그는 나한욱의 집 안에 있는지도 알 수 없지마는 내 눈에는 띄지 않던걸. 나한욱이가 극흉한 위인이니까 서로 모르도록 갈라 둔 것이지. 그런 줄을 알았으면 혹 무슨 도리가 있을는지도 모르는 걸 혹 월희 씨는 어떻게 무사하였으려니 하였지. 참 분하다"

"인제 그러면 소용 있나. 내 말과 같이 이제부터 나한욱의 집을 가서 살려 낼 수밖에 없지"

참, 방월희를 구하지 못한 두 사람의 유감이야 과연 어떠하랴. 안동익은 이것을 자기 실수라고 생각하여 조바심을 하면서

"자아, 가세"

하고 재촉하니 고수계는 무슨 생각을 하면서

"아니, 자네는 나한욱의 집 안을 잘 모르니까 가기만 하면 곧 살려 낼 것같이 생각하지마는 그 집이 바깥에서 보기보다는 여간 엄중하지를 않네. 만일 지금 갔다가는 도리어 일을 잡치지. 첫째, 월희 씨가 그 안에 있고 없는 것도 알 수가 없고 또 있다고 할지라도 어떤 방에 있는지를 알 수도 없으니 그러지 말고 아까 눈치를 본즉 안시제가 나한욱이를 후무려 간 모양이니 그 뒤를 따라가서 나한욱이를 조겨 가지고 있는 곳을 안 뒤에 구하여 내는 것이 첩경일 듯하네. 그렇지만 또 자네 생각에 좋은 도리가 있으면 그대로 하고"

앞뒤를 살펴 가지고 말을 하니 안동익도 그럴 듯이 생각하여

"나한욱이 놈은 오 부인 댁으로 끌고 갔으니 그러면 이 마차를 타고 거기로 쫓아가 보세"

하고 그 말에 찬성을 하였다.

91. 나한욱의 심문

안동익이 나한욱의 마차를 타고 오 부인의 집으로 가자고 하매 고수계는 그 말을 가로막으며

"아니, 이 마차는 도리어 말썽거리일세. 이것은 여기서 놓아 버려야지. 말 머리를 돌려놓고 채찍을 얹어 놓으면 빈 마차를 끌고 제풀에 돌아가겠지. 그렇게 하여 두면 별안간 까닭을 모를 것이니까 아직은 여유가 있네. 벌써 일이 이렇게 덧거칠어진 담에야 아무런들 상관이 있나. 내일만 되면 온 정부가 발끈 뒤집혀서 거미줄을 늘이고 야단이 나겠지마는 아직 앞에 큰일이 남아 있으니까 아무쪼록 경솔히 굴지 말고 경찰서에서도 갈피를 못 찾도록 하여야 하네"

"아무럼, 그야 물론이지. 다행히 나한욱이가 안시제한테 붙들려 간 것은 우리밖에 아는 사람이 없으니까 내일까지는 정부에서도 알지는 못할 것일세. 자아, 그러면 그렇게 하세"

하면서 말 머리를 돌려놓고 채찍을 들어서 힘차게 후려갈기니 말들은 그전 오던 길을 향하여 빈 마차를 떨떨거리며 달려가고 두 사람은 마주 보고 빙그레 웃으며 어디로인지 숨어 갔다.

당시 경시 차관으로 세력이 등등한 나한욱을 과부 동이듯이 동여

간다는 것은 너무나 대담한 행동이나 국왕 루이까지도 훔쳐 내려는 사람들이며 더욱이 난세의 일이고 본즉 그리 괴이하게 여길 것도 없다. 그뿐 아니라 월희와 고수계까지 잡혀 들어가 무쇠탈을 살려 낼 도리가 영영 없어질 지경인즉 다시 도리가 없다고 생각하여 마지막 수단으로 이렇게까지 한 일이다. 다만 정작 월희의 몸을 구하지 못하고 간 곳조차 알지 못함이 제일 큰 유감이다.

이날 밤중이 지나 새로 두 시가량에 청풍루라고 일컫는 오 부인의 별장에 모인 것은 고수계, 안동익, 안시제의 세 사람이다. 그네들은 내일이라도 포박을 당할 몸으로 위태한 줄도 알지를 못하는지 난로 앞에 가 늘어앉아 태평으로 서로 이야기를 하고 있으며 그 곁으로 한 칸 건넛방은 오 부인의 방인데 한가운데에 잔뜩 결박을 지어 의자에 올려 앉힌 것은 곧 나한욱이며 그 앞으로 죄인을 심문하는 모양으로 늘어앉은 사람은 오 부인과 나매신의 두 사람일다. 오 부인은 성난 목소리를 억지로 진정하여 가면서

"애, 나한욱아, 지금 와서 나를 원망할 것은 없다. 백침대로 내 목숨을 뺏고자 하던 일을 생각하면 이만한 앙갚음이야 당연하지. 숨기려면 되나. 그 일은 안시제가 증인인데. 이 뒤에 만일 노봉화와도 펴 내놓고 다툴 일이 있으면 나는 백침대 사건을 발표하여 가지고 세상 사람에게 호소하겠다. 그리하려고 증거와 증인을 다 만들어 놓았어"

나한욱은 아무 말도 아니 하고 다만 입맛만 쩍쩍 다신다. 다음에는 나매신이 앞으로 나와서 좀 부드러운 말로

"여보시오, 나한욱 씨, 지금은 영감의 수죄를 하려는 것이 아니요 무쇠탈의 성명과 있는 곳을, 또 방월희의 있는 곳을 알려는 것이오. 자아, 방월희는 어디 있나요. 어서 말씀을 하시오. 대감옥에는 우리 동지들이 있어서 가끔 통기를 하지마는 아직 방월희인 듯한 죄인은 온 일이 없다 하니 그러면 댁 광 속에 있나요"

나한욱은 보기보다는 고집 있는 위인일다. 그는 나매신의 골을 올리려는 생각인지 분한 모양을 다 숨기고 약아 보이는 얼굴에 웃음을 띠며

"이렇게 잡혀 온 이상에는 어떻게든지 하시오. 무슨 목숨을 아끼겠다고 지금 와서 비밀을 말하겠소"

"아니요, 영감을 어떻게 한다는 것이 아니여요. 그 말만 들은 담에는 날이 새기 전에 남모르게 댁에까지 뫼셔다 드리지요"

"그런 야틈야틈한 꾀에야 넘어가겠소. 나를 지금 놓아주면 곧 경찰의 힘으로 당신을 위시하여 저 옆방에 있는 당신 남편까지 잡아가지요. 당신도 그것을 아니까 나를 그대로 놓기야 하겠소"

나매신은 아주 천연스럽게

"무얼이요, 영감을 이렇게 두는 것이 도리어 두통거리지요. 붙들

어 두면 내일 아침에 영감의 간 곳을 찾느라고 경시청이 뒤집힐 것이요 그렇게 하여서 샅샅이 정탐을 하게 되면 도리어 우리가 귀찮으니까 당신은 이대로 놓아드리지요. 놓아드린대도 위선 영감 체면이 창피하니까 설마 나는 여자들 손에 붙들려서 나라의 비밀을 말하였노라고 남한테 말을 하겠소. 그러니까 우리는 영감을 놓아야만 몸이 편하지요. 만일 또 놓아드린 뒤에 영감이 경찰의 힘으로 우리를 잡으려 들어요, 그때에는 넉넉히 영감을 후회 시킬 방법도 있지요"

"그것은 또 무슨 방법인가요"

"그것은 어렵지 아니한 일이지요. 영감에게 편지 한 장을 보내되 속에다가 독약을 봉하여 두면 영감은 그 편지를 뜯다가 말고 그대로 급살을 맞지요"

하며 예사 밥 먹고 잠자는 말같이 한다.

그러나 이로부터 무쇠탈의 사건은 무대가 한번 변하여 역사상에 유명한 불란서의 독약 심문 사건의 시초를 열어 가지고 의사와 열녀의 신상에 허다한 고초를 더하게 된바 그 내력은 방월희, 무쇠탈의 간 곳과 한가지로 차차 설명하게 된다.

92. 파리 같은 그의 목숨

일 봉의 서간을 가지고 그대의 목숨을 뺏겠노라는 나매신의 독한 말에는 나한욱의 대담으로도 잠깐 얼굴빛이 변하였으나 곧 태연한 모양을 꾸미면서

"상관없지요. 아무렇든지 당신이 지금 말한 것과 같이 나를 잡아 두는 것은 당신네의 두통거리인 줄을 알았은즉 날이 새기 전에 놓여 나갈 것은 분명한 일이지요. 놓여 나갈 것이 이미 작정된 이상에야 나는 아무 말 않고 지내겠소. 나라의 비밀을 말하고 놓이나 그것을 말하지 않고 부득이하여서 놓아주게 되나 놓여 나가는 맛은 다 일반일 것이니까 나는 잠자코 당신이 할 수 없이 놓아줄 때까지 기다려 보겠소"

"아니, 내 말에 대답을 아니 하고도 시간만 되면 놓어 갈 것 같소. 그럴 수 있나요. 우리는 아무리 한대도 당신의 손에 잡힐 터이니까 일호라도 사정 볼 일은 없지요. 당신이 비밀을 말하면 날이 새기 전에 놓아줄 것이고 말을 아니 한다면 당신을 죽인 뒤에 경찰서에서 잡으러 오기 전에 우리는 도망을 하지요. 우리는 브뤼셀이라는 안전한 땅이 있는 줄을 아니까 거기로 달아날 터이여요. 그러니까 영감도 공연한 고집을 부리다가 뜨거운 거동을 보기 전에 곱게 자백을 하고 놓여 가는 것이 상책이지요. 자아, 어찌하겠소"

나한욱은 한참 생각을 하다가

"말을 하면 곧 놓아주겠소"

"아니요, 곧 놓아 보내면 당신이 거짓말을 한지 참말을 한지 알 수 있나요. 두어 시간가량만 당신을 앉혀 두고 저 방에 있는 사람들을 보내어서 방월희를 데려오지요. 그담에는 놓아드리지요"

나한욱은 다시 생각을 하다가

"아니, 아무리 생각을 하여도 말을 않는 것이 내 이익이겠소. 그대로 죽는 것은 조금도 원통할 것 없어요"

"그것은 무슨 까닭인가요"

"방월희를 가두어 둔 곳은 나밖에 아는 사람이 없으니까 내가 이

대로 죽고 보면 방월희는 먹을 것을 줄 이가 없어 제풀에 굶어 죽고 말게 됩니다. 그렇게 되면 마치 내가 월희와 같이 정사를 하는 셈인데 철석간장이라고 말을 듣는 노붕화가 다 반하는 그런 미인과 정사를 하는 것도 원통할 것은 없지 않소. 하하, 그렇지 않아요”

하면서 소리를 높여 껄껄 웃는다.

오징어는 죽을 때에 먹을 뿜고 족제비는 죽을 때에 냄새를 피운다고 악독한 위인은 끝끝내도 악독한 말만 한다. 지금 나한욱의 한 말은 정말 마지막의 독기를 뿜은 것 같은지라 그 말에는 나매신도 놀라서 부지중에 움씰하니 곁에 있던 오 부인은 분한 맘을 참다못하여

“상관없으니 그놈을 죽여 버리게. 이왕에 만들어 둔 독약으로 죽여 버리게”

하고 소리를 지르나 나매신은 그렇게도 하지 못하고 다만 야즐이 보는 눈으로 그의 얼굴을 물끄러미 바라보고 있다. 그는 또 말을 이어

“이러한 동안에 방월희는 필경 죽어나겠지요. 귀신같이 무섭게 생긴 자와 한방에 집어넣었으니까. 그뿐 아니라 아무쪼록 못 견디게 굴도록 하라고 내가 그자에게 일러두었으니까 지금쯤은 그 꿈에도 볼까 무서운 놈에게 핥이고 끌어안기고 갖은 곤경을 다 당하겠지. 그러나 생각을 하면 좀 안되었는걸”

거거익심으로 토하는 독기에는 나매신도 참다못하여

“정말 살려 둘 수 없는 위인이로고”

하며 그 옆 주머니에 손을 넣더니 조그만 약병을 꺼내어 들고 외면을 하면서 나한욱의 코앞에다 대니 그는 얼마나 무서운 독약인지 아무 소리도 없이 별안간 죽어서 방바닥에 굴러 떨어졌다.

아아, 나매신은 지금 그를 죽이고 어찌하잔 말인가. 평일의 슬기

로운 행동과는 당치도 아니한 일을 한다. 그의 독살스러운 말은 하나도 헛소리가 아니며 방월희는 정말 남모르는 암실 속에 갇혀 있어 검정 수건의 괴물에게 지지리 설움을 받는 중인데 나매신은 그를 구하고자 아니 하는가.

나한욱의 죽어 넘어짐을 보고 그를 미워하는 오 부인도 무서움을 이길 수 없던지

"에구머니"

하고 소리를 지르며 달아나려는 사람과 같이 바람벽 밑으로 쫓겨갔다. 나매신 역시도 지금까지 남의 부탁을 받아 독약을 만든 일은 여러 번 있었으나 자기 손으로 사람을 죽여 보기는 첨이라 얼굴빛이 파랗게 변하여서 벌렁벌렁 떨면서 나한욱의 시체를 들여다볼 뿐이고 놀라서 날치는 오 부인을 진정시킬 기운은 없었다.

93. 날이 새기 전에

오부인과 나매신이 나한욱의 죽은 것을 보고 놀라 떠드는 때에
옆의 방에 있던 고수계는 이상히 여기어 문을 열고 들여다보며
"웬일이십니까, 웬일이셔요"
하더니 다시 나한욱이 거꾸러져 있음을 보고
"아, 이게 웬일이십니까"
하고 묻는다. 나매신은 비로소 맘을 진정하고
"아니, 아무리 물어도 대답을 않기에 독약으로 죽여 버렸소"
이 대답에는 고수계도 깜짝 놀랐으나 그는 곧 말을 이어
"지금 죽여 버리면 어찌합니까. 월희 씨의 있는 곳을 알았나요"
"아니요"
"그것을 알기 전에 죽여 놓고 어찌하잔 말입니까"
하고 책망하는 것같이 다좇아 물으니 나매신은 비로소 얼굴빛이

피어나 가지고

"아니요, 나는 당초부터 이 나한욱에게 독약을 시험하여 볼 생각이었어요. 이렇게 죽여 가지고 다시 살려 내고 보면 정말 무쇠탈의 있는 곳을 아는 때에 곧 살려 낼 수가 있으니까요"

"아니, 그런 줄은 압니다마는 지금 시험을 하고 있을 때인가요. 이러한 동안에도 월희 씨는 무슨 고생을 하시는지 속이 졸여서 못 견디겠는데요. 나한욱이가 잘 살아나면 모르거니와 만일 살아나지 아니하면 어찌하나요. 또 살아난다고 할지라도 그동안에는 월희 씨를 고생하도록 내버려 둔단 말씀입니까"

"아니요, 그런 것이 아니여요. 월희 씨가 있는 곳은 대강 짐작을 하였습니다. 나한욱의 말에 아무도 모르는 데다가 두었다 하고 또 내가 네 집 곳간 속에 있지 않으냐고 물은 때에 별안간 기색이 달라지며 잠자코 있는 것을 살펴본즉 월희 씨는 필경 나한욱의 집 곳간 속에 갇혀 있을 것이오. 나는 그렇게 눈치를 본 까닭에 독약을 시험한 것이여요. 당신은 그 집 형편을 대강 짐작하실 터이니 밤이 새기 전에 안동익, 안시제의 두 사람과 같이 그 집을 들어가서 월희 씨를 살려 내시오. 아무리 엄중하다 할지라도 대감옥과 달라서 사삿집 별장이니까 세 분이 가시면 어떻게든지 되겠지요. 그래도 알 수가 없으면 그때에는 나한욱을 다시 살려 가지고 물어보지요. 이 나한욱이란 자는 원체 영악한 위인이라 월희 씨를 볼모 잡은 텃세 하고 당초에 불지를 않습니다그려. 아무렇든지 한번 뜨거운 거동을 보여 놓고 문초를 받을 수밖에 없겠기로 부득이하여서 독약을 쓴 것이니까 인제 다시 살려 놓고 문초를 할 때에 이번에는 정말 죽인다고 을러메면 아무리 고집 센 위인이라도 별 수 없이 항복을 하겠지요"

하고 비로소 본심을 설명하니 이 말에는 고수계도 탄복을 하여

"옳지, 인제 알겠습니다. 그러면 곧 가서 빼낼 도리를 하여 보지요. 과연 추측하신 바와 같이 월희 씨는 나한욱의 집 안에 있을 것이요 어쩌면 내가 갇혀 있던 옆방에 있을 듯도 합니다"

"필경 그렇기 쉽지요"

"그 집 형편은 대강 짐작하니까 그러면 갔다 오지요"

하면서 옆의 방으로 나가 안동익과 안시제에게 말을 하니 두 사람 역시 위태한 일이라면 남보다 앞장을 서는 성미들이라 두말없이 따라 나와 다 같이 나가고자 하니 이때에 나매신은 무슨 생각을 하였던지 고수계의 뒤를 쫓아 나오며

"그러나 당신 생각에는 그 집을 무난히 들어갈 듯합니까"

하고 의미 있이 묻는다.

안시제는 주먹을 부르쥐며

"아니, 그것은 염려 마시오. 그까짓 놈의 집, 대문을 깨두드리고 들어가지요"

"그렇게 왁자지껄하느니보다 아무쪼록 줄사다리를 가지고 넘어가게 하시오. 그것이 만일 여의치 못하거든 첨 모양으로 고수계 씨를 포승으로 결박하고 나머지 두 사람은 대감옥의 간수가 되어서 나한욱의 명령으로 죄수를 도로 데려온 체하고 들어가면 편하겠지요. 그래서 나한욱이는 인제 곧 올 터이라 하고 그 대신에 방월희를 대감옥으로 데려간다고 하면 일이 편할 것 같습니다"

하며 고수계와 자기 남편 안동익의 얼굴을 쳐다보니 안동익은 고개를 끄덕이며

"아아, 그럴 것 같으면 그 마차를 공연히 돌려보냈지"

고수계는

"무얼, 마차가 아니라도 상관없을 것일세. 첫째, 우리가 중간에서 나한욱이를 가로찬 줄은 아직 그 집에서는 알지도 못할 것이니까 어떻게든지 떠댈 말은 있겠지. 그런 의논은 차차 가면서 하기로 하고 곧 가보세"

이와 같이 말하며 세 사람은 자기 집을 돌아가듯이 나간다.

아아, 이번 길에는 성공을 하는가?

94. 에그! 귀신이!!

뒤에 처진 나매신은 방월희를 살려 내는 이외에 나한욱이가 과연 살아날는지, 나의 만든 약이 과연 선생 오기칠이 만든 약과 같이 효력이 있을는지 하는 염려가 있는 까닭인지 근심이 풀리지 않는 모양으로 옆의 방을 돌아가고자 하매 오 부인은 어느 틈에 따라 나와 있다가

"자네도, 어쩌면 나를 그 시체 옆에다 혼자 내버려 두고 나가 버린단 말인가. 나는 혼자 있을 수가 없어서 쫓아 나왔네"

"무얼이요, 지금 들으시던 바와 같이 아직 정말 죽은 것이 아니여요. 잠자는 셈인데요"

"에그, 살아 있는 나한욱이는 무섭지도 아무렇지도 않지마는 죽은 나한욱이는 정말 무서워"

"딱한 말씀도 하시지. 죽은 사람이 무엇이 무서워요. 더군다나 나한욱은 아직 죽지도 아니하였는데요"

하며 입으로는 장담을 하고 있으나 그의 입술을 보면 나매신 자기 역시도 맘에 좋지는 못한 모양이다. 지금까지는 옆의 방에 범 같은 장사들이 늘어앉았으니까 정말 아무렇지도 아니하였으나 휘넓은 방 안에는 다만 여자 두 사람뿐이며 더욱이 밤은 깊어서 산천초목이 다 자는 이때에 자기 손으로 죽은 시체를 지키고 앉았기는 누구든지 소름이 끼칠 것이다. 그러나 나매신은 여전히 겁내지 않고

"자아, 부인, 이 방으로 들어오십시오. 저대로 내버려 두면 못쓸 것이니까 마치 감옥 안에서 죽은 사람을 다루듯이 결박한 줄을 다 끌러 놓고 잠깐 뉘어 두지요. 그렇게 아니 하면 정말 시험은 아니 됩니다"

부인은 떨리는 목소리로

"만일 살아날 것 같으면 지금으로 곧 살려 놓게"

"지금 곧 살려서는 시험이 되지 않아요. 적어도 모레 아침까지 삼십 시간가량은 두어 보아야지요"

"그렇지만 이 사람, 날이 새거든 다시 죽이게그려"

"그렇게 어떻게 합니까. 부인께서 싫으시거든 먼저 침실에 들어가 주무시지요. 저 혼자 좋도록 할 터이니요"

부인은 한참 생각을 하여 보았으나 혼자 자기 방으로 돌아가기는 나매신의 곁에 있기보다도 더 무서운 일이므로 그리할 생각도 못 하고 주인에게 꾸지람 들은 강아지와 같이 풀기 없이 나매신의 뒤만 따른다. 나매신은 그전 방으로 들어가서 의자에서 굴러 떨어진 나한욱의 시체를 붙들고 결박한 줄을 끄르고자 하니 그의 몸은 벌써 맥이 걷히고 싸늘하게 식었다. 얼음 같은 수족을 주무르기는 정말 재미없으나 그래도 여전히 줄을 끄르노라니 이때 뒤따르던 오 부인은 별안간 숨넘

어가는 소리를 내어

"에구머니, 저 귀신 보게"

하고 소리를 지르며 나매신에게 매달렸다.

금방 숨넘어간 나한욱이가 벌써 원귀가 되어 나타나기는 너무 속하건마는 나매신 역시 휘뚜름한 계제이라 깜짝 놀라서

"에그, 웬일이십니까"

하며 얼굴을 들어 보니 부인의 놀라는 것도 괴이치 아니하다. 방 바깥 유리창 너머로 이 방을 들여다보는 괴상한 물건. 이것이 사람이냐 귀신이냐. 그 얼굴은 다 썩어 가는 면례 송장보다도 더 무섭다.

방 안에 켜 놓은 램프 불에 비취어 유리창 밖에 있는 괴물의 얼굴은 역력히 보이는지라. 이약 나매신의 대담으로도 눈앞이 캄캄한 채로 선 자리에 붙어서 꼼짝을 못 하였다. 그러나 오 부인과 같이 정신을 놓지는 아니한지라 별안간 정신을 가다듬어 창문 앞으로 가까이 가며 한 손에는 독약 병을 들어 약차하면 끼얹을 생각으로

"누구냐"

하며 창문을 열어젖히니 그동안에 그 괴물은 검정 수건으로 얼굴을 가리는 것 같더니 컴컴한 중에 그림자를 감추었다. 나매신은 오히려 눈을 크게 뜨고 사방을 돌라보았으나 밤중의 어두운 빛은 사방에 덮이어 지척을 분간할 수 없는지라 그는 아직도 그 근처에 숨어 있는지 어디로 가 버렸는지 연기와 같이 사라졌는지 알 수 없었다. 더욱이 순식간에 본 것이 되어 그것이 정말 사람이던지 혹은 어디 걸려 있는 현판붙이가 유리창에 비치어 겁난 눈에 그렇게 보였는지 그 역시도 의심이 나매 나매신은

"아아"

하면서 창문을 닫고 다시 섰던 자리에 와서 비추어 보았다. 그러나 아까 보이던 그것은 다시 보이는 일이 없다. 첨에는 꼭 무엇이 온 줄로 알았으나 차차 의심이 나서 무서운 생각에 헛것을 본 것이라고 반신반의하게 되었다.

95. 한 걸음 전에

오 부인은 놀란 가슴을 진정하지 못하여 휘둥그렇게 뜬 눈으로 나매신을 바라보며

"여보게, 나매신, 어디로 달아나세"

하고 손길을 꽉 잡는다.

"달아나다니요, 어디로요"

"어디로든지. 이 시체 옆에 앉았으니까 그런 일이 있지. 자아, 어디로 달아나세"

나매신은 얼굴빛을 바로잡으며

"달아나지 않아도 저편에서 저를 보고 먼저 달아나지 않았습니까. 제 옆에만 계시면 아무 일 없습니다"

"그렇지만 지금 그것이 귀신 같으면 큰일 나지 않았나. 나한욱 씨(벌써 씨 자를 놓는다)는 원체 무서운 사람이니까 죽어서 원혼이라도 필경 작희를 할 것일세"

하고 벌벌 떠는 것은 괴이치 아니한 일이다. 그때는 지금과 달라서 세상 사람마다 귀신이 있는 줄로 믿을 때이며 오 부인 같은 이는 중에서도 신경이 빠른 사람인즉 무서워할 때에는 남보다도 더한 것이다.

나매신은 점점 침착한 태도로

"글쎄요, 귀신이나 같으면 정말 다행합니다마는"

하고 무슨 말을 하고자 하매 오 부인은 미처 말도 끝나기 전에 그를 가로막으며

"귀신 같으면 무엇이 다행인가"

"저는 그것이 정말 사람이나 아닌가 하고 걱정 중입니다"

"왜, 그것이 무슨 걱정인가. 그러고저러고 밤이 새려면 아직도 멀었는데 어떻게 하면 좋을까"

"그것이 정말 사람 같고 보면 우리 중대한 비밀이 발각되었습니다. 그가 만일 경찰서에 가서 오 부인 댁에 나한욱 씨 시체가 있더라고 고발을 하면 우리는 어떻게 되겠습니까. 또 설령 고발을 아니 한다 할지라도 소문같이 빠른 것이 없은즉 우리가 나한욱을 죽였다는 소문은 내일 안으로 파리 바닥에 자자하게 퍼져서 곧 경찰서에서도 알게 됩니

다. 지금 그자가 어떠한 자인지는 알 수가 없습니다마는 방월희가 언제인지 저렇게 생긴 괴물을 보았다고 한 일도 있고 또 사람일 것 같으면 아무 까닭이 없이야 밤중에 들어왔을 리가 있습니까. 혹 정탐이 아닌지도 알 수 없지요"

"그러기에 어서 달아나세"

"달아나다니 어디로 달아납니까. 또 방월희를 데리러 간 사람들도 아직 소식이 없으니까 아무렇든지 밤이 샐 때까지는 여기 있어야 됩니다. 부인께서는 먼저 주무십시오. 제가 뫼셔다 드릴 터이니"

"그러면 할 수 없네"

하고 부득이하여 그대로 주저앉게 된지라. 나매신은 다시 나한욱의 시체를 향하여 풀기 시작하던 포승을 끄르노라니 그의 몸은 아주 빳빳하게 굳어서 오그라진 팔뚝은 줄을 끌러도 아니 펴지는지라. 나매신은 부득이하여 가만가만히 마디마디를 주물러 펴고 있었다.

그것을 보고 있던 오 부인은 얼굴이 흙빛같이 되어서

"여보게, 나매신, 만일 이 시체가 피어나지 못하면 어찌하나"

"피어나지 못하면 할 수 없지요"

"피어나지 못하고 지금 보던 원혼이 붙어 다니면 나는 삼 년을 못 살고 죽겠네"

"그럴 리가 있어요. 그뿐 아니라 대개는 살아납니다"

고 입으로는 용이하게 말을 하나 그 역시 나한욱의 시체가 너무도 구드러짐을 보고는 얼마쯤 염려가 되었다. 이왕 오기칠이는 무덤 속에서 파내어 사십 시간 만에도 살려 낸 일이 있지마는 다르게 생각을 하는 까닭인지 오기칠의 시체와 이 시체는 어찌 좀 다른 것도 같다. 이 시체가 이대로 피어나지 못하면 무쇠탈의 비밀은 영영 알 길이 없어 어디인지도 알지 못하는 감옥 속에서 고생에 절어 죽을 것이다. 이와 같이 생각을 하매 자기 몸의 경솔한 허물이 여간하지 아니하다 하여 차라리 삼십 시간을 기다리지 말고 지금 당장에 피어날 약을 먹이어 살려 볼까 하는 생각도 있었으나 지금 새삼스러이 그렇게 하기도 아깝다 하여 그대로 수족을 펴 놓은 뒤에 한편 구석에 가로누이고 홑이불을 씌워 놓았다.

이제야 겨우 한숨을 내쉬고 잠깐 쉬고자 하는 계제에 창황히 들어오는 사람이 있는데 이는 즉 고수계라. 나매신은 그의 거동이 심상치 아니함을 보고 염려스러운 모양으로

"월희 씨의 있는 곳을 못 찾았소"

고수계는 창황한 모양으로 방 안을 휘돌라보면서

"아니, 있는 곳은 알았어요. 있기는 부인 말씀과 같이 나한욱의 집 곳간에 있었는데 우리가 가기 조금 전에 어떤 놈이 훔쳐 갔어요"

나매신과 오 부인은 다 같이

"에에, 무엇이야"

"우리 생각에는 혹 노붕화의 사람이 데려갔는가 합니다마는 아무렇든지 부지거처여요"

"참 분하게 되었고"

"나는 분해 못 견디겠어요. 이렇게 되고 본즉 인제 삼십 시간이니 사십 시간이니 하고 청처짐한 수작을 할 수 없습니다. 곧 나한욱을 살려 주시오. 어쩌면 나한욱의 잡혀 온 일이 벌써 노붕화의 귀에 들어가서 그 까닭으로 월희 씨를 다른 데로 옮긴지도 알 수 없습니다. 아무렇든지 우리는 한시가 위험합니다. 지금도 정탐이 따르지나 않았는지 모르지요. 자아, 속히 살려 주시오. 아니요, 아무렇대도 인제 더 기다릴 수는 없어요. 또 나한욱의 입으로 알아내는 수밖에 없어요. 또 그뿐 아니라 그자가 살아난 뒤에는 여러 가지 물어볼 일이 있습니다"

이와 같이 말하는 고수계의 태도는 비상한 결심이 보이는지라 나매신도 이제는 다시 여러 말 아니 하고

"그러면 할 수 없습니다. 살아나든지 말든지 간에 약이나 먹여 봅시다"

하며 주머니 속에서 한 병의 약품과 주사침 같은 것을 꺼내었다. 이 결과는 과연 어찌 되는지.

96. 부륜 백작 (1)

월희는 나한욱의 집 곳간으로부터 어디를 갔는가. 물론 나한욱이도 집에 없는 동안에 생긴 일인즉 그에게 묻는대도 알지 못할는지 모르나 혹 그전부터 노봉화와 약속이 있은 일인지도 알 수 없다. 아무렇든지 그는 지금 경시 차관으로 있는 몸이라 여러 가지 아는 일도 많을 것인즉 이제는 그를 살려 놓고 볼 수밖에 없이 되었다. 더욱이 수상한 사람이 이 방을 엿보던 것으로 하든지 고수계의 하는 말을 들어 보든지 어찌 여러 사람의 한 일은 벌써 경시청에 입문이 되어서 미구에 포박을 당하는지도 알 수 없는 형편인즉 나한욱이를 더 오래 죽여 둘 수는 없다. 지금에 그를 살려 내어 무쇠탈의 비밀까지도 알아내지 못하면 그 비밀은 마침내 알 길이 없는 채로 모계가 발각되어 후회막급이 될 것이라고 생각한 나매신은 곧 살려 낼 제구를 꺼내더니 고수계는 적이 안심을 하여

"아아, 그렇게 하여 주시면 오늘 안으로 월희 씨의 일도 알고 무쇠탈의 비밀도 알겠지요. 그러나 피어나기에는 몇 시간이나 걸리나요"

"글쎄, 한 시간이나 걸리겠지요. 그리고 그가 정신을 차리어 우리 말에 대답을 하게 되려면 아무렇대도 삼사 시간은 걸리지요"

"에, 그렇게나 걸립니까"

"확실히는 모르겠습니다마는 그만큼은 걸리려니 하여야 됩니다"

"그러면 그동안에 나는 안동익 씨와 안시제를 불러오겠습니다. 그네들은 아직 내 말을 기다리고 나한욱이 집 근처에 있습니다. 인제

불러 가지고 와서 나한욱이가 살아나거든 세 사람이 막 위협을 하여 가지고 알 만한 것은 다 알아내고 말 터입니다"

고수계가 이와 같이 말하고 나간 뒤에 나매신은 벌렁벌렁 떨고 있는 오 부인을 한편 구석 장의자 위로 데리고 가서 같이 앉으면서

"부인께서는 저 하는 일을 너무 보시지 맙시오. 또 재미없습니다"

하고 부탁하더니 자기는 다시 몸을 일어 저 시체 앞으로 가까이 간다. 이때에 별안간 윗방 문 앞에서 무슨 지껄이는 소리가 들리므로 오 부인과 나매신은 다 같이 귀를 기울이고 듣노라니 누구인지 오 부인에게 면회하려는 사람이 있어 문지기와 다투는 모양 같다.

"듣기 싫다. 부인께서 계신 줄을 내가 안다. 누가 오든지 만나 보지 않을 터이니 그리 알고 따라신가 보다마는 나는 다른 손님과는 다르다. 내가 날도 밝기 전에 찾아올 때에는 무슨 큰일이 있는 줄은 알 것 아니냐. 비켜라. 급한 일이다. 부인의 목숨에 관계되는 일이다. 글쎄, 비키라니까 그러는구나"

하고 꾸짖는 소리가 띄엄띄엄 들려온다. 대체 이 창황하게 뛰어온 손님은 누구인가. 더욱이 오전 네 시밖에 아니 된 이 첫새벽에 부인의 목숨에 관계된다고 떠드는 것은 정말 여간한 일이 아닐 것이다. 나매신은 알아들은 것같이

"아아, 큰일 났습니다. 인제 알겠어요. 저것은 부륜 백작의 음성입니다"

하였다.

대체 부륜 백작이라는 이는 아직 이 이야기에 나온 일이 없으나 당시 유명한 귀족의 한 사람으로서 오 부인의 동생 되는 마리 부인의

남편인즉 오 부인과는 사돈 간이나 부인이 조정에서 쫓겨난 뒤로는 서로 상종이 드물어진 터이었다. 부인도 비로소 깨달은 모양으로

"아아, 옳지, 부륜 백작이로군. 그러나 백작이 지금 어찌 왔을까"

하며 좋지 못한 낯으로 물으니 나매신 역시 놀란 음성으로

"인제 일이 다 틀렸습니다. 제 말과 같이 창문으로 엿보던 것은 귀신이 아니라 정탐이었어요. 그놈이 곧 노봉화에게 달려가서 여기서 나한욱이를 죽였다고 보고한 것이지요. 그래서 노봉화는 루이 왕께 말씀을 아뢰고 부인과 저를 잡으려 드는 모양 같습니다"

부인은 너무도 겁을 내어 목소리까지 변하여 가지고

"에, 나를 포박해. 저 부륜 백작이"

"아니여요. 부륜 백작은 정부에서 잡으러 오기 전에 부인을 빼놓으려고 몰래 빠져나와 통기를 하러 온 것이겠지요. 아무렇든지 저 윗방에서 만나 보십시오"

한다. 과연 이제는 살얼음판이다. 부인은 대답도 아니 하고 다음 간으로 나가고자 하는 때에 부륜 백작은 벌써 문지기를 밀어내고 바로 윗방 사잇문 앞에까지 들어왔다. 설령 자기를 위하여 살려 주러 온 사람일지라도 이 방에 들어와 이 모양을 보아서는 낭패이므로 부인은 죽을힘을 다하여 손님을 밀어내다시피 다음 간으로 뛰어나오니 그는 과연 부륜 백작이었다.

아지 못게라, 부륜 백작이 찾아온 일은 과연 나매신의 추측한 바와 같은가. 그렇지 아니하면 또 무슨 일인가.

97. 부륜 백작 (2)

나한욱의 시체가 놓여 있는 방 안에 손님이 들어오면 아니 되겠다 하여 오 부인은 급히 옆의 방을 나가 보니 찾아온 손님은 과연 부륜 백작이다. 그는 숨이 턱에 닿아 미처 인사도 하기 전에 바쁜 목소리로

"부인, 부인, 지금 조정에서는 부인을 포박하기로 작정되었습니다"

나매신의 하던 말과 일반이다. 그러나 이러한 말을 듣는 때에는 '예, 그렇습니까' 하고 진솔로 있지 못하는 것이 부인의 성미이라. 이런 위급한 경우에도 오히려 굽히지 아니하고

"흥, 노붕화란 놈이 그런 말을 하지요. 루이는 또 그 말을 듣고 있었나요"

하며 나무라는 것같이 되받아 물었으나 두려운 빛은 얼굴에 나타

났다.

"지금은 그런 호기로운 말씀을 하실 때가 아닙니다. 부인을 포박하겠다는 말은 벌써 몇 번째 노붕화의 입으로 나왔으나 지금까지는 위에서 허락지 아니하셨어요. 그러나 오늘 밤에는 다시 노붕화의 말을 물리칠 수가 없이 되어서 필경 허락이 내렸습니다"

십 년 전에는 자기 앞에 무릎을 꿇고 사랑하는 아내여, 부인이여 하던 루이 왕이 이제는 노붕화의 말을 좇아 자기를 잡으려 드는가 하면 별안간에 분하고 야속한 생각이 치밀어 올라

"나를 무슨 죄로 잡아요"

"무슨 죄라니요. 나한테 하실 말씀은 아닙니다. 벌써 조정에서는 부인의 죄상을 모르는 사람이 없습니다. 그래도 모른다고 하시면 저 아랫방에 있는 나한욱의 시체를 끌어내 오리까"

이 말에는 다시 대답할 말이 없이 부인은 그 거만한 고개를 숙이니 백작은 부인의 손을 잡으며

"자아, 일시를 이렇게 하고 있을 수 없습니다. 나를 따라오십시오. 밖에는 내 마차가 있습니다"

"에에, 대감이 나를 포박하십니까"

"부인께서는 그게 무슨 말씀입니까. 벌써 어자에게도 일러두었으니 곧 내 마차를 타고 달아나십시오"

"대감 마차가 아니라도 나는 내 마차를 타고 브뤼셀로 달아나겠습니다"

"글쎄, 당치 않은 말씀 마십시오. 노붕화가 나보다 먼저 궐내에서 나왔으니까 벌써 경관들이 이 근처에까지 왔을 것입니다. 마차를 따로 준비할 틈이 있겠습니까. 그뿐 아니라 부인께서는 인제 브뤼셀로 가시

면 안 됩니다. 오지리로 가십시오"

"그는 어찌요"

"브뤼셀로 가시면 곧 돌아오고 싶으시겠지요. 그러나 부인은 다시 이 땅에 못 오십니다. 오시는 날이면 경찰서에 잡혀서 가문을 더럽히지요"

이와 같이 문답을 하고 있는 동안에도 마치 살얼음을 디딘 것같이 위태한 터이매 부륜 백작은 주저하고 있는 부인의 손목을 잡아끌며

"자아, 그런 말씀은 추후로 하시고 위선 내 마차에 타십시오. 여기서 이렇게 하고 있다가 경관이 들어오면 부인보다도 내가 난처합니다. 역적모의한 죄인에게 비밀을 통하고 도망하는 데 방조를 하였다고 무슨 봉변을 당할는지 모릅니다. 내가 여기 온 것도 정말 위험을 무릅쓰고 온 일이여요"

하며 목이 말라서 설명을 하나 부인의 맘은 어디까지든지 브뤼셀에 있으며 더욱이 나매신까지도 데리고 갈 생각이매 이 위급한 계제에

도 오히려 다투고 있다.

"아니, 나는 브뤼셀이 좋아요"

"좋고 안 좋고 간에 지금은 그런 말씀을 할 때가 아니여요. 그뿐 아니라 오지리에 부인의 자제가 가 있지 않습니까"

한다.

자제라는 것은 누구인가. 그는 이왕에 이 청풍루 주인 송 백작과 오 부인 사이에 낳은 아이로 역시 황족의 혈통을 받은 터이라. 대체로 하면 조정에서 무슨 작위를 봉하고 황족의 한 사람으로 대접할 것이로 되 다만 그 아이는 몸이 잔약한 까닭으로 국왕 루이가 그를 미워하여 이러한 위인은 황족 중에서 돌려낼지라도 황족에게 해로울 것은 없다 하고 오지리로 쫓아낸 것이며 용인 공자라는 이름으로 지금 오지리에 있는 것은 실로 이 오 부인의 소생이었다. 부륜 백작은 그러한 관계를 아는 까닭으로 부인을 그 땅으로 보내면 자식의 사랑에 끌리어 다시 이 나라에는 돌아오지 아니할 것이라고 장래의 일까지 생각하고 하는 말이다.

부인은 오히려 방색을 하고자 하였으나 부륜 백작은 다시 기다릴 수가 없다는 듯이

"아무렇대도 내가 그렇게는 못 하시게 할 터이여요"

하고 핀잔을 한 후 인제는 일분의 용서도 없이 부인의 팔을 잡고 끌며

"예, 뒤의 일은 내가 다 보아 드리지요. 아무한테도 작별은 하실 것 없습니다"

하고 문 앞에서 기다리던 자기 마차에 처실은 후 벌써 어디로인지 가 버렸다.

98. 나매신의 체포

부륜 백작의 힘으로 포박을 면한 것은 실로 오 부인의 복이었다. 옆의 방에 있던 나매신은 이 두 사람의 수작을 자세히 듣고 다만 부인 뿐 아니라 자기 역시도 잠시를 더 있기 어려운 줄을 알았으매 위선 약병을 들고 일어서 보았으나 나한욱의 시체를 이대로 두어서는 모든 비밀이 다 발각될 뿐 아니라 일껏 만들어 낸 비밀한 약도 다시 시험할 기회가 없을 것이요 그렇다 하여 자기 힘으로는 시체를 끼고 달아날 수도 없으니 어찌하면 좋을까 하고 망설망설하였으나 아까 나간 세 사람도 곧 돌아올 시간이 되었으매 그 사람들이 만일 경관보다 먼저 들어오면 이 시체를 들려 가지고 가기도 용이할 것인즉 위태할지라도 그때까지는 이 자리를 떠날 수 없다고 결심을 한 후 모든 일을 운수에 맡기고 어떤 편이 먼저 들어오든지 그것을 기다리기로 하였다.

또다시 생각을 한즉 나한욱의 시체를 이대로 두었다가는 혹 자기 몸이 잡히는 때에 그를 죽였다는 혐의를 풀 수가 없을 것이라. 지금 이 계제에 피어날 약을 먹여서 그를 살려 놓으면 다시 사람 죽였다는 죄도 없고 그 역시 자기가 잠시라도 죽었다 살아난 줄은 모를 것인즉 독약의 비밀은 알아내지 못할 것이다. 또 같이 잡히기로 한대도 한 번도 시험을 못 하여 보고 잡히기는 원통한 일이라고 위태한 중에도 침착한 태도로 앞뒤를 생각하고 위선 일어나 사잇문을 잠그며 이렇게 하여 두면 경관들이 올지라도 그자들이 이 문을 깨트리는 동안에 나는 저편 문창을 열고 달아날 수가 있다고 자문자답을 한 후 다시 시체 옆으로 가서 홑이불을 떠들고 위선 그 주사 통에 약을 가득이 부어 시체의 콧구멍에다 깊이 꽂아 놓고 천천히 밀어 넣었다. 그리고 다음에는 시체

를 안아 일으켜 그 얼굴을 천장으로 두고 목구멍이 저절로 벌어지도록
한 후 약을 내려가게 하기 위하여 목에서부터 가슴을 내리 문지르니
약은 생각한 대로 흘러내려 간 모양 같았다. 그러나 그 효험은 아직 나
타나지 아니하며 나한욱은 여전히 빳빳한 채로 있는지라. 나매신은 혹
약이 좀 부족한가 하여 시체를 땅에 누이고 다시 주사 통을 꺼내고자
하였다. 이때에 바깥으로부터 사람들이 몰려오는 소리가 들리더니 지
금 잠근 문을 두드리며

　　"어명이오, 어명이오"

　　부르짖음은 분명히 경관이 온 것이다.

　　인제는 다시 어찌할 도리가 없으며 더욱이 경관은 여러 사람이
되어서 뿌적뿌적 문을 깨트리는 소리가 들리는지라. 나매신은 분하기
한량없으나 시체의 어찌 됨을 볼 겨를도 없이 창문을 열고 뛰어 나선
뒤에 샛길을 따라 뒷문 밖을 나서니

　　"필경 일로 나올 줄 알고 그물을 쳤더니라"

하며 힘들지 않게 붙드는 자는 바로 노붕화였다. 나매신은 하릴 없이 달려드는 여러 경관에게 잔뜩 결박을 당한 뒤에 준비하였던 마차에 올라앉았다. 그러나 그는 속맘으로

'아무려면 대수냐. 부인은 달아났고 남편을 위시하여 여러 사람들은 다 무사히 되었은즉 달리는 애쓸 일이 없다. 잡혀가면 필경 월희를 만날 수도 있겠지'

하고 태연하게 생각하였다

▼ 역자의 말

원래 이 소설은 허공에 지어낸 다른 소설과 달라서 역사상에 나타난 사실을 기록한 것이거니와 중에서도 이러한 데는 역사상의 사실을 그대로 베낀 것이며 부인과 부륜 백작의 문답한 말은 초시 승정의 《루이 십사세 실록》 중에 있는 말을 그대로 옮겨 놓은 것이다. 또 오 부인에게 소생이 있다는 말은 지금까지에는 아무쪼록 이야기가 어수선하지 않도록 하기 위하여 기록하지 아니하였으나 오 부인은 루이 왕에게 소박을 당한 뒤로 홧김에 송 백작과 결혼을 하였으나 다만 금슬이 좋지 못하여 실상은 이혼을 하나 다름없이 각거로 지냈으며 그 사이에는 여러 소생이 있는 중 용인 공자는 제일 끝의 아들이었다. 그러한 중에 송 백작은 일직이 하세하여 정말 꺼릴 데 없는 홀몸이 된 고로 부인의 방자한 행동은 일층 심하게 되었다 한다.

99. 독약 심문정 (1)

나매신이 잡힌 뒤로 판국은 이에 한번 변하여 무쇠탈을 알아내고
자 하던 일은 전혀 사라지고 만 것같이 되었다. 오 부인은 용인 공자를
따라 오지리로 달아난 채 소식이 없고 월희는 어디로 갔는지 기척도
없으며 독약을 시험한다고 나매신에게 목숨을 빼앗기었던 나한욱이
도 영영 시체가 되고 말았는지 경시청에는 사신한 일이 없으며 고수
계, 안동익, 안시제의 세 사람도 그날 밤에 나간 채로 소문이 없다. 검
정 수건도 볼 수 없고 노붕화도 감감하여 그저 까닭도 알 수 없이 경황
없는 중에 이해도 저물어 가고 이듬해 사월이 되었더라.

이즘 차차 세상 사람의 이야깃거리가 되어 위로는 황족, 귀족의
사회로부터 아래는 병문, 가로에까지 두 사람만 모여도 입에 오르는
것은 저 유명한 독약 심문 사건이었다. 조사를 받는 피고는 별사람이
아니라 곧 나매신인바 정부에서는 이 일을 위하여 재판관, 경찰관 중
에서 특별히 심문 위원을 내었으며 나매신은 따로 비시젱 감옥에 가두
고 감옥 밖에는 특별히 '독약 심문정'이라고 하는 임시 재판소 같은
것을 설시하였더라. 대체 이는 무슨 까닭이냐 하면 모두 노붕화의 흉
와조산일다. 그는 한번 유 부인에게 맘을 두었다가 부인이 곧 방월희
인 줄을 안 뒤에 너무나 낙담이 되어 이틀 동안이나 머리를 싸고 누었
다 하더니 그는 누워 있는 동안에 무슨 생각을 하였던지 일어나면서부
터는 그전보다도 열심으로 첫째, 오 부인의 포박할 일을 주장하여서
국왕의 허락을 맡고 자기 손수 나매신을 잡게까지 된 것이었다. 사랑
의 이루지 못한 원한을 정치상에다 풀고자 함인지 좌우간 이렇게 열심
이 되고 본즉 월희도 응당 고생이 자심할 것이나 살려 낼 도리가 없는

이상에야 어찌할 수 있으랴.

다만 홀로 노붕화의 분풀이를 받는 것은 저 나매신이었다. 나매신은 갖은 수단, 갖은 방법을 다하여 여러 가지로 문초를 당하였으나 일언반사도 동지들의 비밀을 입 밖에 내지 아니하매 노붕화도 필경은 단념을 하고 말았으나 이와 같이 문초를 하는 중에 더욱더욱 나매신의 범연치 아니한 인물임을 알고 이러한 무서운 재주가 있는 사람을 살려두고 그 미움을 받게 되어서는 자기 몸에 어떠한 재앙이 있을는지도 알 수 없으며 이야말로 맹호를 들에 놓아주나 다름없이 위험한 일인즉 차라리 독약을 핑계하고 나매신을 죄로 몰아 사형에 처함만 같지 못하다 하여 독약 심문정을 열고 무서운 고문을 더하였으나 나매신은 마침내 아무 일도 자백하지 않고 도리어 대담스럽게 조정을 조롱하며 노붕화를 나무랄 뿐 아니라 정부에서 극히 비밀히 하는 일까지 모두 들추어내어 심문관 역시 어찌할 수 없는 형편이 되었으매 필경 저 가련한 나매신은 당시 불란서 형벌 중에서는 제일 무섭다고 하는 살라 죽이는

형벌을 받게 되었더라.

　살라 죽인다는 것은 옛날의 단근질보다도 무서우며 기름에 삶아 죽이는 형벌보다도 못지아니한 것이라. 위선 철장에 불을 달아 전신의 피부를 태우고 다음에는 그 수족을 자르며 맨 뒤에는 유황불에 살라 죽이는 형벌이라 한다. 이러한 참혹한 형벌을 응당 나매신이 마지막으로 당하고 말았을지며 나매신 뒤에는 다시 전례가 없을 것이다. 이것만으로도 파리 사람의 인심을 뒤집었으려니와 그뿐 아니라 나매신은 독약 사건에 대하여 당시 정부에서 세력이 있다는 사람들과 그 부인을 모조리 불러서 아무 재상은 국왕을 죽이려고 나에게 독약을 맞추었고 아무 부인은 왕비 한씨를 해치려고 나에게 독약을 의논하러 왔었다고 함부로 불고 보니 이 까닭으로 하여서 당시 정부에서 유세력한 사람 중에 심문정에 불린 사람이 부지기수였다.

　심문의 내용은 세상에서 알지 못하나 오늘은 아무 백작이 불려 갔다, 내일은 아무 후작이 불려 갔다 하는 소문은 파리 안에 파다하게 되었으매 독약 심문의 소문은 나매신의 이름과 같이 온 세상을 진동하였더라.

　그러나 나매신의 목적은 한갓 조정을 경동시키며 귀찮게 하고자 할 뿐이요 한 번이라도 상종이 있던 귀인들을 몹쓸 구덩이에 끌고 가자는 것은 아닌즉 증거가 될 만한 일은 손톱만치도 말하지 아니하여 그 사람을 싸고도는 고로 한 사람도 죄를 당하지 아니하고 그대로 방면이 되었으나 다만 노봉화의 처지로는 나매신의 뱃속에 있는 말을 모조리 듣고 싶은 생각이 있으며 그것을 듣기 전에는 어찌 맘이 뇌지 않는 형편이므로 정말 사형을 선고하던 당일에는 나매신에게 마지막 문초를 받기 위하여 또다시 고문을 시작하게 되었다. 그때의 형편은 지금도 오히려 기록이 있는 터인즉 다음에 대강 기록하고자 하노라.

100. 독약 심문정 (2)

여기는 독약 사건을 심문하는 법정이다. 정면에는 심문관과 경시의 자리가 있으며 그 옆으로는 서기관의 자리가 있고 심문관의 앞으로는 피고를 문초하는 마당이 되었다. 이러한 것은 여느 재판소와 다를 것이 없으나 다만 누가 보든지 몸서리가 나는 것은 양편 벽에 걸려 있는 가지각색의 형구들이며 그중에서도 제일 무서운 것은 참나무 전목으로 만든 차꼬일다. 이 차꼬는 죄인의 두 발을 집어넣고 지긋지긋이 졸려 들어가 필경에는 발등의 모든 잔뼈가 부서지도록 주리를 트는 것이며 피고가 아픈 것을 참지 못하여 기절 되는 것이 한정이라고 한다.

지금까지 심문관과 경시는 피고에게 무슨 형벌을 할까 의논을 하고 있던바 심문관은 발을 졸리는 것이 좋겠다고 우겼으나 경시는 그것도 오히려 부족하니 이번 피고같이 영악한 위인에게는 물을 먹이는 것이 좋겠다 하여 필경 그렇게 하기로 작정한 후 고문을 맡은 사령에게 각각 준비를 시키고 또 지켜 서 있을 의원도 불러들였다. 이 의원은 고문을 하는 동안에 가끔 맥을 짚어서 이 위에 더 고문을 하여도 피고가 죽지는 아니할까 함을 판단하며 거운거운 죽어 갈 때까지 고문을 하기 위하여 지켜 서는 아주 잔인한 직책이다. 이와 같이 채비를 갖춘 뒤에 피고를 불러들이니 나매신은 그동안 옥중살이에 얼굴빛이 세고 뺨이 여위었으나 그 날카로운 두 눈은 여전히 사람을 쏘며 입가에는 심문관을 가소롭게 보는 듯한 웃음을 띠었더라. 그는 간수에게 끌린 채로 천천히 들어와 심문관의 앞에 서되 아주 태연한 모양으로

"에그, 오늘은 아주 요정이 나는구먼. 벌써 채비를 차려 놓은 것 보니까—. 자아, 주리를 트는 놈이 못 견디나 틀리는 내가 못 견디나 해봅시다"

하고 소리를 지른다. 이 모양으로 보면 그는 가슴에 여러 가지 포부를 품고 그를 이루기 전에 부질없이 옥중에서 썩어 남을 분하게 여기어 그 까닭으로 평일의 침착한 태도는 없어지고 얼마큼 조급한 성질이 생겼으며 보고 듣는 것이 모두 분돋움으로 느끼는 것 같았다.

원래 사람의 성질은 강한 자와 약한 자의 두 가지가 있어 약한 자는 고통을 받을 때마다 점점 약하여져 필경에는 무슨 말이든지 토설을 하게 되나 강한 자는 고통 받을수록이 점점 독이 오르고 악이 나서 하려고 생각한 일까지도 말을 아니 하고 도리어 고문하는 사람을 귀찮게 한다는데 나매신 같은 이는 강한 중에서도 강한 성질이 되어 고생을

하면 할수록이 점점 수작할 수 없는 위인이 되어 가는 것 같다. 그는 조롱하는 말로

"옳지, 물을 먹일 모양이구려. 차꼬쯤으로는 좀 부족하다고 아마 당신이 그랬지요"

하며 경시를 바라보니 경시도 나매신의 날카로운 안력에는 견디지 못하여 부지중에 그 눈을 내리깔았다. 나매신은 또 웃으면서

"당신은 정말 나한욱의 뒤를 이을 만도 하오. 나한욱이도 남을 못 살게 구는 것이 재미로 알더니. 그러나 그는 어찌 된 셈인가요. 내가 여기 오기 전에 독약을 먹었는데 그대로 영 죽었소, 혹은 약력이 부족하여서 살아났소"

얼렁뚱땅하고 물어보는 것은 역시 자기가 만든 피어날 약의 효험이 어떠한가를 알고자 함이라. 경시는 엄숙히

"말없이"

하고 호령을 하였으나 나매신은 여전히 겁 없는 모양으로

"흥, 오늘은 내 말을 들으려고 형구까지 차려 놓았지요. 나도 마지막 가는 길에 실컷 말이나 할까 하였더니 말없이는 좀 섭섭한걸"

하고 놀려 주었다. 그리고 또 웃으면서

"연설을 하는 사람은 목이 말라서 물을 먹는다더니 나도 물을 퍼부어 가면서 말을 하면 첫째, 목마를 염려는 없겠군"

한다.

이때에 심문관은 비로소 입을 열어

"오늘은 피고에게 판결문을 읽어 들리기 위하여 불러낸 것이다"

"듣지 않아도 대강 알겠소. 그 위에다 또 들으면 이번에는 강이라도 하게요"

심문관은 고문하는 사령에게 눈치를 하니 고문 사령은 앞으로 나와 나매신의 어깨를 잡고 의자 위에 기대게 하였다. 다음에는 서기를 향하여

"자아, 선고를 읽어 들려라"

하고 명령하니 서기는 소리를 높이어

"국왕의 명령으로 조직된 본 심문정은 피고 나매신의 죄상을 심문한바 피고 나매신은 첫째, 독약을 만들었고 둘째, 사람을 독살하였고 셋째, 불령지배와 공모하여서 중대한 일을 계획하고 넷째, 사형의 죄인을 도와서 집에다 은닉하고"

하며 읽어 내려오니 나매신은 또 입을 열어

"조건이 매우 많구려. 그만한 공덕이 있으면 불살라 죽이기는 염려 없겠소"

이로부터 서기관이 읽어 내려감을 따라 나매신은 점점 이따위 욕설을 퍼부으며 서기가 사형의 절차를 읽으매

"그렇게 애써 읽지 않아도 호강하는 절차는 다 알겠소"

하고 '피고 나매신은 산 채로 유황불에 살라 버린다' 하는 구절에 가서는

"더할 것 없이 사람의 섭산적이로구려. 밤낮 섭산적거리밖에 못 되는 소 짐승 생각을 하면 어슷비슷하겠지"

하고 조롱을 하여 조금도 무서운 줄을 모르는 것 같은지라. 이러한 선고를 늘 읽어 버릇하던 서기관도 이 모양을 보고는 대체 이것도 사람인가 하는 의심이 났던지 목소리가 첨같이 나오지를 못하였다.

101. 독약 심문정 (3)

　나매신의 대담한 행동에는 이러한 일에 경험이 많은 서기관도 목소리를 떨었다. 이 모양을 본 심문관은 스스로 그 선고서를 집어 들고

　"…… 또 피고 나매신은 마지막의 문초를 받기 위하여 특별 고문을 더할지며 또 피고의 재산은 국왕의 명령으로 전부 몰수함"

　하는 나머지의 두어 구절을 읽어 들리니 나매신은 픽 웃으며

　"재산까지 몰수를 한다. 루이도 인제 돈을 모으기에 꽤 이력이 났군. 하기는 노붕화가 재상이 된 뒤로 탁지에 돈이 말라서 쩔쩔맨다니까 많지 않은 내 재산도 그들에게는 감지덕지하겠지"

　하였다. 대담하다고 할는지 악독하다고 할는지 무엇이라 형용할 수 없는 이 여자에게 고문을 더한대도 무슨 말을 얻어들을 것 같지 아니하나 이미 작정된 일이고 보매 지금 와서 그만둘 수도 없는 일이라. 위선 물을 먹이는 고문을 시작하기로 하였으나 고문을 시작하기 전에 심문관은 위선 부드러운 목소리로

　"여보아라, 나매신, 이미 사형을 하기로 작정된 이상에 또 피고를 고생시키기는 정말 차마 못 할 일이고 피고 역시도 죽을 때까지나 좀 편안히 있으면 좋지 않은가. 이왕 죽을 바에야 그렇게 고집을 부린대도 소용없는 일이니 순순히 속에 있는 말을 다 하지. 사실만 토설할 것 같으면 구태여 악형을 할 필요도 없으니 잘 생각하여 보아라"

　하고 달래는 말같이 하니 나매신은 코웃음을 치면서

　"사형인 바에 유황불에 살라 죽이는 무서운 사형을 당하기로 작정된 담에야 누가 바른말을 할꼬. 차라리 여기서 죽으면 불타 죽는 형벌은 면할 것이니 어디 재주껏 고문을 하여 보구려. 어쩌면 온몸에 불

이 배어서 타 죽을 때에 본치가 좀 더 있을는지도 모르지"

하며 조롱 반 섞기로 대답을 하는지라. 심문관과 경시는 할 수 없다고 생각하여 고문을 시작하라고 눈치 하니 고문 사령들은 곧 나매신의 팔다리를 잡아서 형틀에 올려 매며 나매신은 여전히 비웃는 얼굴로 하는 거동만 보고 있었다.

대체 이 형틀은 보통 침대와 같이 생긴 것이나 그 한가운데에는 가로쇠 나무가 있어 죄인을 그 위에다가 반듯이 눕히게 되었다. 죄인의 몸은 그 가로쇠 나무에 걸려 있는 터인즉 좌우로 굴러 떨어질 염려가 있을 것 같으나 고개와 네 활개에 줄을 매어 가지고 사방에서 잡아 켕기게 되었은즉 바른편으로 기울면 왼편 줄이 잡아당기고 왼편으로 기울면 바른편이 땅기어 좌우간에 조금도 움직일 수가 없는 것이다. 그리고 아래는 바퀴를 돌리면 고개와 사지에 매여 있는 줄은 사방으로 끌리어 고개는 빠지고 수족은 늘어나며 사지가 늘어날 것같이 된다. 이것만 하여도 벌써 여간한 졸경이 아니거니와 이와 같이 하여 산몸에

골을 켠 후 다시 입에다 물을 퍼붓는 것이다. 고문 사령은 위선 나매신의 입에다 대통을 물리어 다물지 못하게 하고 다음에는 코를 막아 입으로밖에 숨을 못 쉬게 하였다. 이와 같이 하여 입에 물린 대통으로만 숨을 쉬게 한 후 세 사발가량이나 드는 큰 주전자에 물을 가뜩 담아 들고 천천히 나매신의 입에다 들어부으니 물은 얼마큼 밖으로 흘러 떨어지나 대개는 숨을 쉴 때마다 꿀떡꿀떡 배 속으로 흘러 들어가 그 모양은 보기에도 차마 애처로우며 더욱이 사지를 켕기는 고동은 차츰차츰 돌아가는 고로 나매신의 몸은 물을 먹을 때마다 한 푼 두 푼씩 늘어나서 첫 번 주전자를 다 거우를 때에는 한 치가량이나 늘어난 것 같으며 세 사발이나 되는 물을 다 마신 까닭으로 꿀떡 소리도 못 하는 형편이었다. 지켜 섰던 의원은 이때에 맥을 짚어 보고

"아아, 아직 목숨은 있습니다"

하니 고문 사령은 바퀴를 좀 뒤틀어서 켕겼던 줄을 늦춰 놓았다. 이때 나매신은 뜻밖에 무슨 기운으로 소리를 내어

"아아, 그만하면 갈증은 가시었는걸. 인제는 아무가 권한대도 다시는 못 먹겠소"

한다. 그러나 털끝만치도 어려운 빛을 보이지 아니하며 끙 소리 하나 내는 일 없음은 정말 한량없는 참을성이라고 할 것이다.

심문관은 그만하면 이번에는 토설을 하겠지 하여

"자아, 동류의 이름을 대어라"

하고 재촉하니

"예, 말하지요. 동류들의 성명이며 그 외에 노붕화에게 관계되는 중대한 일도 말하지요"

경시는 서기를 향하여 '자아, 필기를 하라'고 눈치 하며 서기는

붓을 들고 앉으니 나매신은 얼마큼 목소리를 가다듬어 가지고

"저 백침대 이야기를 하지요. 이것은 노붕화가 언제까지든지 숨겨 두려는 큰 비밀입니다. 대체 그 자식은 정말 버릇없는 놈인 것이 언감생심 어디라고 황족 반열에 드는 오 부인을 작년 봄에 브뤼셀에서 죽이려 들었구려. 이 일이 그때 당시에 세상에 퍼졌으면 노붕화는 명색이 없었을 것이고 지금도 국왕의 귀에 들어가면 면직되기 쉽지요. 이 백침대는 나한욱이가 만든 것이니까 두 분도 짐작하겠구려"

하고 대담스럽게 노붕화의 죄상을 쳐들어 내매 경시는 불같이 성이 나서 위선 서기관의 붓대를 붙들어 놓고 다음에는 고문 사령을 향하여

"물 한 주전자 더 먹여라. 더 먹여"

하고 재촉을 하였다.

102. 독약 심문정 (4)

물 한 주전자 더 먹이라는 경시의 분부를 들은 고문 사령은 곧 다시 고동을 돌리어 나매신의 몸을 사정없이 늘여 가면서 다시 둘째 주전자를 들고 첨과 같이 나매신의 입에 다 들어부으니 이번에는 바깥으로 넘치기도 아까보다는 많이 넘치나 나매신의 고생은 아까의 몇 배가될 것이다. 늘 수 있는 데까지 늘어난 그 몸을 오히려 자꾸 잡아 늘일 뿐 아니라 물은 아니 켜고자 하나 아니 켤 수 없어 별안간 얼굴은 자줏빛이 되며 몸은 부어올랐다.

이윽고 두 번째의 주전자가 다 말라 갈 때에는 몸무게까지도 아까보다 늘었는지 형틀의 가로쇠가 휘어 보이며 집맥을 하는 의원 역시도 인제는 더 먹일 수가 없다고 생각하였던지

"안 되겠습니다. 좀 더 하면 죽어요"

하고 소리를 지르는지라. 고문 사령은 둘째 주전자가 마름을 보고 잠깐 고동을 멈추고 입에 끼운 대통을 뽑으니 이번에야말로 끽소리도 못 하리라고 생각한 그가 오히려 목 안의 음성으로

"백침대 일이 안 되었으면 이번에는 훨씬 신기한 일을 말하지요. 이것은 요 근래에 생긴 일인데 노붕화가 어떤 유부녀에게 반하여서 정말 듣기만 하여도 가엾을 지경으로 허덕거리다가 필경 소원을 못 이룬 까닭에 노붕화는 지금 그 분풀이를 하기 위하여 갖은 짓을 다 하는 중입니다. 당신네는 지금 그 심부름을 하면서도 아직 그것은 모르지요"

하니 경시와 심문관은 다 같이 성을 내어

"죽어도 상관없으니 또 한 차례 더 먹여라"

하고 명령을 내리니 저 인정 없는 고문 사령이 무슨 까닭으로 상관의 명령을 거스르랴.

세 사발의 냉수도 먹을 수가 없으려든 하물며 세 주전자 아홉 사발의 냉수이랴. 비록 배가 터질지라도 더 들어갈 구석은 없을 것이다. 그러므로 예사 고문에는 세 주전자가 한정이요 네 주전자부터는 특별 고문이라 하여서 죄인이 죽어도 상관없을 경우에만 쓰는 것이라고 한다. 나매신은 이미 살라 죽이는 형벌이 작정된 터인즉 지금 물을 먹여 죽일 것은 아니나 이미 두 그릇의 냉수를 말리고 세 그릇째 시작을 한즉 거의 죽을 지경이 다 되었다. 몸은 짚단같이 부어오르고 평일 곱던 얼굴도 이제는 볼 수가 없이 되었다.

사람의 참는 힘은 한정이 있는 것이라. 저렇듯이 참아 오던 나매신도 이제는 정신없이 몸을 뒤틀기 시작한다. 그러나 입에는 대통을 끼우고 쉴 새 없이 물을 퍼부으니 소리를 내고자 하나 소리도 아니 나고 사지는 늘어난 위에도 더욱 늘이어 이제는 타고난 몸보다는 서너 치나 늘었은즉 몸부림을 한다 하여도 제법 몸을 뒤틀지는 못하고 겨우 얼굴의 힘줄을 실긋거릴 뿐이었다. 내려다보고 있던 경시는 이 모양을 보고 만족한 모양으로

"오오, 인제 어지간한 모양이로군"

하더니 다시 서기를 향하여

"지금까지 한 말은 헛소리나 다름없는 말이니까 물론 필기는 아니 하였겠지"

하고 묻는다. 서기가

"그렇습니다"

고 대답한즉 다시 만족한 모양으로

"이번에야말로 저도 정말 토설을 할 것이니 자세히 기록하여야 한다"

하고 명령하니 옆에 있던 심문관은 이 말을 듣고

"아니, 이렇게 되어서는 아무 말도 못 하겠지. 아직 목숨이 붙어 있는 것도 별일인데"

하며 앞에 있는 의원을 바라보니 의원 역시 그러한 생각인지

"물론이지요. 인제는 다시 말은 못 합니다"

고 대답하였다.

이때에 마침 물이 다하였으매 고문 사령은 다시 고동을 멈추고 나매신의 입에 끼운 대통을 뽑으니 과연 나매신은 아무 말도 하지 못하고 송장이나 다름없이 늘어져 버렸더라. 경시는 맘이 좀 풀린 것같이

"지금까지 앙살을 하던 것이 고만 퍼졌는가"

하며 낄낄 웃으니

"아니, 그렇지도 않아요. 물에도 불에도 지지 않는 오기칠의 발명한 약을 먹은 덕에 고문을 당하기도 매우 편합디다"

하고 목 안의 소리로 대답하는 이가 있었다. 누구인가 하고 본즉 역시 형틀 위에 누워 있는 나매신의 소리이매 경시는 또다시 화를 내어

"무엇, 고문을 당하기가 편하다고. 그래도 고따위 입찬소리가 나온다. 오냐, 이번에는 정말 특별 고문 맛을 보아라. 특별 고문에는 한정이 없으니까 이번에는 죽을 때가 한정이니 그리 알아라"

하고 을러메니 이약 나매신으로도 다시는 저항할 힘이 없어

"아니요, 이번에는 과연 혼났습니다"

"응, 그렇겠지. 그러면 인제 사실을 바로 말할까"

나매신은 오히려 목 안의 소리로

"예, 사실대로 말하겠습니다"

경시는 큰 성공이나 한 것같이 서기와 심문관을 반반 타서 바라보며 서기를 향하여

"자아, 이번에는 한 마디도 빼지 말고 필기를 하여야 해. 한 마디라도 빠지지 않도록 주의하렷다"

하고 명령을 하며 서기는 붓을 들고 기다렸다.

103. 독약 심문정 (5)

인제는 바른대로 말을 한다는 나매신의 항복을 받은 경시는 큰 성공이나 한 것같이 서기를 단속하여 한 마디도 빼지 말라 하고 다시 나매신을 향하여

"자아"

하고 재촉을 하니 나매신은 숨이 차서 듣기에도 안타까운 목소리로

"예, 이번에는 정말 중대한 일입니다. 당시 조정에서 유명한 광덕, 충린 두 공작에게 관계되는 일이여요"

하는 말을 듣고 경시는 비상히 만족하여

"오오, 두 공작도 역시 너와 동류이지. 두 공작은 필경 국왕을 죽이고 역적질을 하기 위하여 독약을 부탁하였을 것이다. 애, 사령, 그 줄

을 활씬 늦추고 피고를 좀 일으켜 앉혀라. 안아 일으켜 주어라"

고문 사령이 그와 같이 하매 나매신은 몸을 일으키는 동시에 잔뜩 늘어났던 모든 힘줄이 줄어든 까닭인지 먹었던 물을 폭포같이 토하고 잠깐 그 가슴을 쓰다듬은 후

"예, 총리대신 노붕화라는 놈이 두 공작을 꺼리어서 어떻게 하든지 조정에서 내쫓으려고 갖은 간계를 다 부리는 중이지요. 위선 독약 심문정을 설시하여 가지고 죄도 없는 나를 못 견디게 구는 것은 역시 그 까닭이여요. 당신네는 지금 그 심부름을 하는 것입니다. 또 그보다도 더한 것은 무쇠탈 사건이지요"

하며 세 번째 노붕화의 죄상을 드러내기 시작하니 그 앙큼하고 독한 태도는 말로만 들어도 몸서리가 나려니와 이 말을 들은 경시의 노염이 또한 여간치 않다. 그는 기가 올라서 벌떡 일어서면서

"애, 사령, 고 조동이를 틀어막아라. 자아, 고문을 또 시작해라. 어서 빨리"

하고 재촉을 하였으나 벌써 줄까지 늦추어 놓은 때이라 고문 사령들은 부질없이 서둘기만 한다.

"저 줄을 죄어라. 고동을 돌려라"

하고 갈팡질팡하는 동안에 나매신은 할 소리를 다 하였으며 더욱이 그 목소리까지 차차 커진다.

"노붕화는 법률에도 없는 무서운 무쇠탈을 만들어서 그것을 어떤 죄인에게 씌웠어요. 이 무쇠탈을 만들어 낸 것은 역시 당신의 장관 나한욱입니다. 당신이 그것을 모른다고 하면 그야말로 등신이지요. 당신은 노붕화가 무슨 까닭으로 이 무서운 무쇠탈을 만든지 압니까. 이러한 일이 세상에 퍼지고 보면 노붕화는 세계 각국 사람에게 시비를 들을 것이니까 당신 같은 허섭스레기한테는 말도 아니 하였으리다. 그러니 노붕화 대신에 내 알려 주지요. 역시 두 공작을 모함하기 위하여서 도깨비골에서 사로잡은 결사대에게 이것을 씌웠어요. 저는 면보 장수의 자식으로서 황족 중에서도 제일가는 두 공작을 모함하려 들다니 정말 괴악한 놈 아니오. 이런 일을 세상에서 모르는 줄로 알았다가는 아주 낭패지요. 무쇠탈의 비밀은 위선 내가 다 알고 있는데 무쇠탈을 쓰고 있는 그 불쌍한 죄인의 이름을 내 이 자리에서 알려 내리까. 그의 이름은 두 가지가 있어요. 하나는"

하고 막 이름을 말하고자 할 때에 가련한 나매신의 입에는 대통을 끼우고 특별 고문이라고 하는 네 번째의 물을 먹이기 시작하였다.

경시는 불쾌한 낯으로 서기를 돌아보면서

"지금 그 말은 안 썼겠지"

서기는 무엇이라고 하여야 좋을지를 알지 못하여

"예, 첨에 조금 쓰다 말았습니다. 조금밖에 안 썼어요"

경시는 화를 내면서

"소견 없는 것, 그런 욕설을 필기하는 법이 어디 있어. 그럴 터이면 면직시킬 터이다"

"아니, 지워 버리겠습니다. 지워 버립니다"

하며 서기는 열이 나서 짓기 시작을 한다. 원래 이때 시절의 재판소 서기는 쓰기 잘하는 사람보다 짓기 잘하는 사람을 쳐주었다고 한다.

그러한 중에 나매신은 벌써 생사를 분간할 수 없도록 몸이 부었으나 마침내 굴복하지 아니하고 필경 태워 죽이는 형벌을 받게 되었는바 물론 재판소 안에서 하는 일은 극히 비밀을 지키어 세상에서 아는 사람이 없을 것이로되 원래 숨기는 일일수록이 소문이 잘 나는 것이라. 누구의 입으로서 나왔는지 나매신은 물 먹이는 악형에도 굴복치 아니하고 재상 노붕화의 수죄를 하였다는 말이 한 입 걸러 두 입 걸러 퍼지기 시작하여 그 이튿날에는 벌써 파리 바닥에 자자하게 되었으며 그 태워 죽이는 사형은 고금에 없이 유명한 사건이 되었더라.

104. 이천오백 원의 창문 (1)

전무후무하게 소문이 높은 나매신의 사형은 그레브 형장이라 일컫는, 가끔 사람을 죽이는 곳으로 유명한 넓은 마당 터에서 집행하게 되지라. 당일에는 이른 아침부터 불살라 죽이는 무서운 구경을 하고자 이곳에 모여든 사람이 몇만 명인지를 알 수 없으며 그중에는 나매신의 얼굴이 어떠하며 나이 몇 살이나 되었으며 어떻게 생긴 여자인가를 보기 위하여 일부러 서반아, 이태리, 백이의 같은 외국에서 온 사람까지 있었다. 그러므로 이 형장 근처에 있는 여염집의 이 층은 일주일이나 전부터 미리 약속을 하고 창문 하나에 한 시간 세전이 몇십 원으로 언론이로되 그러한 것을 불계하고 빌리고자 하는 사람이 많게 되어 시세는 점점 올라갈 뿐이었다. 이러한 여러 집에서도 제일 구경하기 좋은 곳은 형장 정면에 있는 술집 이 층인데 그 집 창문으로부터 고개를 내밀면 형장 안의 형편이 일일이 내려다보일 뿐 아니라 죄인의 들어오는 길목까지도 눈앞에 가로놓여 첨부터 끝까지 자세히 볼 수가 있다. 그러므로 연전에 임 백작 부인이 사형을 당할 때에는 이 집 창문을 너도 나도 하고 서로 빌리고자 하다가 필경 이천오백 원에 장보수 후작에게 빌리어 장 후작 댁의 막처라는 패가 붙게 된지라. 그 뒤로부터는 이 집 창문을 이천오백 원짜리 창문이라 하여 좀처럼 빌리겠다는 사람이 없었다. 그러나 그 집 주인은 그렇게 빌리지 못하여 애쓰는 일도 없으며 우리 집 창문은 분명히 이천오백 원의 가치가 있었으니까 그 값에서 한 푼이 없어도 빌리지 않는다고 배를 퉁기고 앉았으니 아무리 구경을 좋아하고 아무리 돈을 물 쓰듯 하는 사람이라도 값싼 이웃집을 빌리고 이 집에는 손을 대지 못하였다. 그 후에 벌써 육칠 차나 유명한 사형이 있었지마는 이 집 창문만은 사람의 그림자가 없게 되매 주인은 좀 실망이 되어서

"아무렇든지 세상은 다되었어. 귀족들이 아무리 사치를 하느니 어떠니 하지마는 우리 집 창문 하나를 빌릴 사람이 없구려"

하고 탄식하였다. 그러나 세상은 아직 탄식하도록 다되지도 아니하였던지 이번 나매신의 사형에는 벌써 나흘 전부터 선금을 내고 빌려

놓은 사람이 있었다.

대체 막대한 돈을 내어 가면서 나매신의 참혹한 죽음을 구경하겠다는 인정 없는 사람은 어떠한 인물인가 하여 주인에게 물어본즉

"무얼이요, 서울 사람은 좀처럼 우리 집 창문을 빌리지 못합니다. 시골 부자여요"

하고 흥감을 떨었으나 이 시골 부자 말고도 돈이 누룩머리를 앓는 사람은 또 있었던지 당일 오후 두 시가량이나 되어서(나매신의 사형은 오후 네 시였다) 백차일 치듯 하는 사람을 헤집고 이 집에 들어와 꼭 이 층을 빌려 달라고 졸라 대는 두 사람의 손님이 있었다. 주인은 수상히 여기어 위아래로 훑어본즉 예사 장사치로서 도저히 그런 비싼 구경을 할 것 같지도 아니한지라

"보시다시피 벌써 약속이 있었습니다"

하고 거절을 하였으나 그 사람들은 좀처럼 단념하지 않고

"아니, 그런 줄은 우리도 알았소마는 보아하니 벌써 두 시가 되도

록 그 사람은 아니 온 모양이구려. 혹 그가 무슨 상치되는 일로 별안간 못 오게 되지 않았나 하고 물어보는 말이오"

"예, 그가 못 오게 될지라도 세전은 벌써 선금으로 받았으니까 다른 데 빌릴 수는 없어요"

"그렇지마는 만일 그 사람이 못 오게 된다 하면 비워 둘 까닭이야 있겠소. 우리 좋도록 의논하여 봅시다그려"

하며 여러 가지로 이야기를 한 끝에 필경 위선 빌리기로 하되 만일 먼저 약속한 사람이 오는 때에는 곧 그 사람과 의논을 하여서 그 사람과 같이 보기로 하든지 그 사람의 일행이 많거나 혹은 다른 사람과 같이 보기를 꺼린다고 하면 그때에는 곧 자리를 비워 놓기로 약속을 하였더라.

이 손들은 어떤 사람인가. 무슨 까닭으로 이 집 이 층을 이렇게 빌리고자 하며 나매신의 참혹한 죽음을 보고자 하는가. 좀 수상한 일이련마는 주인은 자기 집 창문이 좋은 까닭이거니 하여 다시 의심하지 아니하였다. 이윽고 그 사람들은 주인에게 돈을 치러 주고 이 층으로 올라가 창문을 열어젖히고 형장을 내려다보니 형장 한가운데에는 벌써 나매신을 붙들어 매기 위하여 무쇠 기둥을 세웠으며 그 옆에는 살라 죽일 때 쓰려는 몇 짐의 장작과 유황 덩이가 놓여 있었다. 그네들은 그러한 모양을 슬프게 내려다보면서

"아아, 이만하면 되었네. 여기서 내가 군호를 하면 자네나 안시제는 어떤 편에 서 있든지 알아보겠지, 안동익 군"

"그렇고말고, 고수계 군. 그러나 이 창문을 빌려 놓은 사람은 누구일까. 만일 그 사람이 군호할 때 방해라도 하면 어찌하나"

"무얼, 상관없네. 누구인지는 알 수 없지마는 시골 부자라니까 내

얼굴을 알 리도 없고 설령 나를 알던 사람이라도 이 모양으로 변형을 하였으니까 못 알아볼 것일세. 또 군호라는 것도 모자만 벗으면 될 것이니까 옆에 누가 있든지 상관이 있나"

이러한 이야기로 살피건대 이 손들은 월희의 하인 고수계와 나매신의 남편 안동익이며 안시제와 공모를 하여 가지고 나매신을 형장에서 살려 내고자 하는 줄은 대강 짐작되는 일이다.

105. 이천오백 원의 창문 (2)

고수계와 안동익의 두 사람은 그 이천오백 원짜리 창문에 기대앉아서 한참 동안 말없이 형장의 형편을 둘러보고 있더니 이윽고 안동익은 매우 만족한 모양으로

"아아, 지금 형편으로는 정부의 경비병이 아무리 많을지라도 염려될 것 없겠네. 좀 보게. 이 구석 저 구석 할 것 없이 우리 앞사람들이 늘어 있지 않은가. 여기서 자네가 군호만 하면 그 사람들이 일제히 앞으로 나와서 보호병의 앞을 가로막고 그 틈을 타서 안시제 군과 나는 나매신을 훔쳐 낼 것이니까. 또 달아날 때에도 우리 편 사람들이 구경꾼을 밀어내면서 서두는 틈을 타서 빠져나갈 것이니까 조금도 염려될 것은 없네"

고수계는 오히려 염려스러운 모양으로

"그는 그렇지마는 우리 앞사람이라는 것은 모두 돈에 팔려 온 건달 놈들이니까 수많은 곤쟁이로 실상 믿을 수는 없을 것일세. 매우 정

신을 차려야 되지"

"그야 그렇지. 이 근처에 돌아다니는 모주 병정들까지 모아들었
으니까 믿을 수는 없지마는 그중에는 안시제가 장사 패 두목으로 있을
때에 그 부하로 있던 장사 패도 이십 명가량이나 있으니까 그네들은
정말 한몫 볼 것일세"

"무얼, 장사 패라고 하지마는 그자들도 지금 먹을 것이 없으니까
그러한 일을 하지 언제 안시제를 고맙게 생각하여서 따라다니던 자들
인가. 그것들 역시 너무 믿었다가는 낭패를 하네. 아무렇든지 이번 일
은 우리 세 사람의 힘으로 하는 셈 잡아야 될 것일세"

"그렇고말고. 나도 그 셈을 치고 단단히 차릴 것이니 자네도 군호
를 꼭 계제 맞추어 잘하여 주게"

"아무렴, 군호 한 가지는 썩 잘할 터이니 염려 말게"

"알았네. 자네가 여기서 대강 물계를 보아 가지고 군호를 하면 우
리는 또 그것을 받아 가지고 군호를 할 것이니"

하면서 안동익이가 작별을 하고 나가매 이윽고 이 집 주인의 인
도로 이 이 층을 올라온 손이 있었다.

이것이 먼저 이 창문을 빌려 놓았다는 사람인 듯하매 아니 왔으
면 하던 고수계의 생각으로는 얼마큼 실망이 되었으나 이제는 할 수
없는 일이다. 그러한 중에 주인은 두 사람에게 인사를 붙이는 것같이

"이 어른이 아까 말씀하던 시골 손님이십니다. 그런데 같이 보셔
도 상관이 없다고 말씀을 하시니 두 분께서 같이 구경하십시오"

한다. 고수계는 아무쪼록 자기 본색을 드러내지 않도록 주의하여
아주 고맙게 여기는 모양으로

"참, 노형께서 빌려 놓으신 자리를 추후로 와서 폐 시킨 것은 대

단 실례입니다마는 여기밖에는 잘 보이는 데가 없고 또 노형께서는 늦
도록 아니 오시기에 혹 다른 볼일로 아니 오시는가 하여서 주인에게
떼를 쓰고 올라와 있는 길입니다"

하니 그 손은 의외에 싹싹한 사람으로서

"무얼이요, 이러한 때에 조금이라도 낮게 뵈는 자리를 찾는 것은
누구나 다 일반이지요. 그처럼 말씀하실 것 있습니까. 보아하니 노형
께서도 훌륭한 신사이신 모양인즉 도리어 심심치 않고 잘되었소이다.
우리 술이나 한잔 갖다 놓고 이야기하여 가면서 같이 구경합시다. 여
보게, 주인, 좋은 술로 두서너 병 올려 오게"

하고 위선 술상부터 차리게 한다.

사람이 죽어 가는 모양을 술안주 삼아 바라보자는 것은 사람의
입에서 나올 말이 아니며 고수계는 좀 불쾌하게 생각하였으나 지금은
그러한 책망을 할 때가 아니라 원래 세상인심이 이러하거니 하고 위선
그 얼굴을 눈여겨보니 과연 시골 부자답게 보인다. 몸에 감은 의복이
며 가진 물건도 다 훌륭하고 몸 가지는 태도까지도 훨씬 기가 피었으
나 다만 무슨 까닭인지 그 얼굴은 매우 눈 익어 보이는지라. 이 사람을
어디서 보았던가 하고 속심으로 아무리 눈여겨보아도 생각이 나지 않
는 즈음에 그 사람은 자기를 눈여겨보는 줄도 알지 못하고

"노형은 이 파리에 계시겠지요"

하고 묻는 음성까지도 어디서 들은 것같이 생각난다.

고수계는 대담스럽게

"예, 이 근처에 삽니다. 주인에게 물으시면 내 집 일은 잘 알지요.
그러나 노형은"

"예, 나는 주린이라는 데 삽니다. 장사를 좀 하는 고로 일 년에 두

서너 번은 파리에도 오지요. 이번에도 벌써 월전에 올라와서 돌아갈 기한이 지났습니다마는 나매신의 사형이 하도 구경스럽다고 하기에 일부러 며칠을 묵고 있습니다"

하며 아주 무간한 것처럼 말을 한다. 고수계는 그 말을 들어 가면서 아무리 생각을 하나 알 수가 없는 중에 주인은 술병과 술잔을 가지고 올라와서

"이만하면 두 분 비위에 맞으실 듯합니다"

하면서 탁자 위에 놓고 내려간다. 그 사람은 그 술병을 손수 들고 두 잔에 각각 부어 한 잔은 들어 고수계에게 권하고 한 잔은 들어 자기가 마시면서

"아아, 술맛이 핥듯 합니다. 자아, 한잔 하시지요"

한다. 고수계는 호의로 주는 술을 첫 잔부터 사양할 길 없어 잔을 들어 반쯤 마신 후

"참, 술맛이 좋은데요"

하면서 탁자 위에 놓았다. 이때 그 손은 커다란 금시계를 꺼내어 들고

"오오, 벌써 네 시 십 분이 되었는데 나매신이 올 때 되었지요"

고수계도 맘이 놓이지 않는 터이라

"글쎄요"

하면서 창문 밖에 고개를 내밀고 나매신의 들어올 길목을 살펴본다. 이 틈을 타서 옆에 앉았던 손은 주머니에서 조그마한 약병을 꺼내어 가지고 고수계의 술잔에다 두서너 방울 떨어트린 후 시치미를 뚝 따고 다시 집어넣는데 그 날랜 모양은 여간 따개꾼도 명함을 못 들일 지경이며 이약 고수계의 눈치로도 알지 못하고 말았다.

106. 이천오백 원의 창문 (3)

이야기는 한번 바뀌어 저 나매신은 네 번째의 특별 고문을 당한 후에 아주 정신을 놓고 죽은 사람같이 되어서 들것에 얹혀 가지고 감옥을 돌아갔으나 원래 성질이 단단한 까닭인지 이튿날 아침에는 벌써 원기가 회복되어 미리 준비하여 두었던 여러 가지 비밀한 약을 먹은 까닭으로 사흘이 지나기 전에 아주 건강한 몸이 되었더라. 이 말을 들은 노붕화는 어떻게 하든지 나매신의 입으로 결사대의 내용을 알고자 하여 이번에는 형벌을 하는 대신으로 만일 사실만 토설하면 사형을 정지할 뿐 아니라 무죄 방면을 시킨다고까지 하였으나 나매신은 그에 응하지 않고 이미 유황불에 타 죽기로 작정을 한 담에야 새삼스러이 비

릿비릿한 일을 할 맛 없다고 고집할 뿐 아니라 끝끝내 노붕화의 수죄를 하매 재판소에서도 어찌할 수가 없어 필경 사형을 하기로 작정하였더라.

사형은 선고를 받은 후 열흘 만에 집행하기로 작정되었으매 나매신은 그동안 옥중에 있어 당시 정부를 반대하는 사람들이 지은 비웃는 뜻의 노래를 청청한 목소리로 부르기도 하고 혹은 간수들을 호령하여 도무지 손을 붙일 수가 없으며 죽는 것을 두려워하는 빛은 조금도 없으매 간수들은 도리어 무서워하고 겁을 내어 이 여자는 필경 악마가 사람의 탈을 쓰고 난 것일지며 그 독약 만드는 법도 악마에게 배운 것이라고 서로 수군거렸다 한다. 이와 같이 하여 정말 사형을 할 날이 돌아왔으매 오후 세 시가량에 감방에서 끌어내어 마지막의 설교를 들리고자 유명한 노트르담 교당을 가게 되었다. 교당에서는 당시의 법식을 따라 나매신에게 굵은 촛불을 들리고 한 시간가량이나 설교를 한 후 또 마지막 가는 길에 후회 나는 일, 생각나는 일이 있거든 나에게 말하라고 교회의 장로가 물었으나 장로의 눈물에도 맘을 움직이는 일이 없으며

"내 몸은 악마의 화신이매 임종 시에도 후회할 일이 없노라. 죽은 뒤에는 다시 악마가 되어 노붕화를 괴롭게 굴 뿐이라"

고 하며 조금도 예식의 체면을 대접하지 아니한지라. 그 까닭으로 하여서 얼마큼 시간이 늦었으나 예식이 끝난 뒤에는 사형 죄수의 복색을 입고 수레 위에 올라앉아 여러 기병들에게 싸여 가지고 사형장을 향하였더라.

원래 당시의 법으로 사형에 처할 죄수는 흰 보자기로 얼굴을 가리어 남의 눈에 보이지 않도록 들어가는 규칙이며 연전에 임 백작 부

인 같은 이도 그 전례대로 얼굴을 가리었으나 나매신은 여러 사람들 중에 얼굴을 드러내 놓고 또 혹시 자기를 살려 낼 사람이 있는가를 살펴볼 생각이 있으므로 아무리 하여도 얼굴을 가리지 못하게 하고 얼굴을 되바로 든 채로 수레 위에 올라앉아서 한쪽 뺨에는 웃음까지 띠고 여러 구경꾼에게 일일이 알은체를 하며 가니 그 대담한 거동에는 놀라지 아니할 사람이 없었다. 이윽고 그레브 형장이 가까워지매 더욱 정신을 차리어 사방을 살펴본다. 이 근처에는 수만 명의 구경꾼이 길에까지 밀려나와 경위하는 기병들도 임의로 나갈 수가 없을 지경이며 또 그러한 사람들 중에는 이상스럽게 복색을 차린 사람들까지 있는 모양이매 나매신은 벌써 눈치를 알고 필경 자기 남편을 위시하여 고수계, 안시제 같은 이가 자기 몸을 살려 내려는 계획인가 보다 하고 그 태연하던 얼굴에 일층 기쁜 빛을 나타내며 약차하면 곧 수레 위에서 뛰어내릴 준비를 하는 한편으로는 연해 여러 사람에게 웃는 낯을 보이니 나매신, 나매신 하고 부르는 소리가 사방에서 일어나며 그러한 사람들

중에는 나무라는 사람, 기운을 돋우어 주는 사람, 제각기 소리를 내어 거의 정신을 차리지 못할 지경이라. 경위하던 기병들은 채찍을 휘두르며 그 떠드는 것을 금하고자 하였으나 물 끓듯 하는 수만 명의 무리를 어찌할 수 없으며 어떠한 때에는 이 근처에서 노는 난봉 패인 듯한 어숫비슷한 장정들이 수레 옆으로 가까이 와서

"아주머니, 염려 마시오. 저승길에도 샛골목이 있다오"

하고 눈치 다른 말을 하며 나매신이 '알았노라'는 뜻으로 고개를 끄덕이면 다시 신이 나는 것처럼 공연히 뛰어 돌아다니며 이 사람 툭치고 저 사람 밀어내어 어떻든지 난장판을 만들고자 한다. 이 모양으로 보면 필경 무슨 군호를 기다려 가지고 자기를 살려 낼 모양 같으매 어디에든지 필경 군호를 할 사람이 있을 것이라고 나매신은 눈을 들어 사방의 높은 곳과 여러 집의 창문을 둘러보니 형장 정면으로 있는 술집 이 층에 특별히 고개를 내밀고 내려다보는 신사가 있다. 눈치 빠른 나매신은 벌써 그 사람이 무슨 까닭 있는 사람인 줄을 알았으나 다만 거리가 멀어서 누구인지는 알 수가 없었다. 차차 가까이 감을 따라 자세히 본즉 평일에 보던 모양은 아니나 분명히 고수계인 듯하다. 인제는 다시 무엇을 의심하랴. 자기 몸이 그 창문 가까이 가는 때에는 필경 여러 사람에게 군호를 하여서 나를 살려 내리라 생각하면서 유심히 고수계를 바라보니 고수계 역시도 '염려 말라'는 듯이 눈치를 한다. 이와 같이 하여 삽시간에 서로 눈치를 알고 보니 참 이러한 때에는 눈도 입만치나 말을 한다고 할 것이다.

이로부터는 한시바삐 그 창문 가까이 가기를 바라나 한 걸음 한 걸음씩 앞으로 나갈수록이 사람이 점점 심하게 모여들어 틈을 비집고 나가는 수레는 좀처럼 앞을 나가지 못하며 대개 삼십 분이나 걸려서

겨우 그 아래에 당도하였으매 나매신은 인제 정말 살아날 때가 돌아왔다고 다시 창문을 바라보니 이것이 웬일인가. 아까 보던 고수계의 모양은 보이지 아니하고 보지 못하던 시골 신사가 내려다보고 있다. 금방 고수계로 보았는데 이것이 웬일인가 하고 다시 바라본즉 그 신사는 조롱하는 모양으로 입을 비죽비죽하면서 아래턱을 쑥 내밀고 있다. 대체 이자는 웬 사람이기로 까닭 없이 나를 조롱하는가 하고 다시 한 번 똑바로 쳐다보니 그 시골 신사는 시골 신사가 아니라 나의 원수이다. 원수 중에도 무서운 원수일다. 너무도 의외이매 나매신은 고만 낙담을 하여

"아아, 다 틀렸구나. 나한욱이 놈이"

하면서 수레 위에 폭 까부라졌다. 과연 나매신이 낙담을 하는 것도 괴이치 아니한 일이다. 이 사람은 곧 나매신의 손으로 죽였다가 피어날 약을 먹여 놓고도 생사를 알지 못하던 당시 경시 차장의 나한욱이었다.

107. 비녀울의 병참소

나한욱이가 나타난 뒤로부터 나매신을 살려 내려는 계획은 어찌 되었는지, 계획이 다 틀리어 나매신은 마침내 유황불에 타 죽었는지 어찌 되었는지 그러한 것은 잠깐 다음으로 미루고 이야기는 다시 저 궁금한 무쇠탈의 간 곳과 방월희 신상으로 돌아온다.

무쇠탈은 깊은 밤중에 대감옥으로부터 실어 낸 지가 벌써 옛날이

다. 이제는 벌써 일천육백팔십일년인즉 그때부터 팔 년의 세월을 지냈으니 그동안 무쇠탈은 어떤 감옥에 숨겨 있었으며 어떤 고생을 하고 지금은 어떻게 되었는지 그를 아는 사람이 없으나 불란서와 이태리가 서로 접경된 비녀울이라는 병참소에는 거금 팔 년 전부터 갇혀 있어 참혹한 고생을 겪는 죄수가 있으니 이야말로 곧 무쇠탈이었다. 그는 팔 년 동안을 신고한 끝에 겨우 무쇠탈을 벗고 자기 얼굴에 바람을 쏘이는 법은 알았으니 이것도 감옥에서 허락을 한 것이 아니라 다만 간수가 없는 동안에 잠깐 벗었다가 간수의 발자취 소리가 나면 허둥지둥하고 도로 쓰는 터인즉 한 사람도 그의 얼굴을 아는 사람이 없으며 언제 보든지 눈도 코도 없는 무쇠탈의 두루뭉수리이었다.

그의 갇혀 있는 감옥은 산과 산 사이에 지은 이 층 돌집이며 바로 창문 밖이 높은 담이고 본즉 담 밖의 형편은 물론 알 수가 없었다. 일 년이 다 가도록 볕 한번 드는 일 없으며 언제든지 우중충한 방 안에 때때 바람결을 따라서 산골 안개가 날아올 뿐인즉 더욱이 방 안의 습기는 말할 수 없었다. 이제 그는 이 창문에 몸을 기대고 쳇불같이 가로세로 엮어 놓은 쇠창살에 붙어 달려 무엇인지 높은 담 바깥에서 들리는 듯한 소리에 귀를 기울이고 있다. 마침 지금은 간수도 없는 때이매 그는 슬그머니 무쇠탈을 벗고 그 얼굴을 드러내었으나 인제 이 얼굴을 보고 알아볼 사람은 없을 것이다. 설령 월희나 고수계를 그 앞에 마주 세운다 할지라도 응당 이 죄수가 안택승인지 오필하인지 또 다른 사람인지를 알아보지 못할 것이다. 그는 팔 년 동안의 옥중살이에 머리털은 낱낱이 희어지고 얼굴 모양은 파리하였으며 몸까지 굽어져서 그의 나이 사십인지 오십인지 또 육십인지 그것도 짐작할 수 없으며 거의 쇠경에 들어간 노인과 같다. 또 입은 의복도 전일과는 달라서 때 묻고

더러울 뿐 아니라 해어지고 찍어매어 어디가 깃이며 어디가 소매인지 또는 푸른지 붉은지 빛조차 알 수가 없으며 구두 역시도 창이 뚫어지고 울이 찢어져서 신이라고 이름 짓기 어려우나 오히려 없느니보다는 낫다고 할는지. 이 모양으로 살펴건대 아마도 대감옥을 나온 뒤로 팔 년 동안의 허구한 세월에 한 번도 옷을 갈아입힌 일은 없는 것 같다.

　노붕화의 혹독한 신칙과 전옥의 인정 없는 학대는 저렇듯이 용감하던 장사를 이 모양이 되도록 시들렸는가. 그러나 그는 오히려 죽지 않고 이러한 모양으로 목숨을 이어 갈 뿐 아니라 오히려 가슴속에는 한 줄기 불길이 이제에 타오르는 것 같았다. 더욱이 그 눈이 비길 데 없이 날카로운 광채를 가졌음은 온몸의 정기를 눈에다 모은 까닭일는지. 그러나 그 눈은 무엇에 쓸 것이랴. 하늘빛조차 보지 못하고 좁은 방 안에 갇혀 있어 눈은 있으나 볼 것이 없으며 담 밖의 모든 일이 응당 이러하려니 하고 짐작되는 것도 귀에 들리는 소리뿐이다. 그가 지금 창문에 의지하여 골돌히 듣고 있는 것은 시냇물의 흐르는 소리도 아니요 나무 끝을 불어 가는 바람 소리도 아니며 어디로서인지 한 마디 두 마디씩 전하여 오는 여자의 소리일다.

　소리인 바에는 듣기 좋은 노랫가락이며 귀를 기울이면 들리는 것도 같고 몸을 물리치면 안 들리는 듯도 하다. 담 바깥에서 오는 소리인가 혹은 먼 곳에서 오는 소리인가. 아무렇든지 이 근처로 말하면 파수 보는 병정밖에는 오지 않는 곳이며 더욱이 여자가 올 곳은 아니라. 어떠한 사람이 무슨 까닭으로 저 가련한 목소리를 보내는가. 어찌 무슨 까닭이 있는 것도 같고 또 의아한 맘을 금할 길이 없으매 그는 더욱더욱 귀를 기울이며 쇠창살에 기대어 있노라니 저편에서도 남모르게 노래함인지 분명히는 들리지 아니하나 아무렇든지 불란서의 노래이며 들어 보던 곡조인 것 같다.

육칠 분 동안이나 이 모양으로 듣고 있다가 무슨 생각이 난 것같이

"오오, 아무리 하여도 이 방에 들리기 위하여 노래하는 것 같다"

하고 혼잣말을 하면서 창 앞으로부터 물러나더니 짚 검불이 비죽비죽 나오는 침대 밑을 더듬어서 사방을 돌라보면서 꺼내는 것이 있었다. 무엇인가 하고 본즉 이는 날마다 먹고 남은 면보 부스러기를 공같이 뭉쳐 가지고 그 위에 손톱으로 글자를 새긴 것이며 이러한 때에 집어 던져서 바깥에 있는 사람에게 자기 맘을 알리고자 미리 준비하여 둔 것이었다. 그는 이것을 손에 들고 과연 아까운 것처럼 몇 번을 만져 보며

"너와 이별을 하기는 자식과 이별을 하나 다름없이 섭섭하다. 또 이와 같이 군호를 하기는 위태한 일이다마는 노래를 나더러 들으라는 뜻으로 부르는 사람 같으면 일부러 찾아도 볼 것이고 그렇지 아니하면 무심히 지나가겠지. 이 공은 풀 속에 떨어진대도 비가 한 번만 오면 풀어져 버리고 말 것이니까 그처럼 위험할 것은 없겠지. 이러한 때에 아니 던지면 언제 쓸 때가 있을라고. 그 대신에 만일 내 이름을 기억하는 사람이 있어 이 공을 받아 보면 혹 살아날 도리도 없으란 법은 없으니까"

하는 것은 그가 아직도 이 세상 일에 단념하지 아니한 증거이다. 다시 창 앞에 가서 쇠창살 틈으로부터 그 공을 집어 던지니 겨우 '탐방' 하는 소리가 들릴 뿐이다. 아깝도다, 그 공은 물속에 가 떨어졌구나. 그러면 이 담 밖에는 해자가 있고 해자 밖에 언덕이 있어 지금의 노랫소리는 그 언덕에서 오는 것인데 그러한 줄도 알지 못하고 공들여

만든 공을 물속에 넣었구나. 이것도 나의 신수 소관이라고 그는 비상히 낙담을 하여 부지중에 두서너 걸음이나 뒤로 물러섰다.

108. 꿈은 아니다!

이러한 때에 마침 방문 밖에서 발자취 소리가 들렸으매 그는 깜짝 놀라서 무쇠탈을 뒤집어쓰고 시치미를 떼노라니 간수는 문을 방그죽이 열고 방 안을 들여다보지도 아니하며

"자아, 빨래 가져왔다"

하고 부숭부숭한 빨래 뭉텅이를 집어 들뜨리고 갔다.

물론 무쇠탈은 지나간 몇 해 동안에 여름이 가고 겨울이 바뀌어도 입은 옷을 입은 채로 지내는 몸이나 다만 몸에 붙이는 속옷과 날마

다 쓰는 손수건만은 감옥의 규칙을 좇아 일주일에 한 번씩은 빨래를 시켜 주는 고로 때 묻은 것은 가끔 한데 모아서 간수에게 부탁하는 터인즉 지금 가져온 것은 역시 요전에 부탁한 빨래일 것이라. 무쇠탈은 별로 눈여겨보지도 않고 침대 옆에 기대앉아 무슨 궁리를 하고 있더니 이윽고 무슨 생각이 났던지 벌떡 일어서면서

'지금 담 밖에서 들리던 노래로 하든지 무슨 까닭이 있는 것 같은즉 혹 어찌하여서 내 몸을 살려 내려는 사람이 없으란 법도 없지. 만일 그렇다 하면 이 빨래 속에 무슨 군호가 있을는지도 모른다'

하면서 반가이 그 곁으로 달려갔으나 다시 멈칫하고 서면서

'아니, 아니, 산송장이나 다름없이 된 나를 누가 살려 낼꼬. 인제는 내 이름도 기억하는 사람이 없을 터인데. 옛날에는 친구도 있고 사랑도 받아 보았지마는 그 사람들도 다 나 모양으로 잡아 갇히었거나 죽었겠지. 설령 한두 사람이 살아 있다 할지라도 무쇠탈까지 씌워 가지고 정부에서 이렇게 비밀히 숨겨 둔 나를 바깥에 앉아서 어찌 알리오. 내가 이 병참소에 갇혀 있는 것을 아는 사람은 노붕화와 국왕뿐이겠지. 그런데 누가 살려 낼꼬. 내가 부질없이 어떻게든지 감옥을 벗어나서 세상 구경을 하고 싶다는 생각이 간절한 까닭으로 오래간만에 불러서 노래를 얻어듣고서 혹시 행여나 하는 생각을 한 것이지. 허허, 쓸데없는 생각을 하였고. 아무렇대도 살아 가지고는 이 감옥을 나가 보지 못할 몸인데 나가고 싶어 하면 공연히 내 몸만 축가지. 아아, 다 그만두어라. 세상일은 다 잊어버리고 죽을 때가지 이렇게 지내려니 하는 것이 내 맘이나 편할 것인데 어리석은 생각을 하는군. 이렇게 생각을 하고 빨래를 풀어 보다가는 공연히 낙담만 될 것이니까 이 맘이 석석을 때까지는 손을 아니 대리라'

고 겨우 맘을 질정하였으나 실상은 지금이 극도에까지 낙담된 때일다.

살아서 세상에 나갈 가망이 없고 말 한마디 붙일 곳 없는 이 경우를 당하여서 스스로 소용없는 탄식을 나무란다. 아아, 세상에 이처럼 가련한 일이 또 있는가. 그는 힘없이 발을 끌며 다시 침대 옆으로 물러나고자 하였으나 잊고자 하여도 잊지 못할 것은 이 세상 일이라.

'아니, 이렇게 작정을 한 담에야 다시 무엇을 걱정하랴. 빨래 뭉치에 아무것이 없을지라도 새삼스러이 섭섭할 것은 없다. 사람이 한번 깨달은 담에야 걱정도 없고 바람도 없다. 그것을 걱정한다는 것은 오히려 깨닫지 못한 까닭이다'

하면서 다시 앞으로 나와 빨래 뭉치를 집어 들었으나 모든 희망이 다 사라지고도 오히려 한 줄기의 희망은 남아 있던지 그의 거동은 다른 때와 같이 범연치 아니하며 손끝까지도 벌렁벌렁 떨림은 행여나 하는 생각이 오히려 있는 까닭이다. 그는 위선 손수건을 훑어보고 다음에 그 속옷을 살펴보니 속옷 소매 안으로 무엇인지 거무스름한 데가 있어 자세히 본즉 깨알같이 주어박은 글씨발이다. 그는 새삼스러이 놀라서 '악' 하고 뒤로 물러났다. 헛생각이거니 하던 자기 맘이 과연 헛생각 아님을 보고야 가슴이 어찌 뛰놀지 아니하랴. 너무도 반갑고 너무도 의외라 그는 다시 가까이 가기를 무서워하는 것같이 한참 동안 정신없이 있더니

'아니, 꿈이 아니다. 꿈이 아니야'

하고 바쁘게 손을 돌려 갑갑한 모양으로 무쇠탈을 벗어 버리고 속옷을 집어 들어 그 글씨를 읽고자 한다. 이때에 그의 일신 정력은 정말 눈으로 모인 때이라 우묵한 눈은 샘물같이 가라앉았으며 빛나는 동

자는 별과 같이 보인다. 읽어 보니 사연에 하였으되

그대는 누구인가. 이름을 압시다. 만일 내가 찾는 사람 같으면 어떻게 하든지 살려 낼지니 다음 빨래를 내보낼 때에 자세히 적어 보내라.

다만 이뿐이었다.

고대 지금까지도 나를 생각할 이 없다고 하던 이 죄수를 생각만 할 뿐 아니라 이러한 위험을 무릅써 가면서 살려 내겠다고까지 하는가. 그의 눈은 더욱더욱 빛나며 기뻐함인지 좋아함인지 알 수 없는 눈물을 머금었다. 이때 마침 바람결에 나부끼어 역력히 들려오는 노랫소리.

꾀꼬리 지은 집에 외로이 부쳐 몸에는 깃도 없는 어린 두견이, 공중에 불려 가는 바람결에도 행여나 어이인가 길게 켜면서 불어귀

우는 소리 목이 멘다.

노래의 뜻이며 글귀의 의미도 사라지고 남은 창자를 다 끊어 버린다.

109. 붉은 피를 잉크 삼아

'그대는 누구신지 성명을 말하시오'

이것으로 볼진대 살려 내고자 하는 사람이 있음은 분명하나 어떻게 하여서 내 이름을 알릴 수가 있을까. 이러한 때에 쓰기 위하여 미리 만들어 두었던 면보 덩이는 부질없이 물속으로 들어갔을 뿐 아니라 지금 다시 만든다 할지라도 도저히 해자 밖에 가 떨어지도록은 던질 수가 없을 것이니 역시 소용없는 일이요 또 밖에 있는 사람의 말과 같이 빨래에다 이름을 쓰기는 역시 어려운 일이다. 필묵이나 있으면 모르거니와 맨손을 가지고야 어떻게 적을 수가 있으랴. 감옥에 들어온 이후로 해마다 한 번씩은 저 노붕화가 나의 자백을 듣기 위하여 편지를 쓰이는 일이 있으나 그 편지를 쓸 때에는 전옥이 손수 지필묵을 가지고 들어와 지켜 앉아 쓰이는 터인즉 모처럼 얻어 보는 지필묵도 다른 데에는 써 볼 도리가 없다. 팔 년 동안의 허구한 세월을 볕도 못 보는 감옥 안에 들어앉아 사시장철 갈아입지 않는 헌 누더기와 손수건과 속옷 이외에는 아무것도 구경 못 하는 몸이 무엇으로 필묵을 삼으랴. 설령 또 지필묵이 있다 할지라도 빨래에다가 적어 보내는 것은 정말 위험한 일이다.

원래 이곳의 전옥이라는 것은 이곳의 병참소장 성만필이라 하는 사람이며 이 사람은 이왕 도깨비골에서 결사대를 잡을 때에 그 복병을 지휘하던 배룡 병참소장이었다. 그는 사로잡아야 할 결사대를 전부 사로잡지 못하고 거의 다 죽여 버렸다는 실수로 나한욱과 노붕화의 눈에 나서 이와 같이 궁벽한 곳으로 쫓겨 온 터인즉 어떻게 하든지 그 실수를 속죄하고 다시 중요한 병참소에 옮아가서 차차 출세를 하겠다는 생각이 간절하매 죄수를 감시하는 것도 극히 엄중하다. 이를터이면 죄수들의 식사에 쓰는 접시 같은 것도 그 굽 밑에다 무엇을 쓰지나 아니하였는가 하여 번번이 지켜 서서 닦이는 터이며 또 며칠 전 같은 때에는 양초 심지에 무엇을 감아 넣지나 아니하였는가를 의심하여 낱낱이 깨트려 본 일까지 있다고 한다. 이처럼 엄중한 터인즉 물론 빨래 같은 것도 낱낱이 살펴볼 것인데 이번 통지가 그 눈에 띄지 않고 무사히 들어온 것은 정말 이상한 일이라고 할 것이었다.

이와 같이 엄중한 전옥의 눈을 기여서 바깥에 있는 동지에게 이름을 알린다는 것은 도저히 생각도 못 할 일이나 일껏 살려 내겠다는 반가운 소식을 듣고야 가만히 있을 수가 있으랴. 이번에 알리지 못하면 이 세상에 빠져나갈 길을 틀어막으나 일반이며 다시 살아날 도리가 없게 될 것이라. 설령 발각되어 벌을 받는다 할지라도 무쇠탈을 쓰고 감옥 안에서 늙어 죽는 이상에 무슨 더한 벌이 있으랴. 발각되겠으면 되어라. 나는 이 세상의 자유를 얻기 위하여 어떠한 고통이라도 참을 것이다. 이윽고 이와 같이 결심은 하였으나 오히려 도리가 없는 것은 필묵이다. 어떻게 하여서 빨래에다가 내 이름을 적으랴. 이로부터 무쇠탈은 다만 이것을 궁리할 뿐이었으나 그도 미구에 좋은 도리가 생각났다.

일주일에 한 번씩 금요일이 되면 저녁 반찬에 생선을 들이는 터인즉 그 생선 가시를 뽑아서 철필촉을 삼으리라. 그리고 내 몸에 그득한 붉은 피는 훌륭한 붉은 잉크가 될 것이다. 다년 노붕화를 원망하는 맘으로 끓이고 졸이던 피인즉 다른 사람의 피보다 진하면 진하여도 묽을 리는 만무하다. 이것만은 노붕화도 성 전옥도 뺏어 가지 못하고 내 몸에 담아 둔 것인즉 오냐, 내 몸의 피를 흘려 가지고 내 이름을 통기하리라. 그것도 간수의 눈에 뜨이면 의심을 받을 것이니 구두를 벗고 눈에 보이지 않는 발가락을 깨뜨리리라. 또 아픈 것은 무섭지 않지마는 피를 너무 흘렸다가는 주체할 수가 없을 것이니 꼭 두어 방울만 나오도록 하리라고 앞뒷일을 다 생각하여 놓고 금요일이 돌아오기만 기다리던 중에 이윽고 그날이 돌아왔으매 생각하던 바와 같이 생선 가시를 뽑아 감추고 이로부터 간수의 없는 틈을 타서 다음 빨래를 내보낼 때까지 간신히 목적을 이루었다. 위선 밖에 있는 사람의 적어 보낸 것과 같이 속옷 소매에다가 아주 가늘게 '자세한 말은 수건에'라고 적어 놓고 다시 수건 귀에다가 자기 성명과 기타 자세한 말을 적은 후 그것을

숨기기 위하여 다른 수건과 맞잡아 매었은즉 그것을 풀어 가지고 자세히 살펴보기 전에는 알 수 없게 되었다. 모든 일에 조심하고 주의하여 이와 같이 만들어 놓고 간수가 빨래를 걷으러 오기까지 기다리는 동안에 그의 가슴은 과연 얼마나 졸였으랴.

110. 기막힌 별은전

오늘은 무쇠탈이 의외에 여자의 노래를 들은 뒤로 이레째 되는 날이며 감옥 안의 빨래를 거두어 가는 날이었다. 그는 이미 바깥에 내보내기 위하여 수건에 써 놓았던 글과 다른 빨래를 한데 뭉쳐서 아무쪼록 표 나지 않도록 다른 때와 같이 감방 한편 구석에 몰아 치워 놓고 창문 앞에 기대어 섰노라니 오늘도 또 노래가 들린다.

'아아, 꼭 이레 동안을 두고 같은 시간에 같은 노래! 저것이 빨래 장수를 하는 여자인가. 내 이름을 물은 것도 역시 저 여자이겠지. 그렇지 않고 다른 사람이야 빨래에다가 글씨를 쓸 수가 있나. 그렇지만 빨래 장수를 하는 여자가 나를 살려 낼 리도 없고 또 이런 대담한 일은 하지 못할 것인데. 그렇고 보면 누구인지 나를 아는 사람이 저 여자에게 돈을 먹이고 그리하는 일인가. 글쎄, 그리고 또 내게 눈치를 알리기 위하여서 저렇게 의미 있는 노래를 부르게 하는 것인가. 그렇지 않으면 혹 저 여자가―'

나의 사랑하는 가족인가 의심을 하면서 다시 또 귀를 기울이노라니 이때에 파수 병정의 인정 없는 목소리로

"왜 여기 와서 그런 노래를 하고 이래"

하고 꾸짖는 목소리가 들리며 노래가 뚝 끊겼다.

"아아, 무정한 파수 병정이 말을 한 모양이로군. 저 노래를 하는 여자가 이 세상에서 나를 생각하여 주는 하나밖에 없는 친구인지도 알수 없는 것을 그 소리조차 못 듣게 되었구나. 아니, 인제 전옥이 빨래를 걷으러 오기 쉬운데 또 잘못하다가는 무슨 봉변을 당할는지 모른다"

이와 같이 말을 하면서 창 앞을 떠나서 몰래 벗어 놓았던 무쇠탈을 집어 쓰며

"섣부르게 탈을 벗어 버릇하기 때문에 때때로 벗었다 썼다 하기는 도리어 귀찮구나. 인제 이 감옥을 벗어날 때까지는 당초에 벗지를 말아야지. 그러다 들키기나 하면 말썽거리이고"

하는 말이 끝나기 전에 벌써 들리는 것은 전옥의 발자취였다. 그는 조용히 문을 열고 들어와 다시 닫치며 무쇠탈을 바라보는데 그 얼굴을 보건대 나이는 이미 오십이 넘어서 인생의 가장 인정 없는 때를

당하였으며 미간에는 접어 붙인 것같이 여덟 팔 자를 그리어 그야말로 송곳으로 뚫어도 피 한 점 아니 날 듯한 위인이었다. 그는 매몰스러운 눈으로 무쇠탈을 바라보면서

"여보아라, 지금 담 밖에서 하던 노래를 들었겠구나"

무쇠탈은 어름어름하다가

"무엇 말이오. 여기서는 아무것도 안 들립디다"

"딴소리하지 마라. 안 들릴 까닭이 있나. 그렇지만 다시 못 하도록 파수 병정을 시켜 일렀으니까 인제는 상관없겠지. 그리고 오늘은 따로 할 말이 있다"

따로 할 말이라니 혹 요전 일이 탄로나 되지 않았나 하고 그는 거의 얼굴빛을 변하였으나 이러한 때는 얼굴을 가린 것이 다행이었다.

"다른 것이 아니라 저거번에 보낸 네 편지를 보시고 노 대신께서 내게 답장을 하셨는데 내가 보고를 잘한 까닭이겠지마는 성경 한 가지는 책을 들여 주고 일 년에 한 차례 성탄제일에는 목사를 불러들여 설교를 들려주라는 별은전이 내렸다"

일 년에 한 차례 목사를 만나 보는 일과 성경을 들여 주는 것이 무슨 별은전이랴. 성경은 어떤 감옥에서든지 죄수에게 임의로 읽히는 책이요 목사의 설교는 저 대감옥의 죄인들도 일주일에 한 차례씩은 들려주는 것인데 하고 무쇠탈이 신풍스럽게 생각할 틈도 없이 전옥은 말을 이어

"그래, 노붕화 씨는 인정 많은 양반이 아니냐"

"예, 정말 인정 많은 양반이십니다"

하고 대답하는 음성도 눈물에 목이 메어 좀처럼 나오지 못하고 반쯤 말을 하다가 침대 위에 툭 쓰러져 버림은 분하고 절통한 생각에

그 몸을 부지할 수 없는 까닭일 것이다.

성 전옥은 무쇠탈의 죽지 못하여 하는 모양을 재미있게 생각하는 것처럼 잠시 바라보고 있더니 이윽고 목소리를 높이어 껄껄 웃으며

"아아하하, 사내답지 못하게 우는 것이 무엇이냐. 이처럼 별은전이 내렸는데 또 무엇이 그리 슬픈고, 못생긴 놈"

무쇠탈은 이윽고 맘을 진정한 후

"슬픈 것이 아니라 여덟 해 동안이나 볕 구경을 못 하였기에 조금이라도 햇빛을 좀 보게 하여 달라고 편지에 썼더니"

"응, 그것은 좀처럼 안 될 일이다. 햇빛을 보이려면 문밖에 나가야 될 터인데 잠깐이라도 문밖에 내놓았다가는 무슨 일이 생길는지 아니. 그래서 내 보고서에도 그것은 그만두는 것이 좋을 줄로 말하였더니 그 까닭인지 그 일은 아직 허가가 없다"

"에, 너무합니다"

"아니, 원체 여기는 산골이 되어서 볕 나는 날이 별로 없다. 나도 이 병참소에 옮아온 뒤로는 햇빛을 몇 번 못 보다시피 하였는데. 그렇지만 그렇게 낙담하지는 마라. 나도 늘 여기 있을 것은 아니니까 어디 좋은 데로 옮아가게 되면 그때는 또 너를 데리고 갈 터이고 그렇게 되면 너도 볕 구경을 하게 된다. 그때까지만 참으렴"

그러면 이 인정 없는 전옥이 다른 곳으로 옮아갈지라도 무쇠탈은 평생 그 손에 매달리게 될 것인가. 들리는 말마다 기가 막히는 말뿐이다.

111. '그만두어라'

이 무정한 전옥의 손을 일평생 떠나지 못할 것인가 하고 낙담하는 모양이 외양에 드러났던지 성 전옥은 그 눈치를 본 것같이

"오오, 우리는 평생 떠나지 못할 연분일다. 네 일은 무쇠탈을 씌워 가면서 비밀히 하는 터이니까 한 사람이라도 더 아는 것을 노 대신은 좋아하지 않거든. 그러니까 내가 선임을 하게 되면 너도 데리고 가게 될 것이다. 너는 우리 집 조롱 속에 있는 산새들 모양으로 일평생 내 손에서 길러질 것이다. 그러기에 나는 너를 흰 새라고 별명 지었다. 이 것은 너뿐만 아니라 또 노 대신께서 너 모양으로 무쇠탈 쓴 죄인 하나를 맡았는데 그편에는 먹새라는 이름을 지었다. 이 흰 새와 먹새는 일평생 이 성만필의 짐짝이 되겠지"

이와 같이 말한 후 자기 말솜씨가 능란함을 자랑하는 것같이 또 껄껄 웃었다. 무쇠탈은 기가 막히어 다시 말없이 서 있노라니 성 전옥은 방 안을 돌라보다가 그 빨래 뭉치를 보고

"오오, 빨래가 많이 모였구나. 무엇 무엇인가 어디 좀 보자"

하고 빨래 뭉치를 풀어 놓고 일일이 살펴보매 무쇠탈은 그 등 뒤에 서서 혹 글씨 쓴 것이 발각되지나 아니할까 하고 무쇠탈 속에 든 얼굴빛은 남모르게 푸르락붉으락하였다.

그러나 성 전옥은 별로 수상스러운 일이 없는 것처럼 다시 뚤뚤 뭉쳐서 옆에 끼고 일어서며 무쇠탈을 향하여

"그러면 성경은 이따가 들여 주마"

하고 문을 닫고 나가니 무쇠탈은 비로소 숨을 내쉬는 것처럼

'아아, 인제 살았다. 저 의심꾸러기 눈에 들키지 아니한 것은 정

말 천행일다'

하며 하늘을 우러러보고 감사히 여기더라.

성 전옥이 무쇠탈의 빨래를 거두어 가지고 문밖에 나와 낭하의 한 굽이를 돌아서니 그곳에는 병정 두 사람이 기다리고 있었다. 이는 성 전옥이 감방을 돌아다니는 중에 혹 악만 남은 죄수들에게 봉변을 당할까 하여 보호로 데리고 다니는 것이나 다만 비밀한 죄수의 모양을 병정들에게 알리기 어렵다 하여 보이지 않는 이편 모퉁이에 세워 둔 것이었다. 두 사람은 성 전옥이 오는 것을 보고 기착 자세로 주목을 하매 성 전옥은 그중의 가냘픈 사람을 보고

"여보아라, 방울네 왔더냐"

하고 묻는다. 방울네라는 것은 누구인지 이상한 이름이나 그 병정은

"예, 지금 빨래를 가지고 온 모양입니다"

고 서슴지 않고 대답하였다. 그러면 빨래 장수의 이름인 듯하다.

그 병정은 대답을 하면서 손을 내밀어

"제가 그 빨래를 갖다 주겠습니다"

하며 받아 들고자 한즉 성 전옥은 이상한 눈치로 병정을 바라보면서

"그만두어라"

하고 손수 빨래를 든 채 앞서 나가더니 저 편짝 사무실 앞에 가서 병정들을 돌려보내고 지기 홀로 들이가매 이곳에도 또 공손한 대도로 기다리고 있는 사람이 있었다.

이것이 지금 물어보던 방울네라 하는 여자일 것이다. 나이는 벌써 삼십이 넘은 듯한 여자이며 몸에는 고갱이만 남은 빨래 옷을 입고 머리는 몇 달 전에나 빗질을 하였는지 삼거웃같이 흐트러졌으나 그 얼굴 바탕은 어느 구석에인지 숨기지 못할 고운 자태가 있다. 만일 이 여자를 잘 가꾸어서 좋은 의복에 싸 놓았으면 여중의 일색이라도 될 것 같으나 여자처럼 모양이 변하는 것은 없는 것이라 남루한 의복에 싸인 동안에는 절세의 미인이라도 빛나지 못하고 말 것이다. 하물며 성 전옥은 자기 직책을 굳게 지키는 외에는 아무것도 알지 못하는 위인이라 이 여자가 보잘것없는 중에도 얼마나 고운 자태를 갖추었는지 알아보지 못하나 만일 눈여겨 바라보게 되면 나이도 그처럼 많은 것은 아니라 다만 오랫동안 고생에 절어서 좀 바스러졌을 뿐인 줄도 알 것이다. 성 전옥은 그를 향하여 예사 지나가는 말처럼

"오오, 벌써 와 있군. 빨래 다 하였나"

"예, 아직 하다 만 것도 좀 있어요마는 빨래를 내갈 시간이 되었기에"

"응, 그는 그렇거니와 자네 지금 해자 밖에서 무엇을 하였는가"

여자는 침착한 태도로

"예, 빨래 말린 것 좀 걷고 있었어요"

"누가 거기다 빨래를 널라고 하였어"

"예, 여기는 산골이 되어서 거기밖에 볕 드는 데가 별로 없기에 요전에 병참소 부장 영감께 말씀을 하였더니 널어도 상관없다고 말씀이 계셨어요"

"제가 무엇을 안다고. 지금부터 내가 이르는 것이니 다시 거기다 널지 마라"

이와 같이 엄중하게 명령을 내리매 빨래 장수가 다시 무슨 말을 하랴. 다만 황송스러운 모양으로 서 있었다.

112. 내일 아침까지

감옥 앞에 빨래 말리는 것을 엄금한 성 전옥은 다시 말을 이어

"그뿐 아니라 거기는 바로 죄수들 있는 들창 밑인데 자네는 커다란 목소리로 노래를 하지 않았나"

방울네는 일부러 웃으면서

"호호, 일을 하면서 노래를 한다고 그러십니까. 요새는 일기도 따뜻하고 앞뒤 산에 꽃이 피어서 경치가 하도 좋으니까 할 줄도 모르는 콧노래가 나왔나 보아요. 감옥 들창 밑인 줄도 모르고. 인제는 다시 그렇게 않겠습니다"

하고 정말 어쩌다 그리된 것처럼 발명을 하였으나 성 전옥은

오히려 맘이 풀리지 아니한 모양으로

　"노래인 바에 그것은 십 년 전에 파리에서 유행하던 노래가 아닌가"

　"예, 이왕에 제 남편을 따라 파리에 가 있을 때에 배운 노래여요. 늘 일을 하면서 혼자 중얼거리다가 오늘 파수 보는 이한테 말을 들었습니다"

　"그야 말 들어 당연하지. 그러나 여보게, 자네는 지금까지 별 실수 없이 지났지마는 요새는 너무 어림이 없어. 이담에 다시 내 눈에 거친 일이 있고 보면 자네 영감과 같이 이 근처에는 있지도 못하도록 내몰아 버릴 터이니 그리 알렷다"

　하고 눈방울을 뒤굴리며 명령하니 방울네의 해쓱한 얼굴에도 별안간 핏발이 올랐다. 그는 이 말을 두려워함인가 또는 숨기지 못할 깊은 원한이 일시에 나타남인가. 그 어떤 편인지는 알 길이 없으나 그는 이윽고 맘을 돌린 것같이 아주 고분고분한 말씨로

　"예, 이담에는 다시 꾸중 듣지 않도록 조심하겠습니다. 이번 일은 그저 열 번 용서하십시오"

　하고 사죄를 한 후 다시 혼잣말로

　"에그, 참, 나가 보아야지"

　하더니 다시 전옥의 앞으로 가까이 가면서

　"오늘 빨래 주십시오"

　하고 손을 내미니 성 전옥은 옆에 꼈던 빨래를 더욱더욱 단단히 끼면서

　"허―, 그렇게 안돼…… 대관절 이 빨래를 어찌 그리 내가지 못하여 애쓰노"

하고 조롱을 하였다. 그리고 방울네의 얼굴을 바라보니 그는 금방 붉어졌던 얼굴빛이 금방 파랗게 되면서도 오히려 정신을 차리어

"예, 오늘 저녁에 다른 빨래를 삶겠기에 삶는 김에 한꺼번에 삶으려고 그러와요"

"아니, 내일 아침까지 내가 맡아 둘 터이니 갔다가 내일 다시 오지"

인제는 다시 할 말이 없어 비쓸거리는 걸음걸이를 억지로 거두어 디디며 무심한 모양으로 물러갔으나 만일 그 앞으로 돌아가서 얼굴빛을 바라본 사람이 있으면 터지는 듯한 그의 가슴을 살피기 어렵지 아니하였을 것이다. 대체 이 여자는 어떠한 사람인가. 그전부터도 빨래장수이던가.

방울네가 나간 뒤에 성 전옥은 고개를 기울이며

"아무리 하여도 수상한걸. 어쩌면 이 빨래 속에 무엇을 썼기도 쉬워. 어디, 집으로 가지고 가서 살펴보아야지"

하고 일어섰다. 그의 집이라는 것은 역시 병참소 사무실과 마주
붙은 곳이라 그리 멀지 아니하매 사무실을 나선 그는 이리저리 꺾인
낭하를 두어 굽이 돌아서 이윽고 자기 방문을 열고 들어가니 방 안에
는 그의 아내가 창 밑 장의자에 걸어앉아서 무슨 책을 보고 있었다. 그
가 들어온 줄을 알고도 고개도 돌리지 아니함은 남편을 공경하는 도리
이라 하기 어려우나 혹 그러하기도 괴이치 아니하다 할는지. 이 부인
은 당시 노붕화의 서기관으로 있는 조문호의 부인과 형제간으로서 성
전옥보다는 지체도 좀 낮고 또 그 아우가 지금 파리에 있어서 조정에
도 출입을 하고 노붕화에게도 긴한 터이라 처제의 주선으로 성 전옥까
지도 얼마큼 덕을 보는 터인즉 그 까닭으로 하여서 성 전옥은 언제든
지 처시하로 지내는 형편이었다.

이날도 성 전옥은 책을 보고 있는 아내의 옆으로 가서 그 빨래 뭉
치를 손에 들고 의자에 걸어앉고자 하매 부인은 곁눈으로 흘끔 보면서

"그 걸레 뭉치는 다 무엇이오"

하고 물었다. 성 전옥은 부인의 비위를 맞추려는 모양으로 목소
리를 부드럽게 하여

"그렇게 덮어놓고 걸레 뭉치라고 하지 마오. 어쩌면 이 속에 우리
들이 출세할 밑천이 있을는지도 알 수 없소"

출세라는 말을 듣고 부인은 눈이 번쩍 띄어서 다시 한 번 돌라보
았으나 원래 감옥 죄인의 빨래 뭉치이라 보기 좋을 까닭은 없으므로
도리어 불쾌한 얼굴을 하면서

"이 헌 누더기가 출세할 밑천이오. 당신은 참 딱하기도 하오. 당
신의 출세는 언제든지 내 아우 조문호 부인의 덕이지요. 연전에 배롱
병참소에서 결사대 조건에 실수를 하였을 때에도 내가 내 아우에게 편

지를 하여 가지고 노붕화 씨께 청을 하기 때문에 여기로 와서나마 병참소장으로 왔던 것이 아니오"

"그는 참 그렇지마는 또 이것을 살펴보면 좀 더 출세할 밑천이 생길는지도 알 수 없소. 여보, 마누라, 나는 여기 온 뒤로 습기가 심한 까닭에 눈병이 나서 밤눈이 어두운 줄은 마누라도 알지 않소. 더구나 잔글씨는 알아볼 수가 없으니 그 밝은 눈으로 이것 좀 보아 주구려. 필경무엇을 써 넣은 듯하니"

부인은 다시 본 척도 아니 하면서

"그런 심부름은 하인이나 시키시오"

성 전옥은 펄쩍 뛰면서

"여보, 그게 무슨 말이오. 나라의 큰 비밀이 들어 있는 이것을 하인에게 시키다니. 그러기에 마누라에게 청을 하는 것이니 잘 보아 주구려. 이것은 나라의 큰 비밀이오. 마누라가 손을 댈지라도 결코 창피한 일이 아니오"

하고 아주 굉장히 떠들어 놓으매 무엇을 가지고 그러는가 싶어서

"어떤 것이오. 그 큰 비밀이 들었다는 것은"

"그, 내가 늘 흰 새라고 별명 짓던 무쇠탈의 속옷하고 수건이야. 지금 빨래를 보낼 것인데 속에 무엇을 쓴 모양 같으니까 좀 살펴보잔말이오"

"에에, 죄수의 속옷이오. 그 더러운 것을 어디로 가지고 들어왔소. 말만 들어도 속이 뒤집히는데. 어서 문밖에 내놓으시오"

성 전옥은 죄인의 속옷을 좀 살펴보려다가 아까부터 정말 구박이자심하다.

113. 마주 잡아맨 수건을

무쇠탈의 속옷을 좀 살펴보고자 하다가 자기 아내에게 자심한 구박을 당한 성 전옥은 적이 끌끌한 남자 같으면 그만 문밖에 집어 던지고 말 것도 같건마는 그는 오히려 굽히지 않고

"일주일에 한 번씩 빨래를 하는 것이니까 그렇게 더럽지는 않다오. 실령 더럽다고 할지라도 그 더러운 것을 헤아리지 않고 살펴보는데 도리어 값이 있는 것 아니겠소. 만일 이 속옷에 무슨 비밀이 있는 것을 알아내어 가지고 노 대신에게 보고를 하면 나보다도 그대가 더 칭찬을 받을 것이오. 이왕에도 요전에 이 감옥 안에서 죽은 죄인이 바깥에 통기를 하려고 구쓰 버선의 실을 뽑아서 늘어놓고 그 위에다가 먹다 남은 면보를 개어 붙여서 종이 모양으로 만들어 놓고 그 위에 글씨까지 써 놓은 것을 다행히 발각하여서 노 대신에게 보고를 하였더니 그 까닭으로 연봉이 오르지 않았소. 그것은 내 공이지마는 이번에 알아내는 것은 그대의 공이오. 그대는 늘 출세, 출세하고 어서 파리로 돌아갔으면 하지마는 이러한 일을 싫어하여서는 부지하세월이 아니오. 그야말로 이편의 손으로 출세할 길을 막는 셈이 아니오"

하고 있는 말솜씨 없는 말솜씨 다 꺼내 가지고 설명을 하니 출세를 한다는 말에는 부인도 할 수가 없었던지 마지못하여 이편을 향하며

"그럼 어디 봅시다"

하고 그 빨래를 집어 들었다.

인제 무쇠탈의 운명은 다만 이 부인의 손끝에 달렸다 할 것이다. 부인이 빨래 뭉치를 풀어 가지고 되작되작 찾는 중에도 성 전옥은 갑갑증이 나서 목을 늘이고 들여다보면서

"없소. 그 속옷에는 아무것도 없소. 만일 있고만 보아라. 이 흰 새놈을 아주 캄캄한 지함 속에다 잡아넣고 배를 곯려 줄 터이니"

하고 정신없이 중얼거리는 동안에 부인은 다 훑어보고

"있기는 무엇이 있어요"

"무어, 아무것도 없다고. 그럴 리가 없는데. 어디 그 마주 잡아맨 수건을 좀 끌러 보오. 어찌 그것이 수상하구려"

부인은 마지못하여 그 수건을 끌러 가지고 안팎으로 훑어보고 있더니 별안간 깜짝 놀라면서

"아이, 무엇이 씌어 있어요"

하고 소리를 질렀다. 성 전옥은 이 소리를 듣고 곧 미칠 듯이 좋아하면서

"에에, 씌어 있소. 어디 봅시다. 어디 봅시다"

하고 눈이 아픈 것도 잊어버린 듯이 그 수건을 뺏어 가지고 읽고자 하였다. 그러나 글자가 깨알같이 가늘어 그의 눈에는 무엇인지를

알 수가 없으며 다만 불긋불긋한 점이 보일 뿐이매 그는 황황겁겁한 모양으로 안경은 없는가 하고 주머니에 손을 집어넣었다. 그러나 마침 안경도 찾을 수가 없어 필경 그 아내의 밝은 눈을 빌려 볼 수밖에 없이 되었다.

"자아, 무엇이라고 썼소. 좀 읽어 들리오"

하고 다시 아내의 앞으로 가지고 가매 그 아내는 오금 박는 말처럼

"그것 보오. 보지두 못하면서 왜 뺏어는 가오. 그대로 두었으면 내 오죽 잘 읽어 올릴 것을. 정말 당신 같은 이는 파리로 가게 된대도 귀부인과는 교제를 못 할 것이오. 당신은 천생 병정밖에 못 될 양반이지요"

성 전옥은 조급증이 나서

"글쎄, 그런 꾸중은 차차 하시고 제발 어서 좀 읽어 주오. 제발 비나이다"

머리를 숙이고 달려드니 그 아내는 비로소 수건을 바로잡고 읽기 시작하였다.

"나는 일천육백칠십삼년 삼월 이십팔일로부터 이십구일 새벽까지 사이에 배롱 병참소 근처 도깨비골을 건너고자 하다가 잡힌 사람인데 나의 본이름은……"

하고 미처 이름은 읽기 전에

"그만하면 알았어. 인제 그만두오"

하고 마치 병아리를 차가는 솔개와 같이 두 번째 그 아내의 손으로부터 수건을 잡아 뺏어 이번에는 다시 두말없이 방 저편에 놓여 있는 난로 속에다 집어넣었다.

그 아내는 성이 나서

"정말 당신은 막벌이꾼만도 못한 행세지요. 부인 대접도 할 줄 모르는 무지막지한 인사여요"

하고 소리를 지르나 성 전옥은 들은 체도 아니 하고 수건이 타는 것을 지키고 섰더니 홀짝 다 타는 것을 본 뒤에 비로소 안심한 모양으로

"아아, 인제 나라의 비밀이 완전히 지켜졌다. 이렇게 살라 버리면 그자의 본이름은 알 사람이 없지"

그 아내는 더욱더욱 틀어져서

"아무렴, 그러하지요. 나도 못 보게 하였으니까 나라의 비밀은 잘 지켜졌으리다. 인제 알았소. 나를 하인이나 무엇처럼 조금도 신용하지 않고. 흥, 나도 그렇게 알고 지내리다—"

하며 화젓가락 윗마디같이 비비 틀리는 수작을 자꾸 퍼부었으나 성 전옥은 혼자 좋아서 어깨를 으쓱하면서

"그렇고말고. 나는 아무도 신용할 수 없어. 비밀은 어디까지 지켜야 되지. 흥, 남을 어떻게 신용할꼬. 나는 바른팔이 만일 왼팔의 비밀을 알면 그 바른팔은 찍어 버릴 터인데"

성 전옥은 정말 수작할 수 없는 위인이다. 그럼 그는 어찌 되었든지 저 고심참담한 무쇠탈의 통신은 이에 그만 스러지고 말았다.

114. 그것이 참 된 수로군

아무도 신용하지 않는다는 성 전옥의 말을 들은 그 아내는

"옳지, 그 말을 잊지 마시오. 인제 다시 죄수의 일을 나한테 와서

의논하여 보구려. 누가 들은 체나 하나"

전옥은 어진히 방 안을 거닐면서

"흥, 누가 겁나나. 인제부터 죄수의 빨래는 내 손으로 물에 헤어서 내보낼 터이야. 쓴 것이 있고 없고 간에 한 번씩 물에 헤지 않고서는 맘을 못 놓겠는데. 만일 이 빨래를 그대로 내주었으면 어찌 되었을꼬. 아아, 큰일 날 뻔하였지. 그러나 이번 일을 노 대신에게 보고하면 노 대신도 그 흰 새 놈의 맹랑한 것과 내가 얼마나 주의하는지를 알겠지. 그리고 인제 이놈을 지함 속에다 집어넣어서 다시 그따위 버릇을 못 하게 하여야 해. 흉한 놈, 정말 공교하게 꾸몄는걸. 그렇지만 내가 지키고 있는 동안에는 소용없다"

하고 저 혼자 중얼거리며 그 아내는 본 척도 아니 하매 그 아내는 점점 성이 나서

"노붕화 씨께 보고를 하려면 좀 더 조사를 하여야 아니 되겠소"

"정말 공교하게 꾸몄어. 이러한 것을 알아내었으니까 인제 승차가 되겠지"

"흥, 공교하게 꾸미다니 무엇을 공교하게 꾸몄는지 알지도 못하면서 혼자만 좋아하는구려. 첫째, 무쇠탈이 이 통신을 누구에게 보내려고 한 지나 아시오"

이 말에는 정신없이 경둥대던 성 전옥도 깜짝 놀라서 걸음을 멈추고 입을 떡 벌린 채 그 아내의 앞에 가 서더니

"아아, 참, 누구에게 보내려는 것인지 그것을 알 수 없구나. 그것을 알아낼 도리는 없는가"

하고 부질없이 신고하는 모양을 물끄러미 보고 있던 전옥 부인은

"알 수 있는 것을 불살라 버리고서 새삼스러이 왜 그러시오"

"무엇이야"

"지금 그 수건에 씌어 있는 것을 끝까지 다 읽게 내버려 두었으면 용이하게 알았지요"

"에에, 무엇이야, 그 외에 또 무엇이 씌어 있던가"

"있고말고요. 내가 읽은 것은 첫머리 넉 줄 뿐이여요. 아직도 여남은 줄이나 씌어 있었으니까 자기 이름뿐 아니라 도망하여 나갈 의논까지도 분명히 씌어 있을 것인데"

"아아, 그걸 누가 알았나"

하면서 아까 지켜 서서 살라 버리던 일도 잊어버린 듯이 다시 난로 앞으로 뛰어가서 뒤적거리고 보았다. 물론 아까 살라 버린 수건이 지금까지 남아 있을 리는 만무할 일이매 그는 고만 낙담이 되어

"응-응"

하고 후회를 하면서 곧 울기라도 할 것 같은지라. 부인은 고소히 여기는 모양으로 바라보면서

"잘되었소. 그렇게나 하여야 출세할 길이 막혀 버리지요. 그러기에 나를 믿지 않고는 되는 일이 없어요"

성 전옥은 다시 대답할 말이 없이 되었다.

이윽고 무슨 생각을 한 것같이

"인제 할 수 있나. 방울네와 제 서방 병정 놈을 잡아 가두고 족칠 수밖에 없지"

"아니, 방울네 내외가 무슨 죄란 말이오"

"아니, 그것들 내외가 뉘 부탁을 받아 가지고 하는 일이겠지. 고문을 하더라도 토설을 시키고 말걸"

전옥 부인은 가장 슬기로운 것같이

"고문보다도 좋은 도리가 있건마는. 오오, 참, 인제 내 말은 신용하지 않기로 하였겠다요"

하고 한번 자세를 부리니 성 전옥은 두말없이 고개를 숙이면서

"아니, 그런 말이 아니야. 좀 가르쳐 주구려. 무슨 도리가 있소. 아까는 내가 잘못하였으니 용서하고 좀 가르쳐 주구려"

그 아내의 손길을 잡고 절이라도 할 것같이 빌붙으니 부인은 그제야 맘이 좀 풀려서

"당신이 흰 새한테든지 방울네한테든지 아주 시치미를 딱 떼고 이왕과 다른 눈치를 조금도 보이지 아니하시면 얼마 석삭은 뒤에 다시 편지질을 시작할 것이니 그때에 알아내면 되지 않소"

이 계책에는 성 전옥도 감복이 되어서

"옳지, 옳지, 그것이 참 된 수요. 아무렇든지 우리 부인이 용한 사람이야. 인제 그렇게 할 수밖에. 내일 아침에 방울네가 오거든 좋은 낯으로 이 빨래를 주고 차차 하는 모양을 볼 수밖에"

이와 같이 말을 하며 기쁜 모양으로 일어나서 어디를 가고자 하니 그 아내는

"아니, 지금 또 어디를 가시오"

"흰 새 놈에게 성경을 들여 주고 와야지. 그렇게 하면 그자도 맘을 놓고 또 딴 짓을 시작할 터이니까"

하며 밖으로 나갔다.

아아, 이렇게 하면 성 전옥의 일은 잘될는지도 알 수 없거니와 무쇠탈의 일이 장차 어찌 되는가. 아까 성 전옥에게 꾸지람을 듣고 빨래도 못 가지고 나간 방울네는 비쓸거리는 걸음을 억지로 골라 디디면서 자기 집을 향하여 병참소 뒤로 나서니 대포를 걸어 놓은 언덕 아래에

아까부터 기다리고 있는 병정이 있어 방울네의 나옴을 보고 사방을 돌라보면서 가까이 다가가서

"어찌 되었어요"

하고 묻는다. 방울네는 아직도 떨리는 목소리로

"틀렸네. 암만하여도 발각된 모양이야. 이왕에는 그런 일이 없었는데 오늘은 감옥 앞에서 노래를 하였다고 한참 꾸지람을 하고 빨래는 내일 찾아가라고 하는 것 보니까 눈치를 챈 모양이야"

병정은 얼굴빛을 변하면서

"큰일 났습니다. 빨래를 살펴보는 날이면 발각되고 말 것이니 부인께서는 지금으로 곧 달아나셔서 주린 여관에 가 숨어 계십시오. 저는 좀 눈치를 보아 가면서 추후로 가겠습니다"

아아, 무쇠탈이 살아날 길은 또 막히고 말았다.

115. 일은 발각되었소

방울네를 기다리고 있던 병정은 일이 발각 난 줄을 알고 곧 방울네에게 달아나라고 권하였다. 그네들은 일껏 목적하였던 일을 이루지 못하고 지금 이 땅을 떠나고자 한다. 그러나 그 말을 들은 방울네는

"칠 년이나 팔 년 동안을 신고하던 끝에 지금 달아날 수가 있겠나. 좀 생각을 하여 보게"

"그렇지만 지금 피신을 아니 하시면 내일 아침 전으로 잡히십니다"

"잡혀도 할 수 없지. 지금 이곳을 떠나고 보면 다시는 무쇠탈에게 가까이할 길이 없으니까 차라리 잡히는 편이 나을는지도 모르겠네. 인제 이렇게 된 담에야 다시 살릴 것이 있나. 또 한 번 무쇠탈에게 통신할 궁리를 하여 가지고 나 혼자라도 하여 보겠네. 팔 년 동안에 이날 이때까지 그만큼 고생을 하고 살려 낼 길이 없다고 하면 다시 도리가 없는 것이니 달아나서 목숨이나 보전하면 무엇이 되겠나. 그렇지 않은가"

눈에 눈물을 가득히 머금고 병정의 얼굴을 바라보니 병정도 역시 목맺힌 목소리로

"아니요, 아직 시기가 안 돌아왔어요"

"팔 년 동안을 기다려도 시기가 안 돌아올 것 같으면 언제나 시기가 돌아오겠나"

"그렇게 말씀하시기도 괴이치 않습니다마는 당초에 결심하던 때를 생각하면 그렇게 조급히 구실 일이 아니여요. 당초에 이곳을 오실 때에는 인제 무쇠탈을 살려 내는 것이 일평생의 사업이라고 하셨지요. 달리 도와주는 사람이 있는 터도 아니요 단 두 사람의 힘으로 하는 것

이 아닙니까. 팔 년이나 십 년 동안에 될 일이 아닙니다. 지금 달아날지라도 다시 또 도리가 없는 것은 아니여요. 전옥 성만필이도 여기서 늙어 죽을 것이 아니요 벌써 팔 년 동안이나 별일 없이 여기서 지냈으니까 미구에 전임이 되겠지요. 다른 사람 같으면 벌써 몇 해 전에라도 전임이 되었을 것으로되 여러 중대한 죄수를 맡아 가지고 있기 때문에 정부에서도 좀처럼 전임을 안 시키는 것이여요. 그자는 자기 직책을 엄중히 지키는 일밖에는 아무것도 모르는 천생 전옥 노릇만 하게 된 위인이니까 필경은 대감옥의 전옥까지 되는 날이 있겠지요. 지금도 대감옥의 배 전옥이 갈리고 그 대신으로는 이 성 전옥이 옮아가리라는 소문까지 있는 터인즉 필경 언제든지 그렇게 될 날은 있습니다. 그렇게 되면 무쇠탈도 그와 같이 파리로 옮아가게 될 것이고"

"그렇지만 부지하세월이지 그것을 어찌 기다리나"

"아니요, 대감옥으로 옮아가지는 못할지라도 다른 데라도 옮을 날은 멀지 않았습니다. 다른 데 옮는 때에는 무슨 좋은 기회가 있을는지도 모르는 일이니까 좀 더 기다려 보아야 됩니다. 부인께서 달아나시면 저는 필경 조사를 당하겠지요마는 그것은 어떻게든지 발명할 수 있습니다. 그래서 저는 추후 형편을 자세히 보아서 그담에 달아나든지 말든지 작정을 하려니와 위선 부인께서는 한시바삐 달아나셔야 됩니다"

고 아주 간절히 설명하는 이 병정 역시도 매우 수상한 인물이다.

이 병정은 지금부터 일곱 해 전 이 방울네를 데리고 이곳으로 이사 온 사람이며 이태리 군인이로라 하고 성만필에게 말을 하여 그 병참소의 병정이 되었더라. 물론 그때 시절에는 어떤 병참소에서든지 군정을 임의로 뽑아 쓰던 때인즉 별로 의심을 받을 까닭도 없으며 임시로 채용하여 가지고 한두 달 부려 본즉 사람이 매우 진실하여 다른 병정들같이 난봉을 부리는 일도 없으매 그 뒤로부터 점점 승차를 시키어 지금 특무정교가 되었을 뿐 아니라 그 저이라고 하는 방울네까시노 빨래 장수로 병참소에 드나들게 되었더라. 그러나 병정으로 병참소 안에 처자를 불러들이는 것은 군법이 허락지 않는 일이매 정교는 병참소 안에서 거처하고 방울네는 멀지 아니한 비녀울 동리에 조그마한 집 한 채를 빌려 가지고 빨래 장수를 하면서 날마다 병참소에 드나드니 성 전옥을 위시하여 보는 사람들은 으레 내외간으로만 알았으나 지금 이야기하는 말씨로 보면 부부가 아니라 도리어 노주간인 것 같다. 그런 바에는 방울네가 주인이요 정교가 하인인 것은 의심할 것도 없을 것 같다.

그는 차치하고, 두 사람의 이야기가 아직 어찌하겠다는 작정도 나기 전에 별안간 저편 담 모퉁이에서 나타난 사람이 있는지라. 두 사람이 깜짝 놀라 바라본즉 그는 곧 성 전옥이며 한 편짝 손에는 빨래 뭉치까지 들었으매 인제 정말 발각되어 증거물로 빨래 뭉치를 들고 두 사람을 잡으러 왔나 보다 생각하였으나 인제는 달아나고자 한대도 달아나기조차 못 할 형편이므로 땅에 가 못 박힌 것같이 서 있노라니 의외에 성 전옥은 전에 없이 부드러운 얼굴빛으로

"오오, 자네 아직 가지 않았네그려. 그럴듯하기에 내 빨래를 가지고 나왔네. 정교도 오늘은 일곱 시까지 난번이지. 모처럼 돌아오는 난번이니 둘이 이야기들이나 실컷 하게"

하면서 빨래 뭉치를 집어 던지며 뒤도 돌아보지 않고 가 버렸다.

이는 자기 아내의 훈수를 좇아 방울네의 맘을 턱 놓게 하고자 하는 계책일 것이나 너무도 별안간 인정이 많아진 까닭으로 두 사람은 도리어 그 눈치를 알고 조금도 맘을 놓지 않았다.

"이 모양 같아서는 오늘 밤으로 피신할 필요도 없겠습니다마는 아무렇든지 일은 발각되었습니다"

"그렇고말고. 집에 가서 이 빨래를 살펴보면 알겠지. 그담에 다시 의논하세"

이 말만 하고 방울네는 빨래를 옆에 끼고 자기 집을 향하여 갔다. 그는 속맘으로 좌우간에 위선 빨래부터 살펴볼 생각이 간절할 것이다.

116. 방월희 씨, 나매신 씨

어서 바삐 빨래를 살펴보기 위하여 부리나케 집으로 돌아가던 방울네는 이윽고 이 지방의 관찰사로 내려와 있는 하례필 후작의 집 앞을 당도하니 동리 사람들이 이곳에 모여들어 길을 둘러싸고 무슨 구경을 하는지라. 별안간 어찌한 까닭인가 하고 의심할 새도 없이 남들의 하는 빌을 들은즉 당시 이태리와 불탄서의 두 나라 사이에 끼어 있어 범연치 아니한 세력을 가진 파르마 국의 어떤 황족 부인이 각처로 구경 다니는 길에 이곳을 들어와서 지금 관찰사를 찾아보고 돌아가는 길이라고 한다. 그 말을 듣고 본즉 과연 관찰사의 관저 문 앞에는 훌륭한 마차가 놓여 있으며 마차 앞에 올라앉아 말고삐를 잡은 사람도 금테로 꾸민 훌륭한 복색을 입었더라. 방울네가 이 사람들을 비집고 지나고자 할 때에 마침 관찰사 관저로부터 그 귀부인이 나와 점잖게 마차에 올랐다. 여러 사람들은 그 모양을 좀 볼 양으로 발돋움을 하고 다투었으나 방울네는 지금 맘이 딴 데 있어 한 걸음이 바쁜 터이라 그 편짝은 돌아다보지도 않고 사람을 비집으며 길을 건너가 부리나케 자기 집을 들어갔다. 집에는 자기 한 몸 이외에 다른 식구라고는 고양이 한 마리도 없는 터이매 문은 아까 자기 손으로 닫친 채 그대로 있으며 나와 맞아줄 사람 바이없으나 도리어 이런 편이 맘에 편하다고 생각을 함인지 조금 쓸쓸히 여기는 빛도 없이 주머니에서 열쇠를 꺼내어 잠근 문을 마침 열고자 할 때에 누구인지 등 뒤에서

"여보시오"

하고 부르며 어깨 위에 손을 얹는 사람이 있었다.

너무도 어림없는 행동이매 방울네는 눈을 흘기며 돌아다보니 보지도 못하던 신사가 서 있는지라.

"당신은 누구시오"

하고 책망하는 것같이 물으니 신사는 불쾌한 말에도 성내지 아니하고 도리어 모자를 벗으며 공손한 태도로

"예, 나는 가 후작 부인의 분부로 당신을 청하러 온 사람입니다"

고 방울네의 알아듣지 못할 말을 하는지라.

"에, 무슨 말이셔요. 가 후작 부인이 누구신지 나는 모르겠는데요"

"아니요, 당신께서는 모르시더라도 부인은 당신을 아십니다"

"사람을 잘못 보신 것이지요. 나는 아니여요"

"아니요, 틀림없어요. 부인께서 분명히 당신을 가리키시며 저 빨래 끼고 가는 예쁜 여자를 불러오라시기에 내가 곧 뒤를 쫓아왔는데요"

"부인이라니요"

"가 후작 부인 말씀입니다"

"가 후작 부인? 아무리 하여도 알 수 없는걸이요"

"미구에 파르마 국 왕비가 되실 가 후작 부인이셔요. 지금 관찰사 관저에서 나오시다가 당신을 보셨어요"

이처럼 말을 할 때에는 자기를 보자는 것은 틀림이 없을 듯하나 미구에 왕비까지 되려는 파르마 국 귀부인이 나를 보자는 것은 무슨 까닭인가. 도무지 까닭을 알 수 없는 일이매 방울네는 기가 막혀서 오히려 신사의 얼굴만 바라보고 있노라니 신사는 방울네의 귀에다 대고

"당신께서는 도깨비골 일을 잊으셨나요"

하고 물었다.

방울네는 이 한 말에 놀라는 얼굴빛도 가리지 못하고 다시 한 번 신사의 얼굴을 바라보니 신사는 오히려 나지막한 목소리로

"도깨비골이란 무슨 일인지 나는 알지도 못합니다마는 부인께서 당신께 그렇게 말하라고 하십디다요. 그렇게 말을 하여도 따라오지 않으면 내가 사람을 잘못 알아본 것이니까 데리고 올 것 없다고까지 말씀하십디다"

방울네는 꿈속의 꿈을 꾸는 것같이 잠시 동안 정신없이 서 있을 뿐이더니 이윽고 무슨 생각을 하였는지

"예, 그러면 따라가겠습니다. 잠깐 기다려 주십시오"

하며 문을 열고 안으로 들어가고자 하니 신사는 이를 말리면서

"아니, 당신께서는 필경 그 빨래를 내놓고 의복이라도 갈아입고 가시려는 생각이신가 봅니다마는 도리어 이대로 가시는 것이 좋습니다. 이대로 가시면 누가 보든지 빨래 장수를 불러왔거니 하고 의심을 할 일이 없으니 그대로 가십시다"

방울네도 그 말을 옳게 여겼던지 다시 문을 잠그고 빨래 보퉁이를 옆에 낀 채 신사의 뒤를 따라가니 이때 날은 이미 저물어 사람의 얼굴도 알아보기 어려울 지경이라 아무도 수상히 여기는 이가 없었다. 이윽고 이곳의 일등 여관으로 유명한 어떤 호텔을 당도하여 신사는 뒷문을 열고 들어가더니 아무도 없는 뒤꼍 층계를 따라 올라가는지라.

방울네도 말없이 따라가니 신사는 어떤 방문 하나를 열면서

"여기서 잠깐 기다리시지요"

하며 방울네를 들어앉히고 나가 버렸다.

방울네는 어찌 되는 일인가 하고 방 안을 둘러보니 훌륭하기도 물론 훌륭하거니와 모든 것이 특별히 비밀실로 꾸민 듯한지라 어찌 이상도 하다고 생각하는 계제에 비단옷 쏠리는 소리가 바삭바삭하면서 문을 열고 들어온 일위 부인은 방울네의 얼굴을 보더니

"오오, 월희 씨"

한다. 방울네는 이와 같이 부르는 말을 듣고 전신이 벌벌 떨리도록 놀랐으나 부인의 얼굴을 자세히 보다가

"아아, 나매신 씨"

하고 그 앞에 가 매달리며 부인도 마주 부둥켜안고 다 같이 장의자 위에 굴러 떨어져 목이 메어 울 뿐이었다.

117. 실상은 버 원수를

마주 붙들고 목이 메어 우는 두 사람. 이는 방월희와 나매신의 두 사람이었다. 한 사람은 나한욱의 손에 잡히어 괴물과 같이 갇히었고 한 사람은 독약 심문정에서 사형 선고를 받았는데 두 사람이 다 팔 년을 지난 오늘날까지 살아 있어서 전과 다른 모양으로 대면하게 된 일은 신기한 중에도 신기한 일이다.

이윽고 나매신은 먼저 고개를 들어

"월희 씨, 당신을 이곳에서 만나기는 천만의외요. 그동안은 어떻게 무사히 지내셨나요"

월희도 겨우 눈물을 거두고

"나보다도 당신이야말로 연전에 사형 선고를 받고 집행하려는 날에 도망하였다는 말은 이 근처에까지도 소문이 났었지요마는 그 뒤에 어찌 지내셨으며 또 어떻게 하여서 파르마 국의 귀부인이 되셨나요"

"그것은 여러 가지 까닭이 있습니다. 그러나 그런 이야기는 차차 하기로 하고 당신의 가신 곳은 고수계 씨도 염려를 하여서 지금껏 봇짐장수를 차려 가지고 각처로 돌아다니는 중이니 그 이야기부터 들읍시다"

"에, 고수계가 지금도 저를 찾아서 각처로 돌아다녀요. 나 역시 고수계의 일은 일시를 잊지 못합니다. 연전에 춘풍이를 잃은 뒤에 의지 삼아 지내는 것은 고수계뿐이라 어려운 일, 슬픈 일을 당할 때마다

고수계가 있었으면 하고 생각나지 않는 날이 없지요마는 당신께서 파리를 떠나신 뒤로는 다시 알아볼 도리도 없고 영영 만나지 못할 줄만 알았습니다. 그런데 지금은 어디 있나요"

"고수계의 있는 곳을 아는 사람은 나밖에 없어요. 그도 나를 살려 내려다가 나한욱에게 속아서 마취약을 먹고 죽을 고생을 하였으나 목숨은 살아났어요. 인제는 자기 평생에 무쇠탈을 찾는 일밖에 아무 소원이 없다 하고 불란서 안의 감옥이란 감옥은 다 찾아다니는 중입니다. 인제는 내 남편 안동익도 없고 안시제도 없고"

"에에"

"예, 당신께서는 모르셨겠지마는 그 두 사람은 나를 살려 내기 위하여 정부의 경위병을 가로막다가 그레브 형장에서 목숨을 잃고 살아 있는 사람은 그때 마취제를 마시고 기절 되었던 고수계 한 사람뿐이여요. 우리 동지라는 것은 단 두 사람밖에 없으니까 어디를 가든지 서로 있는 곳은 알고 지냈지요"

이만 이야기를 듣고도 혹은 놀라며 혹은 슬퍼하여 비길 데 없이 맘이 요동되었거니와 중에서도 고수계의 있는 것을 아노라는 말은 꿈인 듯이 반가웠으매 방월희는 벌써 만나 보나 다름없이 생각하여

"고수계는 어디 있습니까. 하루바삐 불러 주셔요"

"지금은 서반아와 접경된 지방에 가 있습니다. 그러나 내가 여기를 올 때에는 아직 확실치는 못하나 무쇠탈은 비녀울 감옥에 있는 듯하니 곧 비녀울로 오라고 편지를 띄우고 왔으니까 아직 못 보았기도 쉽지마는 그 편지만 받아 보면 곧 여기로 올 것입니다. 인제 한 달 안에 만나 보시겠지요"

방월희는 감사함을 못 이기는 것처럼 나매신의 손길을 잡고 키스

를 하면서

　"참, 은혜가 태산 같습니다. 더구나 당신께서는 이처럼 홀세를 하시고서도 지금껏 무쇠탈을 잊지 아니하시니"

　하고 말하매 나매신은 좀 야속히 여기는 모양으로

　"남편 잃은 여자에게도 다행한 일이 있겠습니까"

　이 한 말에 월희도 나매신의 설움을 살피어 어룰한 말로

　"그는 그러시더라도 출세하신 것은"

　"무엇이 출세일까요. 맘에도 없는 사람의 비위를 맞추면서 이름도 숨기고 신분도 숨기고 바람결에도 귀를 기울이는 숨어 사는 인생입니다. 당신과도 달라서 내 몸은 노봉화의 주목이 심하여서 칠 년이 지난 지금이라도 이 소위 가 후작 부인이라는 것이 나매신인 줄만 알면 곧 잡아 죽이고 말 것입니다. 숨어 사는 목숨이 달리 좋은 도리가 없어서 이 모양은 하고 지냅니다마는 불란서 땅에는 발그림자도 못 할 몸입니다"

　하고 말하니 그의 하는 말을 다는 알아듣지 못하겠는지라.

　"그런데 이번에는 어찌 여기를"

　"예, 이 땅으로 말하면 지금은 불란서 땅이지마는 본래는 이태리에 붙었던 땅으로서 일천육백삼십이년에 전쟁에 져서 빼앗긴 땅이외다. 그러한 까닭으로 지금까지라도 이 지방 사람들은 이태리를 생각하고 불란서를 미워하여 계제만 있으면 모반을 하고자 하는 터인즉 같은 불란서 땅이라도 얼마큼 맘이 놓일 뿐 아니라 또 파르마 정부에서 들은즉 이 병참소 감옥에 무쇠탈을 쓴 죄인이 팔 년 전부터 갇혀 있다 하기에 그 말의 진가도 알아보고 만일 정말일 것 같으면 어떻게 살려 내볼까 하여서"

"에—, 무쇠탈을 살려 내기 위하여 몸이 위태한 것도 잊어버리시고 일부러 오시다니. 참, 당신이 아니고는 못 하실 일입니다"

"아니요, 속담에 도적질도 한번 배워 놓으면 그만두기가 어렵다고 한번 나랏일에 관계하여서 정부와 싸우기 시작하면 역시 일평생 그만두지 못하는 것이지요. 내 몸이 되어서야 노붕화와 싸우는 일밖에 무슨 할 일이 있겠습니까. 이제는 제 이름조차 숨기고 사는 주제에 동지도 없고 후원도 없이 노붕화와 겨루는 것은 철모르는 일도 같지마는 다행히 무쇠탈을 살려 내는 일은 고수계 씨만 있으면 다른 동지가 없어도 될 것이고 소원대로 살려 내고 보아서 그가 만일 안택승 씨 같으면 같이 일을 의논할 것이요 설령 오필하일지라도 노붕화를 놀래 주기는 일반이니까 지금 내 재주로 노붕화를 골리는 수단은 무쇠탈을 빼내는 것밖에 없어요. 어떻게 하든지 노붕화를 못 견디게 굴고자 하여 실상은 내 원수를 갚으러 온 것입니다"

118. 기구한 소경력 (1)

나매신은 또 말을 이어

"와서 본즉 하늘이 도움이시던지 마차를 탈 때에 당신께서 지나시는 것을 보고 위선 첫눈에 그런 듯하기에 사람을 보내어 청한 것입니다. 당신이 여기 계신 것을 보면 당신도 어떻게 하여서 무쇠탈이 여기 있는 것을 짐작하고 그것을 살려 내기 위하여서 고생을 하시는 것이겠지요. 이렇게 되고 본즉 더군다나 힘을 써야 되겠습니다. 지금까지는 한갓 노붕화를 귀찮게 굴겠다는 생각이었지요마는 인제부터는 당신 사정까지 보아서 무쇠탈을 살려 내 봅시다. 아무렇든지 당신의 정절과 참을성에는 탄복할 수밖에 없소. 필경 혼자서 이 힘 부치는 일을 경영하시겠지요"

"아니요, 나 말고도 또 남자도 한 사람이 있어서 같이 힘을 쓰는 중입니다"

"에, 그는 누구인가요"

나매신이 의심나서 묻는 것도 괴이치 아니한 일이다. 이제는 춘풍이도 없고 고수계도 없는데 방월희를 도와줄 사람이 누구인가.

"이것이야말로 하늘이 돌보셨던지 안택승이 거느렸던 결사대 중에서 고수계 말고도 살아난 사람이 또 있어서 그가 의외에 죽을 곡경 중에 있는 나를 살려 내 가지고 여기까지 데려다 주었어요"

"그는 또 첨 듣는 일입니다. 당신께서 나한욱에게 잡히어 그 집 곳간 속에 갇히시던 일까지는 나도 알았어요. 그때 우리들은 어떻게 하든지 당신을 살려 내야 하겠다고 여러 가지로 애를 써서 혹은 나한욱이를 잡아다 놓고 족친다 혹은 안동익과 안시제를 고수계와 같이 나한욱의 집으로 쫓아 보낸다 하였지요마는 그때에는 당신께서 벌써 다른 감옥으로 옮아갔는지 부지거처가 되었다고 세 사람이 허행을 하고 돌아왔더니 그러니까 그때 당신께서는 그 사람에게 구원되셨습니다그려"

"예, 그때 일은 지금 생각을 하여도 몸서리가 나요. 나한욱에게 잡힐 때에는 기절이 되었던지 아무것도 몰랐으나 이윽고 정신을 차려 보니까 컴컴한 곳간 속 같은 데에 어떤 사람 하나와 같이 갇혀 있겠지요"

여기까지 이야기를 하다가 월희는 새삼스러이 진저리를 치면서

"그런데 그 사람은 언제인가 내가 요하네 교당 뒤에서 보고 귀신으로 알았다고 하던 그 검정 수건의 괴물이여요"

"에에, 저를 어째—"

"지금 생각을 하여도 그것이 무엇인지는 알 수 없습니다마는 얼굴도 망측하거니와 맘은 얼굴보다도 더 흉측한 위인이 되어서 단둘이 한방에 들어 있으니까 갖은 흉악한 짓을 다 하면서 나를 귀찮게 굽니다그려. 나는 한 편짝 구석에 잔뜩 오그리고 앉아 있는데 그자는 한참 지근덕거리다가는 한잠 자고, 자고 나서는 또 지근덕거리겠지요. 첨에는 억지로 참아도 보았지마는 나중에는 고만 죽겠어요. 그러니 도망을 할 수가 있습니까. 죽으려니 죽을 수도 없지요. 아주 성화를 바치는 중에 그자는 점점 흉악한 짓을 하여서 나중에는 부둥켜안고 말 못 할 봉변까지 시키려 들었어요. 힘으로는 당할 수 없고 어찌할 줄을 몰라서 목이 터지라고 악을 썼더니 마침 그때에 문이 열리며 바깥으로부터 쫓

아 들어오는 사람이 있겠지요. 그 사람은 들어오는 길로 발길을 들어 괴물을 쳐 내던지고 나를 붙들어서 긴긴 밖으로 나서던 일까지는 생각이 납니다마는 그때에 또 기절이 되었던지 그 뒤에 어찌 된 것은 몰랐어요"

"알겠습니다. 그래서 곳간 문이 열린 때문에 그 괴물은 빠져나와서 오 부인 댁으로 와 가지고 나와 부인이 나한욱에게 문초 받는 모양을 보고 가서 곧 노붕화에게 고발을 한 것이지요. 그 뒤에 고수계 씨가 갔으니까 아무도 없을 수밖에"

"그런데 그 괴물은 무엇일까요. 정부에서 정탐으로 부리는 사람일까요"

"글쎄요, 참 이상한 일이여요. 낸들 어떻게 알 수가 있습니까"

하다가 잠깐 생각을 하고

"글쎄, 어쩌면 그 괴물이"

하고 무슨 짐작이 난 것같이 말하더니 다시

"아니, 그렇다고도 할 수 없어"

하고 자문자답을 하며

"아무렇든지 그는 이담 알 날이 있겠지요. 그때까지는 알고자 하는 것만 어리석은 일입니다. 그래, 그 뒤에 당신께서는 어찌 되셨어요"

"예, 그 뒤에 다시 정신을 차려 본즉 마치 전에 내가 안택승의 병구원을 하던 집과 같은 흉악한 주막집 이 층에 누워서 간호를 받고 있는 중이겠지요. 여기는 어디냐고 물으니까 여기는 브뤼셀에서 멀지 아니한 주막집이니 염려 말라고 하겠지요. 그래, 그 사람의 얼굴을 자세히 본즉 어떻게 반갑던지. 이왕에 안택승의 부하로서 말을 잘 부리는 까닭에 마부 노릇을 하던 안희라고 하는 토이기 사람이여요"

나매신도 깜짝 놀라면서

"에그, 안희가 도깨비골에서 죽지 않고 역시 살아 있었던가요"

"예, 그래요. 그때는 정말 꿈이나 아닌가 하고 의심을 하였더니 추후로 자세히 이야기를 들은즉 도깨비골을 건너던 날에 안희는 여러 말들의 뒤치다꺼리를 하느라고 제일 늦게 물속을 뛰어들었는데 여러 사람이 저편 언덕에서 복병을 만날 때에 그는 물을 반도 못 건넜었대요. 여러 사람이 총을 맞아 강물에 떨어지는 것을 보고 인제 일은 다 틀렸으니까 눈을 뜨고 공연히 죽으러 갈 맛은 없다, 아무렇든지 살아 있으면 다른 사람들도 혹 살아날 것이니까 다시 무슨 도리가 있겠다고 이와 같이 생각을 하고 다시 말 머리를 돌려세워서 무사히 빠져나왔답니다"

"아아, 그 자리에서 돌아서는 것이 정말 용감한 사람의 일인지도 알 수 없어요. 살아 있었기에 오늘날 당신을 돕기도 하는 것이 아닙니까. 그것은 토이기 사람 아니고는 못 할 일입니다"

하고 칭찬하였다.

119. 기구한 소경력 (2)

방월희는 또 말을 이어

"그 이튿날에 그는 동지들의 어찌 된 소문을 듣기 위하여 역시 고수계 모양으로 변복을 하고 배룡 병참소 근처에 와 돌아다녔답니다마는 그는 고수계와 달라서 정탐 같은 것은 능란치 못한 까닭으로 필경 아무 말도 못 얻어듣고 인제는 파리로나 올라가서 동지들을 찾아볼 수밖에 없다고 생각은 하였더립니다마는 노비도 가진 깃이 없는 끼닭으로 그도 여의치 못하고 자기 장기라고는 말을 부리는 일이니까 위선 어디 가 마부 노릇이나 하려고 여기저기 듣보고 있는 중에 마침 나한욱이가 그 지방을 갔다가 중로에서 마부가 달아났다고 마부를 구하는데 자원한 사람도 많은 중에서 특별히 안희를 골라 가지고 파리로 돌아왔답니다"

"그는 정말 이상한 일입니다"

"그 뒤로부터 안희는 동지들의 소식을 궁금히 여기면서도 나한욱의 집에 부쳐 있어서 혹 어자 대리로 마차도 몰고 그럭저럭하는 중에 내가 기절 된 채로 나한욱이 마차에 실려 들어오는 것을 보고 나한욱의 명령으로 나를 곳간 속에 안아다 뉘었답니다. 그 뒤로부터 계제만 있으면 나를 살려 내려고 눈치를 보고 있었대요"

"인제 알겠습니다. 그러니까 당신을 이곳까지 데리고 와서 지금같이 있는 것이 그 안희입니다그려"

"예, 그렇습니다"

"그런데 무쇠탈이 이 비녀울에 있는 줄은 어찌 알았어요"

"내가 그동안 지내던 일을 자세히 이야기하고 무쇠탈의 이야기까지 한즉 그때 안희는 무릎을 탁 치면서 그러면 언제인가 나한욱의 마차를 몰고 대감옥에 갔을 때에 시골 감옥으로 보내는 죄인이 있어서 나한욱이는 자기가 손수 지휘를 하였는데 나한욱이가 몇 차례나 배 전옥을 보고 비밀, 비밀 하던 것을 보면 혹 그것이 무쇠탈이나 아닌가, 그 죄인 같고 보면 그때 두 사람의 이야기 중에 비녀울로 보내면 아무도 모를 것이라고 한 말이 있는데 하고 말을 하기에 다시 자세히 이야기를 하여 본즉 날짜라든지 앞뒤 형편이 여합부절이기로 그것이 무쇠탈인 줄을 알고 곧 여기로 왔습니다"

　이와 같이 방월희의 이야기가 끝난 뒤에 나매신 역시 자기 지내던 일을 자세히 이야기하였다. 그 이야기를 대강 기록하건대, 그레브 형장에서 군호를 맡은 고수계가 창문으로 내다보는 모양을 보고 인제 살아나겠다고 좋아하였더니 어느 틈에 고수계는 간 곳이 없고 나한욱이가 고개를 내밀고 앉아서 빈정거리는 얼굴을 보이므로 나매신은 분하고도 낙담이 되어서

　'저 나한욱이 놈이'

　하고 소리를 질렀더니 마침 이때에 그 옆에까지 쫓아 들어왔던 안시제가 이 모양을 보고 이상히 여기어 군호를 하기로 한 창문을 바라보다가 역시 나한욱의 얼굴을 바라보았으매 요놈의 자식, 하면서 곧 이 층으로 뛰어 올라가 나한욱의 목덜미를 잡아 가지고 이 층 아래로 헌신짝같이 집어 던지고 스스로 모자를 벗어 들고 군호를 한 후 마취약을 마시고 기절 되어 있는 고수계를 옆에 끼고 내려와 부하에게 맡겼더라. 안시제의 이 임기응변으로 하여서 미리 약속하였던 수백 명의 난봉 패들은 나매신의 수레를 둘러싸고 나매신을 빼서 앞세운 뒤에 인해 중을 헤치고 빠져나와 예정한 대로 형장 뒤에서 고수계와 같이 마차에 담아 가지고 쏜살같이 브뤼셀을 향하고 달아났다고 한다.

　그러한 중에 고수계도 피어나게 된 고로 나매신의 잡힌 이후의 이야기를 들으니 고수계, 안동익, 안시제의 세 사람은 나매신이 잡힌 것을 보고 일이 다 와해된 줄 알았으나 아무렇든지 세 사람이 동심합력 하여 나매신을 살려 내기로 하고 밤으로 나매신의 집에 들어가 돈 푼 나가는 패물붙이며 기타 경보를 집어다가 돈을 만들어 놓고 사형이

되는 날에는 난봉 패를 수백 명 몰아 가지고 구경꾼의 법석하는 틈을 나서 살려 내기도 한 깃이다. 그중에는 옛날 안시제의 부하로 있던 장사 패들도 있었는데 고수계를 살려 낸 것이며 나매신을 마차에 싣고 브뤼셀까지 달아난 것은 다 그 사람들이었다 한다. 고수계의 이야기로 여기까지는 알았으나 안동익과 안시제가 그 뒤에 어찌 된 것을 알 수 없으므로 한 일주일가량이나 기다려 보다가 고수계가 다시 파리로 돌아가 소문을 들어 본즉 그 사형을 하려던 날에 정부에서도 혹 그러한 일이 있을까 염려하여 나한욱이를 총지휘관으로 하고 엄중히 준비를 하였었던 고로 안동익과 안시제는 곧 그 손에 잡혔으나 이편에서는 그저 나매신 하나를 살려 내기에 골몰하여서 두 사람을 돌보지 못하였고 두 사람은 죽을힘을 다하여 빠져 나고자 하였으나 수많은 정부의 군사를 당하지 못하여 필경 칼끝에 죽었다 하며 또 안시제의 손으로 구경꾼 사이에 집어 던진 나한욱의 일은 생사를 알 수 없다. 이만큼만 알아 가지고 온 고로 나매신은 비상히 실망을 하였으나 이미 지나간 일이라

인제는 앞으로 지내 갈 방침부터 정하여야 될 것이라고 고수계와 의논을 하니 그는 각처로 돌아다니며 무쇠탈과 방월희를 찾는 이외에 다른 생각이 없으며 죽을 때까지 찾아다니겠다 하고 나매신은 그의 고향인 이태리로 돌아가서 다시 돈을 모아 가지고 아무쪼록 고수계를 돕겠다 하며 또 내내 서로 있는 곳을 통지하기로 약속한 후 이에서 고수계를 작별하였더라.

120. 기구한 소경력 (3)

브뤼셀에서 고수계와 작별한 나매신은 정부의 눈을 속이고 몇 달 동안 신고하여 겨우 이태리에 돌아왔으나 나매신이라는 이름은 남에게 알릴 수가 없으므로 불란서의 음악 선생이로라 변성명을 하고 음악을 가르쳐서 받는 돈으로 근근이 부지하더니 그때는 불란서 루이 왕의 성명이 높고 위엄이 혁혁한 때이라 불란서 조정에서 하는 일이라 하면 모든 나라에서 흉내를 내어 불란서를 유행의 중심지로 알기 시작한 때이며 불란서의 풍속은 도처에서 환영을 받아 불란서 사람이라 하면 근본도 묻지 않고 대접을 한다. 근래에도 독일 안에 있는 제후 왕의 한 사람인 정 후작은 불란서에서 종교상의 죄를 짓고 귀양을 와 있는 여자를 왕비로 삼아 그 몸에서 난 딸을 문벌 좋기로 유명한 하노부르 집에 출가시켰고 또 그 혈통으로부터 지금의 영국 여왕과 화족들이 생겨난 터인즉 불란서로부터 외국에 귀양 가는 여자는 으레 그 정부에 고빙되어서 필경은 무슨 왕, 무슨 작의 부인까지 되는 일이 적지 아니하였다.

이윽고 나매신도 파르마 국 조정에 여관으로 들어간바 인물이 출중할 뿐 아니라 불란서 조정의 모든 사정을 자세히 알며 행동거지가 무비 불란서 조정에서 하는 법식이요 더욱이 말도 잘하고 지식도 유여하여 파르마 왕국에서 어깨를 겨눌 사람이 없으매 국왕은 이를 비상히 사랑하여 당시에 혈통이 끊겼던 가 후작의 이름을 그에게 내린지라. 응당 이와 같이 지위를 만들어 놓은 뒤에 필경은 왕비를 삼을 경륜일 것이라 하였더니 과연 수년을 지낸 뒤에 왕은 나매신에게 결혼하기를 청하였더라. 나라는 비록 작으나 불란서와 이태리 두 나라에서도 상당히 대접을 받는 파르마 국에서 왕비 폐하의 이름을 듣는 것은 나매신의 큰 영광이 될지나 다시 남편을 맞을 생각이 없으매 좋은 말로 이를 거절하였더니 이로부터 외기러기 짝사랑으로 왕은 점점 나매신을 생각하게 되어 나매신의 소원이라면 나라를 기울이고라도 들어줄 만큼 되었는데 하루는 왕의 앞에서 불란서 형편을 이야기하다가 왕은 자기 나라의 유력함을 자랑할 생각으로 우리나라에서 다수한 비밀 정탐을 각국에 파견하였은즉 이웃 나라의 비밀도 모를 것이 없으며 불란서 정부가 아주 큰 비밀로 생각하는 죄수에게 무쇠탈을 씌운 일도 알았고 지금은 그자가 비녀울 병참소 감옥에 갇혀 있는 줄까지 아노라고 자랑한 고로 나매신은 참 반가운 소식을 들었다고 생각하고 곧 무쇠탈을 살려 내기로 작정한 후 왕에게도 기타 아무에게도 비밀히 외양으로는 다만 구경을 다닌다 청탁하고 이곳을 온 것이었다.

두 사람이 각기 경력한 바를 이야기한 뒤에는 이로부터 무쇠탈의 살려 낼 일을 의논하게 되어 방월희는 저 토이기 사람 안희를 병참소의 병정으로 들여보내고 자기는 그 아내라고 하여 빨래 장수를 하게 되던 일로부터 빨래 속에다가 통신을 써 넣다가 성 전옥에게 들킨 듯

하다는 일까지 자세히 이야기하니 나매신은 월희의 애쓰던 일을 못내 칭찬하면서

"그는 전옥에게 발각이 되었는지 안 되었는지 위선 빨래를 살펴 보는 것이 제일 알기 쉬운 일이지요"

한다. 방월희도 물론 아까부터 어서 살펴보고 싶던 계제이라

"그렇지요. 그러면 여기서 잠깐 살펴봅시다"

대답하며 여기까지 가지고 왔던 빨래 뭉치를 펴고자 하니 나매신 은 손을 대다 말고 벌써

"아아, 큰일 났습니다. 발각되었어요. 이것 보시오. 이 빨래가 축 축하지 않습니까. 혹 글씨를 쓰지 않았는가 하여서 물에다 헤어 내어 가지고 갑자기 불에 쪼여 말린 모양 같습니다"

과연 그 말과 같이 얼마큼 습기가 있으나 방월희는 새삼스러이 놀라지 않고

"나도 그럴 듯 생각하였어요"

"그렇지만 성 전옥이 이것을 당신에게 내주는 것으로 보면 혹시 하고 의심을 하여서 일일이 살펴보지도 않고 물에다 담가만 내보낸지도 알 수 없지요. 그러고 보면 당신께서도 오늘내일 사이에 염려될 것은 없고 글씨도 얼마큼 남아 있을는지도 알 수 없지요"

"글쎄요, 물에다 잠깐 헤고 말았으면 그대로 남아 있는지도 알 수 없으니 다시 한 번 살펴봅시다"

이와 같이 말하면서 빨래 뭉치를 끌러 가지고 일일이 자세히 살피는 중에도 위선 자기가 하던 것과 같이 속옷 소매에다나 쓰지 않았는가 하여 자세히 뒤집어 보니 과연 왼편 소매에 반이나 찢어진 피 흔적이 있는지라.

"아아, 이것입니다"

하면서 두근거리는 가슴을 진정하고 읽어 보고자 하였으나 원래 한 번 물속에 들어갔던 것이라 다만 빌밋하게 흔적만 남아 있고 무슨 글자인지는 알 수 없다. 월희는 곧 우는 목소리로

"아무리 한대도 운수가 진한 것이여요. 이것 보시오"

하고 나매신을 보였다. 아아, 나매신은 원래 비상한 모략을 가진 여자이라 혹 무슨 좋은 의견이나 있을는지.

121. 위선 전옥을 방문

월희가 낙담을 하면서 아무것도 다 틀렸다고 내놓는 속옷을 받아 든 나매신은 등불 밑으로 가지고 가서 이리저리 살펴보면서

"정말 글씨 썼던 흔적입니다마는 아니, 가만히 계시오. 첫머리 두 자는 '자세'라고 쓴 것 같습니다. 그 아래로 서너 자는 알 수가 없으나 그다음은 '수건'이라는 글자 같습니다. 그렇고 보면 자세한 일은 수건 에 쓴다는 뜻이 아닐까요"

월희는 부리나케 나머지 빨래를 헤집어 보다가

"아아, 그렇습니다. 수건에 무엇이라고 쓴 것을 성 전옥이 보고서 집어 치웠습니다. 손수건은 여기 하나도 없는걸이요. 필경 손수건에 글씨가 있는 것을 본 까닭으로 나머지 빨래까지 물에다 헹군 모양이지 요. 그리고 요담에 또 무슨 통신이 있으면 확실한 증거를 들기 위하여 서 시치미 뚝 따고 내준 것입니다"

원체 여러 해를 두고 비밀한 계획에 종사하던 몸이라 남의 비밀 을 알아내는 것도 집어내는 듯이 영절스러우매 나매신도 그 말에 탄복 을 하였으나 월희의 실망하는 모양이 너무도 가엾으므로

"어쩌면 무쇠탈이 이번에는 이것만 써 놓고 요담 번에 써 보낼 생

각인지도 모르지요. 그래서 그 말을 쓴 것이 지워졌는지 누가 압니까"

하고 억지로 위로하니 월희도 그 말을 믿는 것은 아니나 행여나 하는 생각이 있어

"그렇지요. 아무렇든지 지금 애를 쓸 필요는 없으니 요담 의논을 하지요. 그러나 설령 무쇠탈이 안택승인 줄을 안다고 할지라도 어떻게 하면 살려 낼 수가 있을는지 나는 도무지 앞이 캄캄합니다마는 당신께서는 무슨 좋은 도리를 생각하셨겠지요"

"예, 내 생각에는 연전에 마지막 수단이라고 하던 독약을 쓰는 것이 제일 편할 것 같습니다마는 나한욱에게 시험하여 본 약은 그 뒤에 나한욱이가 살아난 것을 보면 아주 맘 놓고 쓸 수가 있으나 마침 그때에 없어졌고 지금 새로 만들려면 그렇게 속히 되지 못할 것이니까 역시 연전에 안시제를 살려 내듯이 감옥에서 빠져나올 기계를 들여보낼 수밖에 없지요"

"그렇지만 이곳 감옥은 대감옥보다도 더 완구하고 성 전옥의 감시도 배 전옥보다는 얼마가 엄중합니다"

"아니요, 아무리 엄중하다 할지라도 그 아래에 있는 부하들이 사람인 이상에는 돈을 싫다는 법은 없지요. 인제는 나도 당년의 오 부인 모양으로 돈은 얼마든지 쓸 수가 있으니까 부하 중의 유력한 자를 두서너 사람만 사면 되겠지요. 또 그뿐 아니라 안희는 성 전옥의 신용을 얻었다니까 아주 용이할 일이 아닙니까"

"그렇지만 안희는 벌써 나나 일반으로 얼마간 의심을 받을 것이니까"

"안희는 그러할지라도 그 외에도 성 전옥의 신용을 받는 사람이 두서너 사람은 있겠지요. 안희를 시켜서 그 사람을 끌어 올 수는 있을

것이니까 성 전옥이 아무리 안희를 의심할지라도 그것은 상관없지요.
또 그뿐 아니라 이 여관 주인도 불란서라면 이를 가는 터이니까 내가
시키는 일은 무엇이든지 할 것입니다. 그렇지만 나는 수단을 작정하기
전에 위선 성 전옥을 한번 만나 볼 생각입니다"

"에, 성 전옥을 당신께서 만나셔요"

"예, 그런데 왜 그렇게 놀라십니까"

"성 전옥이 당신을 만나 볼는지 모르겠습니다"

"무얼이요, 다 하는 수가 있지요. 오늘 여기 관찰사를 찾아가 본
것도 실상은 성 전옥을 만나 볼 근사입니다. 관찰사도 내가 어떤 사람
인지를 알지 못하고 마치 외국 여왕이나 맞는 것같이 대접을 합디다마
는 성 전옥도 이편에서 만나도록 하면 아니 만나고는 못 견디지요. 그
뿐 아니라 병참소 안도 구경하고 감옥 안도 살펴본 뒤에 정말 살려 낼
방침을 꾸미겠습니다. 물론 나는 당신이 여기 계신 줄도 모르고 왔으
니까 올 때부터 그러한 방법을 생각하여 가지고 왔습니다. 어쩌면 성
전옥을 잘 삶아 가지고 무쇠탈을 만나 볼 수도 있을 듯합니다마는"

도저히 꿈도 꾸지 못할 일을 말하는 고로 방월희도 그 대담한 태
도에 놀라서

"당신께서는 성 전옥의 위인을 모르시니까 그런 생각을 하시지
요"

하였으나 나매신은 조금도 걱정 없이

"내가 하는 것을 구경하시오. 어떻게 되는가"

하였다.

122. 잘 말하여 두리라

그 이튿이튿날에는 성 전옥 부처의 몸에 전무후무한 큰일이 생겼다. 그는 무엇인고 하니 궁내부 관리의 예복을 입은 훌륭한 신사가 병참소에 찾아와서 성 전옥에게 면회를 청한 후 파르마 국의 장래 왕비가 후작 부인으로부터 성 전옥 부인에게 부치는 일봉서간을 전하고 다시 진갈로 후직 부인이 이곳을 유람 온 계제에 이곳의 모모한 이들을 찾아보고 또 명소 고적과 이름 있는 건축물도 구경하고 싶은즉 내일 전옥 부인을 찾아오겠으니 그때에는 흉허물 없이 대접하여 주기를 바라노라 하였다.

이곳은 원래 힘준하기로 세계에 유명한 알프스 산속에 있는 궁벽한 곳이라 외국에서 점잖은 손님이 오기는 백 년에 한 번도 드문 일인데 더구나 미구에 왕비까지 될 귀부인이 뜻밖에 찾아와서 자기 아내에게까지 만나 보기를 청하다니 이런 의외의 일이 또 있을까. 이것이 다른 일 같고 보면 성 전옥의 성미로 덮어놓고 거절하여 버릴 것이로되 그는 아랫사람에게 딱딱하니만큼 윗사람에게는 약한 위인이라. 찾아온 신사의 훌륭한 복색만 보고도 고개가 숙었으며 더욱이 가 후작 부인이 유람 왔다는 일은 이 병참소 안에까지 소문이 자자하여 이곳 사람들은 먼빛으로 부인의 얼굴만 보아도 큰 영광을 삼는 터인데 그 부인이 일부러 왕림한다는 말을 듣고는 감히 거절할 용기가 없는지라. 위선 아내와 의논을 하겠노라 하고 편지를 가져다 범같이 무서운 자기 아내 앞에 올리니 그 아내는 항상 자기 아우 조신호 부인이 조정에서 귀부인들과 교제한다는 말을 듣고 자기도 언제 한번 귀부인을 만나 보았으면 하던 터이라 곧 하늘의 별이나 딴 것같이 기뻐하며 편지를 뜯

어본즉 그 사연도 얌전하거니와 더욱이 자기 몸을 칭찬하여

그대가 허구한 세월에 이 적막한 산중을 떠나지 않고 가장과 신고를 같이하는 정절은 과연 부인의 귀감이라 하겠은즉 일차 상봉하여 여러 가지로 말씀도 듣고자 하나이다.

이러한 말까지 한지라. 이야말로 바라고 바라던 출세의 길이 틔었나 보다 하여 두말없이 남편에게도 승낙을 시킨 후

누추한 곳을 혐의치 아니하시고 왕림하여 주시오면 일문의 영광이 비길 데 없사오며 자리를 쓸고 존가를 기다리겠나이다.

이왕에 써 보지 않던 문자까지 꺼내어 편지 답장을 하였다.

이로부터 병참소 안은 별안간 발끈 뒤집혀서 성 전옥은 열다섯 해 전에 첨으로 병참소장이 되어 가지고 궐내에 사은차로 들어가던 때 꼭 한 번밖에 아니 입어 본 대례복을 꺼내어 몇 차례나 솔질을 고쳐 하였고 그 아내는 하인들을 동독하여 별안간 집안을 치운다, 이왕 병참소장이 남겨 두고 간 그림 쪽을 꺼내 붙인다, 자기 나들이옷을 새로 다린다, 눈코 뜰 새가 없이 서둘렀으며 또 한편으로는 대접할 음식거리를 장만하고 병정에게는 나라 경절에도 좀처럼 입히지 않는 새 옷을 내주어 제반 준비를 갖추어 놓고 귀부인의 찾아오기만 고대고대하였더라.

이튿날 오후 세 시가량이 되매 미리 망을 보게 한 파수 병정이 뛰어와서 후작 부인은 지금 여관을 떠났다고 보고하는지라. 곧 병정들을

문 앞에 늘어세우고 이제나저제나 하며 기다리는 중에 이윽고 저편 언덕길로부터 십여 명의 배행을 거느린 후작 부인은 어제 편지 전하던 신사를 인도 삼아 앞세우고 천천히 걸어왔다. 성 전옥은 이러한 접대에는 신익지 못한 터이매 어찌할 줄을 알지 못하는 것같이 주저주저하다가 부지중에 모자를 벗어 손에 들고 혼자 앞으로 나가 언덕 아래에서 부인을 맞았다.

부인은 옛날 나매신과도 달라서 몸에 귀인 티가 확실히 박혔으며 행동거지가 과연 일국의 왕비인 듯한지라. 성 전옥은 감히 입도 벌리지 못하고 다만 고개를 숙여 경례하니 부인은 아주 신익은 태도로 손을 들어 앞에 서라는 뜻을 보이고 또 손아랫사람을 구슬리는 것 같은 무간한 말씨로

"오오, 당신이 성만필 씨요. 이렇게 나와서까지 맞아 주니 고맙소. 쉬이 파리에도 갈 길이 있으니 그때에는 루이라든지 노봉화에게도 잘 말하여 두리다"

지나가는 말같이 국왕 루이와 총리대신 노붕화를 씨 자도 아니 붙이고 말한다. 이것만 보아도 이 부인이 불란서 조정에까지 교제가 있어서 루이 왕이며 노붕화와도 무간히 지내는 사이인 줄을 알 것이다. 더구나 잘 말하여 두리다 하는 한 말은 성 전옥이 팔 년 동안에 듣고자 하여도 들어 보지 못하던 귀한 말이매 그의 가슴에는 벌써 기쁜 생각이 가득하여

"예, 아무쪼록"

이라는 한 말밖에는 입 밖에 내지 못하고 고개만 땅에 닿도록 숙이니 부인도 매우 만족한 모양으로

"당신은 과연 불란서 신사이시오. 다른 나라 사람으로는 손님 접대가 이렇지 못해요"

하고 또

"우선 오늘은 부인을 만나고 싶으니 자아, 들어가십시다"

한다. 성 전옥은 자기 아내가 자기보다도 입이 보드랍고 교제에 능한 줄을 아는 고로 이 말을 듣고 큰 짐이나 벗어 놓은 듯이 시원히 여기면서

"예, 이리 오십시오"

하고 자기가 앞을 서서 인도하며 문 앞에까지 와서는 병정들에게 경례를 시키니 부인은 이것 역시도 좋은 낯으로 받으면서

"규율이 이렇게 짜인 것을 보니까 당신이 평일에 훈련을 잘하신 것도 알겠소. 시위대 병정이라도 이럴 수가 없는데요"

그러면 나를 시위대 대장으로 천거할 생각인가 하고 성 전옥은 거의 자기 발이 땅에 닿는지 마는지를 알지 못할 지경이었다.

123. 동기라는 다른 것

이로부터 성 전옥의 인도로 문 안에 들어선 부인은 위선 걸음을 멈추고 사면을 둘러보면서

"오오, 담 밖에서 볼 때보다도 들어와 보니까 매우 넓구려. 그런데 성만필 씨, 저 편짝의 저 우중충한 집은 무슨 집이오. 하릴없는 감옥서 같구려"

하고 한편을 가리키며 하는 말에 성 전옥은 얼굴이 화끈거리어 차마 대답도 못 하다가 이윽고 억지로 끌어내어

"예, 거기가 저희들 들어 있는 집입니다"

부인은 아주 놀라는 체하면서

"에, 무슨 말씀이오. 당신은 직무상 할 수 없이 들어 있으려니와 그래도 부인은 따로 계시겠구려"

성만필은 더욱더욱 난처하여

"예, 그런 것이 아니라 처 역시 같이 있습니다"

"응, 그게 무슨 말이오. 저 충충한 속에서 어떻게 지낸단 말이오"

성만필은 머리만 긁적긁적하면서

"역시 직무상 어찌할 수가 없습니다"

"당신은 직무상 어찌할 수 없다고 할지라도 부인까지 이런 데서 거처를 하게 할 수야 있소. 왜 노붕화에게 편지라도 하여서 다른 데로 옮을 도리를 하지 않나요. 아마도 이 산중에 있는 것을 편하게 생각하시나 보구려"

"천만의 말씀이십니다. 이곳으로 온 지 여덟 해 동안에 어디든지 좀 나은 데로 옮았으면 하는 생각을 아니 한 날이 없습니다마는 원체

조정에 길이 없어 놓으니까요"

"조정에 길이 없어요. 그러면 나라도 노붕화에게 편지를 하리다. 원래 노붕화는 좀 빡빡한 사람이니까 곧 변통이 없을는지도 모르지마는 내가 파르마 국왕의 이름으로 루이에게 편지를 하면 곧 되겠지요"

성 전옥은 너무도 황송하고 고마워서

"에, 부인께서 편지만 하여 주시면 국왕 폐하께서든지 노 대신 각하께서든지 어찌 괄시를 하오리까"

"그렇지만 위선 부인을 만나서 자세히 이야기를 들어 보고 합시다"

하고 힘들지 않는 일같이 말을 하니 뻣뻣하기로 유명한 성 전옥도 인제는 풀솜같이 나긋나긋하여져 버렸다.

이로부터 좌우편의 경치를 바라보며 천천히 들어가던 부인은 또 집 앞에 가까이 가서 좌우로 일어서 있는 우뚝한 돌집들을 보고

"당신 거처하시는 집은 저 뒤라고 하셨지요. 그러면 이 집은 빈집인가요"

하고 묻는다. 여기야말로 노붕화에게 맡은 중대한 죄인들이 갇혀 있는 곳이라 성 전옥의 대답도 좀 사이가 뜨게

"예, 빈집이 아닙니다"

"누가 있는지는 모르거니와 그 이 층에 올라서 보면 경치가 참 좋겠소. 누가 들어 있나요, 지금"

마치 어린애들같이 꼬치꼬치 캐물어 오매 성만필은 어수룩하게

"예, 거기는 정부에서 제게 맡긴 사람들이 있습니다"

"정부에서 맡은 사람이오. 아, 그러면 알겠소. 필경 국사범이지요"

더욱더욱 위태한 말이나 성만필은 기망할 길이 없어서 다만 고개만 끄덕였다.

"그것 보구려. 내가 지금 감옥서 같다고 하던 말도 괴이치 않은 말이 아니오. 그렇지만 이렇게 유람을 다니노라니까 이상한 구경이 다 있습디다"

하고 일시 지나는 말과 같이 쓸어 덮는 수단은 또한 용이한 일이 아니었다.

성 전옥은 다시 그런 말을 묻기 전에 어서 자기 아내에게 팔밀이를 하고 말고자 하여

"부인, 인제 이 안에서 제 처가 기다리고 있습니다"

하니 부인은 다시 여러 말 아니 하고 가볍게 고개를 끄덕이며 낭하를 따라 들어가니 마주 나오는 전옥 부인. 시골티가 질질 흐르는 아주 보잘것없는 위인이나 후작 부인은 마치 이왕부터 알던 사람이나 만난 것같이 두 손을 마주 잡고 반가이 인사하여 아무쪼록 스스럽지 않도록 체통도 관계하지 않고 수작을 붙였다. 또 전옥 부인도 원래 입이 가벼운 여자이라 위선 이면이 번드르르하게 인사를 치른 뒤에 미리 한껏 차려 놓았던 자리에 위선 좌정하기를 청하니 후작 부인은 자리를 잡아 앉는 중에도 주인의 손길을 놓지 않고 그의 얼굴을 자세히 바라보면서

"동기라는 할 수 없는 것이로구려. 당신은 조신호 부인과 어찌 그리 같소"

전옥 부인은 위선 이 말에 놀라기도 하고 기쁘기도 하여서

"에그, 부인께서 제 아우를"

"알고말고요. 조신호 부인에게 말씀을 안 들었으면 이 구석을 누가 왔을까요"

이 구석이라고 아주 나삐 본 말을 한 끝에

"그렇지만 아우님이 조정에 있어 가지고 당신을 여기다 오래 내버려 두는 것은 너무도 무심하구려"

자기 아우가 보아주지 않는 것을 이왕부터 야속히 여기던 끝이라

"참 그래요"

"그래도 이렇게 궁벽한 곳인 줄을 모르니까 그렇겠지요. 이담에는 내 당신 아우님과 동행하여서 한번 오리다. 그러면 조정에 가 출입하고 지내야 할 당신이 있지 못할 곳인 줄을 알고 곧 어떻게 하겠지요"

"아니요, 제 동생의 재주만으로는 맘이 있어도 그렇게 쉽지 않겠지요"

"무얼이요, 내가 부탁을 하면 루이든지 노봉화든지 우연만한 말은 다 들어주겠지요. 지금 성만필 씨께도 그렇게 말하였소마는 이렇게 알고 지내는 터이니 하루라도 속히 다른 번화한 곳으로 옮아가도록 조정에 편지를 하여 드릴까요"

아아, 전옥 부인이 얼마나 좋았으랴.

124. 죄수들 좀 봅시다

의외에 반가운 소식을 들은 전옥 부인은 곧 의자에서 굴러 떨어지기라도 할 것같이 백배치사하면서

"정말 그렇게 하여 주십시오. 부인께서 그렇게라도 아니 하여 주시면 좀처럼 옮아 볼 도리가 없습니다. 나는 여기 있기가 싫어서 죽을 지경인데요"

"정말 그렇게 싫으신 것 같으면 조신호 부인을 데려다 보일 것 없이 내일이라도 내가 편지를 하지요. 염려할 것은 없어요. 아시는 바와 같이 국왕 루이는 마음씨가 고운 편이니까 여자에게 청을 받고는 거절을 하지 못합니다. 그뿐 아니라 자기 나라 여자와도 달라서 루이에게는 말하자면 손님의 청이니까 우연만한 것은 들어주겠지요"

"에, 그야 부인께서 말씀을 하신 담에야"

"그 대신에 이웃 나라 사이니까 이편에서도 루이의 청이면 대개 들어주지요"

하고 관계도 없는 말까지 하고 있으나 그 말은 하나도 헛되이 들리지 아니하며 높은 지위에 있어도 높은 것을 자랑하지 않고 아주 무간하고 정답게 이야기하는 수단은 곧 전옥 부인의 맘을 푸근하게 만들었다. 그러나 부인의 속맘으로는 다만 전옥 부부를 기쁘게 할 뿐 아니라 중대한 목적을 가졌으므로 어떻게 하면 자기 목적을 이루도록 이야기를 끌어 돌릴까 하여 애를 쓰는 중이었다.

이윽고 후작 부인은 가엾이 여기는 모양으로 전옥 부인의 얼굴을 바라보면서

"그렇지만 지금까지 이런 데서 참아 온 재주가 무던하지 않소. 허

구한 날에 어떻게 지낸단 말이오. 당신과 말동무라도 됨 직한 여자는 없을 것이고. 그런 생각을 하면 정말 가엾구려”

하다가 다시 생각이 난 것같이

“야야, 한 사람은 있겠구려. 여기 관찰사로 있는 하 후작 부인. 그렇지요. 어제 내가 갔을 때에는 마침 집에 없는 모양입디다마는 집에 있는 때에는 당신 친구가 될 만하겠구려. 그런 부인은”

전옥 부인은 시름없이 눈살을 찌푸리며

“그것이 그렇지 못하답니다. 그 부인은 도섭스러운 사람이 되어서 저희들 같은 사람은 상종도 아니 할뿐더러 사랑에서 관찰사와는 좋아 지내지 못하는 까닭으로”

“에, 무슨 말씀이오. 사랑에서 관찰사와 틀리시다니. 그러실 리가 있나요”

“아니요, 그렇습니다”

“어찌 그러셔요”

“제 말 들어 보십시오. 지금까지 이곳 병참소장으로 온 이들은 모두 관찰사의 비위를 맞추어 주고 아첨들을 하였답니다. 그렇지만 사랑에서는 성미도 그렇지 못할뿐더러 관찰사도 총리대신에게 매인 것이요 나도 총리대신에게 매이기는 다 일반인데 내가 제한테 아첨할 일이 무엇이랴고 고개를 숙이지 않고 지내니까 그래서 관찰사가 좋아하지 않는답니다”

“그러면 더군다나 있기가 어렵겠구려. 말동무 될 부인도 없이. 아무렇든지 하루바삐 전임을 하여야 되겠소”

“예, 정말 그래요. 그뿐 아니라 관찰사 부인이 또 나를 미워하지요”

“저런, 그럼 정말 안되었구려”

"그것도 이런 까닭이어요. 보시는 바와 같이 이 병참소는 이렇게 따로 떨어져 있으니까 바깥에서 내용을 잘 모를 것이 아닙니까. 그런데 조정에서는 가끔 중대한 죄수를 갖다 맡기니까 그것이 샘이 나서 가끔 와서 묻습니다그려. 그렇지만 생각하여 보십시오. 아내가 되어 가지고 어떻게 남편의 직무상에 관계되는 비밀을 말합니까. 그도 남편의 비밀뿐 아니라 나라의 비밀인데요. 그래서 말을 하지 않으면 저편에서는 그것을 틀리게 생각하여서 미워한답니다마는 어떻게 할 수 있습니까"

하고 차차 부인의 낯이 익어짐을 따라서 속이 빤히 들여다보이는 일까지 늘어놓기 시작을 한다.

이 모양 같아서는 내 목적을 이루는 것도 용이한 일이 아니겠다고 후작 부인은 생각하였으나 조금도 실망은 하지 않고 도리어 이 기회를 타서

"옳지, 여기는 조정에서 맡긴 중대한 죄인들이 있다고 아까 성만필 씨께도 말을 들었지요. 그렇지만 조정에서 갖다 맡기는 죄인이고 보면 응당 신분이 있는 사람일 것이니까 언제든지 루이의 맘만 돌리면 다시 일어설 사람들이겠지요"

"그렇고말고요. 다 훌륭한 이력을 가진 사람뿐이여요"

"아아, 그것 한 가지는 말하자면 당신의 재미겠구려. 가끔 그 사람들을 돌라보시고 좀 위로라도 하여 주시겠구려. 또 그런 점잖은 죄수들이고 보면 귀부인을 대접할 줄도 알 것이고"

하며 부인은 청산유수같이 연해 끈을 달아 물어 오니 전옥 부인은 어찌할 줄을 알지 못하여

"아니요, 아니요, 그렇지 않아요. 원체 조정의 명령이 엄중하니까

아직은 사랑에서밖에 죄수의 얼굴을 보는 사람이 없습니다"

부인은 깜짝 놀라는 것처럼

"에, 그것이 정말인가요. 그래, 당신도 못 보아요"

"예, 그렇고말고요"

"그렇지만 그것을 분하게 생각지 않습니까. 이렇게 고생할 때에 잘 위로도 하고 인정을 써 두면 그네들도 다 신분 있는 사람이니까 요 다음 다시 득세를 하는 날에 좋은 도리가 많은 것을 당초에 면회도 좀 아니 하여 준단 말이오. 그것 어디 되었소"

"참, 그렇습지요. 그래서 저도 가끔 그런 말을 합니다마는"

"아무렇든지 너무 엄중합니다. 아무리 조정의 명령이라도 좀 변통성이 있어야지요. 나 같으면 그런 명령은 안 지키겠소"

하고 차차 어르며 달래며 곁 둘레를 치기 시작한다.

물론 마주 앉아서 가만가만히 하는 말이고 보매 방 저편에서 수행원들을 접대를 하고 있는 성 전옥의 귀에는 들어가지 않는다. 그러나 그는 인제 부인에게 헌수를 할 때라고 생각을 하였던지 두 손에 술잔을 받쳐 들고 부인의 앞으로 가까이 나오는지라. 공교한 때에도 왔다고 생각을 하는 맘을 얼핏 돌려 가지고 저편에서 입을 열기 전에 먼저 말을 붙여

"성만필 씨, 내 청할 것이 있는데 좀 들어주시겠소"

하고 가볍게 뒤를 다지니 성 전옥은 아주 만족한 모양으로

"청이라니요. 그렇게 말씀하시면 너무 황송합니다. 부인 말씀이고 보면 상관의 명령이나 일반인데요. 무엇이든지 말씀하십시오"

"그렇게 말씀하실 듯하기에 청을 하는 것이오. 여기 있는 죄수들 좀 봅시다"

죄수를 장난감같이 아무에게나 내보이는 것으로 알은체한다. 아아, 나매신은 얼마나 대담한 위인인가.

125. 대개 맘대로 합니다

죄수를 보여 달라는 것이 말로는 매우 간단하나 성 전옥의 맘이 되어서는 목숨을 달라는 말보다도 어려운 문제이라. 공손하게 서 있던 그는

"에, 에, 에"

하고 놀라는 소리를 지르며 껑충 뛰어 뒤로 물러서더니 어떤 것이 후작 부인이며 어떤 것이 자기 아내인지를 분간할 수 없는 것같이 눈을 헤번쩍거리며 두 사람을 돌아볼 뿐이다. 후작 부인은 자기가 의

심을 받고 안 받는 것은 지금 말 한마디를 잘하고 못하는 데에 있다고 생각하였으므로 별안간 목을 놓아 웃으며

"오호호, 웬일이시오. 호호호, 정말 웬일이여요. 너무도 흥감스럽게 놀라는구려. 여기까지 온 길이기에 당신이 맡아 가지고 있는 것을 좀 뵈어 달란 말인데 미처 말도 끝나기 전에 그렇게 놀랄 것이 무엇이오. 명색 손에게 대하여 실례가 아닌가요. 나는 성을 내겠소"

이것이 농담인가. 이것이 위협인가. 성만필은 아직도 꿈속에 들어서

"아닙니다, 부인. 결코 부인께 실례를 하려는 것은 아닙니다마는"

하고 발명을 하고자 하니 그 아내도 옆에서 그를 도와

"정말 정부의 명령이 엄중하니까요"

"아무리 엄중하다 할지라도 이웃 나라에서 온 손에게까지 보이지 말란 말은 없었겠지요"

"예, 그것도 못 합니다. 특별히 총리대신의 허가가 있기 전에는 누구에게든지"

"그러면 특별히 허가가 있으면 되겠소"

"글쎄올시다. 특별히라도 허가가 되는지 안 되는지 그는 알 수 없습니다마는 아무렇든지 총리대신의 지휘가 없으면"

"에, 그럴 것 같으면 노붕화에게서 그런 편지라도 몇 자 맡아 가지고 올 것을. 분하게 되었는데. 불란서 안에서는 어디를 가든지 내 말을 안 듣는 일이 없기에 역시 어디서든지 그러하려니 생각한 것이 내 실수요. 아니, 안 보인다는 것은 기어이 보고 마는 것이 내 성미니까 이번에 올 때에는 노붕화나 루이에게 말을 하여서 허가장을 맡아 가지고

오리다”

좀 노여운 기색을 보이니 쥐었다 폈다 하는 이 수단에는 성 전옥도 어찌할 줄을 알지 못한다. 거절을 하기는 하였으나 이처럼 세력 있는 귀부인의 뜻을 거스르면 이다음 어떠한 일을 당할는지 모른다고 속으로 조급증이 나서 허리를 굽실굽실하며

“임의롭지 못한 직책이 되어 그렇사오니 제구실을 소중히 알아 그렇거니 하시고 열 번 용서하십시오.”

“아니요, 당신의 책임을 지키지 말라는 것이 아니오. 이웃 나라 귀족을 잘 대접하여서 양국의 친밀을 도모하는 것도 역시 직책을 다하는 일의 하나가 될 듯하기에 하는 말이오”

하고 얼굴에 추상같은 위엄을 나타내니 이것이 지금까지 정답게 굴던 후작 부인인가를 의심할 지경이며 과연 한 나라의 국모 폐하가 될 만한 태도가 있는지라. 성 전옥은 황송하여 고개를 들지 못하고 다만 그 아내는 떨려 나오는 목 안의 소리로

“잘못하면 벼슬이 떨어질 터이니까요”

하니 부인도 역시 나지막한 목소리로

“떨어지면 내가 이보다 나은 자리를 붙여 주리다”

하더니 다시 별안간 태도를 변하여

“에그, 내가 또 실수를 하였네. 내 나라 안에 있는 셈만 치고 공연한 고집을 부렸구려. 여보, 성만필 씨, 자아, 너무 염려 마시오. 우리 화해합시다. 화해를 하고 우리 저 이 층 위에 가서 이 근처 경치 구경이나 합시다”

하며 벌써 몸을 일으킨다. 이 층이라는 것은 죄수들이 갇혀 있는 곳인즉 이 층에 올라간다고 곧 죄수들이 눈에 뵈는 것은 아니나 물론

다른 사람을 들일 곳은 못 되는지라. 성 전옥은 또 앞이 캄캄하여서 어찌할 줄을 모르고 있었으나 부인은 생각할 여가도 주지 않고

"아니, 그것까지도 노붕화가 금하였나요"

하고 웃는다. 물론 죄수를 보이는 것같이 중대한 일은 아닌즉 그것까지는 거절할 수 없으며 큰 곤란을 작은 곤란으로 면하는 듯한 생각이 나서 부득이 잠자코 있노란즉 그 아내 역시 또 한 번 부인의 비위를 거슬렀다가는 정말 큰일 난다고 생각하였던지 손길을 잡힌 대로 일어나서

"자아, 제가 인도하겠습니다"

하고 내키지 않는 걸음을 옮겼다. 부인은 따른 사람에게 망원경을 꺼내게 하여 한 손에 들고 한 손은 전옥 부인에게 끌리어 이 층 위로 올라갈 제 정말 목적은 경치를 구경하려는 것이 아니라 무쇠탈을 살려낼 길목을 보아 두고자 함인즉 아직도 죄수 보려는 생각을 단념한 것은 아니었다. 잠시 동안 그럴듯하게 여기저기를 바라보다가 이윽고 피

곤하다 핑계하고 이 층 낭하에 놓여 있는 걸상 위에 가 걸어앉으며 전옥 부인의 손길을 잡은 채

"여보, 성 부인, 당신만 한 수단을 가지면 내가 파르마 국왕에게 하듯이 우연만한 때는 남편이 들어주겠구려"

남편을 줌 안에 넣고 자기 맘대로 휘두르는 것을 자기 수단이라고 자랑하는 것은 어디든지 있는 일이며 더욱이 여자를 높이 보고 남자를 나삐 여기는 불란서에서는 옛날부터 자기 남편 하나를 맘대로 하지 못하는 것은 큰 수치로 아는 터인즉 성 전옥 부인은 이 올무의 뜻을 아는지 모르는지

"예, 대개는 제 맘대로 합니다마는"

"그렇겠지요. 그만한 수단을 가지고 그렇지 않을 수가 있소"

"그렇지마는"

"아니, 그러면 당신 수단으로 죄수를 좀 구경시키구려"

하고 두 번째 꺼내는 이 문제에 전옥 부인은 귀뿌리까지 빨갛게 되어 난처히 여기는 빛을 숨기지 못한다. 필경 부인의 소원은 성취가 될는지.

126. 몸도 가볍게

범의 굴을 들어가지 않고는 범의 새끼를 꺼낼 수 없는 것이다. 나매신이 죄수 구경을 청하는 것은 정말 위험한 일이나 한번 감옥 안의 형편을 알아보기 전에는 살려 내려는 계획도 예산대로 아니 될 염려가

있다. 그러므로 나매신의 생각에는 반드시 무쇠탈을 만나겠다 함이 아니요 또 무쇠탈이 안택승이든지 오필하이든지 간에 살려 낼 생각이 있으매 그 구별도 알고자 함이 아니다. 더욱이 첨부터 무쇠탈 같은 중대한 죄수를 보이라고 하면 도리어 의심을 받을 염려가 있으니 그보다는 누구라고 지명하지 않고 다만 죄수를 구경시키라고만 하면 저편에서 혹 얼굴을 가린 죄인을 보이는 것이 안전하다고 생각하여 도리어 무쇠탈을 보일는지도 알 수 없다. 설령 무쇠탈을 보지 아니할지라도 감옥 안의 형편만 볼 것 같으면 살려 낼 계획은 꾸밀 수가 있으니 죄인을 누구라고 지목할 필요는 없는 것이라.

나매신은 이러한 생각으로 전옥 부인을 이 층에까지 데리고 가서 다시 말을 꺼내었으나 전옥 부인의 놀라는 모양이 여간치 아니하였으며 말대답조차 용이히 나오지 못하는 형편이라. 이는 좀 의외이나 한 번 말을 꺼낸 담에는 좀처럼 그만두고 말 나매신이 아니라. 바로 말을 하면 실상은 파르마 국왕과 죄인을 보리 못 보리 하다가 큰 내기를 하고 왔노라 청탁하고 갖은 수단을 다 부리어 혹 치살리기도 하였다 혹 내리 깎기도 하며 으르기도 하고 달래기도 한다. 지금 이 일에 말을 잘 들어준다 하면 어디까지든지 출셋길을 터 주겠다, 만일 불란서에서 맘대로 아니 되면 파르마 국으로 불러다가 한 지방의 장관이라도 시켜 주려니와 만일 내 말을 안 들어주면 나는 생각이 있다고 하여 곧 불란서 조정에 교섭하여 가지고 면직이라도 시킬 것 같은 눈치를 보이며 별안간 웃었다가 별안간 성을 내어 정신을 못 차리도록 임의로 농락하니 과연 돈에 휘어들지 않는 사람 없다던 나매신의 말과 같이 전옥 부인도 이 위협과 출세시킨다는 잇속에 팔리어 필경 부인의 말을 듣기로 하고 그러면 오늘 밤 안으로 남편을 졸라서 승낙을 받을 터이라 대답하였으매 후작 부인은 비상히 만족하여 아래층으로 내려온 후 몇 시간 동안을 유쾌히 놀고 내일 다시 상봉하기를 약속한 후 작별하고 돌아갔더라.

이와 같이 하여 승낙을 받아 놓고 여관에 돌아가 곰곰이 생각하니 이 감옥에 갇혀 있는 죄인은 많아도 다섯 사람에 지나지 못할지요 그중에서 두 사람은 세상에서 다 아는 죄수이라. 이태리와 불란서 사이에 갈등이 나서 잡아 가둔 이태리 사람인즉 그 사람들을 이태리 중의 한 나라인 파르마 국 귀부인에게 보일 리 없고 그렇다 하면 열에 아홉은 무쇠탈을 보게 될 것이다. 무쇠탈을 만나게 되면 그가 오필하이고 안택승이고 간에 내 얼굴을 아는 터인즉 내가 온 것을 보면 정말 살아날 도리가 있는 줄을 알고 자기도 준비를 하고 기다릴 것이다. 이와 같이 생각한 후 수행원 중의 영리한 사람과 이 집 주인을 불러서 이 병참소 안에 있는 이태리 사람을 살려 내겠노라 의논한즉 두 사람은 본래부터 불란서라면 이를 갈 뿐 아니라 자기 동포들이 불란서에서 갇혀 있는 것을 분하게 생각하던 터이매 고만 좋아라고 그 준비에 착수하였다.

또 그다음에는 방월희를 불러서 오늘 지내던 일을 이야기하고 이 담 어찌할 것을 의논하면서 이 밤을 새우고 이튿날 아침이 되매 후작 부인은 어제와 달라서 몸도 홀가분하게 치장을 차린 후 배행도 딸리지 않고 병참소를 찾아가니 이는 어제 전옥 부인과 약속한 일이 있는 까닭이었다. 병참소 안의 형편을 둘러본즉 역시 어제와는 달라서 아주 조용한 모양이 파수 병정조차 다른 날보다 적은 것 같으니 이는 곧 성 전옥이 그 일을 승낙한 증거인 듯하며 아무쪼록 일을 비밀히 하기 위하여 다른 핑계를 하고 사람을 물리친 것 같다. 부인이 문 앞을 당도하자마자 기다리고 있는 것같이 성 전옥이 나와서 수상스럽게 사방을 둘

러보면서

"마침 좋은 계제에 오셨습니다. 물론 직무상에 금하는 일을 범하고 특히 이웃 나라의 교분을 위하여 보여 드리는 일인즉 어디까지든지 비밀을 지켜 주셔야 하겠고 또 이담에라도 이 일로 하여서 책망을 듣게 되는 날이면 부인께서 발명을 하여 주셔야 하겠습니다"

하는 그 뜻은 출세시켜 준다던 부인의 말을 다지는 것이다. 부인은 아주 그럴듯하게

"그야 다 이를 말이겠소. 당신은 지금부터 석 달 안에 영전이 될 줄 아시오"

이와 같이 피차에 작은 목소리로 문답을 한 후에는 다시 피차에 말도 없이 성 전옥은 앞서고 후작 부인은 뒤를 따라 감옥 편을 향하고 들어갔다. 그러나 이제 들어가는 곳은 어제 전옥 부인과 같이 올라가던 맨 위층의 높은 곳이 아니요 병참소 담 안에 가리어 있는 이 층 낭하를 따라 깊숙이 들어간 맨 구석의 깊은 방이었다.

127. 아아, 부인께서는

방월희에게 듣던 말과 맞추어 보건대 어찌 여기가 무쇠탈의 갇히어 있는 방인 듯도 하매 부인은 여러 해 신고하던 목적을 이룰 때가 돌아왔다고 별안간 가슴이 뛰노는 것을 느끼면서 오히려 성 전옥의 하는 거동만 보고 있노라니 그는 위선 판장문을 열고 들어섰다. 뒤따라 들어가 본즉 여기는 감옥 문간과 같은 빈방이 있고 그 안에 또 널문이 있어 대문짝같이 든든한 것을 보면 묻지 않아도 죄인의 갇혀 있는 감방문인 듯하다. 성 전옥은 주머니로부터 굵다란 열쇠를 꺼내어 그 문을 열고 들어가더니 벌써 죄수와 마주 선 모양인지 나무라는 것 같은 볼멘소리로

"여보아라, 죄수, 오늘은 네 방에 손님이 오신다. 이웃 나라 파르마 국의 귀족이신 가 후작 부인께서 죄수를 좀 구경하시겠다 하시기에 네 방으로 모시고 왔다"

하고 이르니 다음에는 죄수의 목소리로

"에, 후작 부인이 나를 보러 오셔요"

"응, 그러니 실례되지 않도록 조심하여 뵈어라"

"허허, 감옥 안에도 오래 있노라니까 별일을 다 보겠군. 이렇게 볼썽사나운 얼굴을 하고 뵈어서는 실례를 아니 할래야 할 수가 없겠습니다마는 하느님과 부인네 얼굴은 본 지가 하도 오래니 오래간만에 눈치레를 좀 할까요. 그런데 어디서 뵈옵나요"

하는 말은 목소리부터 늠름하게 들리어 여간 녹록한 위인 같지 아니하다. 성 전옥은

"응, 여기서 뵈올 터이다"

하며 좀 몸을 옆으로 비키니 등 뒤에 섰던 후작 부인이 그곳에 나타났다. 그 모양을 본 죄수는 오래간만에 귀부인을 보는 까닭으로 이상히 여겨 그리함인지 한편으로 몸을 기울이며 부인의 얼굴을 물끄러미 바라보았으며 그 모양은 마치 문간에 섰던 개가 주인의 데리고 오는 손님을 보고 짖어야 좋을는지 꼬리를 쳐야 좋을는지 알지 못하여 냄새를 맡아 분간하려고 코를 벌름거리는 모양 같았다.

이 죄수가 무쇠탈인가. 얼굴에 아무것도 쓴 것이 없은즉 무쇠탈 아닌 것은 분명한 일이건만 다만 나매신은 이 방 안에 꼭 무쇠탈이 있거니 하고 속심으로 생각한 일과 지금까지 천신만고를 겪다가 간신히 목적을 이룬 까닭으로 이 자리를 당하자 정신이 황홀하게 되어 평일에 저렇듯이 영리하던 지혜도 졸지에 나타나지 못하고 오히려 자기는 무쇠탈의 갇힌 방을 들어온 것만 여겨 그 죄수가 안택승인지 오필하인지를 구별하려고만 하였다. 그러나 죄수의 얼굴이 반턱은 협수룩하게 함부로 자라난 긴 수염에 가리어서 누구인지도 알 수 없으며 다만 건장

한 뼈대와 우람한 면상은 보던 얼굴도 같으나 가냘픈 안택승이나 오필하가 아닌 것은 분명하였다.

아니, 그러면 지금까지 안택승이 아니면 오필하로만 알고 있던 무쇠탈이 실상은 안택승도 오필하도 아니었던가 하고 의심을 하여도 보았으나 별안간 정신이 활짝 돌며 다시 생각을 한즉 이 방은 무쇠탈이 있는 방이 아니라. 성 전옥은 무쇠탈을 보이는 것도 위험하다 생각히어 죄수 중에서 제일 신분이 낮고 조정에서도 그리 엄중하게 신칙하지 않는 아주 경한 죄인을 골라 보인 줄 알았다. 이와 같이 깨달은 뒤에는 일시 황홀하게 되었던 나매신의 슬기도 평일보다 갑절이나 민첩하게 되어 이 건장한 죄인은 누구인가, 왜 내 눈에 익어 보이는가를 별로 생각할 것도 없이 곧 알아내었다. 아아, 이 죄수는 저 도깨비골 사건이 생기기 전부터 부지거처가 되어 그 뒤로 항상 염려를 하고 있던 결사대 중의 제일 용감한 장사 춘풍이었다.

이것이 꿈인가 생시인가. 춘풍이가 이 감옥 안에 들어 있는 것은 정말 의외이나 지금 눈앞에 있는 그의 얼굴은 수염을 깎지 않아도 다시 의심할 것이 없다. 나매신이 이와 같이 놀라는 동시에 춘풍이도 후작 부인이 뜻밖에 나매신인 줄을 알았던지 부지중에 무릎을 치고 펄쩍 뛰면서

"아아, 부인께서는"

'우리 동지 나매신 씨가 아니시오' 하고 말을 하려는 계제에 나매신은 다만 이 말 한마디에 만사가 와해되고 자기 역시 살아나지 못하겠다는 생각을 하였다.

형장에서 도망한 후로 이날 이때가 되도록 노붕화의 정탐이 오히려 엄중한 나매신의 이름은 도처에 모르는 사람이 없는 터인즉 아무리

세상 소문에 어두운 성 전옥이라도 그것만은 모를 리가 없고 설령 알지 못한다 할지라도 파르마 국의 장래 왕비라는 것이 실상은 이 죄수와 연분이 있는 하잘것없는 부인인 줄을 알고 보면 지금까지 하던 일이 모두 발각되어 자기는 물론이거니와 방월희와 안희, 무쇠탈과 춘풍이, 이러한 사람들이 어찌 되어 갈지를 알 수 없으며 살려 내려던 계획도 물론 다 틀리고 말 것이라. 정말 아슬아슬한 위태한 경우로되 이러한 위태한 경우를 수없이 겪어 온 나매신은 자기 이름이 미처 춘풍이 입에서 나오기 전에 벌써 자기 손가락을 입술에 대고 '말하지 마라'하는 군호를 하니 춘풍이 역시 만고풍상을 다 겪은 위인이라 어찌 그 뜻을 알지 못하랴. 그는 감옥이 무너질 듯한 큰 목소리로 너털웃음을 웃으면서

"마마님같이 훌륭한 부인께서 이런 죄수를 찾아보시다니, 아하하. 내일은 해가 서에서 떠오르겠습니다, 아하하하"

흔적 없이 둘러대기는 하였으나 성 전옥이 과연 이만한 수단에 속아 넘어갈는지.

128. 더할 봉변은 없겠소

무심한 중에 나매신의 이름을 부르고자 하다가 말하지 말라는 군호를 보고 춘풍이는 임기응변으로 그럴듯하게 둘러대었으나 성 전옥의 눈에는 역시 의심나는 일이 있던지 한 걸음 뒤로 물러나서 두 사람의 얼굴을 이리저리 바라본 후 이윽고 춘풍이 어깨를 꽉 잡아 흔들면서

"애, 너, 이 부인을 아니. 지금 무슨 말을 하려다가 딴소리를 하였지"

춘풍이는 태연한 모양으로 발명을 하고자 하는 때에 나매신은 먼저 성 전옥의 말을 책잡았다.

"여보, 성만필 씨, 말을 좀 조심하여 하시오. 죄인을 심문하는 것은 당신 임의지요마는 내가 듣는 데서 그렇게 말하는 것은 실례가 아닐까요. 명색 후작 부인이라는 사람이 불란서 감옥 안에 있는 죄인과 면분이 있을 듯하오. 당신은 당초에 점잖은 사회 출입도 못 할 이오"

이와 같이 준절히 책망하매 성 전옥은 그만 한풀이 꺾이었으나 오히려 의심이 풀리지 아니하매

"그렇지만 이 죄수가 분명히 무슨 말을 하려고 하였어요. 그때 부인께서는 제 등 뒤에서 무슨 군호를 하신 줄로 알았는데요"

집어내는 듯한 이 말을 부인은 역시 웃음으로 엄불려 넘기며

"당신의 말을 듣고는 정말 아니 웃을 수가 없구려. 글쎄, 이것 보

오. 나는 내월에라도 파르마 국왕과 혼인을 할 몸으로 옳지, 옛날에 정
들인 남자가 이 감옥 안에 갇혀 있으니까 오늘 밤으로라도 그를 살려
내려는 대담한 목적을 가지고 당신을 졸라서 이 감옥을 구경한다, 그
리고 이 험상스러운 죄수가 나의 정든 사내라고 이렇게라도 말을 하였
으면 참말로 알고 맘을 놓겠소"

하고 농담 삼아서 성 전옥의 의심 많은 것을 조롱하는 중에도 슬
그머니 죄수에게는 오늘 밤에 살려 내겠다는 눈치를 보이고 다시 또

"여보, 성만필 씨, 그렇게 말을 하여서 당신 맘이 풀리겠거든 그
렇게 하여 둡시다그려. 나와 이 죄수와는 옛날부터 관계가 있는 사이
라고 부인께도 그렇게 말을 하시오. 부인은 좋은 웃음거리가 생겼다고
두고두고 심심풀이를 삼을 터이니"

하고 마치 어린애와 같이 농락을 하매 성 전옥도 고만 말에 둘리
어 자기가 너무 의심 많은 것을 깨달은 모양 같으나 오히려 시원치는
못하던지 또 죄수를 향하여

"너, 이 부인을 뵈옵고 아—, 부인께서는 하고 무슨 말을 하려다
가 말았지. 그래, 무엇을 보고 놀랐으며 무슨 말을 하려다가 말았니"

춘풍이도 싱글싱글 웃으면서

"무슨 말을 좀 하려다가 영감도 꾸지람을 하시겠고 저 부인도 노
엽게 들으시겠기에 그만두었습니다. 무엇, 나 혼자 생각한 일이여요.
인제 다 식었으니 그만두지요"

"그래, 무슨 말이냐. 상관없으니 하려던 말을 마저 하여 보아라"

"그만두지요. 모처럼 오신 귀한 손님을 노여우시게 하고 추후로
또 영감께 꾸지람을 듣느니"

"그럴 리 없으니 말하여 보아라"

춘풍이는 부득이한 것처럼

"그런 것이 아니라요, 지금은 비록 감옥 안에서 썩어 나지마는 그래도 옛날에는 파리에서 귀부인들만 보던 제 눈에는 이 귀부인의 차림차림이 암만하여도 시골티가 있기에 그래도 부인이 후작 부인이십니까 하려다가 다시 생각을 하니까 안 되었기에 웃어 버리고 말았어요. 나는 불란서 사람 이외에는 재미를 못 들인 성미가 되어서요"

한다. 부인은 이 말을 듣고 고만 화가 나서 못 견딜 것같이

"성만필 씨, 당신에게는 죄수의 옛날 친구라는 의심을 받고 죄수에게는 시골뜨기라는 욕을 먹고. 인제 더할 봉변은 없겠소. 나는 감옥 구경도 다 싫소"

하면서 뿌리치고 일어나 바깥으로 나가 버렸다.

이 모양으로 보면 이 부인이 죄인과 무슨 말을 하겠다는 뜻은 없는 듯하나 성 전옥은 아직도 의심이 아니 풀리었던지 속맘으로

'도무지 수상스럽다. 방울네를 보든지 정교를 보든지 요새는 어찌 모든 일이 수상스럽다. 잘못하다가는 오늘 밤에도 맘을 놓을 수가 없어'

이와 같이 생각을 하면서 나매신을 전송하였다.

대체 나매신이 뜻밖에 궁금히 여기던 춘풍이를 만나고도 말 한마디를 물어보는 일 없이 성을 내고 나간 것은 무슨 까닭인가. 말하자면 이것이 나매신의 수단 있는 곳이다. 만일 조금이라도 성 전옥의 의심을 받을 염려가 없었으면 나매신은 전옥을 세워 놓고라도 여러 가지로 수단을 부려서 피차에 얼마큼 이야기를 하였을 것이다. 원래 남의 눈앞에서 다른 이야기 중에 비밀한 뜻을 알리는 것은 다년 음모에 종사하는 이런 사람들의 특별한 재주인즉 전옥의 앞에서라도 그리 무서운

것은 아니나 다만 이번에는 피차에 뜻밖에 당한 일이 되어서 불시에 말이 나와 가지고 벌써 수상하게 보인 터이므로 어떻게든지 그 의심부터 풀어야 될 것인즉 부득이하여 성난 모양을 하고 뛰어나온 것이다. 만일 나매신으로 하여금 조금이라도 어름어름하는 태도를 보였던들 성 전옥의 손에 잡히어 다시 세상 구경도 못 하였을는지도 모르는 것이라. 아무렇든지 나매신의 이번 행동은 정말 그가 아니면 하지 못할 민활한 수단이었다.

129. 생각나는 과거사

나매신이 성을 내고 나간 뒤에 춘풍이는 부질없이 귀를 기울이고 그 발자취를 들을 뿐이더니 이윽고 혼잣말로

"아아, 고만 들리지 않는구나. 저 인정 없는 전옥 놈이 쫓아 나가서 나매신을 잡지나 않는가 하였더니 다행히 무사히 가는 모양이다. 그래도 나매신의 수단이 달라. 그 의심꾸러기 성 전옥을 속여 넘기는 것을 보면. 그런데 나매신이 파르마 국의 후작 부인은 무엇이고 쉬이 국왕과 혼인을 하는 것은 무엇인고. 어떻게 하여서 그렇게 되었을까. 아니, 그것도 역시 전옥을 속이는 수단이겠지. 이 감옥을 보기 위하여 후작 부인이라고 속인 것이지. 그렇겠지. 혹 내가 이 감옥에 갇혀 있지나 아니한가 하고 그것을 알아보기 위하여. 아니, 내가 여기 있는 줄은 아는 사람이 없을 터인데. 가만있자, 나는 연전에 브뤼셀에서 오 부인을 모시고 파리까지 갔다가 돌아가는 길에 정부의 정탐이 심하기에 차

라리 샛길이나 잘 알아 두고 간다고 옆길로 비켰더니 정부에서도 여간 주목을 아니 하였던 것이야. 나한욱이 부하 놈이 뒤를 밟다가 샛길을 살펴보는 데 고만 눈치를 채고 잡으려 들었지. 그때 나도 미상불 효용하였건만 병정이 사십 명이나 달려들어 놓으니 할 수 있나. 필경 잡혀서 병참소에 갇히고 말았지. 그때 그 병참소가 다락골 병참소라고 하던 것이었다. 내가 석 달 만에 도망하여 나와 가지고 소문을 들으러 파리까지 갔을 때에 노붕화 놈이 루이 왕과 같이 마차를 타고 꺼들먹거리며 가던 모양이란 지금 생각을 하여도 눈꼴이 틀려 못 견디겠지. 곧 마차에 달려들어서 모가지를 비틀어 버리면 우리 동지들의 소원도 이루겠다고까지 생각을 하였으나 그렇게 하여서는 도리어 안택승 씨 계획에 방해가 될 듯하여서 그만두었지. 지금 이렇게 될 줄 알았으면 차라리 그때 그렇게 한 편이 나았는걸. 그런 것도 다 운수소관이야. 그때 생각에는 노붕화가 멀끔하게 살아 있을 때에는 필경 안택승 씨의 칼로 상한 상처가 아직도 낫지를 못한가 보다, 그러고 보면 월희 씨 혼자 얼

마나 애를 쓰시랴 하여 오 부인도 못 찾아보고 밤을 도와서 어떻든지 사흘 만에 브뤼셀을 당도하였구면. 그때쯤은 내가 생각을 하여도 기운이 좋았어. 브뤼셀에서는 안택승 씨가 벌써 한 달 전에 떠났다 하고 한 달이 지나도록 파리에 득달하지 못한 일을 생각하니까 이왕에도 안택승 씨께서 늘 걱정하시던 것과 같이 필경 중간에서 복병을 만나서 낭패를 본 줄 알았지마는 그렇다 할지라도 어디서 그렇게 된 것이나 알아본다고 얼마쯤 찾아 나가다 말고 이왕에 안택승 씨가 비밀히 부탁하던 일이 생각나서 요하네 교당 뒤에 파묻은 성명 성책을 꺼내 살랐거니 사람의 일이란 참 알 수 없는 것이야. 첨 안택승 씨가 그 말씀을 하실 때에는 대감께서 돌아가시면 저 혼자 살겠습니까 하고 들어도 소용없으려니 한 것이 역시 소용이 있게 되었으니 참 알 수 없는 일이지.

그담에는 가만히 방향도 따져 보고 이왕 고수계의 하던 말도 생각하여 보니까 꼭 배롱 병참소 옆을 지나서 갔을 듯하기에 발맘발맘 도깨비골까지 가서 기병들의 쉬고 간 자리도 보고 복병하였던 자리인 듯한 데도 살펴보다가 운수가 비색하니까 그 방정맞은 나한욱이가 어찌 하필 그때에 시찰을 나왔던지 실상 몇 사람 되지도 않는 그 수하 놈들에게 하잘것없이 붙들렸지. 그때부터 갇힌 것이 벌써 아홉 해 동안을 갇혀 있다니. 그동안에라도 우연만하였으면 이놈의 감옥을 때려 부수고라도 나갔으련마는 원체 수중에 아무것도 없으니 할 수 있나. 에에, 무한정하고 방면될 날만 기다릴 때에는 도리어 상관이 없더니 나매신의 얼굴을 보니까 세상 생각이 더 간절하구나. 결사대로 나섰던 사람들은 도깨비골에서 몰사되고 만 줄 알았더니 역시 나 모양으로 잡혀 갇힌 사람도 있는 모양인가. 또 월희 씨는 어찌 되었는지. 에에, 전옥 놈이 인제 미구에 놓일 터이니 조용히 있으라고 하는 말은 필경 어르는 수작이겠지. 그런 말을 믿고 있다가는 차차 나이도 많아 가고 기운도 줄어서 감옥을 뚫고 나갈 기운도 없어지겠다. 뚫고 나가려면 그래도 지금 하여야지"

이와 같이 말하며 춘풍이는 돼지비계 털 같이 텁석 수염을 거꾸로 세우며 방 한가운데 가 버티고 서서 번쩍거리는 눈으로 돌라보는 모양이 과연 무섭기 한량없었다.

130. 밤중에 놀라 깨어

춘풍이는 성난 눈으로 방 안을 돌라보다가 뚜벅뚜벅 문 앞으로 가서

"자아, 이 문을 밀어젖힐까"

하고 널문 복판에다 손을 대더니 온몸의 기운을 다하여서 우적우적 밀어 보나 문은 꿈쩍도 아니 하는지라.

"틀렸군, 틀렸어. 벌써 십 년이나 가까이 감옥 안에서 놀고먹기 때문에 힘이 다 풀렸는걸. 그래도 날마다 밀어 보노라면 차차 조금씩이라도 흔들어질까. 오냐, 언제까지든지 너와 씨름을 하여 보자"

이와 같이 말하고 이번에는 한편 어깨에 힘을 주어 가지고 들이받으니 쾅 하고 울리는 소리는 온 집채가 흔들릴 듯하나 정말 문짝은 여전히 튼튼하다.

"아아, 이렇게 소리가 나서는 대번 간수에게 들키고 말 것이니까 그러면 빠져나갈 길은 역시 창문밖에 없겠군"

하며 이번에는 창 앞으로 가서 팔뚝같이 굵은 쇠창살을 붙들고 흔들어 보니 이것 역시 언제나 흔뎅거릴지 앞길이 망연하다.

"아무렇든지 이런 일은 조급히 굴어서는 안 된다. 십 년을 신고하여서 감옥을 뚫었느니 이십 년을 애써서 도망하였느니 하는 말은 이야기로도 많이 듣던 일이니까 앞을 길쭉이 잡고 틈틈이 흔드는 중에는 좀 위아래가 헐거워지든지 창살이 휘든지 무슨 까닭이 있겠지. 위아래의 회반석만 쪼아 낼 제구가 있었으면 어렵지 아니한 일이런만 그것은 바랄 수 없는 일이니까 역시 오래 두고 흔들어 볼 수밖에"

이로부터 거의 반 시간 동안이나 두발을 뻗디디고 두 팔에 힘을 들여 흔들어도 보고 밀어도 보았으나 조금도 효력이 없으매 좀 낙담이 된 것같이 다시 침대 옆으로 돌아가서 털썩 주저앉으며

'그러나 가만있자, 나매신이 저렇게 찾아왔을 때에는 인제 어떻게 하든지 감옥을 뚫고 나갈 제구라도 들여 주겠지. 나를 살려 낼 생각이 없으면 무슨 맛으로 위험을 무릅쓰고 찾아올 리가 있나. 그러나 저

성 전옥 놈이 면회를 시켜 준 것도 별일이 아닌가. 필경 나매신이 전옥을 속이노라고 애도 많이 썼을걸. 그러나 참 이상한 일이로고. 나를 위하여서 그렇게까지 애를 쓰다니. 내가 중대한 대장이나 같고 보면 혹 모르거니와 결사대 중에서도 밥을 많이 먹는 이외에는 별 재주 없는 위인인데. 어깨통은 널찍하니까 약차하면 월희 씨를 업어서 말 대신에 쓰기는 좋겠다고 고수계한테 조롱 받은 일은 있지마는 말 대신에 쓰려고 살려 낼 리는 만무한걸. 아무리 하여도 알 수 없는 일이다. 흥, 어쩌면 나매신이 나 말고 누구 다른 사람을 살리러 온 것이 아닐까. 옳지, 나보다도 중대한 사람이 이 감옥 안에 있기 때문에 그를 만나 보려고 왔다가 내 방으로 잘못 들어온지도 모르지. 어쩐지 첨 들어와서는 나를 잘 알아보지 못하는 모양 같더라. 나를 만나 보러 온 것 같으면 첨부터 나인 줄을 알고서 무슨 군호를 하였을 터인데. 그러면 여기 들어와 있는 것이 누구인가. 전옥도 그런 말을 하기는 하였겠다. 너보다 지위 높은 죄수들도 있지마는 네가 제일 조용하다고. 그러면 나 말고도 훌륭한 사람들이 많이 갇혀 있는 모양이지. 나는 잡히던 때부터 우리는 농사나 지어 먹는 사람이니까 나랏일이 어찌 되는 것은 알지 못하노라고 내뻗은 까닭으로 인제는 정부에서도 맘을 놓았는지 첨 모양으로 감시도 엄중하지 않고 조석 때 이외에는 전옥도 오는 일이 없지마는 다른 사람은 그렇지 못한걸. 그러니까 전옥이 제일 만만한 내 방으로 나매신을 데리고 들어온 것이지. 그럴 것 같으면 혹 안택승 씨가 이 감옥 안에 있지나 아니한가'

곰곰 생각하다가 고개를 숙이고 한참 있더니 이윽고 또 고개를 들면서

'아무리 생각하여도 안택승 씨나 오 부인 중인데. 아니, 오 부인

은 황족이니까 세상없는 일이 있어도 이런 데 와 갇힐 리는 없고 그러면 안택승 씨가 분명하다. 안택승 씨나 잡혔기에 여기까지 와서 살려 내려고 애를 쓰는 것이다. 다른 사람 같으면 왜 나매신이 그렇게까지 애를 쓰랴. 또 방월희 씨는 어찌 되셨는지. 만일 지금까지 살아 계시면 필경 못 할 고생을 다 하시겠지. 지금까지에도 두 분의 일이 걱정되지 않는 것은 아니나 원체 소식이 망연한즉 걱정을 하는 것도 쓸데없는 일이라 하여 아무쪼록 잊어버리기로 작정을 하였지만 안택승 씨가 이 감옥 안에 계시고 보면 어찌 걱정을 아니 할 수가 있으랴'

이와 같이 생각을 할 때에 그의 눈에서는 몇 줄기 눈물이 흘러내리더니 이윽고 다시 결심을 한 것같이

'인제는 이 모양으로 가만히 있을 수가 없다. 어떻게 하든지 이 감옥을 빠져나가 나매신을 만나 보고 안택승 씨를 살려 내도록 하여야 하겠다'

고 그는 다시 일어나 창살에 손을 걸고 흔들기 시작하였다. 이번에는 좀처럼 쉴 생각도 아니 하고 든든한 쇠창살이 얼마큼 휘어지도록 흔들었으나 사람의 기운이란 한이 있는 것이라 필경은 피곤하고 지쳐서 창 앞에 누운 채로 코를 골며 잠들었다.

이로부터 몇 시간을 지났던지 그는 알 수 없으나 이상한 소리에 놀라 눈을 뜨고 본즉 밤은 벌써 밤중이 지난 듯 사면이 어둠침침하며 겨우 창문이 번하게 비칠 뿐이라. 지금 들리던 소리는 무슨 소리인가 하고 어두운 중에 살펴본즉 아아, 이상도 하다, 감옥 밖으로 하늘에서 내려온 듯한 동아줄이 늘어져 있으며 또 그 줄에 매달린 사람이 있어 날카로운 톱 같은 연장을 가지고 자기 있는 방의 창틀을 뜯고 있다. 대체 이것이 웬 사람인가.

131. 산간에 울리는 총성

각설, 성 전옥은 나매신의 능소능대한 수단에 속아서 무사히 돌려보내기는 하였으나 추후로 곰곰 생각한즉 수상한 일이 한두 가지 아니다. 파르마 국의 장래 왕비가 까닭 없이 이러한 산중에 유람을 온 것부터 의외인 데다 국왕과 내기를 하였노라고 죄수를 보자는 것은 더욱 수상한 일이며 또 죄수와 부인의 만나 보던 거동도 이상한 것이 많다.

더욱이 다년 진실하게 드나들던 빨래 장수까지 중대한 범인과 편지질을 하고자 한 것이 분명한즉 이런 것 저런 것이 모두 걱정거리뿐이다. 의심을 하기 시작한즉 점점 의심에 의심이 더하여 오늘 밤으로라도 누가 감옥을 뚫고 죄수를 훔쳐 낼 것 같은지라 특별히 조심하여야 될 것이라고 초저녁부터 병정을 신칙하여 병참소 전후좌우에 두 사람씩 네 패로 파수를 보이고 따로 사방이 다 보이는 높은 곳에도 파수를 보게 한 후 이만하면 되었다고 겨우 맘을 놓았으나 다시 생각을 하여 본즉 파수 보는 병정들이 만일 졸기나 하면 그야말로 소경이 잠자나 마나인즉 졸음이 올 때쯤 하여서 내가 순경을 돌 수밖에 없다고 밤 열두 시가 되기 전에 벌써 두 차례를 돌았으나 병정들은 진실히 지켜서서 자취 없이 돌아다니는 자기를 보고도 번번이 채근을 하였으매 유루 없는 중에도 더욱더욱 신칙을 하고 다시 새로 두 시가 된 때에 세 번째 순경을 도노란즉 밤은 점점 요요하여 사람이 나들 것 같지도 아니하나 그래도 염려되는 것은 해자를 격하여 담 밖으로 향한 감옥 창문이매 위선 그편을 향하고 가노라니 파수 보는 자리를 백 보가량쯤 지나 담 밑 가까이 들어간 때에 감옥 이 층 편에서 무슨 이상한 소리가 들렸다.

깜짝 놀라서 걸음을 멈추고 어두운 중에 비추어 본즉 거의 다섯 길이나 되는 높은 담 허리에 니룽디룽 매달린 시커먼 것이 있었다. 부스럭부스럭 내려오는 것을 보면 분명히 수상한 사람이매 성 전옥은 머리끝까지 성이 나서 저 어찌한 놈이기에 파수 병정의 눈을 기여서 이처럼 대담한 일을 하노, 오냐, 발이 땅에만 닿거든 잡아 후무려 주리라고 주먹을 부르쥐며 벼르는 판에 벌써 땅에서 길반가량쯤 되는 곳까지 내려왔으나 저편에서도 눈치를 알았던지 다시 되짚어 위로 올라가기 시작하여 순식간에 또 두서너 간을 올라갔다. 일이 이렇게 된 담에야 다시 사정 둘 여가가 있으랴. 성 전옥은 분김 홧김에 메었던 총대를 바로잡아 들고 시커먼 그림자를 겨냥 대어 탕 하고 한 방을 터뜨리니 소리는 고요한 산중에 울리어 무섭게 요란하나 겨냥이 틀렸던지 공중에 매달린 사람은 떨어지지 아니하였다. 이윽고 총부리의 연기가 흩어져서 다시 그를 보게 된 때에는 벌써 높은 담 위로도 서너 자가량이나 올라갔으며 저편에서도 인제는 죽을힘을 다하여 허둥지둥 올라가는 모양이 보이는지라. 성 전옥은 부리나케 총을 다시 재면서 혼잣말로 두런거린다.

"아니, 나는 꼭 무쇠탈인 줄만 알았더니 무쇠탈의 방을 지나서 올라간다. 저 줄은 어디서 내려온 줄인가. 마치 공중에서 내려온 것 같으니 옳지, 지붕 위 난간에다 잡아매었군. 이것은 필경 후작 부인의 수하가 춘풍이나 무쇠탈을 살려 내려고 하는 일이다. 그자들 있는 방을 바로 들어갈 수는 없으니까 위선 지붕 위로 올라 가지고 줄을 타고 내려와서 창문으로 무슨 약속을 하고 마침 도망을 하려다가 들킨 것이겠지. 에에, 파수 병정도 다 소용없다. 혹 후작 부인이 어느 틈에 병정들에게까지 돈을 먹인 것이 아닌가"

하고 게두덜게두덜하면서 다시 총대를 바로잡고 겨냥을 하고자 하니 저편에서는 인제 팔 기운이 진하여서 다시 동작할 기운도 없게 되었는지 까맣게 쳐다보이는 위에서 흔들흔들하며 그네를 뛰기 시작하였다. 그는 총을 맞을까 염려하여서 겨냥을 못 하도록 몸을 움직이면서 숨을 돌리는 모양이다.

이처럼 위험한 경우를 당하여서도 이처럼 침착한 태도를 가지는 것은 그 얼마나 용감한 사람인가. 성 전옥은 저편에서 흔들흔들하는 대로 총부리를 이리 대었다 저리 대었다 하면서 좀처럼 겨냥을 맞추지 못하고 있는 중에 지금 총소리에 놀란 파수 병정은 사방에서 모여든지라.

"자아, 누구든지 저 놈을 쏘아라. 쏘아 떨어트리는 사람은 상급을 줄 터이니"

하고 명령을 하니 모여든 파수 병정들은 일시에 총대를 고쳐 들고 몰방을 하였다. 그중의 한 방은 어찌하다 바로 맞았던지 그는 억 하

고 소리를 지르더니 동풍에 떨어지는 모과 덩이같이 곤두박질을 쳐서 쿵 하고 땅에 가 떨어졌다. 성 전옥은 병정들과 같이 급히 달려가 보니 떨어진 사람은 전신이 섭산적같이 으깨져서 누구인지도 알기가 어려우나 등불을 들이대고 자세히 살펴보니 이는 빨래 장수 방울네의 남편 되는 특무정교 안희였다.

용감한 동지는 또 이와 같이 하여 목숨을 잃었으니 인제 나매신의 계획은 어찌 될 것인가.

132. 얼굴 좀 들어라

밤은 벌써 두 시가 지나고 비녀울의 동리에는 인적이 끊기어 산천초목이 다 자는 때에 동구 밖 어떤 외딴집에서 반짝반짝하는 한낱 등불을 동무 삼아 자지 않고 있는 사람은 방월희였다. 많지도 아니한 세간붙이를 다 묶어 치워 놓고 자기 몸도 길 떠날 준비를 차렸음은 밤이 새기 전에 이곳을 떠나 도망할 생각인 듯하다. 그러나 오히려 기다리는 사람이 있던지 아까부터 몇 차례나 문밖에 나가 귀를 기울이고 섰으며 혹은 염려스럽게 어두운 밤길을 비추어 보기도 하였으나 부질없이 밤만 깊어 가는지라. 이제는 조급한 맘을 진정할 길 없는 듯이 들지도 나지도 못하고 문 앞 층계에 걸어앉아 있다.

'에에, 이를 어찌하면 좋은가. 나매신은 벌써 성 전옥의 의심을 받았으니까 한시라도 머물러 있기 어렵다고 안희에게 모든 지휘를 하고 떠나가 버렸으니 인제는 다시 의논할 데도 없지. 대관절 안희는 어찌 된 셈인가. 벌써 올 때가 되었는데. 혹 성 전옥에게 잡혔는가. 아니, 파수 병정들까지 다 돈을 먹었다니까 그럴 리가 만무한데. 이것만 가지면 감옥 창문을 뚫기에는 반 시간도 안 걸린다고 여관 주인에게서 연장을 받아 들고 서슬 좋게 나간 지가 벌써 네 시간이나 되는데. 말도 죽을 먹여 놓았고 지금쯤 왔으면 오늘 밤 내로 몇십 리는 무난히 달아나련마는 날이 새면 또 어찌 될는지를 알 수 있나. 차라리 병참소 근처까지, 아니, 가 본대도 소용없는 일이고. 혹 무쇠탈의 갇혀 있는 감옥 창문이 의외에 뚫기 어려워 그 까닭으로 시간이 걸리는가. 당초에 약속하기는 위선 지붕 위로 올라가서 거기서 줄을 늘이고 먼저 춘풍이 있는 방을 뚫어서 춘풍이를 살려 내고 그다음 무쇠탈이 있는 방까지 내려가서 창밖에서 안택승의 이름을 불러 보아서 정말 무쇠탈이 안택승 같고 보면 역시 창문을 뚫어서 살려 낼 것이고 만일 그렇지 않고 보면 그대로 내려와서 도망을 하기로 하였는데 이렇게 늦는 것을 보면 무쇠탈이 정말 안택승이어서 그 창문을 뚫느라고 시간이 걸리는가. 아아, 안택승 같고 보면 이런 기쁠 데가 어디 있나. 옳지, 안택승인 것이다. 안택승이다. 그렇지 않고 보면 춘풍이만 데리고라도 벌써 왔을 것인데. 지금까지에도 안택승이려니 생각은 하였지마는 아직 이 년이나 삼 년 안으로 살려 낼 줄은 며칠 전까지도 생각하지 못한 일이다. 이것은 다 나매신의 덕이지. 또 춘풍이까지도 그 감옥에 있는 줄을 알게 된 것은 정말 꿈결 같다. 춘풍이도 살아나고 안택승도 살아나서 안희와 같이 오게 되면 다시는 바랄 것이 없다. 지금까지 고생한 것도 다 잊어버리겠다. 어어, 그렇다 할지라도 너무 늦지 아니한가. 에그, 속이 졸이어. 이렇게 애를 쓰니 차라리 병참소 근처까지 가 보고 오리라'

일분일초가 조급한 생각에 방월희는 결심을 하고 일어서 나가고자 하였다. 마침 이때에 하늘에서 떨어졌는가 땅으로서 솟아났는가, 벌인긴 눈앞에 나타닌 긴장힌 남자가 있다. 빙월희는 껌쩍 놀라서 무슨 영문인지도 알지 못하고 어마뜩한 생각에 집 안으로 뛰어 들어가니 그 사내는 뒤를 따라 들어와 물끄러미 바라보다가

"아아, 부인은 월희 씨가 아니십니까. 그동안 무사히 계셨으며 여기서 뵈올 줄을 누가 알았으리까. 여보십시오, 월희 씨"

하며 고만 목을 놓고 우는 것은 물어볼 것도 없는 춘풍이다. 월희도 아홉 해 전과 다름없는 반가운 목소리를 듣고 우르르 달려들며

"오오, 춘풍이냐, 춘풍이냐. 죽지 않고 사노라니 다시 만날 때가 있구나. 어디 얼굴 좀 보자. 좀 들어라"

하며 등불 앞으로 끌고 가서 이리로 보고 저리로 보더니

"애, 춘풍아, 울지 마라"

하고 달래는 말소리도 눈물 섞어 나온다. 춘풍이는 흑흑 느끼는 중에도 고개를 들면서

"바스러진 신관을 뵈오니까 지금까지 고생하시던 일이 생각납니다. 오죽 고독하셨겠습니까"

하는 정성스러운 한 말에는 월희 역시도 참다가 못하여 주종이 마주 잡고 일장통곡을 하였다.

133. 춘풍아! 춘풍아!

오래간만에 주종이 서로 만나 쌓였던 설움에 마주 잡고 울다가 이윽고 눈물을 거두며

"그러나 춘풍아, 안희는 어찌 되었니"

하고 물으니 춘풍이는 까닭을 알지 못하는 모양으로

"예, 안희라니요. 안희가 무엇을 어찌하였어요"

"아니, 오늘 밤에 너를 살려 내던 안희 말이야"

이 말을 듣고 비로소 까닭을 안 것같이

"아아, 창문을 뚫고 저를 살려 내던 사람이 그 마부로 있던 안희인가요"

"그것을 몰랐단 말이냐"

"어둡기는 하고 알 수가 있습니까. 창문을 뚫어 놓고 목 안의 소리로 자아, 나오너라 하는 말밖에 없었습니다. 저도 살아난 것만 반가워서 이것저것 물어볼 여가도 없이 그대로 줄을 잡았더니 둘이 같이 매달리다가는 끊어질 염려가 있으니 먼저 내려가라고 하면서 자기는 방 안으로 들어서기에 서로 사양할 때가 아니라고 곧 줄을 타고 내려

오는데 그때에 또 귀에다 입을 대고 저 동구 밖 외딴집에서 월희 씨가 기다리시네 하고 그 말만 하여서 동구 밖이라고만 들었지 자세한 말을 알 수가 없으나 파수병이 오기 전에 한 걸음이라도 속히 빠져나올 생각으로 줄을 타고 내려와서 곧 도망질을 쳤습니다. 이 근처 와서 벌써 한 시간가량이나 헤매다가 여기서 불이 반짝반짝하기에 행여나 하고 들어온 것이 천행으로 월희 씨를 뵈옵게 되었습니다. 그 사람이 안희 같으면 벌써 들어왔을 터인데요"

"응, 안희는 또 무쇠탈을 살려 내야 할 터이니까 좀 늦기는 하겠지마는"

"무쇠탈이란 무엇인가요"

"오오, 참, 너는 아직 모르겠구나. 안택승 씨인 듯한 죄수가"

하고 미처 말을 다 하기 전에

"에, 안택승 씨가 그 감옥에요. 그렇지나 아니한가 하고 저도 미상불 의심은 하였습니다. 안희가 지금 살려 내는 중이여요. 그러면 저도 쫓아가서 같이 살려 내겠습니다"

하며 벌써 일어서는 것은 옛날의 기상이 여전함을 보겠다. 이때 마침 문밖에서는 왁자지껄하면서

"여기다, 여기야, 여기가 방울네 있는 집이다. 애들, 정신 차려라, 놓칠라"

하고 떠드는 것은 물을 것도 없이 병참소에서 잡으러 온 것이다.

벌써 병참소에서 잡으러 온 것을 보면 안희가 무쇠탈을 살려 내지 못하고 잡혔거나 죽었거나 양단간에 일은 탄로가 난 것인즉 분하기 한량없는 일이나 이제는 달아나는 수밖에 도리가 없다. 이약 춘풍이 성미로 달아나는 것은 본의가 아닐지나 잔약한 월희를 곁에 두고는 여

러 사람과 다툴 수도 없는 일이매

"자아, 월희 씨, 위선 피신을 하시지요. 어서 나가십시다"

하며 넓적한 등더리를 둘러 댐은 업히라는 뜻일 것이다. 월희는 그를 가로막으며

"그럴 것 없이 요 앞에 말이 있는데"

하고 춘풍이 뒤를 따라 잡으러 온 병정들과 마주치다시피 문밖을 뛰어나갔다. 비록 섬약한 몸이나 비조같이 날쌔게 놀리어 이리저리 피하여 가면서 말 있는 곳까지는 간신히 나왔으나 뒤쫓는 병정이 다급히 달려와

"저기 있다, 저기 있다. 잡아라, 잡아라"

하고 떠드는 소리가 여남은 사람이나 되는 것같이 들리었으며 그중에는 말을 타고 지휘하는 사람도 두서너 사람은 되는 것 같았다. 두 사람은 말고삐를 잡고도 미처 탈 겨를이 없어 오륙 간이나 끌고 달아나다가 간신히 뛰어오르매 뒤쫓는 사람 중에서도 마상에서 지휘하던 사람들은 벌써 등 뒤에까지 쫓아와서

"총으로 쏘기 전에 거기 있거라"

하고 으르는 호령 소리가 귀 뒤에서 들리는 것 같다.

이렇게 된 이상에는 정말 생사가 달린 판이라. 말머리를 추렁으로 나가는 큰길에 향하고 채찍을 휘둘러 때리니 살같이 달려가는 말은 뒤쫓는 말보다도 얼마큼 앞서기는 하였으나 아직도 그 말굽 소리가 역력히 들리며 더욱이

"쏘아라, 쏘아라"

하는 소리와 같이 끈 달아 터지는 총소리는 탄알과 한가지로 귓바퀴를 스치고 지나가는지라 위험하기 짝이 없으나 덮어놓고 말을 채

찍질하여 한참 달아나는 중에 춘풍이 탄 말에는 탄알이 스쳤던지 한 번 껑충 뛰어오르더니 고만 화살같이 월희의 앞을 질러 네 굽을 놓고 달아났다. 뒤떨어지면 아니 되겠다고 월희도 더욱더욱 채찍을 더하여 한 오 리가량이나 달려가노란즉 뒤쫓던 사람들은 인제 잡을 수 없다고 단념을 하였던지 다시 말굽 소리도 들리지 않는지라. 이는 한 가지 다행이라 하려니와 다만 근심이 되는 것은 춘풍의 간 곳이다. 외골목 길이라 하지마는 샛길도 없는 것이 아니며 더욱이 어두운 밤이 되었은즉 어떻게 갔는지를 알 수가 없는 터이라. 일껏 만나 가지고 다시 헤어지고 보면 외로운 이 몸은 누구를 의지하랴. 월희는 한심하기 짝이 없으나 지금 달리 할 도리는 없으므로 오히려 추링 편을 향하고 한참 동안을 달려가노라니 말은 무슨 까닭인지 별안간 길바닥에 붙어 서서 꼼짝을 않는지라. 이상하기 한량없으매 어두운 중에도 앞길을 비추어 보니 춘풍의 탔던 말이 길바닥에 거꾸러져 있었다. 그럴 것 같으면 춘풍이도 낙마가 되어서 이 근처에 있지 아니한가. 혹 소용없는 말을 집어 내

버리고 걸어서 달아났는가. 졸연히 질정할 수 없으매 월희는 말 등에
올라앉아

"춘풍아, 춘풍아"

하고 부르짖으니 그 소리는 어두운 밤에 울리어 처량하게 들리되
대답하는 사람은 없다.

134. 또다시 만날 때까지

탔던 말은 길가에 거꾸려져 있으나 탔던 사람은 간 곳이 없는지
라. 안장 위에 올라앉아 몇 차례나 춘풍이를 부르다가 대답이 없음을
보고 그러면 말을 버리고 앞서 갔는가 하여 다시 죽은 말을 비켜 가지
고 달려가고자 할 때에 등 뒤로부터 멀리 부르는 소리가 들리는 듯한
지라 돌아다보며 기다리고 있은즉 거미구에 숨이 턱에 닿도록 헐떡이
며 달려와서

"아아, 월희 씨, 간신히 따라왔습니다"

하는 것은 분명한 춘풍이다. 월희도 적이 맘을 놓으면서

"아아, 웬일이냐"

하고 물으니

"죽을 뻔하였습니다. 말이 정신없이 뛰어가기에 좀 멈추어 보려
다가 뒤구르는 바람에 떨어졌어요. 일어나는 동안에 말은 먼저 달아나
고 월희 씨께서도 곧 지나가시는 것을 뵈었습니다마는 할 수 없어요.
감옥 안에서 여러 해 있는 동안에 다리 기운이 다 풀려서 달음질을 할

수가 없습니다그려. 전에는 여간 말보다 잘 걷는다고 하던 춘풍이건마
는 숨이 차서요"

하는 말도 간신히 떠듬떠듬하도록 가빠하는 모양은 과연 옥중에
서 기운이 빠진 증거일다. 월희는 그를 가엾이 여겨 자기 말을 태우고
자 하였으나 그는 굳이 사양하고 다만 말안장을 붙들고 무거운 몸을
끌며 따라올 뿐이었다. 그러나 그 모양이 너무도 지친 것 같으며 더욱
이 말도 지친 모양 같으매

"애, 춘풍아, 여기까지 오면 뒤쫓는 것도 염려 없을 것이니 어디
이 근처에서 좀 쉬어 가자"

이와 같이 말하는 계제에 마침 행인들을 위하여 지은 헛가게가
있는지라 월희는 말 등으로부터 뛰어내려 가게 앞에 말을 매고 풍마우
세한 걸상 위에 가 걸어앉으며

"자아, 춘풍이도 좀 앉아라"

춘풍이는 다 죽어 가는 모양으로 몸을 질질 끌면서

"그러면 좀 쉬어 갈까요. 인제 이삼일만 지나면 옛날 기운이 나겠
지요마는 지금은 원체 힘이 풀려서 어린애 모양입니다. 그럼, 용서하
십시오"

하고 같은 걸상에 걸어앉았다. 마침 이때에 누구인지 가게 안에
사람이 있어 두 사람의 음성을 듣더니 확 하고 성냥불을 켜 들었다.

밤이 되면 지키는 사람도 없는 곳인데 의외에 불을 켜는 사람이
있고 보매 두 사람은 깜짝 놀라 돌아다보니 그는 벌써 등불을 켜 들고
두 사람의 얼굴을 비추어 보다가 도리어 깜짝 놀라면서

"아아, 월희 씨와 춘풍이 아니십니까"

한다. 두 사람도 같이 놀라서 그 사람의 얼굴을 보니

"오오, 고수계인가"

하고 일제히 소리를 질렀다.

생각건대 고수계는 무쇠탈이 비녀울에 있다는 나매신의 편지를 받아 보고 밤낮을 도와 오다가 이곳에서 날이 저물어 쉬고 있는 것이다. 아무렇든지 주종 세 사람의 상봉은 하늘의 지시라고 할는지. 이별한 지 구 년 동안에 세 사람은 다 각기 갖은 풍상을 다 겪으며 피차의 간 곳을 알지 못하고 정처 없이 서로 찾아다니던 터이매 쌓이고 쌓인 이야기는 끝날 바를 알지 못할지나 이곳은 아직 비녀울 병참소의 관내이라 언제 뒤쫓는 사람이 당도할는지도 모르는 터인즉 위선 추링까지가 보자, 추링에서는 아직 나매신이 기다리고 있을 터인즉 네 사람이 한데 모여서 다시 의논하자고 이윽고 이곳을 떠나게 된바 저렇듯이 지쳤던 춘풍이도 원래가 장골이라 잠깐 쉬는 동안에 원기가 회복되었으며 더욱이 고수계를 만나고 반가운 생각에 기운이 나서 옛날의 춘풍이와 다를 것 없는지라. 월희는 말을 타고 두 사람은 걸어서 피차 지나던 이야기를 하여 가면서 그날 해전에 무사히 추링을 당도하였더라.

이로부터 밤들기를 기다려 세 사람은 나매신의 여관을 찾아가서 비밀히 만나 보고 이런 일 저런 일을 의논하니 이 뒤의 일은 그때 형편을 따라서 임기응변으로 조처하려니와 위선 안희의 소식을 알아보는 일이 시급하며 그를 알아보려면 월희나 춘풍이나 다시 비녀울에 들어설 수가 없는 터인즉 불가불 고수계를 보낼 수밖에 없으며 더욱이 고수계는 이러한 일에 수단이 있는 터인즉 계제를 보아 가면서 지금까지 안희가 하던 모양으로 병참소의 병정이 되어서 감옥의 비밀을 세 사람에게 통기하도록 하자고 의논이 작정되었으매 그날 밤으로 고수계는 곧 비녀울을 떠나갔더라. 그 후 일주일 만에 고수계는 다시 돌아와 안희는 무쇠탈을 구하고자 하다가 구하지도 못하고 그 몸까지 총 맞아 죽었으며 또 성 전옥은 자기 실수를 정부에 보고하기 싫어함인지 그 일은 일체 비밀에 붙이고 병정들에게도 입을 틀어막았으나 월희와 춘풍이의 간 곳은 아직 사방에 사람을 놓아 엄중히 수색하는 중이라고 하였다.

이와 같이 자세한 일을 겨우 일주일 동안에 알아낸 것은 이상한 일이라 할 것이나 실상은 나매신이 이왕 주인 하였던 여관 주인에게 자세한 편지를 하여 주어서 그 주인의 주선으로 이번에 돈을 먹였던 병정을 불러 가지고 다시 돈을 쥐어 주고 알아낸 것이었다. 또 고수계가 말하되 지금 형편으로는 좀처럼 병참소에 들어가기가 어려울 것 같으나 성 전옥의 맘이 좀 석삭은 뒤에 그 병정들에게 부탁을 하면 그네들의 주선으로 차차 도리가 있을는지는 알 수 없는 터인즉 자기는 비녀울에 들어가서 막벌이 품이라도 팔면서 차차 시기가 돌아오기를 기다리겠으며 이 뒤에는 십 년이 되든지 이십 년이 되든지 간에 무쇠탈의 간 곳을 쫓아다니어 계제를 보는 대로 여러 사람에게 통지를 하겠노라고 말하였다. 이 말을 들은 뒤에 여러 사람들은 혹 안희의 용감을 칭찬하며 혹 공든 탑의 무너짐을 아까워하였으나 필경 이제 와서는 고수계의 말하는 이 외에 좋은 수단도 없는 터이매 마침내 그 말을 좇아서 춘풍이는 월희를 따라 안전한 땅에 숨어 가지고 고수계의 통기를 기다리기로 하고 나매신은 파르마 국으로 돌아가서 길이길이 이 세 사람에게 뒷돈과 기타 보조를 하며 차차 도리를 생각하기로 각기 처신할 도리를 작정한 후 다시 시기가 돌아오면 네 사람이 동심합력 하여 무쇠탈을 살려 내기로 약속한 후 이에서 또 각기 헤어졌더라.

135. 성 전옥의 전임

이 사람들은 전생차생에 무슨 업원으로 그 신상에 이처럼 고생이 많으며 정은 형제와 같이 서로 떠나기 어려운 사이로되 하루도 편안히 모여 살지 못하여 우연히 만난 몸이 또다시 흩어지고자 한다. 지금 흩어지면 또다시 만날 날이 언제인가. 이것이 영영 작별일는지도 알지 못하는데 오히려 무쇠탈을 살려 낼 생각은 버리지 아니한다. 허구한 세월을 무쇠탈에 가리어 옥중에 늙어 가는 영웅의 심사도 그러하려니와 이 사람들의 가련한 처지도 그만 못지아니하다. 그러므로 작별하는 마당을 당하여 월희는 솟아오르는 눈물에 고개를 들지 못하고 목이 맺혀 울며 고수계와 춘풍이도 그 모양에 움직이어 눈물을 뿌렸으나 홀로 나매신은 이를 동독코자 함인지 오히려 늠름한 목소리로

"여러분은 무엇이 그리 슬프시오. 나는 아직도 무쇠탈을 살려 낼 희망이 확실히 있다고 생각하오. 루이와 노붕화의 방자한 행동이 점점 심하게 되어 그네를 미워하는 사람은 인제 우리뿐이 아니오. 이 모양으로 나가고 보면 반드시 그네를 치고자 군사를 일으키는 사람이 어디서든지 있을 것이오. 우리는 불행히 대장 안택승 씨를 이별한 까닭으로 외국과 연락하여서 군사를 일으킬 수는 없으나 다른 사람이 군사를 일으킬 때에는 그에 참가하여서 불국 정부를 뒤집어엎고 감옥을 깨뜨린 뒤에 죄수를 빼낼 수는 있을 것이오. 나도 이로부터 파르마 국에 돌아가서 국왕을 달래고 보면 조만간에 파르마 국도 불란서의 적국이 되어 이다음 우리의 후원이 될 것이오. 그때까지에 우리 힘으로 무쇠탈을 살려 내게 되면 다행이요 그렇지 못하다 할지라도 그때를 기다리면 살려 낼 수가 있을 것이오. 그 까닭으로 하여서 나는 혹 국왕과 혼례까지도 할는지 모르겠소. 세상없는 일을 할지라도 우리들의 목적은 가망 없는 목적이 아니오. 또 우리 후원을 하던 이춘화 백작도 오지리 국에 있고 오 부인께서도 오지리 국에 계십니다. 그 두 분으로 말하여도 불란서 정부를 미워하는 생각은 우리보다 못하지 않습니다. 그뿐 아니라 오 부인의 소생, 송 백작의 자제도 요새는 오지리의 병학교에 들어서 장래가 매우 유망하다 한즉 이러한 관계로 볼지라도 장래 불란서가 이웃 나라의 인심을 잃어 가지고 무슨 흔단이 나게 되면 제일 먼저 전쟁을 시작할 것은 오지리 국이고 그에 참가할 것은 파르마 국이지요. 파르마가 참가하게 되면 이태리 안에 있는 모든 나라들은 다 참가하게 될 것이고 북방으로는 화란 국을 위시하여 남방에서는 서반아 국도 불란서의 적국이 되면 되었지 도와줄 리는 만무하외다. 이러한 것을 생각하면 우리는 여러 나라의 후원을 가진 셈이여요. 내가 항상 말하는 독약의 마지막 수단을 써 보다가 그래도 일이 아니 되면 그때에는 여러 나라의 군사를 끌어 가지고 목적을 이루고 말 것이오. 아직 울음을 울고 있을 때는 아니여요"

하고 용감한 말을 하매 세 사람 역시 이 말을 듣고 용기가 나서 조금도 연연한 태도를 보이지 않고 각기 헤어져 갔다.

이로부터 월희는 춘풍이를 데리고 추링 근처에 조그만 집을 빌려 살림을 시작하였으며 고수계는 또 약속한 바와 같이 막벌이꾼이 되어 비녀울로 갔으나 병참소에 들어갈 도리도 없으매 그 안의 비밀도 알 도리가 없으며 다만 병정들의 이야기를 들은즉 성 전옥은 안희의 일이 있는 뒤로 모든 일을 일층 엄중하게 단속하여 무쇠탈을 지함 속에 집어넣고 지금까지보다도 일층 구박을 한다고 하였다. 이 모양으로 그해도 거의 저물어 갈 때에 성 전옥은 좀 승차가 되었다고 할는지 비녀울 병참소로부터 사거리 병참소에 전임되었더라. 그러나 그는 중간에서 무쇠탈을 뺏어 갈까 염려하여 아무에게도 그런 말을 하지 않고 손수

심복지인 두서너 사람과 같이 무쇠탈을 처실어 가지고 밤중에 떠나갔으매 그처럼 주의를 하고 있는 고수계 역시도 추후로 말을 듣고 놀랄 뿐이었다. 다행히 사거리 병참소는 비녀울에서 오십 리도 채 못 되는 곳이매 고수계도 그 뒤를 따라서 그곳으로 옮아갔으나 오히려 병정으로 뽑혀 들어갈 기회가 없어 그럭저럭 사 년 동안을 헛되이 지내었더라. 그러한 중에 병참소 안에서 조그마한 역사를 시작하여서 모군을 쓰게 되매 고수계도 다른 일꾼들과 같이 그 안에 드나들게 된지라. 고수계는 어떻게 하든지 성 전옥의 눈에 들고자 아침에는 남보다 이르게 나가고 밤에는 늦도록 남아 있어 진실하고 부지런하게 일을 하였더니 그 공력이 헛되지 아니하여 이로부터 얼마 아니 있다가 겨우 병정으로 뽑히게 되었더라. 날 병정부터 오장이 되고 특무정교가 되어 얼마큼 비밀을 얻어듣게 되려면 용이한 일이 아닐지나 이왕에 안희가 그만큼 승차된 일을 생각하면 난들 그만큼 되지 못하랴, 만일 아니 된다 하면 그는 내 성근이 부족한 것이니 점점 더 신용을 보일 뿐이라고 밤잠도 사로자며 일을 보아 가던바 그러한 중에 이 년을 지나 일천육백팔십칠 년에 성 전옥은 또 전임이 되어 마거릿이라는 섬으로 가게 되었더라.

136. 다시 파리에

사거리 병참소로부터 마거릿 섬에 옮아가게 된 성 전옥은 역시 어디라는 말은 하지 않고 그저 전임을 한다고 길 떠날 준비를 차리었다. 이때 고수계는 아직도 일개 병졸에 지나지 못하는 터인즉 물론 비밀을 얻어들을 처지도 아니나 다만 눈치를 보건대 쉬이 전임되는 듯하매 위신 방월희에게 기별을 하되 옮아가는 곳을 확실히 아는 때에는 다시 통지를 할 터이니 그때에는 중로의 형편을 보아서 무쇠탈을 뺏어 가도록 하라고 부탁하였다. 그러나 옮아가는 곳은 성 전옥의 굳게 지키는 비밀인즉 이를 알기는 무쇠탈의 이름을 알기보다도 어려운 형편이라 부질없이 속만 태우는 중에 벌써 길을 떠나는 날이 돌아왔으매 고수계의 낙담은 이를 데 없으며 이 모양 같아서는 성 전옥의 부하로 몇 해를 지나든지 소용없겠다고까지 생각을 하였으나 정말 떠나는 때에 성 전옥은 부하들을 불러내어 일일이 부서를 정할 제 고수계에게는

"이왕 막벌이를 하여 본 터이니 너는 죄인 실은 가마를 메어라. 그리고 그 가마에는 중대한 죄인이 들어 있으니 특별히 조심을 하렷다"

이와 같이 단속을 하는지라. 그러면 내가 무쇠탈을 떠메고 가게 되는가. 그렇다 하면 오히려 다행이라고 별안간 기운이 나서

"어디까지나 떠메고 가는지요"

하고 넌지시 물어보았다. 성 전옥은 이 말만 듣고도 벌써 눈귀가 실쭉하여 가지고

"그것은 알아 무엇 하게. 내가 말을 타고 맨 앞에 서서 갈 터이니 뒤만 따라오려무나. 그리고 하루 칠십 리씩만 걸어갈 준비를 하여라"

하였다.

하루에 칠십 리씩 며칠을 가는지도 알 수 없으나 그 위에 더 물어볼 수는 없는 고로 여러 말 아니 하고 그대로 물러 나왔으나 가마라는 것은 뒤주나 다름없이 튼튼히 만든 것이며 여섯 사람이 간신히 메는 것인즉 고수계의 힘으로 둘러메고 달아날 수는 없으며 더욱이 맨 앞에

서는 성 전옥이 이십 명의 보호병을 거느리고 가며 바로 그 뒤에 가마가 서고 또 가마 뒤에는 병참소 부장 이하 사오 인의 병정이 따랐은즉 설령 다섯 사람이나 열 사람의 후원이 있을지라도 이 죄인을 빼앗을 것은 생의도 못 할 일이었다. 잠깐만 쉬어도 성 전옥이 지켜 섰고 여관에 들면 이 가마를 전옥의 방 안에 두며 식사를 할 때에는 성 전옥이 자기 손으로 가마의 잠근 문을 열고 들여 주는 터인즉 다른 사람은 무쇠탈의 옷자락 하나 얻어 볼 도리가 없는 형편이었다. 이 모양으로 하여서 며칠을 지난 뒤에 마거릿 섬을 당도한 후 비로소 이곳으로 전임된 연유를 이야기하였으나 그는 무쇠탈이 벌써 지함 속에 갇히어 버린 뒤였다. 고수계는 이러한 사정을 일일이 방월희에게 기별하니 방월희도 그 엄중한 단속에 놀라서 이 모양으로 부질없이 기다리다가는 무쇠탈은 필경 옥중고혼이 되고 말 것인즉 인제는 시기만 기다릴 수 없다, 고수계는 아직 그대로 성 전옥을 따라다니게 하고 자기 몸은 따로 무슨 주선을 하여야 하겠다고 춘풍이와 같이 다시 파리를 향하고 떠나가니

이때는 일천육백구십일년이며 비녀울을 도망하여 나온 뒤로 벌써 열한 해가 된 때이다.

방월희가 다시 파리 땅을 밟는 것은 참 위험한 일이다. 월희로 하든지 춘풍이로 하든지 다 세상을 숨어 다니는 몸으로 정탐이 엄중한 파리에 들어가면 언제 잡힐는지도 알 수 없는 형편이다. 그러나 월희는 이를 무서워하지 않는다. 살아서 이 세상에 있다 할지라도 성 전옥의 감시가 저렇듯이 엄중한즉 도저히 살려 낼 가망이 없고 그렇다 하여서 나매신의 말과 같이 각국에서 군사를 일으킬 때까지 기다리고 있기는 더군다나 갑갑한 일인즉 차라리 되면 되고 말면 만다 할지라도 목숨을 내놓고 발바투 달려들어 자기 맘대로 하여 볼까 한 것이다. 이와 같이 결심을 한 후 파르마 국에 사람을 보내어 나매신에게 그러한 연유를 말하고 자기는 죽을 결심으로 파리에 들어온 것인즉 그 심사를 생각하면 또한 가련타 할 것이다.

때는 일천육백구십일년 칠월 일일이라. 불같이 덥던 해도 이미 서산에 기울어지고 가로 비치는 햇빛도 나무숲에 가리어 힘이 없으며 베르사유 대궐의 나무숲에는 선선한 저녁 바람이 일고자 할 때에 대궐 안에서 나와 천천히 굴러 가는 경첩한 마차 한 채가 있었다. 마차 위에 있는 사람은 다사한 사무에 지친 모양으로 손수 고삐를 잡고도 꾸벅꾸벅 졸다시피 하나 끄는 말은 다년 발 익은 길이 되어 수풀 사이 가는 길을 빗드는 일도 없이 대궐 앞 언덕길을 내려와 오른편으로 꺾어 가지고 삼 마장가량이나 가다가 한 편짝 수풀 속으로 다시 들어갔다. 이 주인은 누구인가. 당년 오십삼 세의 총리대신 노붕화였다.

137. 막다른 끎

발씨 익은 길을 따라 시름없이 굴러 가던 마차가 나무숲 우거진 곳을 당도한 때에 말은 무엇에 놀란 것처럼 별안간 발을 멈추었다. 졸고 있던 노붕화가 깜짝 놀라 눈을 뜨니 보지 못하던 젊은 부인이 말고삐를 잡고 있는지라. 한참 시절의 노붕화 같고 보면 당장에 추상같은 호령이 나왔으련마는 그도 오십 년 동안 세상 열력에 얼마큼 속이 틔었던지 조금도 놀라지 않고 도리어 부드러운 말세로

"오오, 무슨 할 말이 있소"

하면서 벌써 주머니의 지갑을 더듬는 것은 이 여자를 전장에 나가 죽은 군인의 아내로서 나라에서 내리는 은급이 차례 가지 못함을 하소연하는 사람으로 안 모양이다. 이러한 일은 이왕에도 가끔 있는 일이며 자기가 육군 대신으로 부하의 인심을 얻고자 하는 노붕화는 군인의 아내를 특별히 대접한다는 소문이었다. 여자는 그 뜻을 짐작하였

던지 손을 들어 누르는 형용을 하면서

"아니요, 나는 돈을 바라는 사람은 아니여요"

하니 노붕화는 의외로 생각하는 것같이 고개를 좀 들면서

"그러면 무슨 일이오"

하고 여자의 얼굴을 유심히 바라본다. 여자는 저편에서 알아보기를 기다리지 않고 곧 침착한 태도로

"대감은 방월희를 잊으셨습니까. 아니, 유씨 부인을"

이 한 말에 노붕화의 눈은 둥그렇게 되었다.

그가 어찌 유씨 부인을 잊을까 보냐. 유씨 부인은 그가 첨 사랑하던 사람이며 또 마지막 사랑하던 사람이다. 그의 맛없는 일평생 중에 소위 사랑이라는 것은 유씨 부인을 향하여서밖에 말한 일이 없으며 그때의 한번 낙담은 몇 해를 지난 뒤에도 그 일을 생각하고는 몸에 병이 날 지경이었다. 한번 사랑에 물린 그는 오십이 넘은 지금까지 배필을 구하지 아니하였으며 그 뒤에까지도 독신 생활을 계속한 터인즉 죽는 날까지는 월희의 일을 잊어버리지 아니할 것이다. 그를 사랑하는 생각은 이미 사라졌을지라도 그 이름은 오히려 기억에 남아 있을 것이라. 그는 이 말을 듣자 마차로부터 뛰어내려 무슨 생각을 하였던지 월희의 손길을 잡았다. 성을 내어 가지고 잡아 가두고자 함인가, 너무도 놀라서 부지중에 한 일인가. 월희도 이상히 여기는 생각에 좀 얼굴빛을 변하였으나 원래 목숨을 내놓고 온 길이라 새삼스러이 놀랄 것도 없은즉 도리어 침착한 모양으로

"대감을 뵈옵기 위하여서 오늘까지 꼭 일주일 동안을 이 수풀 속에서 거닐었습니다"

그는 비로소 정신을 차린 것같이 잡았던 월희의 손길을 뿌리치며

"무엇이야, 나를 보려고"

하였다. 이 모양으로 보면 벌써 옛날의 사랑은 다 사라지고 도리어 월희를 업신여기는 것 같다.

이때에 만일 그가 옆을 향하여 수풀 속을 엿보았으면 나무 그늘이 가장 깊은 곳에 마치 이무기 눈같이 무섭기 한량없는 한 쌍의 눈동자가 그 몸을 노리고 있는 것도 보았으련마는 그는 이를 알지 못하고 월희의 얼굴을 바라본 채

"그는 무슨 일로"

"예, 좀 청할 말씀이 있어서요"

"청할 말이라니 무슨 일인지"

"예, 그는 목숨에 관계되는 일입니다. 나를 마거릿 병참소에 보내어서 성 전옥이 맡아 가지고 있는 무쇠탈을 좀 만나 보게 하여 주시오"

말이 끝나기도 전에 그는 꿈을 깬 사람같이 깜짝 놀라서

"그것을 어찌 알았어"

"그것을 알지 못하고 어찌하겠습니까. 십여 년 동안의 갖은 풍상도 다만 그 죄인의 간 곳을 잃지 않고자 하는 까닭인데요. 나는 아무도 모르게 그의 가는 곳을 따라다녔습니다. 그가 대감옥으로부터 비녀울에 옮아간 일도, 비녀울로부터 사거리, 사거리로부터 마거릿에 옮아간 일도 다 알았습니다. 이처럼 고생하는 인생을 불상타고도 생각지 않습니까. 다른 사람과도 달라서 지금 와서는 죽는 것밖에 아무 생각도 없는 사람에게 무쇠탈에 가린 그의 얼굴을 잠깐 뵈어 주기로 나랏일에 무슨 방해가 되겠습니까. 무엇이 직무에 벗어납니까"

하고 울다시피 애걸을 하니 노붕화는 말끝마다 더욱더욱 놀라서 떼치고 갈 준비로 몸을 사리면서

"묶이지 않는 것만 다행히 알고 어서 빨리 저리로 가거라"

포박하지 않는 것만은 오히려 옛날 사랑을 생각함인가. 이와 같이 말을 하고 몸을 돌려서 마차 앞으로 돌아가고자 하매

"아니, 그렇게 임의대로는 못 할걸"

하면서 어느 틈에 별안간 나타나서 길을 가로막는 사람은 구척장신의 건장한 남자. 이것이 월희의 하인 춘풍인 줄은 이미 짐작할 바이다.

춘풍의 늠름한 모양에는 노붕화도 깜짝 놀라서

"너는 웬 사람이냐. 나를 어찌할 터이냐"

하고 황황겁겁히 소리를 지름은 매우 겁을 낸 증거일다.

"어찌하는 것이 아니라 달아나지만 못하게 하잔 말이야"

하며 두 팔을 떡 벌리고 앞을 막아서니 월희는 이 까닭으로 하여서 도리어 노붕화의 감정을 상할까 염려하여

"애, 버릇없이 굴지 말고 저기 가만히 서 있거라"

하고 나무랐다. 주인의 말에는 춘풍이도 거역할 길 없어

"허허, 내가 그렇게 무서우면 첩 모양으로 숨어 있지"

하면서 한 편짝으로 비켜섰다.

138. 뼈저리는 마디마디

험상스러운 춘풍이는 한 편짝으로 물러섰으나 노붕화는 오히려 무서운 생각이 들었던지 달아나려는 모양으로 뒤를 돌아다보면서

"여보아라, 특별히 사흘 말미를 주는 것이니 그동안에 국경을 넘어서거라. 그렇지 않으면 경찰서에 지휘를 할 터이다"

사흘이 지난 뒤에는 사정없이 잡겠다는 말이라. 월희는 가슴이 터지는 듯한 슬픈 목소리로

"경찰서에 잡히는 것은 겁나지 않아요. 차라리 무쇠탈과 같은 감옥에나 집어넣어 주면 맘 편하게 내 평생을 지내지요"

노붕화는 못 들은 체하고 마차에 오르고자 하는 것을 월희는 뒤쫓아 가면서

"내 청은 어찌하셔요, 예, 내 청은이요"

"그 청은 들을 수 없는 청이야"

"비밀의 상자를 내드려도 이 청은 못 들어주시겠습니까"

비밀의 상자라는 한 말에 그는 깜짝 놀라서 다시 돌아다보면서

"비밀의 상자라니"

"대감이 그 흉악한 괴물을 보내어서 브뤼셀 요하네 교당 뒤에서 파내고자 하던 상자 말씀이오. 그 속에는 결사대의 성명 책을 위시하여 일을 꾸미던 계교와 여러 사람의 주고받은 편지까지 들었습니다"

그 증거를 잡아 가지고 광덕, 충린의 두 공작을 몰아내고자 허구한 세월에 애를 써 오던 터이매 이 말을 들은 그는 별안간 눈을 번쩍 뜨며

"그 상자가"

"예, 지금은 내 수중에 있어요. 도깨비골에서 살아나 가지고는 제일 먼저 그것부터 파내었습니다. 파내 간 뒤에 검정 수건이 파러 가서 헛걸음을 한 것은 응당 들어 아시겠지요"

비밀의 상자를 누가 파낸지는 검정 수건도 알지 못하며 나한욱이

도 알아내지 못하여 지금까지 노붕화의 가슴에 뭉클하게 걸려 있던 큰 의심이나 지금 이 말을 듣고는 다시 의심할 여지가 없다.

비로소 까닭을 알았다는 듯이 그는 미간의 주름살을 펴면서

"그런데 그 상자 속에는"

"예, 그 속에는 당시 결사대에 관계된 여러 사람들의 성명과 누가 후원을 하고 누가 돈을 대었다는 소상한 증거가 다 들어 있습니다"

"그 증거를 내게 팔고 그 값으로는 무쇠탈의 얼굴을 뵈어 달란 말인가"

"예, 그렇습니다"

"상자는 지금 어디 있노"

"그것을 지금 대 드리면 상자를 거저 빼앗기는 셈이지요. 호호, 나는 그나마도 팔 것이 없어지게요"

"어디 있다 할지라도 곧 내 손에 들어올 것이 아닌데 그것도 대지 못하는 것을 보니까 정말 상자는 없어진 것이지"

월희는 깜짝 놀랐으나 다만 고생에 찌든 몸이라 그런 눈치는 털끝만치도 보이지 않고 도리어 노붕화가 상자에 욕심이 치민 것을 짐작하였으매 이제는 갑절이나 기운이 나서

"대감이 만일 무쇠탈을 뵈어 주겠노라고 단단히 상약하시면 상자의 있는 곳은 가르쳐 드리지요. 그리고 정말 약조한 대로 무쇠탈을 뵈어 주신 뒤에는 그 상자를 드리지요"

이처럼 대답하는 여자의 말에 거짓말이 있을 것은 같지 아니하나 이러한 일에는 의심할 수 있는 데까지 의심하여 보는 것이 노붕화의 성질이라. 그는 찬바람이 나도록 냉소를 하면서

"그래서는 약속은 할 수 없어. 무쇠탈을 뵈어 준 뒤에 상자를 아

니 주거나 위조 상자를 주면 나는 밑지고"

실상 당연한 말이다. 정말 상자는 벌써 춘풍이 손으로 불살라 버렸은즉 지금 남아 있을 리가 만무하고 월희는 다만 일시 수단을 부리어서 무쇠탈의 얼굴이나 보잔 말이다. 본 뒤에 위조 상자를 주었다가 그것이 만일 탄로되면 초로 같은 목숨을 내놓아 버릴 따름이다.

물론 무쇠탈이 누구인지를 독자 제군은 이미 짐작하였을 것이나 방월희, 나매신 같은 여러 사람은 그것을 알 수가 없으며 그 의심은 지금이나 첨이나 다 일반이다. 정부의 부리는 사람일시 분명한 검정 수건이 상자의 있는 곳을 알아 가지고 요하네 교당 뒤의 비밀한 나무 밑을 파헤치던 일로 보면 오필하가 사로잡혀서 정부에 고발한 것 같다. 곧 무쇠탈은 오필하일 것 같으나 또 그 죄인이 무쇠탈을 쓴 채로 이십 년 가까이 갇혀 있는 것을 보면 오필하보다 죄가 많은 안택승 같기도 하다. 이 두 가지 의심 중에 싸여서 이십 년 동안이나 시듯이 고생하던 방월희의 맘을 살피면 인제 죽으나 사나 무쇠탈의 얼굴이나 한번 보겠다 하는 것도 괴이치 아니한 일이다.

그는 차치하고, 사실을 집어내는 듯한 노붕화의 말에도 월희는 겁내지 아니하고 미리미리 생각하였던 바와 같이 도리어 일층 기운을 내면서

"대감이 그처럼 의심을 하신다면 다시 여러 말을 할 수는 없습니다. 그 상자가 정말인지 아닌지는 그때 후원하여 주시던 대장군께나 보아 줍시사고 할 수밖에 없지요"

슬그머니 그 상자를 노붕화의 원수인 광덕, 충린 두 공작에게 주겠다는 눈치를 보이매 이는 노붕화의 제일 꺼리는 일이라 속으로 아니 놀랄 수 없어

"아니, 제일 쉬운 도리는 너를 잡아 가두고 고문을 하는 수밖에 없다"

"옳지요. 그렇게 하면 매에 아니 맞는 장사 없다고 자백은 할는지도 모르지요마는 그때에는 정말 상자는 벌써 대장군의 수중에 들어가 있을걸이요. 나는 당초부터 목숨을 내놓은 사람이니까 지금 나왔던 하인에게 미리 다 준비를 시켰어요"

지금 나왔던 하인이란 말에 ㄱ 험상궂은 모양이 생각나서 노붕화는 사방을 둘러보았으나 그는 벌써 간 곳이 없다.

"준비라니, 무슨"

"예, 대감이 어느 때에 유 부인이라는 여자를 요리점으로 데리고 가서 나라의 비밀을 말할 터이니 아내가 되라고 하면서 어떤 공작 두 분을 조정에서 몰아내기 위하여 어떤 죄인에게 무쇠탈을 씌웠노라고 말씀하던 그 자초지종을 편지까지 써서 그 사람에게 맡겨 두었으니까 내가 잡히는 것만 보면 그길로 가서 그 편지를 어떤 사람에게 전할 터이여요. 그 사람인즉 연전에 비녀울 병참소에서 감옥을 뚫고 나오던 춘풍이란 사람이고요. 어려서부터 나를 따라다니던 충복이니까 그만한 일은 넉넉히 하지요"

한 마디 한 마디씩 분명히 나오는 말은 그의 입에다가 한 방울 한 방울의 독약을 떨어트리나 다름없으며 노붕화의 얼굴은 금방 보랏빛이 되었으나 어찌할 수가 없다.

139. 이튿날의 등화원

광덕, 충린의 두 공작을 몰아내고자 하여 여러 가지로 애쓰던 일이 만일 두 공작의 귀에 들어가고 보면 자기 몸은 곧 결딴날 것이라. 이제는 강약의 지위가 한번 바뀌어 지금까지 강한 처지에 있던 노붕화는 금방 월희의 손길에 목을 잡히나 다름없이 되어 무엇이라고 대답할 말을 알지 못하는 형편이었다. 월희는 그 모양을 보고 다시 뒤를 푸는 말로

"아아, 나도 그렇게 하고 싶지는 않아요. 그렇게 되고 보면 영영 무쇠탈의 얼굴을 못 보게 될 것이니까 아무쪼록은 대감과 잘 의논하여서 피차에 무사하기를 바랍니다. 만일 대감이 나를 잡아 가두고 보면 부득이 마지막 수단이라도 쓰겠다는 말이지요"

하니 이제는 그도 어찌할 길 없어

"그러면 피차에 잘 의논하여 가지고 작정하여야 될 것이니 내일 오후 다섯 시에 대궐 안 등화원으로 들어와서 그편 문 앞에서 나를 찾아. 내 사람을 미리 내보내 둘 터이니"

이와 같이 말한 후 노붕화는 마차에 올라앉아 자기 집을 향하고 달려갔다.

이만큼 된 것도 월희에게는 큰 성공이라 할 것이다. 대체 노붕화가 광덕, 충린의 두 공작을 그처럼 무서워할진대 방월희는 왜 당초부터 두 공작을 찾아가서 노붕화를 결딴내지 못하는가. 그것이 무쇠탈을 살려 내는 데도 제일 첩경이 아닌가. 실상은 지금까지에도 몇 번이나 두 공작에게 편지를 하고 노붕화의 무도한 행실을 증명하였으나 두 공작은 자기 수하에 다시 안택승 같은 영특한 인물이 나타나기 전에는

노붕화로 더불어 싸우기가 어렵겠다 생각한 까닭에 두 손을 마주 잡고 시절이 돌아오기만 기다린 것이다. 방월희는 그를 갑갑히 생각하여 언제나 돌아올는지 알 수 없는 시절만 기다릴 수가 없다고 마지막 수단을 부려 본 것이다.

다행히 일이 뜻같이 되어서 내일 대궐 안에서 만나기를 약속하였으매 이날 밤은 사관으로 돌아가서 춘풍이와 여러 가지 의논과 장차 어찌할 방법을 작정하고 이튿날 그 시간을 손꼽아 기다리다가 베르사유 대궐로 찾아갔다.

원래 이 베르사유 대궐은 다른 대궐과는 달라서 궁장 안에는 궁내부 관리들의 관사도 많이 있으며 따라서 드나드는 사람도 많은 터이매 문 파수도 그리 엄중하지 아니하며 등화원이라는 넓은 정원까지는 거의 공원이나 다름없는 형편이다. 더욱이 국왕 루이 폐하도 매일 등화원에 나와서 산보를 하는 터이므로 국왕의 옥안을 뵈옵고자 하는 백성들은 이곳에 모여들지 않는 날이 없으며 루이 왕 역시도 여러 백성들에게 그의 당당한 풍채를 구경시키며 백성들을 자식과 같이 사랑하고자 하는 맘이 있으매 날마다 시간을 작정하여 놓고 반드시 산보를 나오는 터이었다. 그러므로 월희도 등화원에까지는 어렵지 않게 들어갔으나 어제 노붕화가 문 앞에까지 사람을 내보내겠노라고 하던 약속을 생각하고 위선 문 앞에 가서 돌라본즉 나와 기다리는 사람은 없다. 에그, 노붕화가 약속을 어기었나. 아니, 내가 조급한 맘에 너무 일찍 왔나 보다 생각을 하고 근처에 빙빙 돌며 한 이십 분 동안이나 기다려 보았으되 역시 소식이 없는지라 다시 문 앞으로 가까이 가니 무슨 까닭인지 사람들이 이리저리 황황하게 돌아다니며 어디서인지 울음소리 같은 이상한 소리가 들리는지라. 아아, 이상도 하다. 별안간 무슨 변괴

가 났는가 하고 궁금한 생각에 정신이 팔리어 자기 몸의 대담한 행동도 알지 못하고 그대로 문 안을 들어섰다. 들어서 본즉 낭하의 중문도 열리어 있으며 별로 말리는 사람도 없는 모양이매 또 한 걸음을 중문을 열고 들어섰다. 들어가 본즉 역시 여러 사람들은 황황한 모양으로 왔다 갔다 하건마는 다른 일에 정신이 팔린 까닭인지 하나도 무단히 들어감을 책망하는 일이 없었다. 이왕 들어선 길이라 다시 몇 걸음을 옮기노란즉 이때 기다란 낭하의 저 안청으로부터 훌륭한 신사들이 전후좌우로 다 죽어 가는 사람 하나를 부축하여 가지고 나왔다. 이것이 병인인가 혹은 어디서 낙상을 한 사람인가 하고 자세히 바라본즉 이상도 하다, 그 사람은 곧 총리대신 노붕화였다.

그는 별안간 무슨 급한 병을 붙들렸는지 얼굴빛은 질그릇같이 검푸러졌으며 눈은 시뻘겋게 충혈되어

"아아, 죽겠다. 전의를 불러 오너라. 숨이 막힌다. 숨이 막혀 죽겠다"

하는 목소리조차 간신히 목 안의 소리로 나온다. 평일에 그처럼 미워하던 원수건마는 눈앞에 죽어 가는 모양을 보고는 얼마큼 측은한 생각이 나서 물끄러미 바라보고 있노란즉 월희의 앞에까지 온 노붕화는 분명히 월희의 얼굴을 바라보며 무슨 말을 하고자 하였으나 숨이 차서 말을 이루지 못하고 다시 말을 하고자 애쓰는 중에 고만 목숨이 다하였던지 별안간 전신에 동풍이 되어 수족을 부르르 떨며 부축한 사람들에게 몸을 실어 버렸다.

140. 여려워 말고 말하라

여러 사람에게 부축되어 나오던 노붕화가 별안간 동풍 되어 정신을 놓게 되매

"아아, 큰일 났다"

하고 놀라는 소리가 나며 사람들은 사방으로부터 모여들어 법석을 하기 시작한지라. 이러한 곳에 오래 있을 수 없다고 생각한 방월희는 꿈인지 생시인지 정신없이 빠져나와 다시 등화원 나무 그늘 밑에 이르렀으나 이상한 광경에 놀란 그는 수족이 풀리고 기운이 까라져 촌보를 옮기기가 용이치 아니한지라. 넓은 정원의 중간쯤 나오다가 나뭇등걸에 의지하여 눈을 감고 맘을 진정하노란즉 벌써 오고 가는 사람의 발자취 소리가 점점 번잡하여지며 수군수군 이야기하는 소리도 귀에 들린다.

"의사가 왔었다나. 그래서 피를 뽑았지만 소용이 없다는걸"

"그게 무슨 병일까. 어제까지도 핑핑하더니"

"어제가 무엇이야. 조금 전까지 아무렇지도 않았는데"

"뇌충혈이라고 의사가 피를 뽑아서 좀 돌리는 기색이 있더니 금방 도로 그 모양이 되었다는걸"

"그런데 무슨 독약 기운을 쏘인 듯하다면서"

"글쎄, 파르마 국에서 온 공함을 뜯어보다가 별안간 얼굴빛이 변하였다나"

"그는 우연히 그렇게 된 것이겠지. 한참 나매신이 있을 때에는 편지에 봉하여 보내는 독약도 있다고 떠들었지만 누가 본 일인가. 독약을 만드는 자들이 이름을 내려고 지어내는 말이겠지. 그렇지만 알 수는 없어. 요전에 나한욱이가 역시 이 모양으로 죽었는데 그때도 이태리 어떤 나라에서 온 편지를 펴 보다가 그 모양이 되었다는구면. 그래서 추후로 그 편지를 살펴본즉 아무것도 쓰지 않은 백지일 뿐 아니라 무슨 가루를 쌌던 흔적이 있었다나. 그렇지만 이런 말을 함부로 하다가는 공연히 면직일세"

이는 오고 가는 급사와 정감들이 서로 수군거리는 말이라. 월희는 나매신이란 말에 정신이 나서 가만히 생각하여 본즉 혹 이는 나매신이 파리로 가노라는 자기 편지를 보고 위태하게 생각하여 내 몸을 보호하자는 생각으로 이상한 독약을 노붕화에게 보낸 것이 아닌가. 나한욱이도 이 모양으로 죽었다고 할 때에는 필경 무슨 까닭이 있음 직하다. 허구한 세월에 미워하고 원수 되던 노붕화가 죽은 것은 기쁜 일이라 할지나 인제 무쇠탈을 만나 볼까 하던 희망은 영영 없어지고 말았다.

아아, 인제는 어찌하랴고 심란한 맘을 진정하지 못하여 넋 잃은 사람같이 먼 산만 바라보고 서 있노라니 이때 등 뒤에서 점잖게 옮기는 발자취 소리가 들리는지라. 우연히 고개를 돌려 보니 손에 단장을 들고 천천히 걸어오는 육십가량의 한 노인이 있다. 그 얼굴에는 무한한 위엄이 있어 얼핏 보기에도 내리쪼이는 햇빛을 바라봄과 다름없으며 이 노인이 곧 국왕 루이 폐하인 줄은 첨 보는 월희의 눈에도 분명히 알겠더라.

월희는 루이 왕의 모양을 보고 마치 햇빛을 만난 봄눈과 같이 금방 그 앞에 사라질 듯이 느끼어 나무 그늘에 몸을 피할까 하였으나 국왕은 벌써 월희를 바라보고 그 모자를 벗어 인사하였다. 원래 이 루이 왕은 어떠한 여자를 보든지 인사 없이 지나는 일이 없으며 좌우에 근시하는 궁녀들에게라도 만날 때마다 깍듯이 인사를 하였다 한즉 월희를 보고 인사한 것도 그리 이상할 것은 없는 일이나 그러한 줄을 알지 못하는 방월희는 너무나 황송한 맘에 깜짝 놀라서 눈을 내리깔고 어찌할 바를 몰라 하노라니 왕은 옥안이 화려하게 웃음을 띠고 천천히 월

희에게 향하여 걸어왔다. 인제는 피신을 하기에도 여가가 없이 되었으므로 감히 고개를 들지 못하고 선 자리에 붙어 섰을 뿐이었다. 국왕은 인정 있는 목소리로

"오오, 이왕에 보지 못하던 사람이로군. 무슨 할 말이 있으면 어려워 말고 하지"

무슨 소원이 있으면 성취시켜 주겠다는 말이나 다름없으나 방월희는 너무도 의외에 당하는 일이 되어 감히 말이 나오지 않는다. 그러나 속맘으로는 갖은 생각을 다 하였다. 지금 이 국왕에게 말씀을 하면 도리어 노붕화에게 청하기보다 쉬울 것이다. 일국의 왕이 되어서 이름도 모르는 여자에게 자청하여서 소원을 물어 놓고 설마 못 한다고는 않겠지. 말을 하려면 지금 하여야 된다. 지금 말을 아니 하면 노붕화도 죽어 버렸고 다시 말을 할 데가 없겠다고 맘으로는 생각이 간절하나 목이 마르고 혀가 타서 말이 나오지 않는다. 더욱이 자기 몸이나 안택승으로 말하면 이 국왕을 몰아내고자 하던 터이라 그 일을 생각하면 다만 얼굴만 화끈거릴 뿐이었다. 국왕은 이 모양을 보고 더욱이 측은한 생각이 났던지

"어려워 말고 말을 하지. 허허, 그렇게 수줍어하는 모양을 보니까 필경 애인의 신상에 관계되는 일인가 보군. 혹 정부의 실수로 애매한 누명을 썼는가"

이 다정한 말에 끌려서 월희는 부지중에

"예"

하고 대답을 하였다.

141. 미친 사람이로고

이때 월희의 나이는 벌써 삼십이 넘은 때이라 가련한 소녀와 같이 남의 동정을 받을 나이 아니나 정말 미인은 나이도 상관없다는 말과 같이 바스러진 중에도 오히려 숫접고 아리따운 태도가 남아 있음은 저 노붕화가 숲 속에서 만나던 때에 다른 죄인에게 하듯이 인정 없이 하지 못하고 사흘 동안의 말미를 주어서 외국으로 달아나게 하던 것을 보아도 가히 알 것이다. 더욱이 국왕 루이로 말하면 노붕화와 달라서 원래가 다정다한한 기질로서 첨에 오 부인으로부터 다음에는 한씨 부인을 사랑하였고 그담에는 방씨 부인에게 옮기었다가 오십이 넘은 지금에는 유명한 시인의 과부 노씨 부인과 비밀히 결혼하여 그의 말을 듣고 노붕화를 박대하는 지경이매 월희에게 이처럼 인정 있게 구는 것도 괴이치 아니한 일이다.

국왕은 월희의 간신히 나오는 대답을 듣고 또 일층 기뻐하는 모양으로

"응, 그렇겠지. 그래, 그 애인이 어찌 되었어. 옥중에 갇히어 있는가"

옥중에 있는 사람이 자기 남편 안택승인지 또는 원수의 오필하인지 그도 알 수 없는 터이나 이제는 여러 말을 할 수가 없는 터이라 역시 덮어놓고

"예"

하였다. 이때 국왕은 얼마큼 정색을 하면서

"흥, 옥중에 있는 애인을 놓아 달란 말이지. 그것은 대신이 맡아보는 일이니까 어쩌면 내 맘대로 안 될는지도 모르겠는데"

하니 월희는 정신없는 중에 자기 말이 어떻게 나가는지도 알지 못하고 입에서 나오는 대로

"아니여요. 놓아 줍시사는 것은 아닙니다. 전옥의 보는 앞에서 잠깐 대면만 시켜 줍시사고 하는 말씀입니다"

이 말을 듣자 국왕은 눈살을 찌푸리면서

"응, 전옥이 지켜 서서 잠깐 대면을 시키는 것은 으레 하는 일인데 그것을 못 하여서 특별히 청을 할 때에는 매우 중대한 죄인이로구면. 아아, 국사범이지"

국사범이지 하는 말에 월희는 비로소 정신이 나서 당치 못한 말을 하였다고 자기 말의 경솔함을 후회하였다.

국사범인 바에는 여간 이만저만한 국사범이 아니라 조정을 뒤집어엎고 이 국왕을 몰아내고자 하던 대역부도의 국사범이라. 노붕화에게 향하여서는 오히려 떼를 쓸 만한 핑계도 있고 저편의 약점을 잡고 있으니까 말을 하여 볼 수도 있거니와 국왕의 앞에서 이 말을 하는 것은 정말 철모르는 일이다. 만일 첨부터 국왕에게 말을 하기로 결심하고 온 것 같으면 새삼스러이 허둥지둥할 것은 없겠지마는 의외에 당한 일로 앞뒤 생각도 없이 말을 하여 놓았으매 월희는 정신이 아득하여 어찌할 바를 알지 못하고 다만 황황겁겁할 따름이다. 국왕은 오히려 눈살을 찌푸린 채로

"아무렇든지 그 죄인은 누구이냐"

이와 같이 묻는 말에 대답을 할 수도 없고 아니 할 수도 없는 난처한 경우를 당한 월희는 마치 넘어지는 것같이 국왕의 앞에 가 꿇어 엎드렸다.

"울기만 하여서야 알 수가 있나"

"어전에 아뢰기는 황송하오나 성만필의 맡아 있는 무쇠탈입니다"

간신히 이 말만 하고 복이 맺혀 울었다.

"무엇이야, 무엇이야, 무쇠탈을"

하고 국왕도 깜짝 놀라서 얼굴빛을 변하면서 주춤하고 물러났으나 이윽고 까라져 우는 월희를 바라보며

"그런 죄인이 있는 줄은 어떻게 알았노"

일이 이미 이렇게 된 담에야 숨겨도 소용없는 일이라 죽든지 살든지 운수는 하늘에 맡기리라 결심하고

"예, 잡히던 날로부터 뒤를 따라서 압니다. 그 얼굴이라도 한번 볼까 하여 벌써 이십 년 동안을 간 데 족족 따라다니는 여자입니다. 국왕은 백성의 부모시라던지요. 국왕의 은혜로 성취 못 할 소원은 없다 하오니 어린 자식에게 부모의 은덕을 베푸셔서 이 소원을 성취시켜지이다"

고 길에 가 엎드려 애걸하니 그 누구나 어찌 측은한 생각이 없으랴. 국왕은 매우 난처한 모양 같았으나 이윽고 엄숙한 목소리로

"다른 죄인 같으면 모르거니와"

하다가 그담 말은 알아듣지도 못하게 입 안에서 우물쭈물하는지라. 국왕이 이처럼 무쇠탈을 소중히 여기는 것으로 보면 그 죄인은 오필하가 아니고 분명히 자기 남편 안택승인 듯하매 월희는 더욱 열심이 나서 또 무슨 말을 하고자 하매 이때 국왕은 다시 말을 이어

"대관절 그 죄인이 무슨 죄로 잡힌지는 아는가"

"예, 조정을 뒤집어엎으려고 한 국사범이여요. 도깨비골에서 잡혔습니다"

왕은 다시 놀라서

"그런 비밀을 아는 너는 웬 사람이니"

"예, 안택승의 아내 방월희입니다"

국왕의 얼굴은 무섭게 변하였다. 놀라서 그리함인지 노하여 그리함인지는 알 수 없으나 옆에서 보기에도 무서울 지경이었다.

이윽고 왕은 무슨 생각을 하였던지 별안간 얼굴빛을 고치며

"아아, 이 여자가 미친것이로고"

하였다. 월희가 만일 지금에 도망하지 아니하면 반드시 미친 사람으로 지목되어서 경찰서에 잡혀 가지고 일평생을 정신 병원에서 지내게 될 것이다. 방월희는 과연 이것을 아는가 모르는가.

142. 살았어도 시체

국왕에게 미친 사람으로 보인 방월희는 미구에 정신 병원이라는,

감옥과 다를 것 없는 딴 세상으로 잡혀갈 것이다. 그러나 그는 이 위험한 것을 아는지 모르는지 다시 입을 열어

"예, 이십 년래로 세상을 잊어버리고 한갓 죄인 하나를 만나 보기 위하여 갖은 고생을 다 하여 온 여자이니까 미친 사람일는지도 모르겠습니다마는 제가 무슨 말을 하는지도 모를 지경은 아닙니다"

국왕은 또 혼잣말로

"흥, 미치지 않고 그런 말을 하면 무쇠탈과 같은 감옥에 잡아 가 둘 수밖에 없지"

"예, 감옥에 갇히든지 잡혀 죽든지 그러한 것은 상관없어요. 무쇠탈의 얼굴을 못 보고는 어차피 오래 살지 못할 몸이니까요"

비길 데 없이 정렬한 말에 국왕도 도리어 탄복을 하였던지 다시 말을 부드럽게 하여

"여보아라, 일천육백칠십삼년에 도깨비골에서 잡힌 죄인은 벌써 다 죽어 버렸다"

"예, 그중의 한 사람만 사로잡혀서 무쇠탈을 쓰고 성만필과 같이 각처 감옥으로 끌려 다닙니다. 그의 죄가 무겁다 할지라도 그동안 겪은 고생은 넉넉히 속죄되었을 것입니다. 세상없이 참혹한 죽음보다도 더 참혹한 고생을 그는 아무 말 없이 받고 있어요. 그 죄는 용서치 못한다 할지라도 꼭 한 번만 만나 보게 하여 주십시오. 지금도 오히려 감옥 밖에서 생각하고 있는 사람이 있다는 일을 그에게 알려 주는 것쯤이야 어찌 인정을 가지고 못 한다고 할 일이겠습니까. 얼굴을 가리고 몸을 감추며 사랑하는 가속이 어찌 된 것도 알지 못하고 컴컴한 쇠창살 밑에서 이십 년 동안의 허구한 세월을 보내는 고통이 어떠할 것을 생각지 못하십니까"

인제는 야속한 생각을 이기지 못하여 원망하는 듯 책망하는 듯이 홀로 탄식을 하매

"아니, 네가 지금 말하는 소원은 듣고 싶어도 들어줄 수 없는 소원일다. 도깨비골에서 사로잡힌 죄인은 곧 배롱 병참소에서 사형에 처하였다. 벌써 이십 년 전에 죽은 사람이다"

첨으로 듣는 큰 비밀이다. 그러면 이날 이때까지 세상에 있지도 아니한 사람을 있는 줄 알고 따라다녔는가. 그 무쇠탈의 죄인은 안택승도 오필도 아닌 딴 사람이던가. 월희는 하도 기가 막히어 지금까지 들지 못하던 고개를 들며

"에에, 무슨 말씀이여요. 그때에 곧 사형을 시켰다고요"

"물론 사형에 처하였다. 칼로 목을 베는 대신에 무쇠탈로 얼굴을 가린 것이다. 산 사람의 얼굴에 무쇠탈을 씌우는 일은 없는 법이지마는 사형을 선고한 뒤이니까 죽어서 땅속에 파묻는 대신으로 목숨을 붙여 두고 무쇠탈로 장사 지낸 것이다. 나라의 법으로 보면 벌써 이 세상을 버린 사람이니까 지금 와서는 어찌할 수가 없다. 성만필이가 맡아 있는 것은 비록 목숨이 있을지라도 그 죄인의 시체일다. 네 사정은 가긍하다마는 국사범의 시체를 다시 살려 가지고 이승 사람과 만나 보게 하는 일은 백성의 부모라고 하는 국왕의 힘으로도 어찌할 수 없다"

이 무정한 말을 들은 월희는 대답할 말을 알지 못하다가

"살아 있는 사람을 시체라고 하다니요. 이런 무서운 형벌이 어디 있을까요"

하며 목을 놓아 통곡하니 국왕은 저만큼 가다가 다시 돌아서면서

"여보아라, 사형에 처한 죄인은 비석을 세우지 못하는 법이나 너의 정상이 가긍하니 비석을 세워서 기념하는 일은 특별히 허락한다.

또 너도 여기 있는 것을 정부에서 알면 용서하지 아니할 것이나 그것도 특별히 용서하여 다시 국사범에 관계하지 않는 동안에는 정부에서도 체포하지 않기로 허시하여 준다"

이와 같이 말을 하고 다시 저편을 향하여 걸어갔다. 이것만 하여도 범연치 아니한 덕택이라고 할 것이나 월희의 몸에는 무슨 소용이 있으랴. 당장 살아 있는 사람을 죽은 사람으로 치고 비석을 세우는 것만 허시를 하다니, 허시되지 아니한 것보다도 도리어 슬픈 일이다. 월희는 비쓸비쓸 일어나서

"에에, 인제 죽어 버리는 수밖에는 다시 도리가 없다"

고 홀로 탄식하며 대궐 문밖을 나섰으나 다시 가만히 생각하여 본즉 무쇠탈은 오필하가 아니고 자기 남편 안택승일시 분명하다. 지금까지에는 두 사람 중의 누구인지를 알지 못하여서 위선 얼굴이라도 한 번 보기를 원하였으나 이미 안택승인 줄을 확실히 알고 보면 만나 보려고 애쓸 필요도 없는 일이다. 인제는 살려 낼 걱정밖에 없다. 그러나

국왕의 말과 같이 그를 이미 사형에 처한 셈치고 땅속에 파묻는 대신으로 무쇠탈을 씌웠다 하면 이 뒤에 어떠한 대사, 특사가 있어 세상 죄인이 다 놓인다고 할지라도 안택승만은 방면될 가망이 없다. 병들어 죽어서 장사를 지내기 전에는 감옥 문밖에 벗어날 때가 없을 것이다. 이 일을 생각하면 자기와 안택승은 다시 만나지 못할 몸이라. 도깨비 골의 한번 작별이 곧 영결 되고 말 것인즉 그를 살려 내고자 하면 다만 나매신의 훈수와 같이 독약으로 그를 자살시켜 감옥 밖에 나와 묻힌 후에 그 시체를 파내어 가지고 반대의 약을 써서 살려 낼 수밖에 없다고 결심하였다.

143. 산수골의 별장

나매신의 한번 죽었다가 다시 살려 내는 두 가지 독약은 이미 나 한욱에게 시험하여서 염려 없이 된 것이라. 지금까지에는 다른 도리가 있으려니 하여서 차마 쓰지 못하고 있는 터이나 일이 이렇게 된 이상에는 다시 주저할 것이 없다. 그러나 인제 생각을 하면 벌써 십여 년 전에 앉아서 자살을 하기 전에는 도저히 감옥 밖을 나오기 어렵다 하여 이 수단을 생각하여 낸 나매신의 지혜가 과연 놀라운 줄을 알겠다고 방월희는 새삼스러이 탄복을 하면서 아주 그 수단을 쓰기로 작정한 후 곧 자세한 연유를 기록하여 나매신에게 편지하고 독약을 청구하였더니 나매신은 곧 답장을 하였으되 부탁한 것은 시행하겠으나 십여 년 전에 만든 것은 기간 옥중에 갇혔을 때 분실되어 없어지고 그 후에는 다시 만들 기회가 없었은즉 지금부터 곧 만들기 시작할지라도 원료를 구하는 동안도 있고 만든 뒤에는 다시 또 시험도 하여 보아야 하겠으니 정말 안심하고 무쇠탈에게 들일 때까지에는 아직 몇 해가 걸릴 듯하다고 하였으며 또 다 만든 뒤에는 손수 가지고 갈 터이니 그때까지 기다려 달라고 하였더라.

이십 년이나 기다린 끝에 또 몇 해를 기다리면 어찌 될 것인가. 그러한 동안에는 무쇠탈 역시도 옥중의 고생살이를 견디지 못하여 늙어 죽고 말 것이다. 조심을 하는 것도 분수가 있지 하며 월희는 도리어 나매신의 추근추근함을 갑갑히 여기었으나 그렇다 하여서 달리 어찌할 도리도 없으매 위선 그 말대로 기다리게 되었다. 그러나 지금까지 숨어 있던 추링 땅은 나매신과 고수계에게 편지 왕래를 하기도 불편하고 다행히 국왕의 허시가 있어 어디서 살든지 잡힐 염려는 없이 되었으매 아무쪼록 편리한 곳에 살고자 하여 춘풍이와도 의논한 뒤에 부르봉 거리에서 멀지 아니한 어떤 예배당 근처로 이사를 갔더니 천만의외에 이 예배당 장로는 옛날에 월희와 안택승이 혼례식을 거행할 때 브뤼셀 요하네 교당에 있던 기로덕이라는 목사로서 오히려 월희의 얼굴을 기억하는지라. 월희는 친정 부모나 만난 듯이 반가워하여 이곳을 둘째의 고향으로 삼고 몸을 붙여 있었으며 춘풍이는 예배당 하인이 되어 아무 일 없이 지내는 중에 이러구러 여섯 해의 세월을 지났더라.

이때까지도 나매신에게서는 독약을 가져오지 않고 다만 성 전옥을 따라다니는 고수계에게서 가끔 비밀한 통기가 있을 뿐인데 그동안 고수계는 근 십 년 동안이나 꾸준히 근사를 모은 덕으로 성 전옥의 신용을 받게 되어 지위도 올라갔으매 미구에 전옥의 대리도 가끔 보게 될지며 무쇠탈의 감독도 노붕화가 죽은 뒤로 얼마큼 숙어졌으매 차차 살려 낼 도리가 있을 듯하다고 하였다.

　이러한 중 일천육백구십팔년이 되어 고수계의 통기가 있으되 대감옥의 배 전옥이 죽고 무쇠탈을 맡아 있던 성 전옥이 그 대신으로 승차하게 되었으매 미구에 이곳을 떠나 무쇠탈을 데리고 파리로 갈 터인데 중로에서는 물론 엄중한 경계가 있을지나 부르봉을 지나 알포라는 데서 배를 타고 론바루주라는 곳에 건너가서 산수골 있는 성 전옥의 별장에서 하룻밤을 자게 될 터인즉 다른 곳에서는 도저히 살려 낼 계제가 없을지라도 산수골 별장에 들어서는 성 전옥도 좀 맘을 놓을 터인즉 혹 좋은 계제가 있을 것도 같다, 아무렇든지 지금부터 산수골을 찾아가서 성 전옥의 별장 근처에서 기다려 주시오, 만일 거기서 살려 내지 못하게 되면 그때에는 다 같이 그 뒤를 따라 파리까지 들어간 뒤에 다시 의논하기로 합시다 하였더라. 지금까지 번번이 실패를 하고 말던 어려운 일을 산수골에서 하룻밤 쉬는 동안에 그렇게 쉽게 성공을 할 것 같지는 아니하나 아무렇든지 얻기 어려운 좋은 기회이고 보매

춘풍이는 별안간 기운이 나서 장로 기로덕에게는 파리로 떠나간다 칭탁하고 월희와 같이 산수골을 찾아가게 되었더라.

각설, 무쇠탈이 잡혀 간 지 이십육 년째 되는 일천육백구십팔 년의 십일월 십일일 오후 네 시가 지나서 산수골 어떤 별장에는 사십 명 일행의 이상한 손님이 들었다. 사십 명 중의 반수는 기병이요 나머지 반수 중의 열다섯 사람은 칼을 빼어 든 보병들이고 그 나머지는 짐짝을 나르는 역군이었다. 이 일행들 중에는 한 사람의 대장이 있어 이상하게 생긴 뒤주 가마 하나를 둘러싸고 다니는 모양이나 그것이 무엇인지는 좀처럼 알 수가 없다. 이를 본 시골 사람들은 이상히 여기어 서로 수군수군하나 마침내 아는 사람이 없으니 이는 곧 고수계의 통지하던 성 전옥의 일행이었다. 대장은 성 전옥이며 이상하게 생긴 뒤주 가마는 무쇠탈이 탄 것이었다.

144. 여기는 너 별장이다

산수골의 별장을 당도한 성 전옥의 일행은 들어오는 길로 뒤주 가마를 이 층에 끌어올려 놓고 성 전옥과 그 조카 되는 성수만 부령이 지켜 앉았으며 다른 사람은 근처에도 얼씬 못하게 하였다. 성 전옥은 대감옥의 전옥으로 승차되어 감을 비상히 기뻐하는 모양으로 전에 없이 벙글벙글 웃으면서

"애, 수만아, 우리 별장이 좋지 않으냐. 명색이 대감옥의 전옥이라 하면서 관저 이외에 자기 집도 없대서야 모양이 흉업지 않으냐. 그

래서 작년 겨울에 이 집을 사 놓았다. 내가 죽은 뒤에는 이런 것도 다 네 차지 아니냐. 그런 생각을 하여서라도 무쇠탈을 잘 지켜야 한다"

성수만 부령도 과히 싫지 아니한 모양으로 빙그레 웃으며 고개를 끄덕이니 성 전옥은 또 말을 이어

"별장뿐만 아니라 네 직책을 잘 하여서 새 총리대신의 눈에만 들고 보면 전옥의 벼슬자리까지도 네게 물리도록 하마"

"글쎄요, 저도 그만큼이나 출세를 하였으면 좋겠습니다"

"그는 그렇다 하고 파수 병정들은 다 지휘를 하였니. 사방에 사람을 배치하여서……"

"예, 노 참위와 고수계에게 다 일렀습니다. 혹 미비하여도 고수계를 또 한 번 불러 볼까요"

하고 일어서매 성 전옥은 별안간 화증을 내며

"그러기에 주의를 하란 말이다. 에, 미욱한 것. 고수계를 여기로 불러들이면 어찌 되니"

하고 나무라매 성 부령은 까닭을 알지 못하는 모양으로 고개를 기울이며

"고수계를 부르면 어떻습니까. 제일 신용하시는 사람인데요"

"아무리 신용을 하는 사람이라도 무쇠탈이 있는 데는 아무도 가까이하지 못한다. 심지어 네게까지도 금년에서야 첨으로 무쇠탈의 비밀을 말하지 않았니. 옆에 가까이 드나들면 혹 무슨 병이 날는지도 모르는 일이니까 네가 나가서 잘 돌라보고 오너라. 병참소와도 달라서 아무 설비도 없는 별장이니까 밤에 어떤 놈들이 들어올는지를 안다더냐. 그리고 고수계에게는 오늘 밤에 문 앞에서 잠자지 말고 파수를 보라고 일러라"

하니 엄중한 명령을 들은 성수만 부령은 곧 몸을 일어 아래층으로 내려갔다.

성수만 부령이 내려간 뒤에 성 전옥은 몸을 일어 창문 앞에 가 바깥 형편을 한번 돌라본 뒤에 뒤주 가마 앞으로 가서 가마 문을 뚝뚝 두드리며 속에 들어 있는 무쇠탈에게 물었다.

"여보아라, 죄수, 깨어 있느냐"

하고 물으니 가마 안에 소리가 있어

"예, 지금까지 잤어요"

"지금서 잠이 깨었단 말이냐. 애, 여기는 우리 별장이다"

"예, 그렇습니까. 응당 훌륭하겠지요"

하고 대답하는 소리도 얼마큼 떨려 나오는 것 같았다.

"너, 또 우는가 보구나"

"아니요, 울지 않습니다"

"그렇겠지. 내가 승차를 하면 너도 맘에 좋을 터이니까. 너와 나와는 어느 편이든지 하나가 죽기 전에는 못 떨어질 사이다. 지금 형편으로는 네가 나보다 먼저 갈 것도 같다마는 아무렇든지 죽기까지는 내 짐짝일다. 그러나 네게는 기쁜 소식이 있다. 대감옥에서는 중대한 국사범을 일등실에 가두는 규칙이니까 너 있을 방도 위층의 제일 좋은 방을 치워 놓았다. 지금까지에 갇혀 있던 지함 속보다는 참 훌륭할 것이다"

"아무렇든지 이 몇 해 동안은 시원한 바람을 쏘여 본 적이 없으니까요"

"아니, 가만있거라, 너는 다른 죄인들과 달라서 지금은 비록 무쇠탈을 쓰고 있을지라도 옛날에 보던 안목이 있으니까 정원이 좋고 흉한 것은 알겠구나. 일껏 별장을 사 놓고도 보아 줄 사람이 없으면 그것도 섭섭한 일이니 잠깐 너를 좀 뵈어 주랴"

"예, 좀 뵈어 주십시오. 나뭇잎만 좀 보아도 산가 싶겠습니다"

"오냐, 그러면 뵈어 주마. 너는 내 말도 잘 들었고 해마다 한 차례씩 정부에 보내는 편지도 나 쓰라는 대로 쓰니까 그런 상급으로 보여 주마. 나도 아무쪼록 사정을 보아 주마고 약조한 일이 있으니까 이만한 일은 하여도 상관없겠지. 그 대신 시간은 꼭 오 분간이다. 그런 줄 알아라. 아아, 해도 저물고 바깥에서는 방 안에 있는 사람이 아니 보일 것이니까 마침 계제가 좋다. 자아, 별장을 보거든 어떤 공작의 저택 같다든지 어떤 귀족의 정원 같다든지 좀 이야기를 하여라"

하고 성 전옥은 자기 몸의 영화를 자랑하려는 생각으로 잠깐 별장을 구경시킬 맘이 나서 주머니에 들었던 열쇠를 꺼내었다. 속에서 나오는 사람은 과연 어떠한 모양을 하였으며 어떠한 사람일까.

145. 큰일 날 뻔하였다

성 전옥이 가마 문을 열어젖히며

"자아, 나오너라"

하매 안으로부터 엉금엉금 힘없이 기어 나오는 사람. 이는 이십 년래로 햇빛을 보지 못하던 가련한 무쇠탈이다. 그는 아침부터 지금까지 좁은 가마 안에서 몸도 맘대로 추스르지 못하고 있는 터이라 다리를 펴기도 용이치 아니한 모양으로 두 무릎을 주물러 가면서 천천히 몸을 폈다. 그 모양을 보건대 이왕 비녀울 감옥 있을 때보다도 이미 십 년의 세월을 지났으매 몸은 더욱이 파리하여 걸음조차도 잘 걷지 못할 것같이 보였다. 성 전옥은 그 손길을 잡으면서

"왜 이렇게 기운을 못 차리느냐"

"예, 인제 다 죽게 되었습니다"

"옛날에 도깨비골을 건너던 생각 하여서 좀 기운을 차려라"

"예, 인제는 다 글렀습니다"

몸뿐만 아니라 맘까지도 이처럼 늙었는가. 옛날에는 국왕을 물리치고 재상을 몰아내어 구라파 천지를 뒤집고자 하던 무쌍한 영웅이건마는 이제는 인정 없는 전옥의 줌 안에 들어 유순하기 어린 양과 같다. 누가 그 몸의 영락함을 가엾다 아니 하리오. 그러나 그 가슴속에는 오히려 굽히지 않는 일편 정신이 있기로서 이십육 년의 허구한 동안 갖은 고생을 다 하면서도 광덕, 충린 두 공작의 이름은 입 밖에 내지 않고 참아 오는 것이다.

성 전옥은 그의 손을 끌고 창문 앞으로 가서

"그래, 어떠만 하냐. 조산을 쌓은 모양하며 화초, 나무가 많은 것

하며 참 훌륭한 별장이지"

무쇠탈은 대답도 아니 하고 잠시 동안은 저문 하늘에 점점이 나타나는 별들만 바라보다가 깊이 탄식을 하였다.

"에에, 이렇게 넓은 세상이 있는데"

나의 몸은 어찌하여 일생의 태반을 캄캄한 지함 속에 묻혀 가지고 시름없이 죽을 날을 기다리는 슬픈 운명에 빠졌는고. 입으로는 말하지 아니하나 속으로는 말을 하느니보다 기막힐 것이다. 성 전옥은 그 말을 책잡아

"무엇이야, 무엇이라고 우물쭈물하니. 이 경치나 좀 칭찬을 하려무나"

"예, 참 훌륭한 별장입니다"

하는 목소리조차 눈물을 머금었다.

"덮어놓고 좋다고 할 것이 아니라 어떤 공작의 별장과 같다든지 낫다든지. 너는 이왕에 별장 구경을 많이 하였으니까 그런 것을 알겠

구나. 자아, 이 편짝으로 와서 보아라"

하며 다시 저편 창문을 향하고자 할 제 어느 틈에 올라왔는지 이편을 향하고 서 있는 병정 하나가 있었다. 성 전옥은 불같이 성이 나서 소리를 벌컥 지르며

"애, 고수계야, 여기 올라오라고 뉘게 허가를 맡았니"

고수계라는 이름을 듣고 무쇠탈은 비상히 놀란 모양으로 곧 그편을 바라보며 몸을 부르르 떨더니 그만 사지에 기운이 풀린 것같이 성 전옥의 팔에다 몸을 실었다. 고수계는 깍듯이 경례를 한 후

"예, 좀 여쭈어 볼 말씀이 있어서"

"세상없는 일이 있어도 내 허가 없이는 올라오지 못한다"

이와 같이 나무라면서도 무쇠탈의 모양을 보인 것을 분히 여기는 것같이 별안간 비쓸비쓸하는 무쇠탈을 끌어서 가마 안에다 우겨 넣은 후 문을 잠가 버렸다.

무쇠탈이 정말 안택승 같고 보면 이 모양으로 자기 심복이라고 할 고수계가 오히려 이 세상에 살아 있어 자기를 살려 내고자 성 전옥에게 따라다니는 줄을 알고 사라진 기운이 얼마큼 회복되었을 것인데 천만의외에 마주 서 가지고도 무쇠탈에 가리어서 피차에 얼굴빛도 보지 못하며 말 한마디를 얼러 보지 못하는 그의 심사가 과연 어떠하랴. 성 전옥은 물론 그러한 것에 상관이 없는 터이매 가마 문을 잠그자마자 곧 고수계의 앞으로 달려가서 그 어깨를 꽉 잡으며

"너, 무쇠탈을 보러 왔지"

고수계는 조금도 서슴지 않고

"예, 무쇠탈이오. 아아, 그 귀찮은 짐짝 말씀입니까. 그까짓 것은 보아 무엇 하게요. 오늘 밤 파수 볼 사람을 누구누구로 하올는지 그것

을 좀 여쭈어 보러 왔습니다. 오늘 낮에 먼 길을 걷고 피곤하여서 파수를 볼 수 없다고 서로 미루고 도무지 제 말은 듣지들을 않습니다. 상관께서 다 배정을 하여 주시고 불러다가 꾸지람이라도 좀 하여 주셨으면 좋겠습니다"

고 천연스럽게 꾸며 대니 성 전옥은 비로소 의심이 풀린 것같이

"그렇더라도 이담에는 내 말 없이 이 죄인 옆에는 오지 마라. 파수 볼 사람은 추후로 배정하여 줄 터이니 내려가서 성 부령이나 올려 보내라"

고수계는 황송스러운 모양으로 물러 내려가면서도 속으로는

'오오, 궐자의 의심이 풀렸으니 다행이다. 지금 의심을 받았다가는 오늘 밤에 춘풍이 일이 다 틀릴 터인데 하마터면 큰일 날 뻔하였다'

고 혀를 내둘렀다.

146. 몸조심을 하여 주게

내일은 또 이른 아침에 길을 떠날 터이므로 성 전옥을 위시하여 여러 사람들은 초저녁부터 잠자리에 들었고 밤 열한 시가 된 때에는 산수골 별장의 조용하기 한량없으며 다만 파수 병정의 발자취 소리가 담 밖에서 저벅저벅 들릴 뿐이다. 달은 이미 서산을 넘고 천년 고목은 사방에 우거져서 음침하기 한량없는 중 마침 집 뒤에서는 부엉이 우는 소리 같은 이상한 소리가 들리는지라. 부엉이는 밤에 우는 새이며 그 소리는 옛날부터 비밀한 일을 하는 사람들이 흔히 군호에 쓰는 소리이

매 파수 보던 사람은 그것을 수상히 생각하였던지 별안간 걸음을 멈추고 귀를 기울이니 역시 같은 방향에서 같은 소리가 들리는지라. 그는 자취 없이 천천히 걸어 집 뒤로 돌아가 가지고 나무숲 우거진 곳에서 아까 들리던 소리와 같이 부엉이 우는 흉내를 내었다. 아마 이 사람은 이렇게 하여서 그것이 정말 부엉인지 혹은 수상한 사람인지를 알고자 함일지요 또 그렇지 아니하면 파수 병정도 그자와 무슨 내응이 있을 것이다. 이 소리가 끝나자마자 바로 파수 병정의 발치로부터 부스스 일어서는 사람이 있는지라 파수 병정은 깜짝 놀라는 것같이 한 걸음 뒤로 물러나다가 다시 다가서면서

"아아, 여기 있었나"

하고 귓속의 말로 물으니 지금 나타난 그 사람도 역시 그와 같이 가만가만한 말로

"아직 좀 이른 듯도 하데마는"

"아니, 마침 잘 맞춰 왔네. 파수 보는 사람은 나 말고도 두 사람이 있는데 그자들은 술을 먹여 재웠으니까 인제 좀처럼 깨지는 않겠지. 그러나 월희 씨는"

"응, 이다음 주막에 숨어 계시게 하였네. 일이 잘되면 그 주막에서 모여 가지고 바로 이태리까지 달아나기로 하고"

"그는 그렇다 하고 오늘 밤 일이 여간 어렵지 않겠네. 전옥 놈은 당초에 잠시를 맘 놓지 않고 있으니까"

"그야 그렇겠지마는 혹 또 의심 받을 일이나 하지 않았나"

"아니, 그렇지는 않지마는 무쇠탈이 이 층 어떤 방에 있는가를 좀 보아 둘 양으로 초저녁에 내가 이 층에를 올라가지 않았던가. 그런데 마침 성 전옥이 무쇠탈을 불러내 가지고 별장 자랑을 하는 중이겠지"

"무어, 성 전옥이 그런 짓을 해"

"응, 성 전옥이란 위인은 심술도 궂지마는 무엇이든지 자랑을 않고는 못 견디는 숙맥이니까. 생후 첨으로 별장을 사 놓고서 무쇠탈에게까지 자랑할 생각이 났던지 가마 안에 든 것을 불러내어서 창문 앞에 세웠겠지"

"그러면 무쇠탈의 얼굴을 보았겠네그려"

"아니, 얼굴은 못 보았어도 외양은 보았지"

"물론 안택승 씨겠지. 월희 씨는 인제 의심할 것도 없이 안택승 씨라고 하시는데"

"글쎄, 원체 오래간만이라 자세히는 알 수 없으나 무쇠탈도 내 얼굴을 보고 깜짝 놀라는 모양이데. 그런 것으로 보면 안택승 씨가 분명한 것도 같아. 그러나 미처 자세히 보기도 전에 성 전옥이 집어넣으니까 어찌할 수 있던가"

"옳지, 그래서 성 전옥이 더욱이 조심을 한단 말이지"

"아니, 그것은 내가 잘 말하여서 의심도 풀었지마는 원체가 의심꾸러기니까"

"그야 말은 해 무엇 하게. 나도 그자의 손에 팔구 년 동안을 겪어보았지마는 참 말 못 할 위인이지"

"그래서 오늘 밤에도 신칙이 대단하네"

"그것도 좀 안되었는데. 그렇지만 지금 그만둘 수야 있나. 아무렇든지 착수하여 볼 수밖에"

하면서 곧 높은 담을 뛰어넘을 것같이 쳐다보았다.

이 두 사람이 춘풍이와 고수계인 것은 독자의 짐작할 바일 것이다. 이때에 춘풍이는 고수계의 손길을 잡으며

"자아, 인제 시작하여 보겠네. 자네는 저리 가 있게"

하더니 미리 감추어 두었던지 낙엽을 헤치고 사다리 하나를 꺼내어 담에 걸쳐 세운 후 우선 올라가기를 시작하였다. 고수계 역시 그 뒤를 따라 올라가니 춘풍이는 뒤를 돌아다보고 깜짝 놀라며

"여보게, 이 사람, 자네 왜 이러나. 자네도 일을 같이할 생각인가"

"물론 같이하여야지"

"안 될 말일세. 자네는 여전히 파수를 보고 있게. 이 일은 나 혼자 하여도 넉넉할 것이니"

"그렇지만"

"아니, 어떻게 되는지는 모르지마는 우리가 조심을 하여야 하네. 혹시 일이 잘못되어서 나는 잡히는 일이 있을지라도 자네만 살아 있으면 파리에 가서 다시 일을 꾸밀 수가 있지 않은가. 자네는 지금까지 지내 오던 모양으로 성 전옥의 비위를 맞추어서 조금이라도 의심을 받지 않도록 하여야 하네. 이것은 월희 씨께서도 신신부탁을 하신 일이니까

거역을 하면 안 되네"

이와 같이 말을 하며 다시 땅에 내려와 고수계의 손길을 잡고 만류하니 고수계는 야속히 여기는 모양으로

"여보게, 그래, 자네는 위험한 일을 하는데 나는 모르는 체하고 있으란 말인가"

"그래, 월희 씨의 지휘니까 할 수 있는가. 그뿐 아니라 내가 만일 무쇠탈을 살려 내어서 같이 달아나게 되면 그때에는 자네도 같이 달아나려니와 만일 그렇지 못하고 나 혼자 달아나게 되거든 자네는 시치미를 뚝 따고 남에게 의심 받지 않도록 주의를 하여야 하네"

"그는 어떻게 하여서"

"파수 병정 하나를 담 밖에 내다가 메붙여 죽여서 마치 담에서 떨어져 죽은 것같이 하여 두세그려. 그렇게 하여 두면 그자가 내응을 하여 가지고 담을 뛰어넘다가 떨어져 죽은 모양이 되니까 자네도 의심을 받을 것 없고 내게도 뒤쫓는 사람이 없이 될 뿐 아니라 이다음 다시 일을 하기도 용이할 것 아닌가. 인제 우리 편이라고는 우리 두 사람뿐이니까 월희 씨도 고독하게 생각을 하시는지 설령 무슨 일을 하든지 장래 생각을 하라고 몇 번이나 부탁을 하시데. 그러니까 자네도 그렇게 알고 조심을 하여 주게. 나는 달아나지 못하고 잡혀 죽을는지도 모르는 일인데 그때에 자네까지 의심을 받아서 잡히게 되고 보면 월희 씨는 누가 보호를 하는가. 넓은 천지에 무 밑 같은 외톨이 되지 않는가. 나는 그 생각을 하면 눈물이 나네. 여보게, 고수계, 내가 죽고 보면 월희 씨를 도울 사람은 자네밖에 없으니 그 일을 생각하여서 자네는 몸조심을 하여 주게"

하며 눈물 섞어 부탁하니 고수계 역시도 그 말을 거스르지 못하여

"알았네"

하고 승낙하였다.

이것이 결사대의 비참한 말로이라. 부탁하는 춘풍이나 부탁 받는 고수계나 다 같이 창자가 끊어질 것 아닌가. 이로부터 고수계는 집 안의 형편을 자세히 설명하고 주머니에서 열쇠 하나를 꺼내어 주니 춘풍은 그것을 받아 든 후 다시 사다리를 타고 올라가더니 담 위에 올라가서는 사다리를 번쩍 들어 담 안으로 옮겨 놓고 순순히 내려갔으며 고수계는 시치미를 뚝 떼고 여전히 순경을 돌기 시작하였다. 아지 못게라, 춘풍의 운명은 어찌 될 것인가. 비녀울 병참소에서 총 맞아 죽던 안희의 운명이나 아니 될 것인가.

147. 의외의 난관 (1)

어렵지 않게 담을 넘어 든 춘풍이는 집 안의 형편도 고수계에게 자세히 들은 터이매 조금도 서슴을 것 없이 마구간 뒤로부터 부엌문 앞에 나서 고수계가 주던 열쇠로 위선 부엌문을 열고 기척 없이 들어가니 성 전옥의 주의는 과연 주밀하여 부엌문으로 들어가는 길목에도 숙수의 거처하는 부엌방과 낭하 양편으로 있는 여러 방에까지 일일이 병정을 배치하였으나 다행히 모두 잠들어 있는 모양이매 약차하는 때에 속히 뛰어나오지 못하도록 방문을 차곡차곡 닫친 뒤에 바깥으로 잠가 놓고

'이 모양으로 잠가 놓으면 설령 전옥 놈이 아무리 소리를 지른대

도 이놈들이 열고 나오는 동안에 나는 무쇠탈을 옆에 끼고 달아날 수가 있겠지'

이와 같이 속맘으로 생각하며 자취 없이 낭하를 따라 발맘발맘 층계 앞에까지 가니 여기에 또 의외의 난관이 있다. 층계 양편에는 칼을 빼어 들고 선 파수 병정이 있는바 그네들은 금방 번 갈아든 것같이 눈을 말똥말똥 뜨고 있는지라. 이 두 사람들의 눈을 기여서 이 층에 올라갈 수는 도저히 없으며 그렇다 하여 두 사람을 한꺼번에 소리도 없이 집어 치울 수는 없는 터이라. 어떻게 하여서 이 두 사람을 잠들일 수는 없을까, 그렇지 않으면 이 두 사람이 잠들 때까지 기다려 볼까, 여러 가지로 생각해 보았으나 별로 좋은 도리도 없는지라. 금방 눈앞이 캄캄하게 느꼈으나 다시 생각하여 본즉 이만큼 넓은 집에 층계가 하나뿐일 것은 같지 아니한지라 발길을 돌리어 여기저기 찾아보았으나 그 역시 보이지 않는다.

그러나 여기까지 들어왔다가 부질없이 돌아가기는 과연 본의가 아닌즉 아무렇든지 고수계와 다시 의논하여 보리라, 고수계는 꾀가 많은 사람인즉 혹 무슨 도리가 있을는지도 모른다고 춘풍이는 아까 숨어 있던 곳까지 되짚어 나가서 첨과 같이 부엉이 소리를 하니 이번에는 고수계가 바로 발치에서 불끈 일어나면서

"웬일인가. 일이 글렀던가"

한다. 춘풍이가 지금 보고 온 이야기를 하니 고수계는 별로 생각도 아니 하고

"염려 말게. 그 두 사람은 내가 바깥으로 불러낼 터이니 자네는 층계 밑에 가 숨어 있다가 그 사람들이 나가는 길로 곧 이 층을 올라가게"

"오오, 그런 도리가 있는가. 그러나 그 까닭으로 하여서 추후로 자네가 의심을 받을 지경이면 안 되네. 첫째, 월희 씨 부탁에도 벗어나는 일이니까"

"무얼, 그것은 염려 없네. 그러나 그 대신으로 자네가 무쇠탈을 꺼내 가지고 빠져나올 때까지 그 사람들이 문밖에 있을는지 그것은 장담 못 하네"

"응, 내려올 때는 상관없어. 내려올 때야 그까짓 놈들 열 명이 있더라도 발길로 차 내던지고 나오지마는 올라가기 전에 솔밭을 쳐 놓으면 안 되겠단 말이지"

"그러면 곧 가세. 자네는 그자들에게 들키지 않도록 살살 들어가서 아무쪼록 층계 밑에 가까이 가서 숨어 있게"

어떠한 계책인지는 알 수가 없으나 되어 가는 모양을 보리라고 고수계와 같이 담 안에 들어와서 층계 밑에 와 숨어 있노란즉 별안간 앞뜰에서 캑캑하고 여우 우는 소리가 들린다.

"야, 여우가 운다. 산골이 되어 놓으니까 별 짐승이 다 있군. 아까는 또 부엉이가 울더니"

한 사람은 또 그 말을 받아

"에, 총 놓아 잡았으면 좋겠다"

"얘, 정신없는 소리 하지 마라. 밤중에 총소리를 내었다가 경은 누가 치고"

말이 끝나기 전에 또 서너 마디가 연이어 들린다.

"이건 그대로 둘 수 없는걸. 아마 여러 마린가 보지. 저거 보게. 또 울지 않나. 자네, 여기 있게. 내 몽둥이를 가지고 가서 때려잡을 터이니"

"그러면 같이 가 보세. 잠깐 여기를 좀 비워 두면 누가 안다던가"

이와 같이 말하고 두 사람은 서로 앞을 다투며 나가 버렸다. 춘풍이는 속으로 탄복하여

'과연 고수계의 계책은 묘하다. 나무 틈에서 여기저기로 끌고 다니며 잠깐 놀려 먹겠지'

이와 같이 생각을 하면서 그 계제를 타서 어렵지 않게 이 층을 올라갔다.

이렇게 하여서 한 곳은 지나쳤으나 이 뒤에는 또 난관이 없을까. 춘풍이는 이러한 걱정도 없이 벌써 무쇠탈을 살려 낸 것같이 홀로 기뻐하면서 고수계의 가르쳐 주던 방문을 찾아가 보니 방문은 닫혔으나 열쇠 구멍으로 불빛이 새어 나옴은 곧 성 전옥의 침실로서 무쇠탈의 들어 있는 방일 것이다. 위선 열쇠 구멍에 눈을 대고 방 안을 엿보니 등불이 낮같이 밝은 방 한가운데에 자지 않고 지켜 앉은 사관이 있다. 이는 성 전옥의 조카 되는 성수만이라나 하는 부령일 것이다. 그는 저편 문 앞

에다 의자를 놓고 이편을 향하여 앉았는데 그 눈은 바로 이편의 엿보고 있는 열쇠 구멍을 바라보고 있는 것 같았다. 더욱이 그 옆에는 칼도 있고 총도 있고 육혈포까지 놓여 있어 만일 이 문을 여는 때에는 곧 육혈포를 집어 들고 쏘아 버릴 것이다. 아아, 이 일을 어찌하면 좋은가.

148. 의외의 난관 (2)

층계에 섰던 파수 병정들은 힘들지 않게 꾀어내었으나 방 안에 있는 저 사관을 어떻게 속일쏜가. 이것이 춘풍의 두통거리일다. 죽으려니 하고 쫓아 들어가서 그를 잡아 볼까. 그를 잡기 전에 육혈포 맛을 볼 것은 분명한 일이다. 설령 또 무사히 잡는다 할지라도 그가 만일 소리를 질러 사람을 부르거나 같이 엎치락뒤칠하다가 쿵쾅거리는 소리를 내면 내 목적은 못 이루고 말 것이라. 어찌하면 좋으랴고 궁리하여 가면서 오히려 방 안 형편을 돌라보았으나 성 전옥은 어디 있으며 무쇠탈의 뒤주 가마는 어디 있는지 좁은 구멍으로 보아서는 도무지 알 수가 없으며 다만 눈에 보이는 것은 정면에 앉아 있는 사관의 모양뿐이다. 혹 이 방은 무쇠탈의 있는 방이 아닌가. 무쇠탈은 성 전옥과 같이 다른 방에 있지나 아니한가 하고 의심도 하여 보았으나 다시 이 생각을 하면 무쇠탈이 있는 방 안 아니고야 잠을 안 자고 지켜 앉은 사람이 있을 까닭은 없다. 역시 이 방 한편 구석에 무쇠탈도 있고 성 전옥도 있을 것이며 문을 열고자 하면 고수계가 주던 열쇠도 있는 터이라. 거의 목적을 이루게 된 이때에 저 사관 한 사람으로 하여서 낭패를 하고 만다는 것은 정말 원통한 일이고 보매 춘풍이는 생각하다가 엿보고 나서는 생각하여 이같이 하기를 한참 하다가 별안간 이번에는 무슨 계책이 났던지 살금살금 발자취 없이 이곳을 떠나 여기저기 휘 둘러 가지고 필경은 그 사관이 앉아 있는 등 뒤로 돌아갔더라.

이 방은 앞뒤로 문이 났으며 사관은 혼잣몸으로 양편 문을 지키기 위하여 한편 문 앞에 의자를 놓고 맞은편을 향하여 앉은 것이었다. 춘풍이는 이와 같이 짐작을 한 까닭으로 다시 이 편짝 열쇠 구멍에 눈을 대고 엿보니 과연 열쇠 구멍은 그 사관의 등에 가리어 시커먼 덩어리밖에 아무것도 보이지 않았다. 춘풍이는 이에 대담스럽게 결심을 하고 비록 성 전옥과 마주치는 일이 있을지라도 자기 얼굴을 알아보지 못하게 하기 위하여 위선 가지고 있던 검정 수건을 얼굴에 둘러쓰고 가만히 열쇠 구멍에 열쇠를 넣어서 소리 없이 비틀고자 하였으나 밤은 이미 깊고 인적은 괴괴한데 집 앞에서 때때 들리는 여우 소리밖에는 들리는 것이 없는 때이라 그 사관은 벌써 열쇠 비트는 소리를 알아듣고

"오오"

하면서 일어선 모양이었다. 춘풍이는 다시 겁내는 빛도 없이 문을 버썩 열어젖히니 일어섰던 사람은 곧 번갯불같이 달려드는지라. 춘풍이는 다시 두말하지 않고 전동 같은 팔을 뻗어 사관의 멱살을 홈켜 잡았다. 그의 동작은 번개같이 빨랐으매 사관은 미처 끽소리도 할 겨를이 없었으며 또 춘풍이는 그 사관이 발버둥이를 쳐서 소리를 낼까 염려하는 생각으로 멱살을 잡는 동시에 팔을 뻗어서 공중에 추켜들었으매 사관의 두 발은 공중에 매달려 높은 나뭇가지에 목을 매단 사람과 같이 버둥버둥 헛기운만 쓸 뿐이며 두 손으로 춘풍의 팔을 잡고 마지막 기운을 다하여서 쥐어뜯는 모양은 차마 볼 수가 없도록 무서우나

석불과 같이 딱 버티고 있는 춘풍에게는 아무 소용도 없었다. 이 모양으로 한 십 분 동안이나 서 있는 중에 사관은 하릴없이 목숨이 다하였으매 춘풍이는 잠든 어린애와 같이 소리도 없이 한편에 치워 놓았다. 그러나 그 얼굴에는 죽을 때의 신고하던 모양이 나타나서 툭 불거진 두 눈가에는 피가 불긋불긋 솟았으며 입 벌리고 혀 빼문 모양이 차마 바로 볼 수 없도록 흉측하였다.

춘풍이 역시도 그 모양을 보고는 맘이 편안치 못하여 입 안의 말로 '여보게, 사관, 용서하여 주게. 불시에 달려들어 목숨을 뺏는 것은 내 본의가 아닐세마는 중대한 목적을 이루자니 어찌할 수 있는가. 원한을 풀려거든 이따가 나를 죽이든지 살리든지 임의대로 하게'

장사는 어디까지든지 장사다운 기도를 하고 다시 방 안을 돌라보니 성 전옥은 어디로 갔는지 그림자도 없고 다만 옆의 방과 격한 곳에 방장이 늘여 있는 것을 보면 그편이 침방인 듯하다. 이것을 열어서 그를 놀랠 필요도 없는 터이며 목적한 뒤주 가마는 방장 밖에 있는지라

성 전옥이 잠을 깨기 전에 무쇠탈을 훔쳐 내기는 용이한 일이라고 위선 문 앞으로 가서 첨 모양으로 문을 열어젖히고 다음에 가마 옆으로 가서 귀를 기울이고 들으니 무쇠탈은 분명히 그 안에서 자는 모양이다. 몸도 매우 쇠약하여진 것같이 높았다 낮았다 하고 고르지 못한 숨소리가 추추한 원혼의 하소연같이 들려온다.

149. 도적이야, 도적이야

쌔근쌔근 기운 없이 들리는 무쇠탈의 숨소리를 듣고 이것이 천하를 진동하던 영웅의 말로인가 생각하면 스스로 눈물을 금하기 어려우나 그것보다도 위선 앞서는 것은 허구한 세월에 바라고 바라던 소원이 성취되어 그를 살려 내게 된 것뿐이라.

"대감마님, 춘풍이가 뵈시러 왔습니다"

하면서 위선 가마 문을 열고자 하니 문은 굳게 닫히어 좀처럼 열리지 않는지라. 차라리 가마째 둘러메고 달아날까 하였으나 여섯 사람이나 하여서 간신히 메고 다니는 무거운 가마이매 이것을 둘러메었다가는 거추장스러운 일이 많을 것이요 잘못하다가는 그 까닭으로 하여서 잡힐 염려도 있는 터이라. 다시 한 번 시험하여 보리라고 그 문을 붙들고 덜컹덜컹 흔드는 중에 별안간 사람의 소리가 있어

"애, 수만아, 그게 무슨 소리냐"

한다. 이는 분명히 방장 안에서 나오는 소리이며 귀에 익은 성 전옥의 음성이었다. 지금 그자가 일어나고 보면 일이 탄로될 것은 물론

이매 춘풍이는 청천의 벽력같이 놀라 몸을 움씰하면서 에에, 이놈도 마저 성 부령 모양으로 쥐어 죽인 후 맘 놓고 일을 하여 볼까 보다, 춘풍이는 벌떡 일어서서 곧 방장을 헤치고 들어가고자 하였으나 불시에 달려들어 남을 해친다는 것은 끌끌한 남자의 차마 할 일이 아니라. 이와 같이 위태한 경우를 당하여서도 그러한 생각을 하고는 차마 맘이 내키지 아니하였다. 저편에서 달려들 것 같으면 비록 열 사람 스무 사람이라도 사정없이 죽여 낼 수가 있으나 세상모르고 잠들어 자는 사람을 말도 없이 해치는 것이야 어찌 춘풍이 같은 용감한 사람의 본의이랴. 지금 죽이던 성 부령은 정말 마지못할 경우일 뿐 아니라 그는 설령 의외라 할지라도 눈 뜨고 앉아 파수 보던 사람이며 문을 열 때에도 먼저 달려든 까닭으로 부지불각 중에 참혹한 일을 하였거니와 그 역시도 다소 후회가 되는데 하물며 그 시체를 옆에 놓고 또다시 이런 일을 할 수가 있으랴. 이러한 생각을 하면서 잠깐 주저하는 중에 성 전옥은 잠꼬대 모양으로 무슨 말을 중얼중얼하다가 여러 날 고생에 피곤한 몸이 다시 잠들어 버린 모양이었다. 춘풍이를 파수 보는 성 부령으로 알고 맘을 놓은 모양이다.

자는 사람을 구태여 깨워 가지고 일거리를 삼을 필요도 없다고 잠깐 동안 소리 없이 서 있노라니 그는 아주 잠든 모양이다. 무쇠탈의 쇠약한 숨소리와 달라서 드릉드릉 코 고는 소리가 들리는지라 춘풍이는 비로소 맘을 놓고 또 한 번 가마 문을 열고자 하였으나 도저히 열리지 아니하며 가마째 들고 나가서 깨트려 버릴 수밖에 없는지라. 위태한 일인 줄은 알면서도 위선 가마를 들어 보니 무겁기는 무거우나 본래가 사람 하나를 태우기 위하여 만든 물건이라 그리 겁날 것은 없었다.

'오냐, 되었다'

252

하고 결심을 한 후 등을 둘러대고 온몸의 기운을 다하여 우쩍 지
고 일어섰다.

지금까지에는 뜻밖에 일이 순순하였으나 이때 만일 춘풍이로 하
여금 자세히 방 안을 돌라보았으면 그 몸이 죽을 땅에 들어선 줄을 알
았을 것이다. 성 전옥이라 하는 것은 고금에 없는 의심꾸러기로서 주
밀하기가 또한 그만이나 한 터인즉 자기 몸의 출세거리로 생각하는 이
중대한 죄인을 이렇게 거뜬 집어 가도록 어수룩할 리가 없다. 이 별장
에 들어서는 몇 겹으로 파수를 뵈고도 오히려 맘이 뇌지 못하여 실상
은 가마 안에 있는 무쇠탈은 잔뜩 결박한 후 그 결박한 줄의 한끝을 가
마 밖으로 끌어내어 가지고 자기 몸에다 붙들어 매고 잔 것이다. 이는
바깥으로부터 들어오는 사람을 겁내는 것보다도 무쇠탈이 빠져 달아
날까 염려하는 까닭이었다. 또 이것은 오늘 밤에 첨으로 한 것이 아니
라 무쇠탈을 압송할 때에는 언제든지 이러한 것이었다.

춘풍이는 그러한 줄도 알지 못하고 벌써 소원이 성취된 것같이

생각하여 가마를 등에 진 채 아까 열어 놓았던 문을 나가고자 하니 무엇인지 뒤에서 잡아당기는 듯하자 쿵 하고 침대 위에서 굴러 떨어지는 것이 있었다.

"도적이야"

하고 소리를 지르는 동시에 가마 안에서도 무쇠탈이 요동을 하며 가마의 무게가 훨씬 느는 것 같은지라. 필경 성 전옥이 잠을 깨어 가마 뒤에 매달렸거니 생각하고 그것을 떼치기 위하여 무쇠탈이야 어찌 되었던지 덮어놓고 뛰어나가노라니 그동안에 성 전옥은 새끼에 맨 돌과 같이 이리 끌리고 저리 끌리어 디굴디굴 구르는 중에도

"도적이야, 도적이야, 어서 들어오너라"

하고 목이 터지도록 소리를 질렀으며 아래층에서는 이 소리에 놀란 병정들이 우당탕거리며 떠드는 것 같다. 춘풍이는 등에 무거운 짐을 지고 앞뒤로 쫓기게 되니 인제는 가마를 내버리고 달아날 수밖에 없는 터이나 원래부터 목숨을 내놓고 하는 일이라 목숨을 버릴지라도 이 가마는 버리지 못한다고 맹호 같은 기운을 내어 겨우 아래층으로 내려가는 층계에까지 왔으나 이때 여우 사냥을 나갔던 파수 병정들은 마침 황황겁겁히 뛰어 올라왔다. 더욱이 마침 이때에 등 뒤에서 끌려 오던 성 전옥은 허리에 찼던 육혈포를 빼어 들고 디굴디굴 구르는 중에도 한 방을 빼고 보니 원래 한 칸통도 못 되는 짧은 동안이라 탄알은 틀림없이 가마를 꿰뚫었던지 탕 하는 동시에 가마 안에서는 무쇠탈의 외마디 소리가 들리며 나머지 힘은 다시 춘풍의 어깨를 꿰뚫었다. 비록 장사라도 이에는 견디지 못하여 가마를 뒤로 집어 던지는 동시에 자기 몸은 앞으로 곤두박질을 쳐서 아래에서 올라오는 파수 병정들과 같이 한데 휩쓸려 떨어졌다.

150. 도적은 파수 병정

춘풍이는 어깨에 총을 맞고 파수 병정 두 사람과 한데 굴러 떨어져 가지고 잠시 동안 엎칠뒤칠 다투었으나 필경은 두 사람을 집어 던지고 다시 이 층을 향하여 올라가고자 한다. 아아, 그는 얼마나 대담한 사람인가. 그러나 그 뜻은 이루지 못하였다. 층계를 몇 걸음 올라서기 전에 집어 던진 두 사람은 다시 쫓아 올라와 양편 팔목을 잡아끄니 할 수 없이 푹 엎어진 채로 질질 끌려 내려가 그자들에게 엎어눌리었다. 일이 이렇게 된 담에야 천하에 무쌍한 기운인들 다시 힘쓸 여지가 없을지며 더욱이 성 전옥도 이러한 틈에 몸에 매었던 줄을 끊고 육혈포를 손에 든 채 소리를 벽력같이 지르며 쫓아 내려오니 인제 아무리 애를 써도 무쇠탈을 뺏어 갈 도리는 없고 다만 그자들에게 붙들리어 창피한 꼴이나 안 당하도록 달아나는 수밖에 없다. 분한 맘에 이를 갈며 다시 그자들을 흩뿌리고 일어나서 옆에 있는 한 사람을 집어 들고 공깃돌 던지듯이 성 전옥에게 집어 던지니 두 사람은 한데 얼려 떨어지는지라. 이번에는 달려드는 나머지 한 사람을 역시 두 사람 있는 곳에다 잡아 던졌다. 세 사람이 한데 뭉키어 일어나고자 버둥거리는 틈에 아까 들어오던 뒷문을 향하여 달아나니

"쏘아 죽여라, 쏘아 죽여라"

하는 성 전옥의 목소리는 쫓아오는 두 사람의 목소리와 같이 바로 등 뒤에서 들린다. 이러한 때에 저편에 한두 사람만 수효가 늘어도 달아날 길은 도저히 없을지나 다행히 들어올 때에 파수 병정들의 들어 있는 방문을 모조리 잠가 놓았으므로 그네들은 자다 깬 눈에 수족이 황망하여 혹은

"문 열어라, 문 열어라"

소리를 지르며 혹은

"누가 문을 잠갔어. 열쇠는 어디 갔나"

하며 떠드는 소리가 각방에 요란하고 쿵쾅거리며 문을 두드리는 소리는 집이 떠 달아날 것 같다. 그중에서는 벌써 문을 열고 나온 사람도 더러 있었으나 어찌 된 영문을 알지 못하고 어릿어릿하는 중이라 혹은 춘풍이와 맞장구를 치고 나가떨어지기도 하며 혹은 뒤쫓는 사람들에게 마주쳐서 같이 뒹굴기도 하여 온통 법석을 하는 동안에 춘풍이는 간신히 빠져나가 사다리 있는 곳으로 갔더라.

사다리는 아까 걸쳐 놓은 대로 있었으매 쏜살같이 기어 올라가는 중에 벌써 발치에까지 쫓아온 사람도 있으며 더욱이 함부로 탕탕 쏘는 탄알들은 귓가에 핑핑 스치고 지나서 그 위험하기 한량없으나 다행히 맞지는 아니하였으매 곧 높은 담 위에 우뚝 올라서서 뒤쫓는 자들이 오르기 시작한 사다리를 휘둘러 들어 여러 사람의 모여 서 있는 머리 위에다 집어 던지고 자기는 목이 부러지라고 그대로 뛰어내렸다. 여러 병정들은 사다리가 별안간 떨어지고 보매 쫓아가지도 못하고

"뒷문을 열어라"

하는 성 전옥의 지휘를 좇아 뒷문 앞으로 몰려갔다.

미구에 뒷문은 열리었으나 밖은 천년 고목이 우거져 있는 산수골의 산비탈인즉 도저히 잡을 생의도 할 수가 없는지라. 성 전옥은 발을 구르며 분하게 여기는 중 저편 담 밑에서는 어떤 병정의 목소리로

"도적놈은 담에서 떨어져서 머리가 터져 죽었습니다"

한다. 성 전옥을 위시하여 여러 사람이 쫓아가 본즉 과연 떨어져 죽은 듯한 시체가 있는지라.

"이 시체를 끌어 들여라"

하고 성 전옥은 혀를 끌끌 차면서 여러 사람보다 먼저 들어가 버렸다. 이런 중에도 무쇠탈이 달아날까 염려하는지 그는 이 층으로 뛰어 올라가 한참 만에 내려왔다. 이는 필경 무쇠탈이 아까 자기 육혈포에 맞은 줄을 아는 고로 어찌 된 것을 염려하다가 다행히 중상은 아닌 고로 위선 맘을 놓고 내려온 것이다. 이때 성 전옥은 등불을 켜 들고 뜰에 나와서 마침 여러 사람이 끌어 들인 시체를 자세히 살펴보니 지금 보던 도적과 같이 얼굴은 싸지 아니하였으나 분명히 담에서 떨어져 머리가 깨진 것 같았다.

만일 성 전옥으로 하여금 정탐과 같은 눈치가 있어서 그 몸에 손을 대어 보았으면 이 시체는 벌써 삼십 분 전에 목숨이 끊어져서 사지가 뻣뻣함을 알았으련마는 황겁한 중에 그러한 생각은 하지 못하고

"아아, 지금 그놈일다"

하니 한 사람도 그 말에 거역하는 사람이 없다. 그중에는 귓속말로

"지금 도적놈은 검정 수전을 썼던데"

"담에서 뛰어내릴 때 벗어져 달아난 것이지"

하고 서로 수군거리는 사람은 있었으나 그 외에 다른 시체가 있을 것은 같지 아니하매 아무렇든지 이것이 그 도적이라고 작정되었다. 성 전옥은 등불을 들어 그 얼굴을 살펴보다가

"아아, 이것은 오늘 파수를 보던 병정이 아니냐"

"그럼 파수 보던 자가 아니면 어떤 놈이 들었겠습니까"

"이자가 그렇게 기운찰 수는 없는걸. 가만있자, 오늘 파수 병정 중에는 누가 두목이냐. 오오, 고수계로구나. 고수계를 불러라"

하니 고수계는 옆에 있다가 대답을 하고 나오며

　"그런 것이 아니라요, 열두 시부터 새로 두 시까지는 이자의 번이기로 저는 두 시가 되기를 기다리고 있는 중에 집 안에서 이상한 소리가 들리기에 쫓아 들어온 길입니다. 설마 파수 보는 놈이 이따위 짓을 할 줄이야 누가 생각이나 하였습니까. 그렇지만 집 안에 있던 파수들은 무엇을 하였나요. 이 층에까지 올라가는 것도 모르고……"

　이 말 한마디에 성 전옥은 층계 아래에 두 사람이나 파수 보였던 일을 생각하였으매 고수계는 제쳐 놓고 위선 그 두 사람을 족쳐 물으니 두 사람은 차마 여우 사냥을 갔노라고 말하지 못하여 필경 뒤꼍 창문으로 기어든 것이라고 핑계하여 필경 무엇이 무엇인지도 알지 못하고 말았다. 성 전옥은 불쾌한 모양으로 그자들을 향하여

　"아무렇든지 너희 두 사람은 실수가 있다. 파리에 가서 조처할 터이니 그리 알아라"

　하며 다시 여러 부하를 향하여

　"아무렇든지 이 별장은 위태한즉 내일 일찍 떠날 터이니 그리 알

258

고 채비들을 차려라"

하였다. 이렇게 하여서 고수계는 의심을 벗게 된 일이 위선 다행
이라 하겠다.

151. 설마 이번에야

대담한 춘풍이의 계획도 거의 다 되어 가다가 겨우 한 걸음에 낭
패를 당하여 무쇠탈을 살려 내지 못하고 무쇠탈은 이로부터 여드레 만
에 성 전옥과 같이 파리를 당도하여 일천육백구십팔년 십일월 십팔일
에 다시 대감옥의 죄수가 되니 이는 실로 무쇠탈이 첨으로 이 감옥에 들
어가던 날로부터 이십육 년 만이더라. 월희는 이 성 전옥의 일행과 같이
파리에 들어오지 못하고 중로에서 춘풍의 상처를 치료하기에 무릇 두
달 동안을 허비하였으며 이듬해 이월에야 비로소 파리를 들어갔더라.

어디 가 살든지 관계가 없다 함은 국왕 칙명으로 이미 허시된 일
이나 산수골 별장에 들어갔던 일로 하여서 혹시 의심을 받게 되면 아
니 될 것인즉 미리 조심하느니만 같지 못하다 하여서 아무쪼록 비밀히
숨어 있고자 하였으나 전과 달라서 지금은 오 부인도 없고 나매신도
없은즉 다시 몸을 의지할 곳이 없는지라. 어디 가 있을까 하고 여러 가
지로 걱정을 하였으나 오히려 무쇠탈을 살려 내겠다는 한맘은 버리지
아니한 터인즉 아무튼지 대감옥에서 멀지 아니한 교회 안에 가 숨기
로 하고 춘풍이를 시켜 적당한 곳을 찾게 하였더니 이에 또 의외라 할
것은 몇 달 전까지 월희의 주종이 몸을 의지하고 있던 부르봉 교당의

장로 기로덕이라고 하는 사람이 대감옥에서 멀지 아니한 생폴 교당에 옮겨 와 있는 줄을 알게 되었다. 월희는 수년 동안 이 장로를 자기 부친과 같이 공경하던 터이매 이번에도 그에게 의지하기로 하고 아침저녁으로 안택승을 위하여 기도를 올리면서 비밀히 나매신에게 편지를 하여 산수골 별장에서 계획이 낭패된 일을 기별하고 인제는 이왕에 약속한 바와 같이 독약을 쓰는 수밖에 다시 도리가 없으니 아무쪼록 속히 만들어 보내라고 부탁하였더라. 이듬해 봄이 되매 나매신에게서 독약과 해독제를 보내며 편지에는 아래와 같은 사연이 씌어 있었다.

이 약은 저의 심복지인을 시키어 사형으로 확정된 파르마 국 죄인에게 시험하여 보온바 죽었던 사람은 여전히 살아났사오니 조금도 염려할 것 없사오며 무쇠탈에게 약을 먹일 때에도 그가 죽은 뒤로부터 스물네 시간 안에 시체를 파내어 해독제를 쓰고 보면 염려 없이 살아날 줄 믿습니다. 또 당초의 생각으로는 제가 가

지고 가서 같이 힘쓰고자 하였사오나 전번에 나한욱과 노붕화에게 독약을 보낸 일이 불란서 조정의 의심을 받게 되어 그 뒤로부터는 양국의 화기가 손상되었을 뿐 아니라 피차에 싸움을 시작할 염려까지 있는 형편이온즉 저의 가지 못함을 살피소서. 그리고 무쇠탈을 살려 낸 뒤에는 곧 이곳을 향하여 왕림하시기 바라나이다.

나매신이 오지 못하게 됨은 섭섭한 일이나 다행히 고수계는 지금도 성 전옥의 눈에 들어서 대감옥에 있으며 가끔 월희에게도 찾아오는 터인즉 그의 주선으로 이 일을 실행하지 못할 것은 없겠다고 그 약을 고수계에게 맡기고 계제를 타서 무쇠탈에게 전하라 하였으나 원래 감시가 엄중하여 고수계 역시도 근처에 가지 못하는 터이매 그럭저럭 다섯 해의 세월을 허송하여 필경 일천칠백삼년 십일월이 되었더라.

그동안 무쇠탈은 어찌 지내었는가. 그는 성 전옥의 육혈포를 맞아 어디를 상하였는지 파리에 도착한 후 몇 달 동안은 의사의 치료를 받았으나 그 뒤로부터는 일요일마다 다른 죄수와 같이 설교실에 나오게 되었다. 그러나 설교실에 오고 가는 동안은 그를 감시하는 간수가 따로 있어 고수계에게 관계가 없으매 한 번도 그를 볼 수는 없으며 다만 그 간수들을 속이어 대강 그 안 형편을 들었을 뿐이다. 아무렇든지 고수계 자기가 무쇠탈의 감시를 맡기 전에는 그 독약을 줄 수가 없는 고로 고수계는 항상 그러한 궁리만 하는 중에 다섯 해의 적공이 헛되지 아니하여 그해 십일월에 그는 비로소 간수가 된지라. 인제 기회가 돌아왔다고 기뻐하면서 즉시 월희와 춘풍에게도 그러한 통지를 하였더라.

지금까지의 모든 계획은 거의거의 되어 가는 때에 번번이 낭패를 하였으나 이번에는 설마 염려가 없겠지, 독약을 주어서 무쇠탈이 먹고 보면 죽지 아니할 리도 없겠고 이미 죽고 보면 장사 지내지 아니할 리도 없으며 죽어서 파묻힌 사람을 살려 낸 뒤에는 아무에게도 의심을 받기 전에 파르마 국에까지 도망하기가 용이할 것이라고 방월희와 춘풍이는 십일월 일일부터 어서 일요일이 돌아오기만 고대하고 있었다.

152. 지루하던 삼 주일

이번 십일월 달에는 나흘날이 첫째 일요일이었다. 이날은 곧 고수계가 무쇠탈을 설교실로 데리고 가는 날이며 독약으로써 그를 감옥 밖에 구하여 내려는 가장 무섭고도 또 기쁜 날이매 월희는 여러 가지 생각을 가슴에 그리면서 이날을 기다렸더라. 감옥 안의 고생을 벗기고자 함일지라도 아내의 몸이 되어 남편에게 독약을 먹이는 것이 어떠할까. 남편이 독약에 죽은 후 해독제를 써도 다시 살아나지 못하면 어찌할까. 그 시체를 파내었다가 만일 자기 남편이 아니고 보면 어찌할까. 이러한 생각으로 가슴을 어지럽게 하는 중 기다리던 나흘날은 돌아왔다. 이날에 방월희는 춘풍이와 같이 교당 안에 들어가 정성스러운 기도로써 하루를 보내고 밤이 들어 집에 돌아오니 고수계에게서는 아무 소식이 없다.

혹 실수를 하다가 성 전옥에 들키어 그 약을 뺏기고 그 몸까지 감옥에 갇히지나 아니하였나. 좌우간 궁금하기 한량없는 일이매 몇 차례나 문밖에 나가 여기저기를 바라보나 인적이 끊어진 교회 안이라 사면

이 적적할 뿐이었다. 춘풍이 역시 이 모양을 보다가 견디지 못하여

"제가 대감옥 근처까지 가 보고 오지요"

하고 뛰어나가더니 한 시간이 지나기 전에 다시 돌아와서

"인제 알았습니다. 제가 성 전옥의 관사 앞에 가 숨어 있노란즉 고수계가 그 집에서 나오다가 아무 말 없이 이 쪽지를 주고 가더이다. 필경 누구를 시켜 보내 드리려고 쓴 것이겠지요. 어서 보아 주십시오"

하고 내놓았다. 월희는 손끝이 떨리는 것을 억지로 진정하여 가면서 그 쪽지를 펴 보니

오늘은 첫날이 되어서 맘대로 되지 못하였사오나 이담 일요일에는 되도록 하겠사오니 그리 아시압.

하였는지라. 월희는 비로소 안심을 하고

"아아, 고수계만 일이 없으면 걱정할 것은 없다. 이담 일요일까지 기다리지"

하였다. 이담 일요일이란 것은 곧 열하룻날이라. 이날도 역시 전번과 같이 고대고대하였으나 역 아무 소식이 없더니 이튿날 낮후에야 다시 편지가 있으되

오늘도 여의치 못하였사오니 또 한 주일만 기다리소서.

하였더라. 원래 다른 일과 달라서 비밀한 죄수에게 물건을 주기는 매우 어렵기도 할 것이다. 공연히 조급히 굴다가 성 전옥에게 들키느니보다는 차라리 날짜는 좀 지루할지라도 좋은 기회를 기다림만 못

하다고 매우 조심을 하는 모양이다. 월희는 이와 같이 생각하고 다음 일요일 되는 십팔일 날을 기다리더니 그 십팔일이 되어도 고수계에게 서는 아무 소식이 없다.

삼십 년래로 만고풍상을 다 겪어 온 방월희건마는 이때에 이르러 서는 다시 더 참아 볼 기운조차 없이 되었으매 이튿날은 또 예배당 안 에 들어가 자기 목숨이 아직 한 달만 더 계속되기를 기도하고 고수계 의 신상에 재난이 없기를 축원한 후 오후 여섯 시가량이나 되어서 겨 우 맘이 좀 진정되었으매 예배당을 나와서 자기 집을 향하였으나 다리 가 비쓸거리어 걸음도 걷지 못하고 겨우 춘풍의 팔에 의지하여 집에 돌아가 보니 문 앞에 서 있는 사람이 있는지라. 깜짝 놀라 발을 멈추니 그는 자기를 보는 동시에 앞질러 집으로 들어갔다. 뻣만 한 겨울날에 여섯 시가 되었은즉 사람의 얼굴을 알아볼 수 없으매 월희는 춘풍을 향하여

"지금 그게 누구냐"

하고 물어보니

"고수계여요"

한다. 그러면 일이 잘되었는가. 월희는 구르는 것같이 집 안을 쫓아 들어가며 춘풍이가 불을 켜는 동안에도

"어찌 되었나, 고수계. 어서 좀 말하게"

떨리는 목소리로 물으니

"예, 잘되었습니다. 어쩌면 지금쯤은 죽었을걸이요"

죽이려는 것이 당초의 목적이건마는 죽었다는 말에는 가슴이 선뜩하여 얼굴빛을 변하면서

"어찌하여서"

"어찌하여서라니요. 예, 어제 일요일에는 설교실 문 앞에서 마침 아무도 없기에 약병을 손에 쥐어 주면서 이것을 자시오, 그러면 살아나리다고 귓속을 한즉 무쇠탈은 알아들었는지 고개만 끄덕이며 설교실로 들어갔습니다. 그는 제 얼굴을 아는가 보아요. 첨으로 제 손을 잡을 때에 그의 손끝은 벌렁벌렁 떨리겠지요"

"그러면 역시 안택승 씨로군"

"그리고 설교실에서 나올 때에 그는 아무 말 없이 그 병을 도로 주는데 받아 본즉 벌써 빈 병이겠지요. 설교실 안에서 아무도 모르게 마신 모양이여요. 그리고 빈 병을 주체할 수가 없으니까 제게 맡긴 모양이지요"

월희는 말을 듣는 중에도 자기 남편의 늙고 쇠한 모양을 생각하면서 쏟아지는 눈물을 금하지 못하며 춘풍이 역시도 눈물을 머금고 말을 들었다.

"그때에는 벌써 독이 전신에 퍼졌는지 미처 낭하를 나오기 전에

몸을 추스르지 못하는 것같이 제 팔에 가 매달리더니 앞뜰에 나와서는 조금도 움직이지 못하겠지요. 그 모양을 성 전옥과 성 부령이 보고 같이 부축하여 가지고 감방으로 들어가더니 미구에 이 교회의 기로덕 장로와 의사를 청하여 온 모양입디다. 기로덕 씨는 그날 감옥에 와서 설교하였으니까 즉시 곧 불려 들어갔어요. 그러니까 어쩌면 벌써 간밤에 죽었기 쉽지요. 저는 그때부터 곧 다른 사무를 보기 때문에 미처 통지도 못 하여 드렸습니다"

하고 자세히 이야기하였다.

153. 두어 시간 뒤에는

독약의 계책이 이미 시행되었은즉 무쇠탈은 미구에 대감옥을 나오게 될 것이라. 무쇠탈을 쓴 채로 삼십 년 동안의 신산한 세월을 엄중한 감옥 안에서 보내다가 간신히 쇠창살을 벗어날 때에 그 몸은 이미 산 사람이 아니라 감옥 안에 파묻었던 몸을 다시 땅속에 파묻는 날이다. 세계에 다시는 전례 없는 이 불행한 사람이 자기 남편 안택승인가 생각을 하면 월희는 눈물조차 말라서 울지도 못하고 다만 말없이 앉아 있는 곁에서 춘풍이는 고수계를 재촉하여

"자아, 고수계, 자네는 인제부터 정신을 차려야 되네. 무쇠탈이 언제 죽어서 언제 파묻히는 그것을 알아야 될 터이니까 어서 대감옥으로 가 보게"

고수계는 일어서면서

"그는 염려 없지마는 혹 성 전옥에게 의심을 받을는지도 모르니까 인제 가 보아야 하겠네"

월희는 비로소 입을 열어

"그러면 고수계, 장식 절차를 아는 대로 곧 통지하여 주게"

고수계는 대답을 하고 돌아가더니 이튿날 아침에 첫새벽같이 다시 찾아와서

"오늘 오후에 이 예배당 뒤 공동묘지로 오게 되었습니다. 이것 보십시오"

하며 무슨 쪽지 하나를 내보였다. 월희는 받아 들고 보니 그는 성 전옥으로부터 장로 기로덕에게 보내는 통지서였다. 사연에 하였으되

일전에 임종하여 주시던 죄수를 귀 교당 후면 공동묘지에 매장하기로 하였사오며 장식 비용은 사 원을 지출하겠사오니 그리 아신후 지휘하여 주시기를 바라며 매장 시에는 참령 노정순 씨와 부하 나록 씨가 입회하겠나이다. 또 사망 등록에도 전기 양 씨가 입회하겠사오니 그리 아시기 바라오며 죄수의 본성명은 마철이라 하나이다.

하였더라.

월희는 깜짝 놀라며

"무엇이야, 죄수의 본성명이 마철이라고"

혹시 자기가 잘못 보지나 아니한가 하여 두 번 세 번 다시 보았으나 역시 틀림없는 마철이라.

"고수계, 이것이 분명히 무쇠탈의 장식인가"

"분명하고말고요. 그 밖에는 오늘 장사지낼 사람이 없는데요. 그뿐 아니라 아까 노 참령이 성 전옥을 보고 무쇠탈을 씌운 채로 파묻기는 너무 가엾지 않으냐고 하니까 성 전옥은 대답하기를 살아서도 씌웠는데 죽은 뒤에 씌우는 것이야 무슨 상관이 있나, 정부의 명령으로 죽은 뒤에도 그대로 파묻게 작정된 것이라고 하던데요"

그렇고 보면 마철이라고 하는 이 사람의 장사가 곧 무쇠탈의 장사인 것은 분명하다. 그러나 무쇠탈의 본이름이 마철이고 보면 그는 안택승도 오필하도 아니던가. 그렇고 보면 자기네는 이름도 알지 못하는 백판 딴 사람을 안택승이나 오필하 중의 한 사람으로 알고 살려 내고자 하였던가. 방월희는 얼굴빛이 달라지도록 놀라노라니 고수계는 그 모양을 보고

"무얼이요, 어쩌면 안택승 씨께서 잡히시던 때에 내 이름은 마철이로라고 하셨을는지도 알 수 없지요. 혹은 성 전옥이 제 맘대로 지은 이름인지도 알 수 없지요. 아무렇든지 오늘 저녁때만 되면 알 일입니다. 도깨비골에서 사로잡힌 사람이 그대로 무쇠탈을 쓰게 된 것은 월희 씨도 배룡 병참소에서 보셨지요. 그뿐 아니라 그때 나한욱의 하던 말을 들어도 틀림없는 것은 알지 않습니까. 결단코 안택승 씨나 오필하 이외에 딴 사람은 아닐 것입니다. 또 월희 씨께서 국왕께 들은 말씀도 있지 않습니까"

과연 의심할 여지가 없다.

성 전옥이 어떠한 이름을 이 통지서에 적었든지 간에 무쇠탈은 안택승일시 분명하며 혹 틀리는 일이 있을지라도 오필하밖에는 될 것이 없다. 그것도 오늘 밤만 되면 다 알게 될 것이니까 지금부터 애쓸 것은 없다고 월희는 간신히 자기 맘을 진정한 후 그 통지서를 첨 모양

으로 접어서 고수계에게 주었더라. 이날 오후가 되어 대감옥으로부터 이 교회 안으로 시체 하나가 나왔다. 마주잡이 모양으로 앞뒤 네 사람이 떠메었고 그 옆에는 고수계가 따랐으며 또 앞뒤에는 군복을 입은 사관들이 따랐으니 이는 노정순과 나록의 두 사람일 것이다. 월희는 춘풍의 등 뒤에 숨어 그 모양을 바라보고 있으니 관은 먼저 교당 안으로 들여 놓고 장로 기로덕 씨의 기도가 있은 후 다시 묘지로 옮겨 갔다. 인제 무쇠탈의 본색을 알아내기에는 겨우 두서너 시간이 남았을 뿐이다.

154. 에! 이것이?

이날도 이미 저물어 가고 밤 아홉 시나 된 때에 예배당 뒤 공동묘지로 자취 없이 기어드는 두 사람이 있으니 이는 춘풍이와 고수계였다.

대낮에도 쓸쓸한 누누중총 사이거든 하물며 깊은 밤의 고요함이랴.

"애, 춘풍아, 가만가만 걸어라. 예배당에서 아직 안 자고 있을는
지 아니"

"알면 상관이 있나. 이 교회의 장로는 기로덕 씨라고 옛날에 비밀
상자를 파묻던 요하네 교당에 있던 사람으로서 월희 씨를 친딸이나 다
름없이 사랑하는 터이고 나도 이 예배당 식구인데"

"옳지, 요하네 교당에 있던 사람이로구먼. 어쩐지 낯이 익더라.
아아, 인제 알았다. 자네, 아까 기도를 올릴 때 장로의 얼굴을 눈여겨보
았나"

"응, 어쩐지 다른 때보다 슬픈 모양이 뵈던걸"

"그럴 수밖에. 그이가 무쇠탈의 운명할 때에 불려 가서 유언을 들
었거든. 그래서 이 불쌍한 죄수가 옛날에 자기 손으로 혼례를 시킨 사
람이던가 하고 여러 가지로 비창한 생각이 난 것이지. 어쩌면 월희 씨
의 남편인 줄도 알았을걸"

"그렇고말고. 그러니까 여간 좀 소리가 나도 상관없단 말일세. 자
아, 빨리 걸으세"

"애, 정신없는 소리 좀 하지 마라. 아무런 장로이든지 들키기만
하면 안 된다. 뫼를 파고 시체를 꺼내는데 말을 않는단 말이냐"

"그렇지만 빨리 서둘지 않으면 시간이 없지 않은가. 무쇠탈이 어
저께 밤 열 시에 죽었으니까 오늘 밤 열 시가 되면 꼭 이십사 시간이 아
닌가. 그런데 살아나는 약을 이십사 시간 안에 먹여야만 될 것이니까
공연히 시간이 늦어 가지고 살아날 것도 못 살아나고 보면 어찌 되라
고. 잔말 말고 부지런히 따라만 오게"

하며 춘풍이는 고수계의 손을 잡고 비석을 넘어트린다, 남의 산

소를 짓밟는다 하면서 함부로 달려갔다.

이윽고 새로 성분한 무쇠탈의 산소를 당도하매 춘풍이는 괭이 목을 움켜잡고 푹푹 파헤치기 시작하니 이는 삼십 년래에 쌓은 적공이 이제야 성취된 줄로 생각하고 기쁨을 못 이기어 그리함일 것이다. 만일 이 시체를 파내어서 과연 안택승이 틀림없고 또 생각하던 바와 같이 살아나고 보면 과연 마른나무에 꽃이 핀 격이라 이보다 더한 기쁨이 없을진즉 고수계 역시 괭이를 마주 잡고 파기 시작하니 원래 새로 성분한 무른 흙이라 십 분도 되기 전에 관머리가 드러났으며 그로부터 또 오 분도 못 되어서 관은 파내어졌다. 춘풍이는 천개에 덮인 흙을 손으로 쓸어내리며

"관째 들고 갈까"

"글쎄, 천개를 열고 시체만 가져간다고 하였더니. 월희 씨께서 고대고대하시겠지"

"그뿐 아니라 월희 씨를 제쳐 놓고 우리가 먼저 열어 보는 것도 차례가 틀렸어"

"글쎄, 관째 들고 가서 집 안에서 열어 보기로 하세. 시체만 살아난 담에야 뒷일을 누가 아는가. 우리는 오늘 밤 안으로 여기를 떠나갈 터인데"

하면서 고수계가 한편 관머리에 손을 대어 들고자 하매 춘풍이는

"그럴 것 없네"

하면서 가만히 들어서 어깨에 메고 간다. 여기는 아까부터 한편에 숨어 있어 두 사람의 거동을 엿보고 있던 사람이 있다. 그는 또 두 사람의 뒤를 따라 말없이 걷건마는 두 사람은 이를 알지 못한다.

관을 메고 집으로 가매 일각이 천추같이 기다리고 있던 방월희는

문 앞에 나와 있어

"어찌 되었니, 어찌 되었어"

하고 묻는다. 고수계는 위선 그 손을 잡고 다 같이 집 안으로 들어가 방 한가운데에 관을 내려놓고

"자아, 인제 열어 보겠습니다"

한다. 삼십 년래 소원이 비로소 성취되었다 할지라도 월희는 기쁜 생각보다 무서운 생각이 앞을 서서 몸을 벌렁벌렁 떨면서 다시 말도 못 하는지라. 고수계는 그 모양을 살피고

"저희들이 시체를 꺼내기까지 저 윗방에 가서 기도를 올리십시오"

하며 간절히 권하였으나 월희는 다시 몸을 일 기운도 없게 되어 그 자리에 폭 엎드러진 채로 기도를 올리기 시작하였다. 고수계는 너무도 가엾은 모양에 차마 다시 돌아보지 못하고 그대로 관 앞에 와서 미리 준비하였던 장도리, 집게 등속을 손에 들고 천개를 열기 시작하니 원래 날림으로 만든 관이라 아주 용이하게 열렸더라. 그 안을 들여다본즉 천금 대신으로 홑이불을 덮었으며 홑이불을 떠들어 본즉 그 안에 있는 시체는 염습도 아니 하고 무쇠탈을 씌운 채로 뉘어 있는지라. 춘풍이와 고수계는 병인을 일으키듯이 좌우로 손을 넣어 조용히 일으켜 내어 의자 위에다 기대어 앉혔더라. 그 모양은 이왕에 배룡 병참소에서 볼 때와 다름이 없으며 그때에 나한욱의 무정한 말을 듣고 끙끙 앓던 소리까지도 생각이 난다. 고수계는 이미 대감옥 해자 밖에서 안시제의 무쇠탈을 벗겨 보던 경험이 있으매 다시 주저할 것도 없이 침착한 태도로 그 무쇠탈을 벗기기 시작하니 월희도 비로소 맘을 진정하고 옆으로 가까이 와서 춘풍이와 같이 주목을 하고 있으며 그러한 동

안에 고수계는 무쇠탈을 벗겨 가지고 얼굴이 잘 뵈도록 불 앞에 돌려 대었다.

이것이 안택승인가 오필하인가. 방월희는 얼굴을 잠깐 보다가

"엑"

하고 소리를 지르며 기절이 되었고 춘풍이와 고수계도 그 얼굴을 보는 동시에 다 같이 놀라서 벌컥 주저앉았다.

155. 불행한 아이들아!

무쇠탈을 벗긴 시체의 얼굴은 안택승이 분명할 줄 알았더니 천천 만의외에 그는 차마 바로 볼 수 없는 해골이었다. 해골이 다 되고 겨우 앞이마와 두 뺨에 검푸른 살점이 명색만 남아 있었다. 아아, 안택승은

숨이 넘어간 지 겨우 이십사 시간 만에 벌써 피부가 상하고 살이 썩어서 백골이 되었는가. 아니다, 아니다. 이것은 안택승의 시체가 아니라 이왕에 검정 수건으로 얼굴을 가리고 요하네 교당 뒤로 상자를 훔치러 왔던 괴물이다. 그 뒤에도 항상 여러 사람의 뒤를 따라서 귀찮게 굴던 위인일다. 그 눈꺼풀이 없어지고 두 눈만 튀어나온 모양이며 코가 쳐져 구멍만 뻐끔한 것이라든지 입술은 간 곳 없이 허연 이빨만 엉성하게 보이는 것이 조금도 다를 것 없다. 더욱이 그 뺨으로부터 턱 근처에 걸쳐서 시들어 마른 검푸른 살에 마치 살진 돼지 털과 같이 오다가 하나 가다가 하나씩 경성드뭇한 털이 났음은 무섭다고 할는지 흉하다고 할는지 아무리 보아도 사람의 몰골이라고는 할 수가 없었다. 이왕에는 그자가 필경 그러한 탈을 만들어 쓰고 그 위에다 또 검정 수건을 가렸는가 의심한 일도 있으나 이제 본즉 탈이 아니고 정말 얼굴이다. 정말 괴물이다. 월희가 기절한 것도 괴이치 아니한 일이며 이자가 검정 수건으로 가리고 다닌 것도 응당 그러할 일이다.

그러나 이것이 누구인가. 언제 어떻게 하여서 무쇠탈을 썼는가. 그는 정말 무쇠탈이 배룡 병참소에서 대감옥으로 왔다가 대감옥에서 다시 비녀울을 갈 때까지 파리에 있어서 정부의 정탐을 하였는데 어느 틈에 무쇠탈을 쓰고 있다가 죽어서까지 여러 사람을 속이는가. 이 괴이한 일에는 고수계와 춘풍이도 놀란 끝에 기가 막혀 정신없이 앉아 있을 뿐이었다. 이때에 '휘' 하고 숨을 내쉬며 정신을 차린 것은 지금 기절 되었던 월희였다. 두 사람은 비로소 월희의 기절 되었던 일을 생각하고 춘풍이는 월희를 안아 일으키며 고수계는 월희가 다시 놀랄까 염려하여 그 괴물의 시체에 홑이불을 덮었다. 원래 월희의 기절은 일시 놀란 까닭이고 보매 미구에 곧 정신을 차리게 된지라. 이로부터 세 사람은 서로 머리를 마주 대고 의논하기 시작하였다. 이번 일은 이왕 낭패가 되었거니와 대관절 이것은 성 전옥이 역시 무슨 계책으로 시체를 바꾸어 내보낸 것이나 아닌가. 혹은 무슨 다른 관계가 있는 것인가. 그러한 까닭은 알 수가 없거니와 아무렇든지 나매신의 계책으로도 마지막 수단이라고 하던 그 수단조차 소용이 없게 되었으니 인제는 다시 어찌할 수 없다. 여러 가지로 의논을 한 후에 이 괴물에게 살아날 약을 먹이어 살려 내 가지고 물어보는 것도 또한 한 가지 수단이다. 그는 본래부터 어떤 사람으로서 어떻게 하여서 언제부터 감옥에 들어갔으며 그 외에도 자기 아는 대로 이야기를 시키고 보면 무슨 상고될 말을 얻어들을는지 알 수 없다고 의논이 일치되어 고수계는 옆의 방으로 시체를 옮겨 놓고 나매신의 지휘하던 말과 같이 살아날 약을 먹였더라.

　이로부터 삼십 분이 지나고 다시 한 시간이 지나 밤은 벌써 열두 시가 되어 가나 괴물은 살아나지 않는다. 지금까지 몇 번을 시험하여 틀려 본 일이 없는 신성스러운 약으로서 효험이 없을 리는 만무하건마는 살아나지 않는 것이야 어찌하랴. 이 약은 만들어 둔 지 오래되어 효험이 없어졌거나 그렇지 아니하면 이 괴물이 죽은 뒤로부터 이십사 시간 안을 지난 것이다. 그 원인이야 어찌 되었든지 여러 사람들의 절망은 일반이며 이렇게 된 이상에야 또다시 누구를 원망하며 누구를 나무라랴. 세 사람은 다 같이 고개를 늘이고 한숨을 쉬는 수밖에 다시 도리가 없었다. 이대로 내버려 두면 세 사람은 밤이 새는 줄도 모르고 부질없이 괴탄 괴탄하였을 것이나 마침 이때에 조용히 문을 열고 들어온 사람이 있었다. 이는 이 교회의 장로 기로덕 노인이었다. 노인은 동정하는 눈물을 두 눈에 가득히 띠고

　"아아, 불행한 애들이다"

하며 정신없이 앉아 있는 세 사람을 돌라보았다. 첨으로 장로의 들어온 것을 알고 춘풍이와 고수계는 놀란 모양으로 벌떡 일어서서 날카로운 눈으로 장로를 바라봄은 만일을 염려하는 까닭일 것이다. 그러나 방월희는 의자에서 내려와 땅바닥에 무릎을 꿇고 장로에게 매달리면서 눈물에 겨운 목소리로

"마침 잘도 오셨습니다. 지금 저희들을 인도하실 사람이 장로 이외에 어디 있겠습니까. 장로께서는 불행한 죄수의 유언을 들으셨다 하오니 그는 어떠한 사람이며 무엇이라 유언한 것을 들으셨겠지요"

장로는 차마 뿌리칠 기운이 없어 무릎을 월희에게 맡긴 채로 의자에 걸어앉으며

"죄 많은 사람들을 구하러 왔소"

하였다. 아까 묘지에서부터 이 사람들의 뒤를 따르던 것은 이 장로일 것이다.

이로부터 장로는 무슨 말을 하고자 하는가?

156. 죽어서까지도

물에 빠진 사람은 지푸라기도 잡는다고 실망낙담이 된 월희, 춘
풍, 고수계의 세 사람은 기로덕 장로의 인정 있는 말을 듣고 구조선을
만나 것같이 생각하여 그의 말을 듣고자 좌우로 돌라앉았다.

장로는 위선 월희를 돌라보면서

"지금부터 삼십여 년 전에 당신은 안택승이라는 당당한 육군 사
관과 손길을 마주 잡고 요하네 교당에 찾아와서 이와 같이 이야기하는
이 사람의 앞에서 혼례식을 거행하던 일은 잘 기억하고 있었소. 또 그
뒤 이십 년을 지나서 부르봉 교회로 나를 찾아왔을 때에도 나는 당신
께서 무슨 큰 희망을 품고 그 까닭으로 하여서 애쓰는 줄을 알았소"

월희는 눈물을 머금은 목소리로

"예, 큰 목적이고말고요. 저는 목숨을 내놓고 남편을 찾아다닙니
다"

장로는 그 말을 들은 체도 않고 다시 말을 이었으나 월희의 심사
는 잘 살피는 것같이 일층 가엾어 하는 목소리로

"그 뒤에 내가 이 교회를 온 후 얼마 아니 있다가 당신이 또 찾아
왔기에 정말 범연한 일이 아닌 줄을 알았으나 설마 죄 많은 정부의 죄
수를 훔쳐 내고자 하는 줄은 오늘날까지 몰랐구려"

"장로시여, 그 죄인이 남편 안택승으로만 알고 있었습니다. 나라
의 죄수를 훔쳐 내는 것이 아니라 제 남편을 살려 내는 것이여요. 일평
생을 해로동혈로 지내라고 당신께서 정하여 주신 남편이 아닙니까"

장로는 부지중에 긴 한숨을 내쉬면서

"아아, 불쌍한 일이로고. 그래서 저 죄수의 시체를 파내었단 말이
오"

"예, 저 죄수가 남편이 아닌 줄을 어찌 알겠습니까. 남편이 잡히
던 때의 형편이며 기타 여러 가지 관계를 자세히 생각하여 보면 무쇠
탈을 쓴 것이 안택승이라고 생각할 수밖에 없습니다. 저 도깨비골에서
잡혀 가지고"

말을 하는 중에 장로는 깜짝 놀라면서

"에, 도깨비골. 그러면 역시 당신 생각과 같이 저 죄인이 당신 남
편인지도 모르겠소"

"무엇이여요"

"아니, 남편 안택승 씨가 아닌 줄은 분명히 알았소"

"예, 알기 때문에 이렇게 낙담들을 하고 있습니다"

"어떻게 하여서 그렇게 아셨소"

"얼굴이 아주 판판이여요. 저 죄수는 해골이나 다름없는 괴물이
여요"

"괴물이라도 당초부터 괴물은 아니겠지요. 그가 이상하게 변한 것은 무슨 까닭이 있을 것이니까. 당신의 남편 안택승 씨라고 얼굴이 변하지 말라는 법은 없지요. 무쇠탈의 죄수도 당초에는 당당한 육군 사관으로서 사랑도 하여 보고 사랑도 받아 보았으나 일시의 운수불길로 도깨비골에서 잡힌 사람이라고 합디다. 그는 운명할 때에 이와 같이 이야기합디다"

이 설명을 들은 때에 여러 사람은 일시에 얼굴빛을 변하였다.

그러면 저 흉악한 괴물이 역시 안택승의 변신이던가. 월희는 너무도 기가 막혀 눈앞이 캄캄하여지며 머릿속에서는 삼십 년 동안의 지나간 일이 일시에 생각나는 것 같았다. 맨 첨으로 월희가 그 괴물을 만난 것은 도깨비골에서 계획이 결딴난 뒤로 석 달 만이었으며 그 괴물은 그 비밀 상자를 파내고자 하였다. 그가 비밀 중의 비밀인 상자의 감춘 곳을 알았을 뿐 아니라 어두운 밤에 몰래 들어가 파내고자 한 일을 생각하면 과연 안택승이 아니라고도 말할 수 없으며 더욱이 그때에 그 괴물이 홀로 중얼거리던 목소리는 어쩐지 매우 신익게 들리어 '아아, 저것이 뉘 목소리던가' 하고 귀를 기울인 일도 있으니 그때에는 안택승의 목소리인 줄을 생각지 못하였으나 혹은 정말 안택승의 목소리인 까닭으로 귀에 익게 들린 것이 아닌가. 다음에 그를 만난 것은 곧 월희가 나한욱에게 잡히어 그 집 곳간에 갇혔을 때이다. 그때에 그도 마침 그 속에 들어 있다가 월희를 보고 반가이 쫓아와서 그 몸에 매달렸으니 혹은 그가 안택승으로서 죽은 줄로 생각한 자기 아내를 의외에 만나 본 까닭에 이와 같이 한 것이 아닌가. 월희는 이 모양으로 생각을 하여 올수록이 더욱더욱 그것이 누구인지를 질정할 수 없어서

"에에, 그 죄수도 원래 육군 사관으로서 도깨비골에서 잡혔다고

말하였어요"

"예, 일천육백칠십이년 삼월 이십팔일 밤에 잡혔다고 합디다"

그렇고 보면 정말 자기 남편이다. 월희는 두 손으로 얼굴을 가리고 땅에 엎드려 통곡을 하며 춘풍이도 슬픈 생각을 금치 못하는 것같이

"어떻게 하여서 대감 신관이 그렇게 변하셨을까. 여보게, 고수계, 회생할 약을 또 한 번 흘려 넣어 보게"

하며 엎어져 있는 월희를 일으키고자 하였다.

홀로 고수계만은 여전히 의심을 하는 모양으로

"아니, 가만있게. 여보십시오, 장로님. 그 죄수의 본이름은 무엇이라고 하여요"

"글쎄, 그 이름은 종작을 할 수가 없소. 사망 등록에는 마철이라고 적었지마는 원체 음모를 하던 사람이 되어서 이름이 여럿인가 봅디다"

"장로께 당자가 말씀한 이름은 혹 오필하가 아닌지요"

"아니, 이창수로라고 합디다"

이창수, 이창수. 그러면 역시 오필하일다.

도깨비골에서 우리 일행을 속이어 일평생의 대사업을 낭패시키던, 저 오필하라고 자칭하던 이창수 놈이 불란서의 으뜸가는 미남자로서 저 흉악한 몰골이 되었을 뿐 아니라 무쇠탈을 쓰고 성 전옥의 손에 끌려 다니는 것은 도리어 상쾌한 일이나 그 원수가 죽어서까지도 우리를 속인다는 것은 참 기막힌 일이 아닌가. 오필하라는 말을 듣고 방월희는 별안간 눈물을 거두면서 춘풍의 손을 붙들며 일어났다.

157. 축골동 속에서

무쇠탈은 안택승이 아니고 오필하였다. 그렇다 할지라도 저 옥같이 곱던 얼굴이 어찌하여 저렇게 흉악하게 되었는가. 정말 이상한 일일 뿐 아니라 그 외에도 알 수 없는 일이 많으매 춘풍의 손을 잡고 일어난 방월희는 그것을 알고자 하는 모양으로 장로를 바라보니 장로도 그러한 눈치를 짐작하였던지 말하기도 흉업다는 듯이 눈살을 찌푸리며

"이 죄수의 내력은 듣기만 하여도 무섭지요. 그가 운명할 때에 하는 말이 자기도 도깨비골에서 잡히기 전에는 미남자라는 말을 들었더니 한번 도깨비골에서 죽다 살아난 뒤에는 이 모양으로 흉악한 얼굴이 되어서 보는 사람마다 질겁을 하며 도망질을 하는 고로 할 수 없이 검정 수건을 쓰고 있었노라 합디다"

"그렇기로 얼굴이 어찌 그리 되었을까요"

"그것이 참 가엾기도 하고 이상도 한 일이지요. 그는 도깨비골을

건널 때에 여러 사람보다도 앞장을 선 까닭에 제일 먼저 총을 맞아 가지고 물속에 떨어졌는데 다행히 헤엄을 칠 줄 아는 고로 곧 빠져 죽지는 않았으나 몸에 탄알을 받은 까닭으로 맘대로 헤어나지 못하고 거의 한 시간가량이나 물결에 밀려 내려가다가 간신히 냇가에 밀려 나갔는 바 언덕에는 갈대가 무성하고 그 아래에는 진흙땅이 되어서 발을 붙일 수가 없었다고 합니다. 무릎 위에까지 푹푹 빠지는 것을 억지로 뽑아 가면서 일 마장 이상이나 걸어갔으나 아직 단단한 땅을 밟기 전에 기운이 진하고 다리가 풀리어 갈대 뿌리를 홈켜잡은 채로 정신을 몰랐다고 합니다. 필경 기운이 시진하여서 혼도되었던 것이지요. 그 뒤에 어찌 된 일은 당자도 알지 못하고 몇 시간 혹은 며칠 동안을 거기 누워 있었으며 또 어떠한 사람에게 어떻게 끌려갔는지는 알지 못하나 며칠 몇 달 만에 정신을 차려 본즉 아주 캄캄한 속에 가 누워 있더랍니다. 에그—, 여기가 어디인가 하면서 일어나고자 한즉 전후좌우가 꽉 막혀서 몸을 임의로 추스를 수 없으며 손으로 두드려 본즉 무슨 궤짝을 두드리는 것같이 들리더라나요. 첨에는 까닭을 알지 못하였으나 가만히 생각하여 본즉 자기는 지금 널 속에 들어 있으며 벌써 장사까지 지낸 모양이더랍니다.

그러면 자기가 기절 되어 누워 있는 동안에 객사한 시체로 알고 어떤 면소에서 갖다 파묻은 것이로구나, 이와 같이 생각을 한즉 별안간 무서운 생각이 들며 그대로 있다가는 미구에 숨이 막혀 죽겠은즉 어떻게 하든지 자기가 아직 살아 있는 것을 바깥 사람에게 알려야 되리라고 사람 살리오 소리를 목이 터지도록 질러 보았으나 아무 소용이 없더라나요. 인제는 이대로 죽을 수밖에 없으니 아무렇대도 죽을 바에야 내 몸이 부서질 때까지 이 널을 깨트려 보리라, 객사한 사람을 파묻은 널이 얼마나 튼튼하며 흙인들 얼마나 굵어 덮었으랴고 그제부터는 죽을힘을 다하여 아래 모막이를 발길로 차니 실상 하잘것없이 널이 부서졌으며 그와 동시에 위에서 흙이 쏟아지려니 하였으나 의외에 흙도 쏟아지는 일이 없고 천개는 제대로 나가떨어지는 소리가 들리더랍니다. 그러면 아직 땅속에는 파묻히지 않았구나 하고 별안간 새 기운이 나서 벌떡 일어나 본즉 과연 땅속은 아니다. 캄캄한 것은 여전한지라 여기가 무슨 곳간 속이란 말인가. 지금은 밤중이 되어서 온 세상이 캄캄하단 말인가. 이와 같이 의심을 하면서 다시 소리를 질러 보았으나 아무 대답이 없기는 여전하다. 더욱더욱 이상한 생각을 금치 못하여 여기저기 돌아다니며 손으로 더듬어 본즉 이런 기막힐 일이 있소.

좌우에는 바람벽 모양으로 사람의 백골을 수없이 쌓아 놓았어요. 그는 비로소 까닭을 알았습니다. 여기는 축골동(蓄骨洞)이라고 사람의 백골을 쌓아 두기 위하여 옛날부터 파 놓은 지함 속이었습니다. 자기는 널 속에까지 들어갔으나 혹 시체를 찾아갈 사람이 있어도 하고 아직 이 축골동 속에다 놓아둔 것인 줄을 알았습니다. 그는 비로소 안심을 하며 축골동 같고 보면 어디든지 드나드는 문이 있겠지 하고 더듬더듬 나가노라니 과연 한 편짝 끝으로 층계가 있어 위로 나가게 되었습니다. 그 층계를 올라가 본즉 문은 있으나 굳게 잠기어 아무리 흔들어도 꿈쩍을 않습니다. 그는 그렇겠지요. 사람이나 짐승이 함부로 드나들지 못하도록 바깥에서 잠가 놓았을 것이니까. 그는 여기서 또 낙담이 되었습니다. 관은 깨트릴 수 있었지마는 축골동은 깨트릴 수가 없습니다. 바깥에서 살려 내는 사람이 없고 보면 굶어 죽을 수밖에 없지요. 이런 때에 누가 오기나 하였으면 하고 그는 층계 위에 가 걸터앉았으나 한낮이 지나나 하룻밤이 지나나 오는 사람은 없어요. 이 백골

구덩이에 볼일 있는 사람은 그리 없을 것인즉 한 달을 기다려야 할는지 일 년을 기다려야 할는지 그는 알 수 없는 일이지요. 인제 그는 굶어 죽을 수밖에 없이 되었습니다"

　　밤은 깊고 인적은 고요한데 공동묘지를 옆에 두고 윗방에 시체를 뻗쳐 놓은 이때에 장로의 무서운 이야기를 들으매 월희는 등 뒤에서 무엇이 달려드는 듯하여 점점 춘풍이 옆으로 의자를 다가 놓았다.

158. 고쳐 죽으러 가는 길

　　장로는 말을 이어

　　"이창수는 층계에 걸어앉은 채로 아무리 기다리나 사람은 아니 오고 무슨 경황에 졸음은 와서 자다가 깨고 깨어 가지고 다시 자기를 몇 시간 며칠 동안이나 하였는지 정신없이 지나는 중에 시장기는 점점 심하여져서 필경 굶어 죽을 수밖에 없다고 아주 단념을 하였더니 천행으로 마침 이때에 바깥에서 문을 여는 소리가 들리더랍니다. 인제는 살았다고 기쁜 생각에 딴 기운이 솟아나서 비쓸거리는 걸음으로 일어나노라니 등불을 켜 들고 들어오던 두 사람은 이창수의 얼굴을 비추어 보자 에구머니, 귀신이 나온다고 소리를 지르면서 문도 닫칠 새 없이 달아나 버리더랍니다. 이창수는 아무렇든지 문이 열린 것만 다행히 여기어 엉금엉금 문밖에 기어 나가 바깥바람을 쏘이면서 여기저기 돌라본즉 바깥도 역시 어둡기는 하나 밤은 아직 깊지 아니하여 먼촌의 등불이 반짝반짝 비치는지라 다 죽어 가는 몸을 질질 끌면서 등불을 찾아가 본즉 거기는 제법 번화한 주막거리인 듯하며 정갈한 음식점도 눈앞에 보이는지라 주머니에 돈이 있고 없는 것은 생각하여 볼 여가도 없이 그 음식점을 들어서니 집 안에 있던 사람들은 주인이고 손이고 할 것 없이 다 같이 귀신이 왔다고 소리를 지르며 풍비박산이 되어 버렸습니다. 아마 내가 축골동에서 나온 까닭으로 저 사람들이 귀신으로 아는가 보다 하여 아니, 귀신이 아니라 죽었다 깨난 사람이라고 아무리 발명을 하나 들어 주는 사람이 없는 고로 부득이하여서 그대로 돌아설까 생각하였으나 먹을 것을 눈앞에 두고는 시장기를 참을 수 없어 이 상 저 상에 놓여 있는 음식을 닥치는 대로 집어 먹은 뒤에 인제 잠잘 곳을 찾아야 하겠다고 생각하면서 위선 주머니에 손을 넣어 본즉 도깨비골 건널 때에 넣고 나온 것이라고는 돈지갑도 간 곳 없다. 그러면 나를 감장하는 비용에 보태 쓰느라고 면소에서 꺼내었나 혹은 물속에 빠졌는가. 아무렇든지 날이 샌 뒤에 면소를 찾아가서 자세히 물어본 후 이 집 음식값도 치러 주리라고 생각한 후 그 집을 나왔으나 오래 굶었

던 끝에 음식을 먹고 난즉 더욱 몸이 피곤하여 촌보를 옮길 수가 없었습니다. 그래서 바로 그 옆에 있는 어떤 여관을 찾아 들어갔더니 여기서도 역시 귀신이 왔다고 하면서 달아나 버리더랍니다. 아무리 죽었다 살아난 사람이기로 이렇게 보는 사람마다 무서워하는 것은 알 수 없는 일이다, 내 모양이 어떻기에 그리하노 하고 자세히 살펴본즉 의복은 과연 진흙투성이지마는 그러나 죽은 사람의 입는 염습 옷은 아닌즉 그것만으로는 그럴 리 없고 혹시 얼굴에 무엇이 묻었나 하여 얼굴을 손으로 쓰다듬어 보니 남은 고사하고 자기부터 정말 놀랐다고 합니다. 코도 입술도 없으며 두 뺨조차 백골인지 살인지를 알 수 없을 지경이나 그래도 자세히는 알지 못하여 다시 사방을 돌라본즉 한편 기둥에 커다란 거울 하나가 걸려 있더랍니다. 그것은 드나드는 손님을 위하여 체경 대신으로 걸어 놓은 것이겠지요. 그는 거울 앞에 선 때에 비로소 자기 얼굴이 뭉크러진 것을 알고 어찌 그렇게 된 까닭을 생각하기 전에 자기 역시 깜짝 놀라서 그대로 뛰어 달아났다고 합니다. 얼마큼 정신없이 달아나다가 기운이 진하여 넘어진 채로 밤이 새도록 그만 그 자리에 누워 있었는데 겨우 정신을 좀 차린 때에는 아무리 생각하여도 꿈속 같아서 얼굴을 만져 보고 또 만져 보고 하였으나 비단 꿈속이 아닐 뿐 아니라 자기 얼굴은 만져 볼수록이 흉악한 줄을 알겠고 얼굴만 그러한가 하고 살펴본즉 수족까지도 여기저기 썩어져서 절반이나 백골이 되었더랍니다.

　지금까지 남에게 미남자라는 말을 듣고 자기 역시도 인물을 자랑하던 사람인 까닭으로 얼굴이 결딴난 때의 실망은 남보다 더하였으며 아무리 생각하여도 죽을 밖에 없었습니다. 이런 얼굴을 가지고는 어디를 가든지 사람대접은 못 받을 것이며 거지질도 못 할 것인즉 이는 필경 무슨 앙화가 내려서 하느님이 나를 시들려 죽이시려는 것이라고 하였습니다. 이와 같이 되고 본즉 그 축골동 속에서 죽어 버리지 못한 것만 한이 되는 고로 차라리 그때에 죽어 버렸으면 다시 생목숨을 끊노라고 애쓸 일은 없는데 하면서 통곡을 하였으나 울어도 소용은 없는 일이라. 다시는 살아나지도 못하도록 한번 고쳐 죽을 수밖에 없는데 이번에는 어떻게 죽을꼬. 물에 빠지고자 하니 빠져 죽을 만한 물도 없고 목을 매달고자 하니 끄나풀도 없어 죽기조차 임의롭지 못한 형편이라. 인제는 굶어 죽을 때나 기다릴 수밖에 없다고 땅바닥에 누워서 죽을 때를 기다리고 있노란즉 해가 높아 옴을 따라서 이 근처에도 오고 가는 사람이 있더랍니다.

이렇게 있다가는 이 흉악한 몰골을 남에게 보일 터이니까 어떻게 하든지 냇물을 찾아가서 빠져 죽을 수밖에 없다고 다시 일어나 보았으나 자기 얼굴을 생각하면 다만 한 사람이라도 더 보게 할 수가 없다고 입었던 검정 옷소매를 찢어서 한편 부리를 잡아맨 후 자루 모양을 만들어 둘러쓰고 더듬더듬 냇가를 찾아갔답니다.

그 말을 듣고 생각하여 본즉 그와 같이 얼굴이 결딴난 것은 결코 전례에 없는 일이 아니여요. 그는 일시 목숨이 끊어지고 맥이 걷혀서 시체나 일반이 된 까닭으로 몸이 차차 썩기 시작한 것입니다. 그러나 오히려 생맥이 붙어 있는 까닭으로 다시 맥이 돌기 시작하여 반이나 썩어진 채로 차차 새살도 나고 거의 아물어 가는 때에 정신이 돈 것입니다. 아무렇든지 그가 도깨비골에서 죽은 뒤로 축골동에서 살아나기까지에는 거의 한 달 동안이나 걸린 모양이지요. 이러한 전례는 의학상에도 간혹 있는 일인데 그는 그 역시 한 전례이겠지요"

여기까지 이야기를 하고서 장로는 숨을 돌렸다.

159. 어느 틈에 바뀌었다

이창수가 괴물로 변하여 가지고 다시 무쇠탈을 쓰게 되기까지에는 필경 참고될 만한 이야기도 있을 것이라 하여 세 사람은 다 같이 귀를 기울이고 듣노라니 장로는 다시 말을 이어

"지금 생각을 한즉 이창수가 살아나던 곳은 도깨비골에서 사십 리가량이나 하류 되는 두레울 주막 근처인 모양입니다. 그는 어떤 편으로 가야 냇물이 있는지도 알지 못하고 지팡이를 동무 삼아 한나절이나 돌아다니다가 간신히 냇물을 만났습니다. 이것이 도깨비골에서 내려오는 물과 오니엘 강물이 한데 합수치는 근처이겠지요. 빠져 죽으러 왔건마는 정말 물가에 당도하면 누구든지 맘이 좀 무디어지는 것이라 그는 새삼스러이 여러 가지 생각을 하여 보았답니다. 첫째, 내 몸은 정부의 부탁을 받아서 비밀을 탐지하러 나선 터가 아닌가. 성공을 한 뒤에는 상급까지 주기로 약속을 하였고 또 그뿐 아니라 나라의 비밀을 아는 터이니 이 비밀을 정부에 팔아 가지고 상당한 출세를 할 수는 없을까. 제일 중대한 상자의 비밀까지 아는 터이니 그 상자를 파내어서 정부에 가지고 가면 물론 상급을 주겠지. 이러한 도리가 있는데 이렇게 바삐 죽을 필요는 없다고 생각을 고쳐 가지고 여기서부터 다시 거지질을 하여 가면서 비밀 상자를 파묻은 곳까지 찾아갔습니다. 급기 그곳에 가서 상자를 찾아본즉 벌써 어떤 사람이 상자를 파 가고 없는 고로 그는 두 번째 실망을 하였으나 오히려 희망을 버리지 아니하고 그때의 재상을 찾아 파리로 올라갔습니다. 그런데 그때 재상이라는 사람이 그에게 상급을 내리기는 고사하고 도리어 나라의 비밀을 아는 위험한 인물이라 하여 무쇠탈을 씌운 뒤에 비녀울 병참소로 보내었답니다"

하고 말을 끊었다. 장황한 이야기를 듣고 본즉 괴물의 내력은 자세히 알겠으나 정말 안택승의 거취를 알지 못하고 본즉 여러 사람의 갑갑한 생각은 역시 일반이다. 월희는 자기 남편으로 알고 고수계와 춘풍이는 자기네 주인으로 생각하여 이날 이때까지 따라다니던 무쇠탈은 어찌 되었는가. 혹은 그 정말 무쇠탈이 곧 이 오필하이던가.

이와 같이 의심을 하여 방월희는 까닭을 알지 못하였으나 홀로 고수계는 침착한 맘으로 앞뒤를 생각하고

"어디서 어떻게 하여서 섞바뀌었는지는 알 수 없으나 아무렇든지 이 오필하가 첨 보던 무쇠탈은 아니여요"

한다. 춘풍이도 역시 같은 생각이던지

"그래, 나는 첨 일을 자세히 보지는 못하였지마는 추후에 듣던 말로 한대도 이 괴물이 우리가 첨부터 따라다니던 무쇠탈은 아니야"

방월희도 좀 생각나는 일이 있던지

"글쎄, 중간에 바뀌었다면 모르되 그렇지 않고서는 말이 안 되는데"

하였다. 고수계는 또 생각을 하다가

"아무렇대도 첨 보던 무쇠탈과는 틀려요. 첫째, 배룡 병참소에서 우리가 무쇠탈을 본 것은 도깨비골을 건너던 바로 이튿날 새벽이 아닙니까"

"그렇지"

"그때에 이 오필하는 배룡 병참소에 잡히지 않고 갈대밭에서 넘어져 있을 때인데요. 그러니까 그때 보던 무쇠탈이 오필하 아닌 것은 분명하지 않습니까. 또 오필하가 아니면 누구이겠습니까. 그야말로 안택승 씨가 분명하지요"

"그렇고말고"

"도깨비골에서 대장 두 사람 중에 한 사람은 죽고 한 사람만 잡혔단 말은 내가 병참소 특무정교에게도 들은 말인데 그렇고 보면 오필하는 그때 죽었다고 하던 편이고 안택승 씨가 잡힌 것이지요"

이치가 분명하매 월희는 더욱더욱 의심이 나서

"그러면 그 안택승 씨는 어찌 되었단 말인가"

"가만히 계십시오. 그 무쇠탈은 그 후 대감옥으로 올 때까지 제가 꼭 지키고 있었으니까 대감옥으로 온 것은 안택승 씨가 분명하지요. 또 대감옥에서 비녀울로 옮아간 일은 안희가 나한욱에게 들었을 뿐 아니라 그때까지는 검정 수건이 파리에 있었으니까 역시 안택승 씨가 분명합니다"

이와 같이 또박또박이 증거를 들고 본즉 그 말은 조금도 틀릴 까닭이 없다.

"옳지, 옳지, 그러니까 내가 비녀울 병참소에 드나들며 지키고 있던 무쇠탈은 역시 안택승 씨인데 안택승 씨는 어느 틈에 없어지고 이 오필하가 대신 들어섰단 말인가. 안택승 씨는 지금 어디 있단 말인가. 아아, 필경 감옥 안에서 돌아가신 것일세. 그래서 병참소 안 지함 속에다 장사 지내고 만 것이지"

어느 틈에든지 감옥 안에서 죽어 가지고 남모르게 장사 지낸 것이 아닌 담에야 안택승이 없어지고 오필하만 남을 까닭이 있으랴. 월희는 이처럼 생각하여 푸른 얼굴이 점점 푸르러지며 다시는 말도 하지 못하니 고수계와 춘풍이도 그 말을 옳게 여기었으나 월희의 정상을 생각하여 입 밖에는 내지도 못하고 자기 얼굴의 염려하는 빛을 나타내지 않고자 하여 말없이 고개를 숙이었다. 이때 장로는 들은 말을 생각하면서

"아니, 또 이 말 이외에도 이창수의 한 말이 있소. 어쩌면 참고가 될 듯하니 들어 보시오"

하고 다시 말을 하고자 한다. 이는 과연 무슨 말인가.

160. 고수계의 의심

무쇠탈! 그는 분명히 안택승이었는데 어느 틈에 이 괴물 오필하와 바뀌었다. 어느 때 어느 곳에서 바뀌었는가. 장로가 만일 이를 알지 못하면 그 누가 이를 알리오.

고수계는 고개를 길게 늘이며

"여보십시오, 장로님. 거기 대하여서 생각나시는 일은 없습니까"

장로는 곰곰 생각을 하면서

"글쎄, 여러분께 참고가 되는지는 알 수 없으나 이창수가 한 말은 있은 듯하오"

"무엇이라고요, 예, 무슨 말입니까"

"비녀울 병참소에 있을 때에 성 전옥이 자기는 검정 새라는 별명을 지었는데 그 외에 또 흰 새라고 별명 지은 죄수가 있다고"

춘풍이는 옆에 있다가

"아아, 있었지요. 두 사람 다 무쇠탈을 쓰고 있었는지 알 수 없지요마는 아무렇든지 성 전옥이 내 방에 와서 흰 새는 점잖으니 검정 새는 어떠하니 하고 가끔 이야기를 한 일이 있었습니다"

"그런데 이창수의 말을 들으면 그 흰 새라는 죄수도 역시 무쇠탈을 쓴 모양이지요. 전옥이 이창수를 나무랄 때에 무쇠탈을 쓴 것이 너 뿐으로 아니, 이 감옥에 있는 흰 새도 역시 무쇠탈을 썼지마는 너 모양으로 우는소리를 한 일은 없다, 너도 그 모양으로 좀 조용히 있으라고 하더랍니다. 나도 그 말을 듣고 그러면 이창수 이외에도 또 이런 죄인이 있는가 하여 놀라운 생각으로 흰 새 검정 새의 일을 귀담아들었소"

그러면 이 흰 새라는 것이 월희의 남편 안택승일시 분명하다.

"그 뒤에 그 흰 새는 어찌 되었나요"

"전옥이 이창수에게 말하기는 흰 새가 비녀울에서 죽었다고 하더랍니다"

월희는

"에에, 안택승이 비녀울에서 죽었어요"

하고 소리를 지르며 장로의 손길에 매달리고 춘풍이와 고수계도 소리는 안 지르나 낙담되는 모양이 얼굴에 나타났다. 장로는 월희의 등을 어루만지며

"그러나 그 말은 꼭 믿을 수 없는 것 같소. 이창수의 말에 성 전옥은 검정 새라는 자기보다도 그 흰 새라는 죄수를 더 중대하게 여기는 모양인지 흰 새가 죽었을 때에 성 전옥은 이창수를 보고 조정에다가 흰 새가 죽었다고 보고를 하면 재미없는 일이 있은즉 검정 새가 죽은 모양으로 보고하고 너를 흰 새 대신에 세울 터이니 오늘부터는 흰 새 노릇을 하라고 일렀답니다"

그러면 안택승은 이미 죽었으되 그는 중대한 죄수이므로 조정에는 아직 살아 있는 것같이 보고하고 흰 새와 검정 새를 바꾼 모양일다. 그러므로 방월희의 주종도 사람이 바뀐 줄을 알지 못하고 오필하의 뒤를 따라다닌 것이다.

"성만필의 위인이 넉넉히 그런 짓도 할 것입니다"

"성복 후 약방문이지 인제 알면 소용 있나"

정말 안택승이 죽은 줄을 알고 보면 다시 누구를 바라고 약약한 고생을 하랴. 월희는 고개를 숙이고 망연히 앉았다가

"인제는 나도 안택승의 뒤를 따라 저승길로 갈 뿐이오"

하였다.

"그런데 그때 이창수는 성 전옥의 소위가 가증하여서 흰 새 노릇은 않겠노라고 단정코 거절하였으나 성 전옥이 여러 가지로 그를 달래면서 이 말만 들으면 옥중에서도 편히 지내도록 하여 주마는 말에 다시 맘을 돌려서 돌부리를 차면 발부리만 아프다는 셈으로 성 전옥의 말을 안 듣다가 공연한 고생을 할 필요가 있으랴고 필경 그 말을 들었답니다"

옳지, 성 전옥이 그 뒤로부터 더욱더욱 조심하던 까닭도 알겠다. 그가 비녀울에서 네거리로 옮아갈 때에는 밤중에 죄인을 옮겨 갔고 네거리에서 마거릿 섬으로 갈 때에도 밤낮으로 옆을 떠나지 아니하였다. 이는 자기 맘에 미안한 일이 있어 혹시 흰 새와 검정 새를 바꿔친 일이 탄로될까를 염려한 까닭이었다.

"그 뒤로부터는 해마다 한 차례씩 정부에 제출하는 편지도 성 전옥이 흰 새의 편지로 사연을 만들어 보내고 검정 새에게는 쓰이지도 아니하였으나 그 대신으로 그 뒤부터는 모든 대접이 매우 후하게 되어서 조금 감기 기운만 있어도 약을 준다, 증세를 물어본다, 여러 가지로 주의를 하게 되었답니다. 그러나 성 전옥은 혹 탄로될까를 염려한 까닭인가 그때까지 이 층에 있던 검정 새를 지함 속으로 끌어 내려 외양으로는 더욱 엄중하게 하였답니다"

고수계는 지함 속이라는 말에 귀가 번쩍 띄는 모양으로

"에에, 그때부터 지함 속으로 옮겼어요. 그것은 이상한 말인데요. 대체 그게 어느 때여요"

"아무렇든지 성 전옥이 네거리로 옮아가기 조금 전이라니까 일천육백팔십일년 늦은 봄쯤 되겠지요"

고수계는 더욱더욱 의심나는 모양으로

"팔십일년의 늦은 봄. 그러면 춘풍이가 안희 손에 살아나던 때가 아닌가. 그렇지, 춘풍이"

"옳지, 옳지"

"자네 생각에는 의심나는 일이 없나"

"무엇이"

"아니, 자네 살아나던 때와 흰 새의 죽은 것이 한 무렵이란 말이"

"글쎄, 별로 의심날 것도 없지 않은가"

"아니, 가만있게. 그 뒤에 내가 파수 병정의 속을 뽑아 물으니까 춘풍이가 달아난 까닭으로 무쇠탈은 지함 속에 갇혔다고 하던데. 지금 말을 들으면 그 지함 속에 갇혔다는 것은 흰 새라고 하는 안택승 씨가 아니라 오필하 놈인데그래"

"그렇기로 무엇이"

"그렇고 보면 정말 이상한데"

고수계는 짐승의 냄새를 맡은 날랜 사냥개와 같이 두 눈을 반짝이며

"여보십시오, 장로님, 아까 좀 의심나는 일이 있다고 하셨지요. 그 의심나는 것은 무엇을 두고 하신 말씀입니까. 혹 흰 새의 죽었다는 일이 아닌가요"

하고 물었다. 그는 지금 무슨 생각을 하고 있는가.

161. 하늘가의 검은 점

안택승이 이미 죽었다 하면 아무것도 다 그만일다. 바랄 것도 기다릴 것도 없이 된 세 사람은 산천이 일시에 무너진 것같이 낙담하였으나 다만 흰 새의 죽었다는 것은 좀 의심스럽다고 하는 어슴푸레한 장로의 말에 믿을 수 없는 한 줄기 희망을 붙이고 마치 망망대해에서 파선을 당한 선인들이 하늘 끝에 감실감실 보이는 무엇을 보고 이것이 구름인가 배인가 의심하여 무엇인지를 알아볼 때까지 목숨을 지탱하려는 것같이 오히려 장로의 이야기를 끝까지 듣고자 할 뿐이었다.

"이창수의 말에는 그 흰 새가 죽었다고 하던 전날 밤에 감옥을 빠져나간 죄수가 있습니다"

이 말만 듣고 고수계는 거 보란 듯이 눈을 번쩍이었다.

"그날 밤에 이창수는 잠을 이루지 못하고 새로 한 시가 지나도록 깨어 있는데 어느 때나 되었는지 밤이 깊은 뒤에 창문 밖에서 무슨 소리가 들리는 고로 이상히 여기어 창 앞에 나가 들은즉 자세히는 알 수 없으나 머리 위에 있는 삼 층 창문을 잘 드는 톱으로 켜는 것 같더랍니다"

춘풍이는 고개를 들며

"그것은 저 있던 방입니다. 저 있는 방을 그때 안희라고 하는 사람이 뚫고 있었습니다"

장로는 깜짝 놀라면서

"아아, 그렇소. 그러면 내가 이야기할 것 없이 자세히 알겠구려"

"예, 그때 일은 대강 짐작합니다. 그렇지 않은가, 고수계"

하고 돌아다보니 고수계는 고개를 기울이며

"아니, 안다고는 할 수 없어…… 그런데 장로님, 흰 새가 죽었다고 성 전옥이 말한 것은 바로 그 이튿날인가요"

"그렇지"

"그러면 그담 이야기를 하여 주십시오"

하며 월희를 돌아다보니 월희 역시도 생각한 바가 있던지

"그담에는 어찌 되었나요"

"아니, 여러분이 아시는 말을 또 할는지도 모르겠소마는 들은 대로 이야기를 하리다. 그 뒤에 조금 있다가 누구인지 줄사다리를 타고 위층에서 내려오다가 담을 넘어 내려간 모양 같다고 합니다"

"아아, 그것은 이 춘풍이여요"

"그럴는지도 모르지요. 그러나 줄사다리도 바로 이창수의 방문 앞에 늘인 것이 아니라 방 하나를 건너서 몇 간 밖에 걸려 있었다고 하니까 이창수가 바로 본 것은 아니고 소리를 들어 짐작한 것이지요. 그 소리를 듣고 도망꾼이 있는 줄을 안 때에 자기도 부러운 생각이 나서 어떻게 도망할 도리가 없는가 하고 창문 앞을 떠나고자 한즉 또 줄사

다리를 타고 내려오는 사람이 있더랍니다"

이 말을 듣고 고수계는 비로소 깨달았다. 검정 새는 이 모양으로 두 사람이나 사다리를 타고 내려간 까닭에 흰 새가 죽었다는 말은 좀 미심하다고 장로에게 이야기한 것일 듯하다. 그러나 두 번째에 내려온 것은 곧 그날 밤에 용감한 일을 하던 안희인 것이 분명한즉 고수계가 지금까지 혹시 흰 새 역시도 도망을 한 것이 아닌가 하고 요행을 바라던 맘은 다시 간 곳이 없이 되었다.

"에에, 장로님 그러니까 흰 새가 죽었다는 말이 미심하단 말씀이지요. 그런데 그 두 번째 내려온 사람은 성 전옥에게 들켜 가지고 다시 줄사다리를 타고 올라가다가 총을 맞지 아니하려고 공중에서 그네를 뛰었으나 필경은 총을 맞아 죽었다고 하지요"

"옳지, 그렇게 말합디다"

"그러면 그것은 흰 새가 아니라 안희라는 사람입니다"

하고 울다시피 말을 함도 괴이치 아니한 일이다. 장로는 아직도 침착한 태도로

"그런데 그 사람이 총 맞아 죽기 전에 또 이상한 일이 있었다고 합니다"

"예, 그것은 또 무슨 일인가요"

"다른 것이 아니라 창구멍을 또 하나 뚫었다고 합니다"

"에에, 창구멍을 또 하나 뚫어요"

"이창수의 말에는 두 번째 내려오던 사람은 담 밖에는 내리지 아니하고 중도에 머물러서 이번에는 이 층 창문을 뚫기 시작하였다고 합니다"

이 층 창문이라는 것은 지금까지 듣지 못하던 비밀이다. 안희가

삼 층 창문을 뚫고 춘풍이를 살려 낸 것은 이왕부터 아는 일이지마는 거기서 내려오다가 성 전옥에게 들키기 전에 이 층 창문을 뚫었다는 말은 생각도 못 하던 일이다.

"이 층 창문이라는 것은 누구 있던 방인가요"

"그는 알 수 없지마는 줄사다리를 타고 내려오던 길에 뚫던 생각을 하면 이창수의 있던 방에서 감방 하나쯤 사이 뜬 방이라고 합니다"

월희는 여기까지 듣고서 견디지 못할 것같이

"예, 거기가 정말 안택승의 갇혔던 방입니다. 아무렇든지 춘풍이 있던 방에서 줄을 내리면 바로 안택승의 갇혀 있는 창문 앞을 거치게 되니까 춘풍이와 안택승을 일시에 살려 내기가 아주 용이하다고 안희가 그 전날에 이야기한 일까지 있습니다. 참 그렇게 되겠지요. 위에서 내려오는 길에 위선 춘풍이 있는 방을 뚫고 다음에 무쇠탈의 방을 뚫으라고 나매신이 안희에게 일렀으니까 안희는 그 지휘대로 한 것이지요"

세 사람은 이 말을 듣고 일제히 새 정신이 나서 귀를 기울였다.

지금까지는 하늘가에 있는 것이 구름인가 의심하였더니 어찌 구조선인 것도 같다.

"그담에는 이 층 방 안에 있는 사람을 살려 내었다나요"

"아니, 가만히 계시오. 그래서 창문을 다 뚫은 뒤에는 방 안으로 들어가는 모양이더니 미구에 두 사람이 창문 앞에 나와 소곤소곤 무슨 의논을 하였답니다. 물론 자세히 들리지는 아니하지마는 궁금한 생각에 귀를 기울이고 있는 까닭으로 대강 의취는 짐작하였다고 합니다"

월희와 고수계는 일제히

"그 의취라는 것은 무엇인가요. 무슨 의논을 하였을까요"

하고 물었다.

162. 나와서는 어디로

　마부 안희가 춘풍의 갇힌 방을 뚫어 살려 낸 뒤에 또다시 안택승의 방을 뚫고 안택승과 같이 창문 앞에 나와서 비밀한 의논을 하였다는 것은 정말 의외의 일이며 지금까지 아무도 모른 일이다. 이야말로 월희, 춘풍, 고수계의 세 사람에게는 목숨이 달린 일이매 세 사람은 일제히 눈을 들어 장로의 얼굴을 바라보니 장로는 또 말을 이어

　"창 앞에 나와서 그 사람은 죄수를 보고 자아, 먼저 내리십시오 한즉 그 죄수는 아니, 같이 내려가자고 하였으나 그 사람은 줄이 가늘어서 같이 내려가다가는 끊어질 염려가 있다고 대답하더랍니다. 그런즉 그 죄수는 말하기를 나는 지금 팔 기운이 없어서 혼자 줄사다리를 잡고 아래까지 내려갈 수가 없다, 혼자 내려가다가는 중간에서 떨어질 것 같으니 네가 좀 붙들어 주어야 하겠다고 하더랍니다. 그런즉 그 사람은 말하기를 지금 여기서 줄을 두 겹 칠 수도 없는 일이고 그러면 큰일 났습니다그려. 줄만 튼튼하면 제가 업고라도 내려가겠습니다마는 에그, 이것을 어떻게 하면 좋을까요 하면서 두 사람은 잠시 난처한 모양으로 말없이 서 있더니 이윽고 그 사람은 다시 말하기를 그러면 아직 날이 새기가 멀었으니 저 혼자 내려가서 튼튼한 줄을 가지고 오지요 하는 소리가 들리더랍니다"

　그러면 튼튼한 줄을 가지러 내려오다가 미처 다 내리기 전에 안희는 발각이 된 것 아닌가 하고 세 사람은 일시에 같은 염려를 하였다.

　"그런즉 죄수는 말하기를 아니, 좋은 수가 있다. 지금 네가 줄을 가지러 가다가는 그동안 무슨 일이 있을는지도 모르니 그러지 말고 지금 줄을 끌어올려서 그 끝에다가 내 허리를 잡아맨 후 네가 위에 서

서 마치 짐짝을 달아 내리는 모양으로 나를 내려 보내다오. 그러면 나는 밑에 내려가서 허리에 맨 줄을 끌러 놓고 동구 밖으로 달아날 것이니 너는 그 뒤를 따라오려무나 하니 그 사람도 그것참, 되었습니다. 그러면 그렇게 하지요 하고 한참 부스럭거리는 소리가 나더니 그 죄수를 다 달아 내렸는지 이번에는 그 사람 혼자 줄을 타고 내려가다가 성 전옥에게 들켜서 호령을 하는 소리가 들린다, 총소리가 들린다, 한참 법석을 하였답니다. 그러니까 이창수의 말에 그 죄수만은 무사히 달아났을 것이다, 그를 살려 내던 사람은 필경 참혹히 죽었으리라고 합니다"

아아, 그러면 저 용감한 안희가 성 전옥에게 발각되던 때에는 벌써 흰 새의 무쇠탈이 땅에서 내려와서 줄을 끄르고 달아난 때이던가. 그렇고 보면 안희는 춘풍이를 살려 내던 모양으로 안택승도 살려 낸 것이다. 살려 낸 뒤에 성 전옥에게 발각되어 목숨을 잃은 것이다. 다른 것이야 어찌 되었든지 흰 새의 안택승이 살아났다는 말에 세 사람은 희색이 만면한 중에서도 유독 방월희는 미처 되채지도 못하는 급한 말로

"그러면 안택승은 비녀울에서 죽은 것이 아니라 무사히 빠져나왔습니다그려"

고수계도 그 뒤를 잇대어

"그렇고말고요. 춘풍이가 내려온 담에 곧 내려온 것이지요. 그러나 달아난 줄을 알고 보면 성 전옥의 큰 실수이니까 성 전옥은 그것을 숨기려고 죽었다 한 것이지요"

"그래도 맘이 뇌지 못하여서 같은 값이면 검정 새가 죽고 흰 새가 살아 있다고 하는 편이 정부에서라도 소중히 여길 줄 알고 이창수 놈을 바꾸어 놓은 것이지요"

아아, 인제 죽은 줄로 알았던 일시의 낙담은 다 사라졌다. 달아난

사람을 달아난 줄도 알지 못하고 그 뒤로 이십 년 동안을 무진 무진히 고생한 일은 분하기 한량없으나 지금까지 고생한 값으로 인제나마 달아난 줄을 안 것이다. 그에 대하여 새삼스러이 감복할 일은 저 안희의 공로일다. 그가 첫째로는 나한욱이 집 곳간에서 방월희를 살려 내었고 다음에는 춘풍이와 무쇠탈까지도 살려 내어 특별한 공로를 세우고도 그 몸은 까마득한 공중에서 총을 맞고 떨어져 참혹한 죽음을 한 것이다.

이런 생각 저런 생각을 하며 한편으로는 기쁘고 한편으로는 슬프게 생각하여 다만 장로의 손길을 잡고 울 뿐이었으나 차차 맘을 진정한 뒤에 월희의 가슴에는 위선 알기 어려운 의심이 나타났다. 월희는 얼굴을 들면서

"그러면 살아난 안택승은 어찌 되었을까요. 그 뒤에 어디로 갔을까요"

고수계와 춘풍이는 이 말을 듣는 때에 지금까지 그러한 의심을 일으키지 아니한 것이 도리어 이상스럽다는 듯이 깜짝 놀라 일어서면서

"글쎄, 참, 달아 나와서 어디로 갔을까요"

하고 장로에게 물었으나 이것은 장로의 알 바가 아니라.

"글쎄요, 이창수는 그 살리러 온 사람보다도 살아난 사람이 먼저 달아난 것만 알았지 그 뒤에 어찌 된 일은 알 까닭이 없으니까 물론 내게도 한 말이 없습니다. 혹 바깥에 빠져나가서 다시 잡혔는지 그렇지 않고 무사히 달아나서 지금 어디 가 살아 있는지 그것은 여러분이 탐지하여 볼 일이지요"

세 사람은 이 말을 듣는 동시에 앞길에 다시 큰 문제가 가로놓임을 생각하고 서로 얼굴만 바라보았다.

163. 파르마를 향하여

흰 새라 일컫는 죄수가 곧 애초의 무쇠탈이며 방월희의 남편 안택승인 것은 다시 의심할 여지가 없으며 그 안택승이 비녀울에서 감옥을 벗어나고 검정 새라고 별명 지은 이창수가 그 대신 잡혀 있던 것은 다시 의심할 것도 없다.

그러나 안택승은 비녀울의 감옥을 벗어난 뒤로 어떻게 되었나. 줄사다리를 내려가지 못하도록 기운이 지쳤다 하면 곧 도로 잡힌지도 알 수 없으나 그때의 일을 생각건대 필경 잡히지는 아니하였을 것이다. 안희가 공중에서 총을 맞을 때에는 안택승은 벌써 감옥 밖을 벗어나가 동리 근처에 검쳐 든 뒤일 것이며 또 성 전옥이 흰 새의 빠져 달아난 줄을 알게 된 것은 이튿날 아침에 감옥 밖을 돌라본 때일 것이다. 안택승이 다시 잡히지 아니하였기에 지금까지 이창수가 단지 홀로 성 전옥의 짐짝이 되어서 성 전옥의 가는 곳마다 끌려 다니며 방월희의 주종을 속게 한 것일 것이다. 살피건대 안택승은 안희에게 방월희가 동구 밖에서 기다린다는 말을 듣고 춘풍이 모양으로 그편을 찾아갔으나 미처 서로 만나 보기 전에 병참소에서 소동이 일어나며 사람이 쫓아오니까 할 수 없이 자기 혼자 은신을 하고 만 것일 듯하다. 그러면 그 뒤에는 어찌 되었나. 혈혈단신으로 방월희의 간 곳을 찾다가 저승길을 떠났는가, 지금도 살아 있어 어디 가 숨어 있는가. 세 사람은 부질없이 여러 생각을 할 뿐이었다.

장로 기로덕은 이 모양을 보고

"아니, 나는 이창수에게 이러한 이야기를 듣던 때부터 혹 여러분이 그를 안택승 씨로 잘못 알고서 따라다니지나 않는가 의심을 하였으나 여러분이 아무도 모르게 비밀히 하는 일을 내가 먼저 이러저러하지 않으냐고 묻기도 안 되어서 눈치만 보고 있었소. 그러나 당신네가 그 사람 시체를 파낼 때에는 분명히 그러한 듯하여서 그렇지 아니한 이야기를 하러 온 것이오. 이담 일은 내가 알 수도 없고 또 참견할 필요도 없으니 잘 의논하여서 하시오. 또 저 시체는 날이 새기 전에 전 모양으로 흔적 없이 파묻는 것이 좋겠지요. 그렇지 아니하면 혹 소문이 나서 재미없을는지도 모를 것이니까"

하고 잠깐 말을 끊었다가 다시 이어

"여러분은 오필하라나 하는 저 사람의 시체를 아직도 미워하시겠지요. 그러나 그렇게까지 할 것은 없겠지요. 자기도 운명할 때에는 비상히 뉘우친 모양이었고 또 그는 산수골 별장에서 고수계 씨를 본 때부터 아, 안택승의 여당이 아직도 남아 있어 내 뒤를 따르는구나 생각하였답니다. 또 이번에 고수계 씨가 독약을 주면서 이것을 먹으면 살아난다고 할 때에도 자기는 곧 독약인 줄 알았답니다. 물론 여러

분이 이 모양으로 해독제를 가지고 살려 내려는 줄은 알지도 못하고 다만 자기를 미워하여서 독약으로 죽이고자 하는 줄 알았으나 그는 이미 이 세상을 귀찮게 생각하여 차라리 죽는 편이 낫겠다고 생각하던 끝일 뿐 아니라 지금 자기가 고생을 하는 것도 옛날에 사람을 속인 천벌이거니 하여 얼마큼 속죄를 할 생각으로 먹었다고 합니다. 이러한 일을 생각하면 그의 죄는 이미 사라지고 다시 원망할 것도 없는 일이니까 그 시체만은 첨 모양으로 묻어 주는 것이 온당하겠지요"

한다. 과연 그러하다. 그가 이미 독약에 죽었고 또 자기 죄를 후회까지 하였고 보면 그 시체를 괄시함은 지사의 할 일이 아니라. 월희는 좋은 말로 대답하고 또 장로의 정의를 감사하니 장로는 매우 만족한 모양으로 돌아갔다. 그 뒤에 춘풍이와 고수계는 다시 시체를 수습하여 그전과 같이 파묻어 주었는데 이것을 마치고 다시 방월희의 집을 돌아온 때에는 벌써 날이 밝은 뒤였다.

이로부터 세 사람은 다시 뒷일을 의논할 제 안택승이 비녀울에서 도망하여 나온 뒤로 지금 아직 살아 있다 할지라도 넓은 천지에 어디가서 찾을쏜가. 그러나 오늘까지 천신만고하던 끝에 어찌 그만둘 수가 있으랴. 안택승의 몸이 되어 생각하여 보건대 그는 혹 광덕, 충린 두 공작을 의지 삼아 파리에 들어와 있을 듯도 하나 파리에 들어서는 것은 비상히 위험할 뿐 아니라 만일에라도 두 공작에게 의심을 끼치면 아니 된다고 평일에는 편지 왕래도 아니 하던 터인즉 파리에 들어올 리는 없다. 그렇지 아니하면 브뤼셀을 갔을 듯도 하나 그곳을 갔고 보면 요하네 교당을 찾아가서 기로덕 장로를 찾아보든지 그렇지 아니하면 그곳에 남아 있는 동지들 중의 누구를 찾아갔을 터인데 아무 소식이 없는 것을 보면 그런 것도 아니라. 파리에도 오지 않고 브뤼셀에도 아니

갔고 보면 그는 혹 정처 없이 떠돌아다니며 월희의 간 곳을 찾는가. 이십 년 동안을 자기 아내만 찾아다닐 것도 같지 않고 다만 그가 무사히 숨어 있을 만한 곳은 오 부인과 같이 오지리가 있을 뿐이다. 그곳에는 동지 중의 유력한 수령인 이춘화 백작이 아직 살아 있는 터인즉 그를 찾아갔는지도 알 수 없다. 여러 가지로 추측을 하다가 아무렇든지 파르마 국은 오지리에 가는 길목이니 위선 파르마에 가서 나매신과 의논을 하기로 작정한 후 이튿날 세 사람은 파르마를 향하여 길을 떠났다. 필경은 어찌 될는지.

164. 너가 보았소!

세 사람은 파리를 떠난 지 사흘 만에 세이플 역말이라는 곳을 당도하였다. 여기는 국경에서부터 삼십 리밖에 아니 되는 곳이매 고수계와 춘풍이는 오늘 밤 안으로 국경을 넘어서고자 하였으나 가련한 방월희는 오랫동안 길을 걷기에 몸이 지치고 발병이 나서 다시는 촌보를 옮기지 못하매 이곳에서 하룻밤을 쉬고 내일 아침에 떠나자고 한다. 세상없이 고생이 될지라도 참을 수 있는 데까지는 이를 악물고로라도 참아 가는 월희가 이처럼 말할 때에야 오죽 몸이 불편하랴고 두 사람은 그 뜻을 좇아서 하룻밤을 유숙하기로 하고 조용한 주막을 찾아다니노라니 동리 한 편짝에는 여러 애들이 모여서서

"오지리 귀부인을 죽여 버려라, 죽여 버려라"

하며 돌을 던지는 아이에 몽둥이를 휘두르는 놈에 비상히 떠드는

지라. 그곳을 지나다가 무심히 들여다본즉 이 소년들은 나이 근 칠십이나 되어 보이는 늙은 부인을 둘러싸고 욕을 보이는 중이었다. 그 늙은 부인의 외양 범절은 점잖은 부인 같은데 치마꼬리에 죽은 고양이와 헌신짝 등속을 앞뒤로 매단 것은 모두 이 아이놈들의 장난인 듯하다. 그중에는 어른도 두서너 사람이 섞여 있으나 아이들의 장난을 금하기는 고사하고 도리어 아이들을 충동여서 '두드려 주어라' 하는 자에 '얼굴에 침을 뱉어 주어라' 하는 자에 한동아리가 되어서 그 귀부인을 못 견디게 굴 뿐이었다. 그 부인은 성이 털끝까지 나서 입귀에 거품이 일도록 그자들을 호령하나 그 소리는 여러 애들의 떠드는 소리에 들리지도 아니하고 점점 사람만 모여들 뿐이라. 이대로 버려두면 얼마가 못 가서 그는 분통이 터져 죽을 것 같았다.

무슨 까닭인지는 알지 못하나 약한 이를 돕고 강한 자를 누르는 춘풍의 성미로는 이 모양을 못 본 체할 수 없어 고수계와 월희를 저만큼 물리친 후

"이 애놈들아, 그 늙은 부인을 왜 그렇게 못살게 구니. 부인 대신에 나를 좀 그래 보아라"

하고 여러 사람을 잡아 헤치며 부인의 앞에 가로막아 서서 여러 사람 중의 튼튼한 어른으로만 서너 사람을 한 손에 홈켜잡고 강아지 새끼를 집어 던지듯이 저만큼 집어 던지니 이 놀라운 기세에는 무서워 아니할 자가 없으며 더욱이 노기가 등등한 춘풍이 얼굴은 차마 바로 볼 수 없는지라. 지금까지 모여 섰던 사람들은 어른 애를 구별할 것 없이 으악 소리를 지르며 다 달아나 버렸다. 춘풍이는

"하잘것없는 놈들이 그따위 버릇을 하는구나"

하면서 껄껄 웃은 후 늙은 부인의 치마 끝에 매단 너절한 것을 다

끌러 버리고 먼지까지 털어 주니 노기가 탱중한 늙은 부인은 고맙단 말도 하지 아니하고 춘풍이 얼굴만 물끄러미 바라보다가 별안간 깜짝 놀란 모양으로

"아아, 춘풍이"

하고 소리를 질렀으며 다시 사방을 둘러보더니

"에, 방월희도! 고수계도!"

하고 놀랐다.

이 소리를 듣고는 월희와 고수계도 역시 놀라서 그 옆으로 달려 갔으나 부인의 얼굴은 누구인지를 알 수 없었다. 그러나 춘풍이는 제 일 먼저 알아보고

"에, 오 부인 아니십니까"

하였다. 과연 이는 오 부인이다. 주름이 가닥가닥한 파리한 얼굴 에는 다시 옛날의 태도가 없으나 한번 굴리고 한번 치뜰 때마다 루이 왕을 농락하던 두 눈에는 오히려 이상한 광채가 남아 있었다. 이 부인 이 어찌하여 여기 있었으며 무슨 까닭으로 그 봉변을 하였는가. 가련 한 일대 가인의 말로를 생각하고 월희는 문득 눈물을 금치 못하며 그 손길을 잡고

"부인께서는 지금 오지리에 계신 줄 알았더니 어찌 여기 와 계십 니까"

하고 물었다. 오 부인은 마치 미친 사람의 수작과 같이

"무쇠탈을 살려 내고자 다시 불란서 땅을 들어서서 파리로 향하 여 가다가"

"에, 무쇠탈을이요"

"예, 무쇠탈을. 여러분은 아는지 모르겠소마는 저 무쇠탈은 이창

수여요. 요새야 이창수인 줄을 알았기에 다시 살려 내 볼 양으로 나는 지지난달에 오지리를 떠나서 오다가 여기서 병이 나서"

이와 같이 말하다 말고 다시 말을 돌리어

"지금은 노붕화도 죽었고 총리대신이 두 번째 갈려서 구민화가 총리대신으로 있은즉 내가 말을 하면 그만 청은 들어줄 듯하고 또 국왕 루이도 그만하면 옛날의 죄는 잊어버리고 내 말을 들을 것도 같기에 국왕과 총리에게 청을 하러 가는 길이오"

원래가 교만방자하기로 유명하던 부인이라 아직도 옛날 버릇이 남아 있어 이러한 일을 생각하는가 하고 여러 사람이 이상스럽게 여길 틈도 없이

"나도 나이는 칠십이 불원하고 살아 있어야 재미있는 구석도 없으니까 어차피 죽을 바에는 옛날부터 나를 진심으로 사랑하던 이창수나 살려 내 가지고 죽을 때에나 같이 죽겠다는 맘으로 인제 그를 살리러 가는 길이오. 그여요. 그것이 이창수여요. 무쇠탈의 죄인은 자네들

이 오필하라고 이름을 지어 가지고 미워들 하는 이창수여요. 월희의 남편 안택승 씨가 아닌 줄을 알았소"

어찌 말하는 것이 좀 이상스럽기는 하나 아무렇든지 무쇠탈이 안택승이 아니라는 말은 사실을 바로 아는 모양이므로 월희는 부인이 그것을 어찌 알았는가 의심하여서

"제 남편 안택승이 아닌 줄은 어찌 아셨습니까"

"어찌 안 것이 아니라 안택승 씨는 지금 멀끔하게 살아 나와 있소. 내가 안택승 씨의 얼굴을 보았기에 그래서 안택승 씨가 아니라 이창수인 줄을 알았지요"

부인이 안택승의 얼굴을 보았다는 것은 의외의 반가운 소식이라. 세 사람은 기쁜 생각에 어찌할 줄을 알지 못하였다.

165. 경사로운 말로

오 부인은 어디서 안택승을 보았는가. 아무렇든지 길가에 서서 자세한 말을 들을 수 없으므로 위선 부인의 주인 한 곳을 물은즉 여기서 일 마장쯤 되는 곳이라 하는지라. 세 사람은 부인을 부축하고 그 주인집을 찾아가서 그 집에서 하룻밤을 새기로 하고 차차 이야기를 들으니 몇 해 전부터 오지리 육군에 이름도 성도 없이 노장군이라고 일컫는 군인이 있는바 그 선성은 부인도 가끔 들었으나 그 얼굴은 본 일이 없었더니 이해 관병식에서 부인은 첨으로 이 노장군의 얼굴을 보았었다. 비록 나이는 늙었으나 옛날 안택승이 분명한 고로 부인은 그 뒤에

어떤 사관에게 물어본즉 그는 어디서 온 사람인지를 알 수 없으나 몇 해 전에 오지리 재상을 찾아와서 재상의 지휘로 육군 대장 용인 공자(오 부인의 소생)의 참모관으로 육군에 관계하게 된 사람이라는 대답을 들었다. 부인은 곧 용인 공자에게 편지를 하여서 그의 신분을 물어보았으나 그의 신분은 정치상 외교상의 비밀인즉 아무에게도 말할 수 없다는 답장을 받은지라. 부인은 확실히 안택승인 줄 알고 몸소 만나보고자 찾아갔으나 역시 공자의 방해로 만나 보지 못하였더라. 그러나 지금 부인의 맘에는 안택승을 만나 볼 생각이 긴한 것이 아니라 이창수를 생각하는 터인즉 이로 인하여 무쇠탈이 분명히 이창수인 줄을 짐작하고 다시 살려 내 볼 생각이 나서 공자에게도 아무에게도 말하지 않고 다만 하인 하나를 데린 채 길을 떠나왔으나 이곳을 당도하자 불행히 열병을 붙들리어 지금까지 떠나지 못하고 있는 것이었다. 신병은 거의 나았으나 마침 이때에 불란서와 오지리의 사이가 점점 불화하게 되어 오지리 사람으로서 이곳을 들어서는 때에는 거리거리에서 욕을 보는 터이다. 그러나 이렇게까지 심한 줄은 알지 못하고 부인은 오늘 산보를 나왔다가 민요나 다름없는, 동리 사람들에게 무쌍한 봉변을 하는 중에 다행히 춘풍이를 만난 것이었다.

이것으로 보면 아무렇든지 안택승이 오지리에 있어서 노장군이라는 존칭을 들어 가면서 아직까지 살아 있는 것은 분명한 일이매 세 사람의 기쁨은 비길 데 없는지라. 부인을 향하여 지금까지 지내던 일을 자세히 설명하고 오필하가 이미 죽어서 폴 교회 안에 파묻힌 말을 하니 부인은 홀로 낙담을 하나 역시 소용없는 일이라 세 사람과 같이 밝는 날에 이곳을 떠나 오지리로 가기를 결정하였더라.

그러나 이때에는 오지리와 불란서 사이에 벌써 전쟁이 일어난 때였다. 세 사람은 지금까지에 한갓 무쇠탈을 살려 내기에 열중하여서 세상 형편이 어찌 되는 것도 알지 못하였으나 전쟁이 시작될 징조는 벌써 수년 전에 일어났었다. 그 까닭인즉 불란서의 이웃 나라인 서반 아 국왕 페르디난트가 붕어하고 후손이 없었으매 불란서 국왕 루이 십 사세는 이 틈을 타서 서반아를 차지할 양으로 자기의 손자뻘 되는 앙 주 후작을 서반아의 새 임금이라고 발표하였더라. 그런데 오지리 국왕 레오폴트 역시도 서반아의 공주와 혼인한 관계로 자기의 차자 히리소 프야말로 서반아 황실의 외손이니까 그 왕위를 이을 사람이라고 주장 하여 루이 왕의 계획을 방해한 까닭으로 곧 전쟁을 시작하여 월희의 일행이 파리를 떠날 때에 벌써 전단은 열린 것이었다. 오지리에서 군 사를 일으키매 맨 첫 번으로 그에 참가한 것은 곧 파르마 국이었으니 응당 나매신의 지휘일지며 다음은 영국이었으니 유명한 말버러 장군 이 몇만 명의 대군을 거느리고 불란서를 치게 되었다. 지금까지 소향 에 무적이라 하던 불란서에서도 이제는 겁을 아니 낼 수 없게 되었으 며 더욱이 오지리의 대장은 오 부인의 소생인 용인 공자로서 그 부하 에 있는 노장군과 같이 혁혁한 위명을 나타내어 마침내 루이 왕으로 하여금 조정이 탕패되어 궁중에 있던 은병을 녹여 군자금의 은전을 짓 도록 고생시키던 것은 역사를 본 사람의 누구나 아는 것이다.

　이러한 계제였으매 세 사람은 오 부인과 같이 국경을 당도하였으 나 용인 공자의 거느린 오지리의 십만 대군은 이미 국경에 당도하여 탄환을 빗발같이 붓는 중이며 이편에서도 그에 접전하여 천지가 진동 하는 터이라. 도저히 국경을 넘어가지 못할 줄 알고 오도 가도 못하게 되어 어떤 언덕 밑에 가 숨어 있더니 이윽고 오지리의 군대가 세력이 강하였던지 국경을 지키던 불란서의 군대는 패하여 달아나기 시작을 하였으며 오지리의 군대는 고함을 지르고 국경을 넘어드는데 이때 제일 앞장을 서서 군대를 지휘하는 사령관은 몸에 찬란한 군복을 입고 기름이 뚝뚝 듣는 준마에 걸어앉아 과연 위풍이 당당하나 다만 그 얼굴에는 탈인지 투구인지 군인의 복색으로는 첨 보는 검정 것을 썼는지라. 언덕 밑에 숨어 앉아 이상히 생각하고 바라보는 중에 고수계는 제일 먼저

"무쇠탈이다"

하고 소리를 지르며 춘풍이도

"저것이 안택승 씨일다"

하고 또 오 부인도

"아아, 노장군이 온다"

하고 대답하며 월희와 같이 일어서는데 이때에 춘풍이와 고수계는 쏜살같이 달려 나가 노장군의 말고삐를 좌우로 붙들면서

"대감, 저는 고수계입니다"

"대감마님, 춘풍이를 모르십니까"

하고 일제히 소리를 지르며 바라보니 마상에 있던 사람은 그 무쇠탈을 벗어 버렸다. 나이는 이미 육십이며 머리털은 눈같이 세었으나 의심할 것 없는 옛날의 결사대장 안택승이라. 이때에 월희 역시도 구르는 것같이 달려와서

"오오, 안택승 씨!"

하며 말 등에 같이 올라가고자 하니 이에는 대군을 지휘하는 영웅도 어찌 마음이 움직이지 아니하랴. 스스로 말을 내려 월희를 가슴에 안고 잠시 동안 눈물을 금치 못하였다.

이 뒤의 일은 독자의 추측에 맡기겠나이다. 원래 안택승은 불란서 조정에 대한 다년의 원한을 비로소 풀 때가 돌아왔으매 일부러 전일 옥중에서 쓰던 무쇠탈을 쓰고 국경을 넘어 든 것이다. 무쇠탈을 쓴 노장군이 이 전쟁에서 어떠한 활동을 하였는가는 역사상에 기록되어 있으나 이것이 불란서 감옥 안에 있던 무쇠탈이라는 것은 아는 사람이 없다. 이로부터 춘풍이와 고수계는 곧 안택승을 따라 전장에 나갔고 월희와 오 부인은 용인 공자의 지휘로 파르마 국 나매신에게 몸을 부쳐 조정의 귀빈으로 머물러 있었으나 전쟁이 끝남을 따라 용인 공자와 안택승은 그 두 사람을 다시 오지리로 청하여다가 오 부인은 공자와 같이, 월희는 노장군 안택승과 같이 춘풍이, 고수계를 데리고 천정의 수한이 다할 때까지 안락하게 지냈다 합니다.

낱말 풀이

ㄱ

가긍(可矜): 불쌍하고 가엾음.

가닥가닥: 물기나 풀기가 있는 물체의 거죽이 거의 말라서 빳빳한 상태.

가로쇠: 무엇을 막거나 움직이지 못하게 하기 위하여 가로로 댄 쇠.

가로차다: 가로채다.

가마아득하다: '가마득하다'의 본딧말.

가상(嘉賞): 칭찬하여 기림.

가석(可惜): 몹시 아까움.

가속(家屬): '아내'의 낮춤말.

가인(佳人): 용모가 아름다운 여자. 재덕(才德)이 뛰어난 사람.

각거(各居): 가족 관계에 있는 사람들이 각기 따로 떨어져 삶.

각설(却說): 이제까지 다루던 내용을 그만두고 화제를 다른 쪽으로 돌림. 화제를
    돌려 다른 이야기를 꺼낼 때 앞서 이야기하던 내용을 그만둔다는 뜻으로 다
    음 이야기의 첫머리에 쓰는 말. 차설(且說). 화설(話說).

간(諫)하다: 웃어른이나 임금에게 옳지 못하거나 잘못된 일을 고치도록 말하다.

간도(間道): 샛길.

간련(干連): 남의 범죄에 관련됨.

간수법: 물건 따위를 잘 거두어 보호하거나 보관하는 방법.

간특(奸慝): 간사하고 악독함.

감옥서(監獄署): 1894년 갑오개혁 때 고려·조선 시대의 '전옥서(典獄署)'를 개칭
    하여 경무청(警務廳) 아래에 편성한 관청. 1907년 내부(內部)에서 법부(法
    部)로 이관되면서 '감옥'으로 개칭되었다.

감장(監葬): 장사(葬事) 지내는 일을 돌봄.

강(講): 학문이나 기술의 일정한 내용을 체계적으로 설명하여 가르침. 강의(講義).

강권(强勸): 내키지 아니한 것을 억지로 권함.

강짜: 상대방이 다른 이성을 좋아하는 것을 지나치게 시기함. 강샘. 질투(嫉妬). 투기(妬忌).

객고(客苦): 객지에서 고생을 겪음. 또는 그 고생.

갈쭉하다: 보기 좋을 정도로 조금 길다.

거거익심(去去益甚): 갈수록 더욱 심함.

거금(距今): 지금을 기준으로 지나간 어느 때까지 거슬러 올라가서.

거동(擧動): 임금의 나들이. 서가(車駕). '거둥' 의 본딧말.

거래(去來): 사람이 찾아오거나 사건이 일어나는 대로 아랫사람이 윗사람에게 알리는 일.

거무하(居無何): 시간상으로 있은 지 얼마 안 됨.

거미구(居未久)에: 오래지 않아.

거미줄(을) 늘이다: 피의자나 죄인을 잡기 위하여 여러 방면에 수사망을 널리 펴 놓다.

거우르다: 안에 든 것이 쏟아지도록 기울어지게 하다.

거운거운: 거의거의.

거지청(廳): 거지들이 모여들어 살거나 잠을 자기 위하여 만든 집.

거치다: 무엇에 걸리거나 막히다. 마음에 거리끼거나 꺼리다.

걸다: 말씨나 솜씨가 거리낌이 없고 푸지다.

걸다: 불, 볕, 바람 따위에 거칠어지고 빛이 짙어지다.

걸어앉다: 높은 곳에 궁둥이를 대고 두 다리를 늘어뜨려 앉다.

검불: 가느다란 마른 나뭇가지나 마른 풀, 낙엽 따위.

검안(檢案): 뒤에 남은 흔적이나 상황을 조사하고 따짐.

검잡다: 손으로 휘감아 잡다. '거머잡다' 의 준말.

검치다: 모서리를 중심으로 두 면에 걸치도록 하여 접거나 휘어 붙이다. 한 물체의 두 곳이나 두 물체를 맞대고 걸쳐서 붙이다.

경둥대다: 침착하지 못하고 치신없이 경솔하게 행동하다. 경둥거리다.

경성드뭇하다: 많은 수효가 듬성듬성 흩어져 있다.

게두덜게두덜: 굵고 거친 목소리로 자꾸 불평하는 모양.

격동(激動): 감정 따위가 몹시 흥분하여 충동을 느끼거나 그렇게 되게 함. 정세 따위가 급격하게 움직이거나 그렇게 되게 함.

결곡하다: 얼굴 생김새나 마음씨가 깨끗하고 여무져서 빈틈이 없다.

결기: 못마땅한 것을 참지 못하고 성을 내거나 왈칵 행동하는 성미. 결.

결딴: 어떤 일이나 물건 따위가 아주 망가져서 도무지 손을 쓸 수 없게 된 상태. 살림이 망하여 거덜 난 상태.

결딴나다: 어떤 일이나 물건 따위가 아주 망가져서 도무지 손을 쓸 수 없는 상태가 되다. 살림이 망하여 거덜 나다.

경동(驚動): 놀라서 움직임.

경력(經歷): 여러 가지 일을 겪어 지내 옴. 겪어 지내 온 여러 가지 일. 열력(閱歷). 월력(越歷).

경륜(經綸): 일정한 포부를 가지고 일을 조직적으로 계획함. 또는 그 계획이나 포부.

경보(輕寶): 몸에 지니고 다니기에 편한 가벼운 보배.

경시(警視): 대한 제국 때 경시청(警視廳)과 각 도(道)의 관찰부(觀察府)에 속한 경찰 고등관(高等官). 또는 오늘날의 총경(總警)에 해당하는 식민지 시대 경찰관의 계급.

경시청(警視廳): 대한 제국 때 한성부(漢城府)와 경기도의 경찰 및 소방 업무를 맡아보던 관청. 한성부 안의 경찰 및 감옥 업무를 맡아보던 경무청(警務廳)을 전신으로 하여 내부(內部) 아래 두다가 1910년에 폐지되었다.

경시 총감(警視總監): 경시청(警視廳)의 우두머리.

경위(警衛): 경계하여 호위함.

경위(涇渭): 사리의 옳고 그름이나 이러하고 저러함에 대한 분별.

경위병(警衛兵): 임금을 경위(警衛)하는 병사.

경절(慶節): 온 국민이 기념하는 경사스러운 날.

경종(警鐘): 위급한 일이나 비상사태를 알리는 종이나 사이렌 따위의 신호.

경천위지(經天緯地): 온 천하를 온 천하를 조직적으로 잘 계획하여 다스림.

경첩(輕捷): 움직임이 가뿐하고 날쌤. 차림새가 단출하고 홀가분함.

겯 둘레를 치다: 곧바로 말하지 않고 말을 이리저리 굼때거나 슬쩍 둘러치다.

겯쇠: 원래 열쇠가 아니면서 자물쇠를 여는 데 대신 쓰는 열쇠.

곁쐐기: 쐐기 곁에 덧보태어 박는 작은 쐐기.

곁쐐기(를) 박다: 딴 사람의 말에 곁들여 말을 걸어 넣다. 말을 거들어 주다. 부연하여 설명하다.

계제(階梯): 어떤 일을 할 수 있게 된 형편이나 기회.

고갱이: 풀이나 나무의 줄기 한가운데에 있는 연한 심. 사물의 중심이 되는 부분.

고대: 이제 막. 바로 곧.

고동: 물렛가락의 윗몸에 끼워서 고정한 두 개의 매듭 같은 물건. 그 사이에 물렛줄이 걸려서 돈다.

고비판: 가장 중요한 단계나 대목 가운데에서도 가장 아슬아슬한 때나 형세.

고빙(雇聘): 학식이나 기술이 뛰어난 사람에게 어떤 일을 맡기려고 예의를 갖추어 모셔 옴.

고심참담(苦心慘憺): 몹시 마음을 태우며 애를 쓰면서 걱정을 함.

고임돌: 물건이 기울어지거나 쓰러지지 않도록 아래를 받쳐 괴는 돌. 굄돌. 받침돌.

고총(古塚): 오래된 무덤.

곡경(曲境): 몹시 힘들고 어려운 처지. 곤경(困境). 난경(難境).

곤쟁이: 곤쟁잇과의 털곤쟁이, 까막곤쟁이, 민곤쟁이 따위를 통틀어 이르는 말. 노하(滷蝦). 자하(紫蝦).

곧아오르다: 얼거나 마비되어 꼿꼿해지거나 뻣뻣해지다.

골독(汨篤)하다: 한 가지 일에 온 정신을 쏟아 딴생각이 없다. '골똘하다'의 본딧말.

골(을) 켜다: 통나무를 세로로 켜서 골을 만들다.

골창: 폭이 좁고 깊은 고랑. '고랑창'의 준말.

곬: 한쪽으로 트여 나가는 방향이나 길. 물고기 떼가 늘 몰려다니는 일정한 길. 사물의 유래.

곱다: 손가락이나 발가락이 얼어서 감각이 없고 놀리기가 어렵다.

곱살스럽다: 얼굴이나 성미가 예쁘장하고 얌전한 데가 있다.

공교(工巧): 솜씨나 꾀 따위가 재치가 있고 교묘함. 생각지 않았거나 뜻하지 않았던 사실이나 사건과 우연히 마주치는 것이 매우 기이함.

공자(公子): 지체가 높은 집안의 나이 어린 아들.

공치사(功致辭): 남을 위하여 수고한 것을 생색내며 스스로 자랑함. 남의 공을 칭찬함.

공함(公函, 公緘): 공사(公事)에 관하여 왕래하는 문서나 편지.

과수(寡守): 홀어미. 과부(寡婦).

관곡(款曲): 매우 정답고 친절함.

관내(管內): 어떤 기관이 관할하는 구역의 안.

관병식(觀兵式): 지휘관이 군대를 사열(査閱)하는 열병식(閱兵式)과 분열식(分列
式)의 의식.

관저(官邸): 장관급 이상의 고관들이 살도록 정부에서 제공하는 집. 공저(公邸).

관찰사(觀察使): 각 도의 경찰권과 사법권, 징세권 따위의 행정상 절대적인 권한
을 갖는 으뜸 벼슬. 조선 시대의 종이품 벼슬이다. 감사(監司). 관찰(觀察). 도
백(道伯). 도신(道臣). 방백(方伯).

괴: '고양이'의 옛말.

괴괴하다: 쓸쓸한 느낌이 들 정도로 아주 고요하다.

괴악(怪惡): 말이나 행동이 이상야릇하고 흉악함.

괴탄(怪歎, 怪嘆): 괴상하게 여겨 탄식함.

구드러지다: 마르거나 굳어서 뻣뻣하게 되다.

구라파(歐羅巴): '유럽(Europe)'을 음역(音譯)한 이름.

구변(口辯): 말을 잘하는 재주나 솜씨. 언변(言辯).

구쓰(靴, くつ): 가죽으로 만든 서양식 신을 가리키는 일본 말. 구두.

구적(舊跡, 舊蹟): 역사적인 사건이나 사물의 자취가 남아 있는 곳.

구지부득(求之不得): 구하려고 하여도 얻지 못함.

구척장신(九尺長身): 아홉 자나 되는 아주 큰 키. 또는 그런 사람.

국사범(國事犯): 국가나 국가 권력을 침해하는 범죄를 저지른 사람.

국적(國賊): 나라를 어지럽히는 역적. 나라에 해를 끼치는 자.

군용금(軍用金): 군자금(軍資金).

군정(軍丁): 군적(軍籍)에 있는 지방의 장정(壯丁). 병역과 노역(勞役)의 의무가 있
는 일정 연령의 정남(丁男).

군호(軍號): 서로 눈짓이나 말 따위로 몰래 연락하는 신호.

궁내부(宮內府): 왕실에 관한 모든 일을 맡아보는 관청. 1894년에 설치되어 1910
년에 폐지되었다.

궁벽(窮僻): 매우 후미지고 으슥함.

궁장(宮牆, 宮墻): 궁성(宮城). 궁궐(宮闕).

궂은비: 끄느름하게 오랫동안 내리는 비.

궐자(厥者): 그 사람. 그자. 궐(厥).

귀인성(貴人性): 신분이나 지위가 높고 귀하게 될 타고난 바탕이나 성질.

귀정(歸正): 그릇되었던 일이 바른길로 돌아옴.

귀축축하다: 구질구질하고 축축하다.

극흉(極凶): 몹시 흉악함. 지흉(至凶).

근사(勤事): 일에 공들임. 공들인 일.

근시(近侍): 웃어른을 가끼이 모심. 임금을 가끼이에서 모시던 신하. 근신(近臣).

금침(衾枕): 이부자리와 베개. 침구(寢具).

급기(及其): 마침내.

급사(急使): 급한 심부름이나 용무로 보내는 사람. 주사(走使).

급살(急煞): 갑자기 닥쳐오는 재액(災厄).

급살(을) 맞다: 갑자기 죽다.

기간(其間): 어느 때부터 다른 어느 때까지의 동안.

기꺼하다: 기꺼워하다.

기망(欺罔): 남을 속여 넘김. 기만(欺瞞).

기승(氣勝): 성미가 억척스럽고 굳세어 좀처럼 굽히지 않음. 기운이나 힘 따위가
      누그러들지 않음.

기외(其外): 그 밖의 나머지.

기이다: 어떤 일을 숨기고 바른대로 말하지 않다.

기착(氣着): '차렷'에 해당하는 구령(口令). 기척.

길반: 한 길하고 반.

까라지다: 기운이 빠져 축 늘어지다. 분노나 항거 따위의 기운이 사라지다.

까부라지다: 기운이 빠져 몸이 고부라지거나 생기가 없이 나른해지다.

깔붙다: 몸을 바짝 낮추어 아래쪽으로 다가붙다.

깨두드리다: 단단한 물체를 두드리어 깨뜨리다.

끈(을) 달다: 연달아 잇다. 어떤 현상이나 일들이 잇따라 일어나다.

끌끌하다: 마음이 맑고 바르고 깨끗하다.

나들다: 드나들다.

나마(羅馬): '로마(Roma)'를 음역(音譯)한 이름.

나부죽이: 납작하게 찬찬히 엎드리는 모양.

나삐: 좋지 않게. 낮추.

나사(羅紗): 양털 또는 양털에 무명, 명주, 인조 견사 따위를 섞어서 짠 모직물. 보
온성이 풍부하여 겨울용 양복감이나 코트감으로 쓰인다. 포르투갈 어 '라
사(raxa)'를 음역(音譯)한 말이다.

나슬나슬: 가늘고 짧은 털이나 풀 따위가 보드랍고 성긴 모양. 짧고 연한 풀이나
털 따위가 늘어져 약하게 자꾸 흔들리는 모양.

나파륜(拿破崙): '나폴레옹(Napoléon: 1769~1821)'을 음역(音譯)한 이름.

낙명(落名): 명성이나 명예가 떨어짐.

낙상(落傷): 떨어지거나 넘어져서 다침.

낙역부절(絡繹不絕): 왕래가 잦아 소식이 끊이지 아니함. 연락부절(連落不絕).

난번: 숙직(宿直) 따위의 근무를 정해진 순서에 따라 마치고 쉬는 차례 혹은 쉬는
차례가 된 사람.

난봉: 허랑방탕한 짓. 그런 짓을 일삼는 사람. 난봉꾼.

난장(亂杖): 몰매.

난장(을) 맞다: 마구 얻어맞다. 난장(亂杖)을 맞을 만하다는 뜻의 '난장(을) 맞을'
의 꼴로 써서 어떤 일이 몹시 못마땅하여 저주하는 말로 쓴다.

남복(男服): 여자가 남자의 옷을 입음.

남중일색(男中一色): 남자의 얼굴이 썩 뛰어나게 잘생김. 또는 그런 사람.

납촉(蠟燭): 밀랍으로 만든 초.

낭하(廊下): 복도(複道).

낮후: 한낮이 지난 뒤.

내리쉬다: 크게 들이마신 숨을 길게 내뱉다

내상(內相): 집안을 잘 다스리는 아내.

내월(來月): 이달의 바로 다음 달. 내달. 새달. 후월(後月). 훗달.

내응(內應): 내부에서 몰래 적과 통하거나 적의 내부에서 몰래 아군과 통함.

내평: 속내. 속내평. 이허(裏許).

내해자(內垓子): 경계선의 안에 있는 해자.

넌짓: 드러나지 않게 가만히. '넌지시'의 준말.

널문: 널빤지로 만든 문.

노느다: 여러 몫으로 갈라 나누다.

노르망디(Normandie): 프랑스 북서부에 있는 지방. 동쪽으로 센(Seine) 강이 흐르
고, 서쪽으로는 코탕탱(Cotentin) 반도가 영국 해협에 돌출해 있다.

노비(路費): 먼 길을 떠나 오가는 데 드는 비용. 노수(路需). 노자(路資).

노주간(奴主間): 종과 주인 사이.

노트르담(Notre Dame) 교당(教堂): 노트르담 대성당(大聖堂). 프랑스 파리(Paris)
중앙부를 흐르는 센(Seine) 강 가운데의 시테(Cité) 섬에 있는 사원이다. 프
랑스의 고딕 건축을 대표하는 가톨릭 성당으로 1163년에 착공하여 1245년
에 완성되었다. '노트르담'은 '우리들의 귀부인' 즉 '성모 마리아'를 뜻한
다.

뇌다: '놓이다'의 준말.

뇌충혈(腦充血): 과로, 정신 흥분, 알코올 의존 따위에 의한 뇌혈관 비대가 원인이
되어 뇌수의 혈관이 충혈됨으로써 일어나는 병. 두통, 구토, 경련, 의식 장애
따위의 증상이 나타난다.

누거만(累巨萬): 여러 거만(巨萬). 매우 많음.

누누(累累): 겹겹이 쌓임.

누누중총(累累衆塚): 다닥다닥 잇닿아 있는 많은 무덤들.

누룩머리 → 돈이 누룩머리를 앓다.

눈귀: 눈초리.

눈에 익다: 여러 번 보아서 익숙하다.

눈치레: 겉만 보기 좋게 꾸미어 드러냄. 겉치레.

능갈치다: 교묘하게 잘 둘러대는 재주가 있다. 아주 능청스럽다.

능견난사(能見難思): 눈으로 볼 수 있지만 이치를 알기가 어려운 일.

능소능대(能小能大): 모든 일에 두루 능함.

능지(凌遲, 陵遲): 대역죄를 범한 죄인을 죽인 뒤 시신의 머리, 몸, 팔, 다리를 토막
쳐서 각지에 돌려 보이는 형벌. 능지처참(陵遲處斬).

ㄷ

다사(多事): 일이 많음.

다정다한(多情多恨): 애틋한 정도 많고 한스러운 일도 많음.

다좇다: 다급히 좇다.

다좇다: 일이나 말을 섣불리 하지 아니하도록 매우 단단히 주의를 주다. 일이나
　　말을 매우 바짝 재촉하다. '다좇치다'의 준말.

단근질: 불에 달군 쇠로 몸을 지지는 일.

단단상약(斷斷相約): 서로 굳게 약속함.

단독일신(單獨一身): 가족이나 친척이 없는 홀몸.

단출하다: 식구나 구성원이 많지 않아서 홀가분하다. 일이나 차림차림이 간편하다.

닫치다: 열린 문짝, 뚜껑, 서랍 따위를 꼭꼭 또는 세게 닫다. 입을 굳게 다물다.

달근달근하다: 재미가 있고 마음에 들다.

달포: 한 달이 조금 넘는 기간. 월여(月餘).

대례복(大禮服): 나라의 중대한 의식이 있을 때에 벼슬아치가 입던 예복.

대명(代命): 횡액(橫厄)에 걸려 남의 죽음을 대신함.

대사(大赦): 죄의 종류를 정하여 그에 해당하는 모든 죄인에 대하여 형을 사면(赦
　　免)하는 일. 일반 사면(一般赦免).

대역부도(大逆不道): 임금이나 나라에 큰 죄를 지어 도리에 크게 어긋남. 또는 그
　　런 짓. 대역무도(大逆無道).

대통: 쪼개지 않고 짧게 자른 대나무의 토막.

댁사람: 큰 살림집에 친밀하게 자주 드나드는 사람.

더듬적더듬적: 무엇을 찾거나 알아보려고 느릿느릿하게 손으로 이리저리 자꾸
　　만지는 모양. 말을 하거나 글을 읽을 때 느릿느릿하게 자꾸 더듬는 모양.

덧거칠다: 일이 순조롭지 못하고 까탈이 많다.

덧들다: 선잠이 깬 채 다시 잠이 잘 들지 아니하다.

도두막하다: 무엇이 돋아난 것처럼 가운데 부분이 볼록하다. 도두룩하다.

도르다: 일이나 물건, 돈 따위를 이리저리 형편에 맞추어 돌라대다.

도섭스럽다: 주책없이 능청맞고 수선스럽게 변덕을 부리는 태도가 있다.

도스르다: 무슨 일을 하려고 별러서 마음을 다잡아 가지다.

낱말 풀이　　323

도적 등(燈): 가지고 다닐 수 있는 작은 전등. 전지를 넣으면 불이 들어오게 되어
　　있다. 손등. 손전등. 손전지. 회중전등(懷中電燈). 플래시. 도둑 등(燈).

도화색(桃花色): 복숭아꽃의 빛깔과 같이 붉은 색. 도홍색(桃紅色).

독자갈: 자갈.

돈이 누룩머리를 앓다: 어따 써야 될지 모를 정도로 돈이 많다.

돈절(頓絕): 소식이나 편지 등이 딱 끊어짐. 두절(杜絕).

돌돌하다: 똑똑하고 영리하다. '똘똘하다' 의 여린말.

돌부리를 차면 발부리만 아프다: 성이 난다고 하여 당치도 않은 자리에서 함부로
　　화를 내면 저만 해롭다.

돌라보다: '둘러보다' 의 작은말.

돌라붙다: 기회나 형편을 살펴 이로운 쪽으로 붙어 따르다.

돌려내다: 한패에 넣지 않고 따돌리다. 남을 그럴듯한 말로 꾀어 있는 곳에서 빼
　　돌려 내다.

돌비: 돌로 만든 비석.

동그맣다: 외따로 오뚝하다.

동독(董督): 감시하며 독촉하고 격려함.

동록(銅綠): 구리의 거죽에 슨 푸른 녹. 동청(銅青). 녹(綠).

동류(同類): 같은 종류나 부류. 같은 무리.

동심합력(同心合力): 마음을 같이하여 힘을 합침. 동심동력(同心同力).

동옷: 남자가 겹것이나 솜을 두어 만든 핫것으로 입는 저고리.

동이다: 끈이나 실 따위로 감거나 둘러 묶다.

동풍(動風): 병으로 몸의 전체 또는 일부분에 일어나는 경련.

동풍(凍風): 얼음처럼 차가운 바람.

되작되작: 물건들을 요리조리 들추며 자꾸 뒤지는 모양. '뒤적뒤적' 의 작은말.

되채다: 혀를 제대로 놀려 말을 또렷하게 하다.

두견(杜鵑)이: 두견(杜鵑)과의 새. 스스로 집을 짓지 않고 휘파람새의 둥지에 알을
　　낳아 휘파람새가 새끼를 키우게 하는 여름새. 두견(杜鵑). 두견(杜鵑)새. 불
　　여귀(不如歸). 그 밖에도 귀촉도(歸蜀道), 두백(杜魄), 두우(杜宇), 두혼(杜魂),
　　망제(望帝), 사귀조(思歸鳥), 시조(時鳥), 자규(子規), 주각제금(住刻啼禽), 주연
　　(周燕), 촉백(蜀魄), 촉조(蜀鳥), 촉혼(蜀魂), 촉혼조(蜀魂鳥) 등의 여러 이름이

있다.

두루뭉수리: 말이나 행동이 분명하지 아니한 상태. 말이나 행동이 변변하지 못한
　　　사람.

두류(逗留, 逗遛): 객지에서 오랫동안 머물러 묵음. 체류(滯留).

두호(斗護): 남을 두둔하여 보호함.

둥그르다: '뒹굴게 하다' 의 옛말.

뒤구르다: 반동 때문에 뒤로 움직이거나 물러나다.

뒤굴리다: 함부로 마구 굴리다.

뒤다: 뒤지다.

뒤를 다지다: 뒷일이 걱정하여 잘못되지 않도록 미리 다짐 받다. 뒤를 누르다.

뒤를 풀다: 맺힌 감정을 누그러지게 하거나 없어지게 하다.

뒤채: 가마나 상여 따위에 달린 채의 뒷부분.

뒤치다꺼리: 일이 끝난 뒤에 뒤끝을 정리하는 일. 뒤에서 일을 보살펴서 도와주는
　　　일. 뒷바라지. 뒷수쇄(收刷). 뒷수습(收拾). 치다꺼리.

뒷배: 겉으로 나서지 않고 뒤에서 보살펴 주는 일.

뒷수쇄(收刷): 일이 끝난 뒤에 뒤끝을 정리하는 일. 뒤에서 일을 보살펴서 도와주
　　　는 일. 뒤치다꺼리. 뒷바라지. 뒷수습(收拾). 치다꺼리.

드리다: 여러 가닥의 실이나 끈을 하나로 땋거나 꼬다.

득달(得達): 목적한 곳에 도달함. 목적을 이룸.

듣보다: 듣기도 하고 보기도 하며 알아보거나 살피다.

들뜨리다: 안쪽으로 아무렇게나 막 집어넣다. '들이뜨리다' 의 준말.

들먹들먹: 어깨나 엉덩이 따위가 자꾸 들렸다 놓였다 하는 모양.

들부수다: 닥치는 대로 마구 부수다. '들이부수다' 의 준말.

등대(等對): 같은 자격으로 마주 대함.

등더리: '등' 의 사투리.

등속(等屬): 앞에 나열한 사물과 같은 종류의 것들을 몰아서 이르는 말.

등시포착(登時捕捉): 죄를 저지른 그때 그 자리에서 곧 잡음.

따개꾼: 소매치기.

따다: 찾아온 사람을 핑계를 대고 만나지 않다. 싫거나 미운 사람을 돌려내어 일
　　　에 관계되지 않게 하다. 뒤따르는 것을 딴 데로 떼어 버리다. 따돌리다.

땅기다: 몹시 켕기어지다.

떠대다: 어떤 사실의 물음에 대하여 거짓으로 꾸며 대답하다.

떠들다: 가리거나 덮인 물건의 한 부분을 걷어 젖히거나 쳐들다.

떼걸다: 관계하던 일을 그만두다.

똑따다: 꼭 맞아 떨어지게 알맞다.

뜨개질: 남의 마음속을 떠보는 일.

□

마구(馬廐): 마구간(馬廐間).

마루청: 마룻바닥에 깔아 놓은 널조각. 마루판. 마룻널. 마룻장.

마장: 오 리나 십 리가 못 되는 거리를 이르는 단위.

마주잡이: 두 사람이 앞뒤에서 메는 일. 또는 그런 상여나 들것.

막처(幕處): 막을 친 곳. 또는 막을 치고 거처하는 곳.

만고풍상(萬古風霜): 아주 오랜 세월 동안 겪어 온 많은 고생. 만고풍설(萬古風雪).

만부부당(萬夫不當): 수많은 장부(丈夫)로도 능히 당할 수 없음.

만조백관(滿朝百官): 조정의 모든 벼슬아치.

말세: 말하는 기세나 태도.

말수받이: 다른 사람이 하는 말을 받는 일. 말받이.

망계(妄計): 분수없는 그릇된 꾀와 방법.

망연(茫然): 매우 넓고 멀어서 아득함. 아무 생각이 없이 멍함.

맞돈: 현찰(現札).

맞방망이: 서로 마주 앉아 무엇을 두드리거나 박거나 다듬을 때 쓰는 방망이. 《무
　　쇠탈》에서는 '맞방망이질' 즉 가슴이나 심장 따위가 몹시 두근거림을 빗대
　　어 이르는 말로 쓰였다.

매몰스럽다: 보기에 인정이나 싹싹한 맛이 없고 쌀쌀맞은 데가 있다.

매몰하다: 인정이나 싹싹한 맛이 없고 쌀쌀맞다. 풍치가 없이 쓸쓸하다. 매몰차다.

맹랑(孟浪): 생각하던 바와 달리 허망함. 처리하기가 매우 어렵고 묘함. 하는 짓이
　　만만히 볼 수 없을 만큼 똘똘하고 깜찍함.

매에 아니 맞는 장사 없다: 아무리 장사라도 달아매 놓고 치는 데는 안 맞을 재간 이 없다. 아무리 강한 사람도 여럿이 함께 몰아대면 당할 수 없다. 달고 치는 데 안 맞는 장사가 있나.

먹새: 나무발발잇과의 새. 굴뚝새.《무쇠탈》에서는 '검정 새'라는 뜻으로 쓰였다.

먼촌: 멀리 외따로 떨어져 있는 시골.

메붙이다: 어깨 너머로 둘러메어 바닥에 힘껏 내리치다. '메어붙이다'의 준말.

면례(緬禮): 무덤을 옮겨서 다시 장사를 지냄.

면보: 빵. 포르투갈 어인 '팡(pão)'의 중국식 역어(譯語)를 한자 독음(讀音)대로 읽은 '면포(麵麭)'가 변형된 말.

면분(面分): 얼굴이나 알 정도로 사귄 교분.

면상육갑(面上六甲): 얼굴만 보고 나이를 짐작함.

면소(面所): 면의 행정 사무를 맡아보는 기관. 면사무소(面事務所).

면주(綿紬): 명주(明紬).

명부(名簿): 어떤 일에 관련된 사람의 이름과 그 밖의 신상에 관한 사항을 적어 놓은 장부.

모계(謀計): 계교를 꾸밈. 또는 그 계교.

모군(募軍): 공사판 따위에서 삯을 받고 일하는 사람. 모군꾼.

모막이: 직육면체로 된 기구의 위와 아래를 막는 널조각.

모사(謀士): 꾀를 써서 일이 잘 이루어지게 하는 사람. 남을 도와 꾀를 내는 사람.

모주(母酒): 밑술이나 재강. 약주를 뜨고 남은 찌끼술이나 술을 거르고 남은 찌끼.

모주 병정(母酒兵丁): 여기저기 기웃거리며 공술이나 얻어먹으면서 병정 노릇을 하는 사람. 하는 일 없이 전체하며 거들먹거리는 사람을 빗대는 말. → 병정(兵丁).

목맺히다: 목메다.

목도(目睹): 눈으로 직접 봄. 목격(目擊).

몰방(沒放): 총포나 폭발물 따위를 한곳을 향하여 한꺼번에 쏘거나 터뜨림.

몰수(沒數)이: 있는 수효대로 모두 다.

몰풍치(沒風致): 경치가 아름답지 못하고 운치가 없음.

몸단속(團束): 위험에 처하거나 병에 걸리지 않도록 미리 조심함. 옷차림을 제대로 함. 몸닦달.

몹시굴다: 학대(虐待)하다.

몽조(夢兆): 꿈에 나타나는 길흉의 징조.

몽혼(朦昏): 독물이나 약물에 의하여 감각을 잃고 자극에 반응할 수 없게 됨. 마취 (痲醉).

뫼: 사람의 무덤. 묘(墓).

무간(無間): 서로 허물없이 가까움. 무관(無關).

무느다: 쌓여 있는 것을 흩어지게 하다.

무뢰지배(無賴之輩): 무뢰한(無賴漢)의 무리. 성품이 막되어 예의와 염치를 모르며 일정한 소속이나 직업이 없이 불량한 짓을 하며 돌아다니는 사람의 무리. 무뢰배(無賴輩).

무비(無非): 그러하지 않은 것이 없이 모두.

무색(無色): 겸연쩍고 부끄러움. 본래의 특색을 드러내지 못하고 보잘것없음.

무시(無時)로: 특별히 정한 때가 없이 아무 때나.

무쌍(無雙): 서로 견줄 만한 것이 없을 정도로 뛰어남.

무인공산(無人空山): 사람이 살지 않는 산.

무지러지다: 물건의 끝이 몹시 닳거나 잘려 없어지다. 중간이 끊어져서 두 동강이 나다.

무지르다: 한 부분을 잘라 버리다. 말을 중간에서 끊다. 가로질러 가다.

묵새기다: 별로 하는 일 없이 한곳에서 오래 묵으며 날을 보내다.

문객(門客): 세력 있는 집에 머물면서 밥을 얻어먹고 지내는 사람. 또는 덕을 볼까 하고 수시로 그 집에 드나드는 사람.

문창(門窓): 문과 창문.

문초(問招): 죄나 잘못을 따져 묻거나 심문(審問)함.

문칫문칫: 일을 결단성 있게 하지 못하고 자꾸 어물어물 끌어가기만 하는 모양. 문치적문치적.

물계: 어떤 일의 처지나 속내.

물 찬 제비: 물을 차고 날아오른 제비처럼 몸매가 아주 매끈하여 보기 좋은 사람. 동작이 민첩하고 깔끔하여 보기 좋은 행동을 하는 사람.

뭉키다: 여럿이 한데 뭉쳐 한 덩어리가 되다.

미구(未久): 얼마 오래지 아니함.

미구불원(未久不遠): 앞으로 얼마 오래지 아니하고 가까움.

미묘(美妙): 아름답고 묘함.

미상불(未嘗不): 아닌 게 아니라 과연. 미상비(未嘗非).

미욱하다: 하는 짓이나 됨됨이가 매우 어리석고 미련하다.

민요(民擾): 포악한 정치 따위에 반대하여 백성들이 일으킨 폭동이나 소요. 민란
(民亂).

민활(敏活): 날쌔고 활발함.

ㅂ

바람벽: 방이나 칸살의 옆을 둘러막은 둘레의 벽.

바서지다: '부서지다'의 작은말.

바스러지다: 얼굴이 마르고 쪼그라지다.

바스티유(Bastille): 프랑스 파리(Paris)의 동쪽 교외에 있는 요새. 원래는 백 년 전
쟁(1337~1453) 때 파리의 방어를 위하여 쌓은 성이었으나 루이 십삼세
(Louis XIII: 1601~1643)가 감옥으로 개조하여 정치범을 가두었다.

바탈: 바탕.

박두(迫頭): 기일이나 시기가 가까이 닥쳐옴. 당두(當頭). 당박(當迫).

박이다: 버릇이나 생각, 태도 따위가 깊이 배다.

박차(拍車): 말을 탈 때에 신는 구두의 뒤축에 달아 말의 배를 찰 수 있게 만든 톱
니바퀴 모양의 쇠로 된 물건.

반분(半分): 절반 정도의 분량. 절반으로 나눔.

반열(班列): 품계나 신분, 등급의 차례. 반차(班次).

반월형(半月形): 반달같이 생긴 모양. 반달꼴. 반달형.

반(을) 타다: 반으로 나누다. 쪼개어 절반으로 가르다.

반정(反正): 본래의 바른 상태로 돌아가거나 그 상태로 돌아가게 함. 난리를 진압
하여 태평한 세상을 만듦. 옳지 못한 임금을 폐위하고 새 임금을 세워 나라
를 바로잡거나 그런 일.

반턱: 반가량.

발그림자: 찾아가거나 찾아오는 일.

발맘발맘: 한 발씩 또는 한 걸음씩 길이나 거리를 재는 모양. 자국을 살펴 가며 천
천히 쫓아가는 모양.

발명(發明): 변명(辨明).

발바투: 발 앞에 바짝 닥치는 모양. 때를 놓치지 않고 재빠르게.

발발(勃勃): 기운이나 기세가 끓어오를 듯이 성함.

발씨: 길을 걸을 때 발걸음을 옮겨 놓는 모습.

방그죽이: 닫혀 있던 입이나 문 따위가 소리 없이 살그머니 열리는 모양. 방긋이.

방색(防塞): 들어오지 못하게 막음. 틀어막거나 가려서 막음. 무엇을 하지 못하게
막음. 남의 청(請)을 받아들이지 않고 막음. 방알(防遏).

방세간붙이: 방 안에 갖추어 놓고 살림하는 데 쓰는 갖가지 물건. 방세간.

방약무인(傍若無人): 곁에 사람이 없는 것처럼 아무 거리낌 없이 함부로 말하고
행동하는 태도가 있음.

방장(方壯): 바야흐로 한창임.

방장(房帳): 방문이나 창문에 치거나 두르는 휘장.

방조(傍助): 곁에서 도와줌.

배알: '속마음'의 낮은말.

배종(陪從): 임금이나 높은 사람을 모시고 따라가는 사람.

배행(陪行): 윗사람을 모시고 따라 감. 떠나는 사람을 일정한 곳까지 따라 감.

백배치사(百拜致謝): 거듭 절을 하며 고맙다는 뜻을 나타냄. 백배사례(百拜謝禮).

백사(百事): 여러 가지의 일. 모든 일.

백이의(白耳義): '벨기에(België)'를 음역(音譯)한 이름.

백이의 국(白耳義國): '벨기에(België)'를 음역(音譯)한 이름.

백차일(白遮日): 햇볕을 가리려고 치는 하얀 빛깔의 포장(布帳).

백차일(白遮日) 치듯: 흰옷 입은 사람들이 매우 많이 모인 모양.

백판(白板): 아무것도 없는 형편이나 모르는 상태. 전혀 생소하게.

버슷하다: 두 사람의 사이가 서로 잘 어울리지 않다.

버지다: 칼이나 날카로운 물건에 베이거나 조금 긁히다.

번(番)을 나다: 번(番)을 치르고 나오다.

번고(煩苦): 번민하여 괴로워함.

번차례(番次例): 돌아가며 갈마드는 차례.

번하다: 어두운 가운데 빛이 비치어 조금 훤하다.

벌다: 몸피가 한 주먹이나 한 아름에 들 정도보다 조금 더 크다.

벌인춤: 이미 시작하여 중간에 그만둘 수 없는 것.

범연(泛然): 차근차근한 맛이 없이 데면데면함.

범절(凡節): 법도에 맞는 모든 질서나 절차.

베돌다: 가까이 가지 아니하고 피하여 딴 데로 돌다.

베르사유(Versailles) 궁(宮): 프랑스 베르사유에 있는 궁전. 루이 십사세(Louis X
   Ⅳ: 1638~1715)가 1664년부터 1715년에 걸쳐 완성한 바로크(baroque) 양
   식의 건물로 호화롭고 장려하기로 유명하다.

벽창호: 고집이 세며 완고하고 우둔하여 말이 도무지 통하지 아니하는 무뚝뚝한
   사람.

변복(變服): 남이 알아보지 못하도록 평소와 다르게 옷을 차려입음. 또는 그런 옷
   차림.

변성명(變姓名): 성과 이름을 다른 것으로 고침. 또는 그렇게 고친 성과 이름.

별은전(別恩典): 나라에서 특별히 내리는 혜택이나 대우.

병구원(病救援): 앓는 사람을 잘 돌보아 줌. '병구완' 의 본딧말.

병문(屛門): 골목 어귀의 길가.

병정(兵丁): 오입판에서 조방꾸니 노릇으로 돈 있는 사람을 따라다니며 잔시중을
   들고 공술이나 얻어먹는 사람을 빗대는 말. → 모주 병정(母酒兵丁).

병참소(兵站所): 군사 작전에 필요한 인원과 물자를 관리 · 보급 · 지원하는 곳.

보짱: 마음속에 품은 꿋꿋한 생각이나 요량.

복색(服色): 신분이나 직업에 따라서 다르게 맞추어서 차려 입는 옷의 꾸밈새와
   빛깔.

본정(本情): 본디부터 변함없이 그대로 가지고 있는 마음. 꾸밈이나 거짓이 없는
   참마음. 본뜻. 본마음. 본심(本心). 본의(本意).

본치: 남의 눈에 띄는 태도나 겉모양.

볼치: 볼따구니.

부대(富大): 몸뚱이가 뚱뚱하고 큼.

부대끼다: 사람이나 일에 시달려 크게 괴로움을 겪다.

부동(符同): 그른 일에 어울려 한통속이 됨.

부령(副領): 오늘날의 '중령(中領)'에 해당하는, 대한 제국 때의 영관 계급.

부르쥐다: 주먹을 힘을 들여 쥐다.

부지(扶持, 扶支): 상당히 어렵게 보존하거나 유지하여 나감.

부지거처(不知去處): 간 곳을 모름.

부지불각(不知不覺): 자신도 모르는 결.

부지중(不知中): 알지 못하는 동안.

부지하세월(不知何歲月): 언제 이루어질지 그 기한을 알 수 없음.

분네: '분'을 덜 친근하게 이르는 말. 또는 둘 이상의 사람을 높여 이르는 말.

분돋움: 남의 분한 마음을 돋우는 일.

분전(分傳): 물건이나 서류, 편지 따위를 여러 곳에 나누어 전함.

불가불(不可不): 하지 아니할 수 없어. 마음이 내키지 아니하나 마지못하여. 부득
　　불(不得不).

불감(不敢): 감히 할 수 없음. 남의 대접을 받아들이기가 어렵고 황송함.

불계(不計): 옳고 그른 것이나 이롭고 해로운 것 따위의 사정을 가려 따지지 아니함.

불고(不顧): 돌아보지 아니함.

불공대천(不共戴天): 하늘을 함께 이지 못함, 즉 이 세상에서 같이 살 수 없을 만큼
　　큰 원한을 가짐. 불구대천(不俱戴天).

불란서(佛蘭西): '프랑스(France)'를 음역(音譯)한 이름.

불령지배(不逞之輩): 원한, 불만, 불평 따위를 품고서 어떠한 구속도 받지 아니하
　　고 제 마음대로 행동하는 무리.

불여귀(不如歸): 두견(杜鵑)과의 새. 스스로 집을 짓지 않고 휘파람새의 둥지에 알
　　을 낳아 휘파람새가 새끼를 키우게 하는 여름새. 두견(杜鵑). 두견(杜鵑)새.
　　두견(杜鵑)이. 그 밖에도 귀촉도(歸蜀道), 두백(杜魄), 두우(杜宇), 두혼(杜魂),
　　망제(望帝), 사귀조(思歸鳥), 시조(時鳥), 자규(子規), 주각제금(住刻啼禽), 주연
　　(周燕), 촉백(蜀魄), 촉조(蜀鳥), 촉혼(蜀魂), 촉혼조(蜀魂鳥) 등의 여러 이름이
　　있다.

불원(不遠): 거리가 멀지 않음. 시일이 오래지 않음. 오래지 않아. 머지않아. 미구
　　(未久). 불구(不久).

불측(不測): 미루어 헤아릴 수 없음.

붕어(崩御): 임금이 세상을 떠남.
붙접: 가까이하거나 붙따라 기대는 일.
뷔걷다: 비틀비틀 걷다.
브뤼셀(Brussel): 벨기에(België)의 중앙부에 있는 도시. 브라반트(Brabant) 주의 주도(州都)이며, 1830년 이래 벨기에의 수도다.
비녀울: 이탈리아의 '피네롤로(Pinerolo)'를 음역(音譯)한 이름. → 피네롤로.
비복(婢僕): 계집종과 사내종.
비색(否塞): 운수가 꽉 막힘. 불행해짐.
비쓸거리다: 힘없이 자꾸 비틀거리다. '비슬거리다'의 센말.
비쓸비쓸: 힘없이 자꾸 비틀거리는 모양. '비슬비슬'의 센말.
비조(飛鳥): 날아다니는 새.
빌밋하다: 얼추 비슷하다. 뚜렷하지 않고 흐릿하거나 희미하다.
빌붙다: 남의 호감이나 환심을 사기 위하여 곁에서 아첨하고 알랑거리다.
빗들다: 마음이나 생각 따위가 잘못 들다.
빙거(憑據): 사실을 증명할 근거를 댐. 또는 그 근거.

ㅅ

사개: 모퉁이를 끼워 맞추기 위하여 서로 맞물리는 끝을 들쭉날쭉하게 파낸 부분.
사관(士官): 장교(將校).
사관(私館, 舍館): 일정한 방세와 식비를 내고 남의 집에 머물면서 숙식하는 집. 하숙(下宿).
사념(思念): 근심하고 염려하는 따위의 여러 가지 생각.
사두마차(四頭馬車): 네 마리의 말이 끄는 마차.
사랑(舍廊): 집의 안채와 떨어져 있어서 바깥주인이 거처하며 손님을 접대하는 곳. 객당(客堂). 외당(外堂).
사령(使令): 관아(官衙)에서 심부름하는 사람.
사로자다: 염려가 되어 마음을 놓지 못하고 조바심하며 자다.
사사(私事): 개인의 사사로운 일. 사삿일.

사삿집: 개인이 살림하는 집. 개인 소유의 집. 사가(私家). 사갓집.

사시장철: 사철 중 어느 때나 늘.

사은(謝恩): 받은 은혜에 대하여 감사히 여겨 사례함.

사저(私邸): 개인의 저택. 또는 정부 고관(高官)이 사사로이 거주하는 개인 소유의
　　집을 관저(官邸)에 상대하여 이르는 말. 사관(舍館).

사졸(士卒): 군사(軍士).

사진(仕進): 벼슬아치가 규정된 시간에 근무지로 출근함.

사체(事體): 사리(事理)와 체면(體面).

신모롱이: 신모퉁이의 휘이 들이긴 곳.

삼거웃: 삼 껍질의 끝을 다듬을 때에 긁혀 떨어진 검불. 찰흙으로 사람의 형상을
　　만들 때 흙에 넣어 버무려 쓴다.

삼척장검(三尺長劍): 길고 큰 칼.

상고(詳考): 꼼꼼하게 따져서 검토하거나 참고함.

상급(賞給): 상으로 줌. 상으로 주는 돈이나 물건.

상부(喪夫): 남편의 죽음을 당함.

상성(喪性): 본래의 성질을 잃어버리고 전혀 다른 사람처럼 됨.

상약(相約): 서로 약속함. 또는 그 약속.

상치(相馳): 일이나 뜻이 서로 어긋남. 공교로이 어그러짐.

상판: '얼굴'을 속되게 이르는 말. 상판대기.

새벽참: 새벽녘.

새알심: 찹쌀가루나 수수 가루로 동글동글하게 만들어 팥죽 속에 넣어 먹는 새알
　　만 한 덩이.

색책(塞責): 책임을 면하기 위하여 겉으로만 둘러대어 꾸밈.

생맥(生脈): 힘차게 뛰는 맥.

생의(生意): 어떤 일을 하려고 마음을 먹음. 생심(生心).

생화: 장사를 함. 먹고살아 가는 데 도움이 되는 벌이나 직업.

서껀: '~이랑 함께'의 뜻을 나타내는 보조사.

서반아(西班牙): '에스파냐(España)'를 음역(音譯)한 이름.

서슴다: 결단을 내리거나 선뜻 결정하지 못하고 머뭇거리며 망설이다.

서어(鉏鋙, 齟齬): 뜻이 잘 맞지 않아 좀 서름서름하고 서먹함.

서판(書板): 글씨를 쓸 때 종이 밑에 받치는 널조각.

석삭다: 속으로 녹으며 삭아 없어지다.

섞바꾸다: 서로 번갈아 차례를 바꾸다.

선불: 급소에 바로 맞지 아니한 총알.

선불(을) 맞다: 어설픈 타격을 받다.

선성(先聲): 전부터 알려져 있는 명성.

선술집: 술청 앞에 선 채로 간단하게 술을 마실 수 있는 술집.

선지: 짐승을 잡아서 받은 피. 다쳐서 쏟아져 나오는 피. 생생한 피. 선지피. 선혈(鮮血).

설다루다: 불충분하게 처리하거나 섣불리 다루다.

설시(設始): 처음으로 설비(設備)를 베풂.

섬약(纖弱): 가냘프고 약함.

섭산적: 쇠고기를 잘게 다져 갖은 양념을 하고 반대기를 지어서 구운 적(炙).

성근(誠勤): 성실하고 부지런함.

성기 상응(聲氣相應): 목소리와 기운이 서로 응하거나 어울림, 즉 소식이나 기맥이 서로 통함. 또는 마음과 뜻이 서로 통함. 성기상통(聲氣相通).

성명(盛名, 聲名): 떨치는 이름. 세상에 널리 퍼져 평판 높은 이름. 명성(名聲). 성문(聲聞). 성칭(聲稱). 홍명(鴻名).

성복 후 약방문(成服後藥方文): 초상이 나서 이미 상복을 입은 후의 약방문, 즉 뒤늦게 이러니저러니 다시 말함.

성분(成墳): 흙을 둥글게 쌓아 올려서 무덤을 만듦. 봉분(封墳).

성성이: 사람과 비슷한데 몸은 개와 같으며 주홍색의 긴 털이 나 있는 상상 속의 짐승. 사람의 말을 이해하고 술을 좋아한다. 성성(猩猩).

성책(成冊): 책으로 됨. 또는 책을 만듦.

성탄제일(聖誕祭日): 성탄제(聖誕祭). 성탄절(聖誕節).

성화(成火)를 바치다: 일 따위가 뜻대로 되지 아니하여 답답하고 애가 타다. 자꾸 몹시 귀찮게 굴어 속 타게 하다. 성화를 먹이다. 성화를 시키다.

세도(勢道): 정치상의 권세. 또는 그 권세를 마구 휘두르는 일.

세도재상(勢道宰相): 정치상의 권세를 쥐고 나라의 대권을 마음대로 움직이는 재상.

세쇄(細瑣): 시시하고 자질구레함.

세전(貰錢): 남의 물건이나 건물을 빌려 쓰고 그 값으로 주는 돈. 셋돈.

소경력(所經歷): 겪어 지내 온 일. 소경사(所經事).

소양지판(霄壤之判): 하늘과 땅 사이의 차이, 즉 사물들이 서로 엄청나게 다름. 소
    양지차(霄壤之差).

소임(所任): 소규모 단체 따위에서 아래 급의 임원.

소치(所致): 어떤 까닭으로 생긴 일.

소향무적(所向無敵): 어디를 가든지 대적할 만한 사람이 없음.

속심: 속마음.

속(을) 뽑다: 일부러 남의 마음을 떠보고 그 속내를 드러나게 하다.

손궤: 손으로 들고 다니기 좋게 만든 작은 궤.

손치다: 물건을 매만져 바로잡다.

솔발(摔鈸): 군령이나 경고 신호로 쓰는, 놋쇠로 만든 종 모양의 큰 방울. 위에 짧
    은 쇠자루가 있고 안에 작은 쇠뭉치가 달려 있다. 요령(鐃鈴, 搖鈴)

솔발(摔鈸)을 치다: 자기가 발견한 것을 여러 사람에게 외쳐 알리다.

쇠경(衰境): 늙어 버린 판. 늙바탕.

수라장(修羅場): 싸움이나 그 밖의 다른 일로 큰 혼란에 빠진 곳. 또는 그런 상태.
    수라도장(修羅道場). 아수라장(阿修羅場).

수문통(水門桶, 水門筩): 성(城)이나 방죽 따위의 수문에서 물이 빠져나오는 통.

수죄(數罪): 범죄 행위를 들추어 세어 냄.

수중고혼(水中孤魂): 물에 빠져 죽은 사람의 외로운 넋.

수직(守直)군: 수직 임무를 맡아 수행하는 사람. '수직원(守直員)'을 낮잡아 이르
    는 말.

수축(修築): 집이나 방축 등 건축물을 고쳐 짓거나 고쳐 쌓음.

숙수(熟手): 음식 만드는 일을 직업으로 하는 사람.

순경(巡警): 여러 곳을 돌아다니며 사정을 살핌. 순찰(巡察).

순편(順便): 마음이나 일의 진행 따위가 거침새가 없고 편함.

술청: 선술집에서 술잔을 놓기 위해 널빤지로 좁고 기다랗게 만든 상. 목로(木壚).

숫접다: 순박하고 진실하다.

숲정이: 마을 근처에 있는 수풀.

스스럽다: 서로 사귀는 정분이 두텁지 않아 조심스럽다. 수줍고 부끄러운 느낌이

있다.

승정(僧正): 승단(僧團)을 이끌어 가면서 중의 행동을 바로잡는 승직(僧職).

승차(陞差): 한 관청 안에서 윗자리의 벼슬로 오름.

시비(侍婢): 곁에서 시중을 드는 계집종.

시위대(侍衛隊): 왕을 호위하는 군대.

시진(澌盡): 기운이 아주 쑥 빠져 없어짐.

시체(時體): 그 시대의 풍습이나 유행을 따르거나 지식 따위를 받음. 또는 그런 풍습이나 유행.

시틋하다: 마음이 내키지 아니하여 시들하다. 어떤 일에 물리거나 지루해져서 조금 싫증이 난 기색이 있다.

신고(辛苦): 어려운 일을 당하여 몹시 애씀. 또는 그런 고생.

신관: '얼굴' 의 높임말.

신문(訊問): 알고 있는 사실을 캐어물음. 법원이나 기타 국가 기관이 어떤 사건에 관하여 증인, 당사자, 피고인 등에게 말로 물어 조사하는 일.

신병(身病): 몸에 생긴 병. 신양(身恙).

신산(辛酸): 세상살이가 힘들고 고생스러움. 신고(辛苦).

신수(身數): 한 사람의 운수.

신수 소관(身數所關): 모든 일이 운수에 달려 있어 사람의 힘으로는 어찌할 수 없음. 기수소관(氣數所關). 운수소관(運數所關).

신신부탁(申申付託): 거듭하여 간곡히 하는 부탁. 신신당부(申申當付).

신열(身熱): 병으로 인하여 오르는 몸의 열.

신(神)익다: 일에 경험이 많아서 어떤 일에도 익숙하다.

신칙(申飭): 단단히 타일러서 경계함.

신풍스럽다: 근심 걱정이 너무 많아서 사소한 일을 돌아볼 여유가 없다. 사물이 너무 적거나 모자라서 마음에 차지 아니하다. 신청부같다.

실긋거리다: 물체가 자꾸 한쪽으로 비뚤어지거나 기울어지다. 또는 그렇게 되게 하다.

실신(失身): 절개를 지키지 못함. 실절(失節). 실정(失貞).

실쭉하다: 어떤 감정을 나타내면서 입이나 눈이 한쪽으로 약간 실그러지게 움직이다. 마음에 차지 않아서 약간 고까워하는 마음이 있다.

심기 일변(心機一變): 어떤 동기가 있어 이제까지 가졌던 마음가짐을 버리고 완전히 달라짐. 심기일전(心機一轉).

심문(審問): 자세히 따져서 물음. 법원이 당사자나 그 밖에 이해관계가 있는 사람에게 서면이나 구두로 개별적으로 진술할 기회를 주는 일.

심방(尋訪): 방문하여 찾아봄.

심복(心腹): 마음 놓고 부리거나 일을 맡길 수 있는 사람. 심복지인(心腹之人).

심복지신(心腹之臣): 마음 놓고 부리거나 일을 맡길 만한 신하.

심복지인(心腹之人): 마음 놓고 부리거나 일을 맡길 수 있는 사람. 심복(心腹).

심천(深淺): 깊음과 얕음.

ㅇ

아름아름: 말이나 행동을 분명히 하지 못하고 우물쭈물하는 모양. 일을 적당히 하고 눈을 속여 넘기는 모양.

아름이 벌다: 두 팔을 벌려 껴안은 둘레의 길이에 넘치다.

아리잠직하다: 키가 작고 모습이 얌전하며 어린 티가 있다. 온화하고 솔직하다.

아지 못게라: 알 수 없어라.

악전고투(惡戰苦鬪): 매우 어려운 조건을 무릅쓰고 힘을 다하여 고생스럽게 싸움. 고전악투(苦戰惡鬪).

안청: 집의 안채에 있는 대청(大廳). 안대청.

안표(眼標): 나중에 보아도 알 수 있게 해 둔 표.

알은체: 어떤 일에 관심을 가지는 듯한 태도를 보임. 사람을 보고 인사하는 표정을 지음. 알은척.

알조: 알 만한 일. 알괘.

암범: 범의 암컷.

압송(押送): 피고인이나 죄인을 어느 한 곳에서 다른 곳으로 호송하는 일.

앙살: 엄살을 부리며 버티고 겨루는 짓.

앙화(殃禍): 어떤 일로 인하여 생기는 재난. 지은 죄의 앙갚음으로 받는 재앙. 앙구(殃咎). 앙얼(殃孽).

야순(夜巡): 밤에 경계(警戒)를 위하여 순찰함.

야즐이: 말이나 행동을 밉살스럽게 이리저리 빈정대듯이.

약력(藥力): 약의 효력.

약방문(藥方文): 약을 짓기 위해 약 이름과 약의 분량을 적은 종이. 방문(方文).

약복(略服): 정식이 아닌 약식의 복장.

약약하다: 싫증이 나서 귀찮고 괴롭다.

약차(若此)하다: 이렇다.

양기(揚氣): 의기가 솟음.

양단간(兩端間): 이렇게 되든지 저렇게 되든지 두 가지 가운데.

어거(馭車): 수레를 메운 소나 말을 부려 모는 일.

어룰하다: 말을 유창하게 하지 못하고 떠듬떠듬하는 면이 있다. 어눌하다.

어리보기: 말이나 행동이 다부지지 못하고 어리석은 사람을 낮잡아 이르는 말. 머
저리.

어림없다: 도저히 될 가망이 없다. 너무 많거나 커서 대강 짐작조차 할 수 없다. 분
수가 없다.

어마뜩하다: 갑작스럽게 놀라 얼떨떨하다.

어슷비슷: 큰 차이가 없이 서로 비슷비슷한 모양. 이리저리 쏠리어 가지런하지 아
니한 모양.

어이: 짐승의 어미.

어자(御者, 馭者): 마차를 부리는 사람. 사람이 탄 말을 부리는 사람.

어자대(馭者臺): 마차를 부리는 사람이 앉는 자리.

어한(禦寒): 추위를 막거나 추위에 언 몸을 녹임.

억병: 술을 한량없이 마신 상태.

언감생심(焉敢生心): 감히 그런 마음을 품을 수 없음.

얼리다: '어울리다'의 준말.

얼찐: 조금 큰 것이 눈앞에 빠르게 잠깐 보이는 모양. 얼씬.

엄불리다: 말이나 일을 분간하여 분명하게 하지 못하다.

엄습(掩襲): 뜻하지 아니하는 사이에 습격함. 감정, 생각, 감각 따위가 갑작스럽게
들이닥치거나 덮침.

엉터리: 대강의 윤곽.

엉터리없다: 정도나 내용이 전혀 이치에 맞지 않다.

엎드러지다: 잘못하여 앞으로 넘어지다. 무릎을 구부리고 상반신을 바닥에 대다.

엎칠뒤칠: 엎치락뒤치락.

여관(女官): 궁중에서 품계(品階)를 받아 왕과 왕비를 가까이 모시는 내명부(內命婦)를 통틀어 이르는 말. 나인. 시녀(侍女).

여광여취(如狂如醉): 너무 기쁘거나 감격하여 미친 듯도 하고 취한 듯도 함, 즉 이성을 잃은 상태.

여당(餘黨): 쳐 없애고 남은 무리. 대부분이 패망하고 조금 남아 있는 무리. 잔당(殘黨).

여류(如流): 마치 물 흐르듯 빠름.

여반장(如反掌): 손바닥을 뒤집듯이 일이 매우 쉬움.

여수(與受): 주고받음.

여의(如意): 일이 마음먹은 대로 됨.

여일(如一): 처음부터 끝까지 한결같음.

여합부절(如合符節): 사물이 꼭 들어맞음.

역군(役軍): 공사장에서 삯일을 하는 사람.

역말: 역참(驛站)이 있는 마을. 역마을.

역사(役事): 토목이나 건축 따위의 공사.

연갑세(年甲歲): 비슷한 또래의 나이. 또는 그런 사람. 연갑(年甲). 연배(年輩).

연기(年紀): 대강의 나이.

연래(年來): 지나간 몇 해. 여러 해 전부터.

연명부(連名簿, 聯名簿): 어떤 일에 관련된 여러 사람의 이름과 그 밖의 신상에 관한 사항을 한곳에 죽 잇따라 적어 놓은 장부.

연문(衍文): 글 가운데에 쓸데없이 들어간 군더더기 글귀.

연천(年淺): 나이가 아직 적음. 시작한 지 오래되지 아니함.

열력(閱歷): 여러 가지 일을 겪어 지내 옴. 겪어 지내 온 여러 가지 일. 경력(經歷). 월력(越歷).

염습(殮襲): 죽은 사람의 몸을 씻긴 뒤에 옷을 입히고 염포(殮布)로 묶는 일.

영검: 사람의 기원대로 되는 신기한 징험.

영결(永訣): 죽은 사람과 산 사람이 서로 영원히 헤어짐.

340

영락(零落): 세력이나 살림이 줄어들어 보잘것없이 됨. 영체(零替).

영전(榮轉): 전보다 더 좋은 자리나 직위로 옮김.

영절스럽다: 아주 그럴듯하다.

예상사(例常事): 보통 있는 일. 상사(常事). 예사(例事).

예증(例症): 평소에 늘 앓는 병.

오괴(迂怪): 물정에 어둡고 괴상함.

오국(墺國): '오스트리아(Austria)'를 음역(音譯)한 이름인 오지리(墺地利)를 줄여
　　부른 말.

오금: 무릎의 구부러지는 오목한 안쪽 부분. 곡추(曲瘝). 다리오금. 뒷무릎.

오금(을) 박다: 큰소리치며 장담하던 사람이 그와 반대되는 말이나 행동을 할 때
　　에, 장담하던 말을 빌미로 삼아 몹시 논박하다. 다른 사람에게 함부로 말이
　　나 행동을 하지 못하게 단단히 이르거나 으르다.

오장(伍長): 군대에서 한 오(伍)의 우두머리. '오'는 다섯 명씩 편성한 한 조를 가
　　리킨다.

오지리(墺地利): '오스트리아(Austria)'를 음역(音譯)한 이름.

옥안(玉顔): 임금의 얼굴을 높여 이르는 말. 용안(龍顔).

옥중고혼(獄中孤魂): 감옥에서 외롭게 죽은 사람의 넋이나 혼령.

옥중살이: 감옥에 갇히어 지내는 생활. 감옥살이. 옥살이.

올무: 새나 짐승을 잡기 위하여 만든 올가미. 사람을 유인하는 잔꾀. 덫. 함정(陷
　　穽, 檻穽).

완구(完久): 어떤 상태가 완전하여 오래 견디거나 오래갈 수 있음.

왕림(枉臨): 남이 자기 있는 곳으로 찾아옴을 높여 이르는 말. 내림(來臨).

외곬: 단 하나의 방법이나 방향. 단 한곳으로만 트인 길. 외통.

외원대(外援隊): 구원이나 원조를 위해 외부에서 일으키는 군대.

외해자(外垓子): 경계선의 밖에 있는 해자.

요녀(妖女): 요사스러운 계집. 요부(妖婦). 요희(妖姬).

요량(料量): 앞일을 잘 헤아려 생각함. 또는 그런 생각.

요요(寥寥): 고요하고 쓸쓸함.

요정(了定): 결판을 내어 끝마침.

요하네(Yohannes): '요한'의 헤브라이(Hebrew) 어 이름. 일본어에서도 '요하네

(ヨハネ)'로 불렸으며, 라틴 어로는 '요하네스'라 한다.

요해처(要害處): 생명과 직접적인 연관을 맺고 있는 몸의 중요한 부분.

용신(容身): 방이나 장소가 비좁아 겨우 무릎이나 움직일 수 있음. 이 세상에 겨우 몸을 붙이고 살아감. 용슬(容膝).

용춤: 남이 추어올리는 바람에 좋아서 하라는 대로 행동을 하는 짓.

우연만하다: 정도나 형편이 표준에 가깝거나 그보다 약간 낫다. 허용되는 범위에서 크게 벗어나지 아니한 상태에 있다. '웬만하다'의 본딧말.

우쩍: 갑자기 힘을 쓰거나 기세나 기운 따위가 갑자기 솟아나는 모양.

옥여들다: 주위에서 중심 쪽으로 모여들다.

운수소관(運數所關): 모든 일이 운수에 달려 있어 사람의 힘으로는 어찌할 수 없음. 기수소관(氣數所關). 신수 소관(身數所關).

움씰: 깜짝 놀라서 몸을 뒤로 움츠리는 모양.

웃덮기: '웃기' 즉 떡이나 포, 과일 따위를 괸 위에 모양을 내기 위해 얹는 주악, 화전 따위의 재료. 《무쇠탈》에서는 매복하기 위해 파 놓은 참호를 흙이나 나뭇가지, 풀 등으로 위장한 것을 가리킨다.

월궁(月宮): 달 속에 있다는 전설 속의 궁전. 월궁전(月宮殿).

월봉(月俸): 월급(月給).

월여(月餘): 한 달이 조금 넘는 기간. 달포.

월전(月前): 달포 전.

위명(威名): 위세를 떨치는 이름.

위석(委席): 몸져누워서 일어나지 못함.

위선(爲先): 우선(于先).

유공(有功): 공로가 있음.

유루(遺漏): 빠져 나가거나 새어 나감. 빠짐.

유산(遊山): 산으로 놀러 다님.

유여(裕餘): 모자라지 않고 넉넉함.

육혈포(六穴砲): 탄알을 재는 구멍이 여섯 개 있는 회전식 연발 권총. 리볼버(revolver).

은급(恩給): 식민지 시대에 정부 기관에서 일정한 연한(年限)을 일하고 퇴직한 사람에게 주던 연금(年金).

은병(銀甁): 은으로 만든 병.

을러메다: 위협적인 언동으로 을러서 남을 억누르다. 을러대다.

의지가지없다: 의지할 만한 대상이 없다. 다른 방도가 없다.

의취(意趣): 어떤 일의 근본이 되는 목적이나 긴요한 뜻. 취의(趣意).

이면경계(裏面境界): 일의 내용의 옳고 그름.

이면 불고(裏面不顧): 경위 없이 굶. 또는 그런 사람. 이면부지(裏面不知).

이무기: 뿔이 없는 용. 전설상의 동물 가운데 하나로 어떤 저주에 의하여 용이 되
　　　지 못하고 물속에 사는 여러 해 묵은 큰 구렁이를 이른다. 이룡(螭龍).

이야기장: 여러 사람이 모여서 이야기를 하는 자리.

이약: 그토록 대단한 ~(누구)도. 일본어의 'さすがの~も'를 옮긴 말이다.

이태리(伊太利): '이탈리아(Italia)'를 음역(音譯)한 이름.

인경: 밤에 통행금지를 알리기 위해 치는 종. 인정(人定). 파루(罷漏).

인마(人馬): 사람과 말.

인발: 도장을 찍은 형적. 인문(印文). 인영(印影). 인장(印章). 인형(印形). 판인(判印).

인사정신(人事精神): 신상에 벌어지는 일을 살피거나 예절을 차릴 수 있는 제정신.

인해(人海): 사람의 바다, 즉 수없이 많이 모인 사람. 인산(人山).

인후(咽喉)목: 인후와 목의 사이. '인후'는 식도와 기도를 통하는 입 속 깊숙한 곳,
　　　즉 '목구멍'을 가리킨다.

일면(一面): 어떤 범위의 지면이나 바닥.

일문(一門): 한 가문이나 문중.

일변(一變): 아주 달라짐.

일봉서간(一封書簡): 봉투에 넣어서 봉한 한 통의 편지.

일색(一色): 견줄 데 없이 빼어나게 아름다운 여자. 뛰어난 미인. 절색(絕色).

일언반사(一言半辭): 한 마디 말과 반 구절, 즉 아주 짧은 말. 일언반구(一言半句).

일위(一位): 한 사람. 한 분.

일호(一毫): 한 가닥의 털, 즉 극히 작은 정도. 일호반점(一毫半點). 일호 반분(一毫
　　　半分).

입귀: 입의 양쪽 구석. 입아귀.

입문(入聞): 어떤 사실이나 소문 따위가 윗사람의 귀에 들어감.

입찬소리: 자기의 지위나 능력을 믿고 지나치게 장담하는 말. 입찬말.

ㅈ

자세(藉勢): 어떤 권력이나 세력 또는 특수한 조건을 믿고 세도를 부림.

자심(滋甚): 더욱 심함.

자취지화(自取之禍): 제 스스로 불러들인 재앙.

작(爵): 벼슬의 위계. 공(公), 후(侯), 백(伯), 자(子), 남(男)의 다섯 등급으로 나눈
　　귀족의 계급.

작반(作伴): 동행자나 동무로 삼음.

작희(作戲): 남의 일에 훼방을 놓음. 작얼(作孽).

잔약(孱弱): 가냘프고 약함.

장골(壯骨): 기운이 세고 큼직하게 생긴 뼈대. 또는 그런 뼈대를 가진 사람.

장력(壯力): 씩씩하고 굳센 힘.

장막(帳幕): 한데에서 볕 또는 비바람을 피할 수 있도록 둘러치는 막.

장맞이: 길목을 지키고 기다리다가 사람을 만나려는 것.

장명등(長明燈): 대문 밖이나 처마 끝에 달아 두고 밤에 불을 켜는 등.

장본(張本): 어떤 일이 크게 벌어지게 되는 근원. 어떤 일을 꾀하여 일으킨 바로
　　그 사람. 장본인(張本人).

장식(葬式): 장례식(葬禮式).

장의자(長椅子): 여러 사람이 앉을 수 있게 가로로 길게 만든 의자. 장교의(長交椅).

재변(災變): 재앙으로 인하여 생긴 변고.

저거번(去番): 저번(這番). 지난번.

적공(積功): 공을 쌓음. 많은 힘을 들여 애를 씀.

전갈(傳喝): 사람을 시켜 말을 전하거나 안부를 물음. 또는 전하는 말이나 안부.

전기(前記): 어떤 대목을 기준으로 하여 그 앞부분에 씀. 또는 그런 기록.

전단(戰端): 전쟁을 벌이게 된 실마리. 또는 전쟁의 시작.

전동(箭筒): 화살을 담아 두는 통.

전령(傳令): 명령이나 훈령, 고시 따위를 전하여 보내거나 그 명령이나 훈령, 고시.
　　또는 이를 전하는 사람.

전례(典例): 전거(典據)가 되는 선례(先例).

전목(全木): 두꺼운 널빤지.

전생차생(前生此生): 전생과 차생.

전옥(典獄): 교도소의 우두머리.

전의(典醫): 왕의 질병과 왕실의 의무(醫務)를 맡아보던 궁내부(宮內府) 태의원(太醫院) 소속의 주임(奏任) 관직.

전임(轉任): 다른 관직이나 임무로 옮김. 이임(移任). 천임(遷任).

전정(前程): 앞길.

전쾌(全快): 병이 완전히 나음. 완쾌(完快).

절벽(絶壁): 앞을 가릴 수 없을 만큼 깜깜하고 어두운 상태를 빗대어 이르는 말.

정감(延監): 궁궐 문 옆에서 숙직(宿直)하고 호위하는 일을 맡아보던 무사. 무감(武監). 무예별감(武藝別監).

정렬(貞烈): 여자의 지조나 절개가 곧고 굳음.

정리(情理): 인정과 도리.

정부(情夫): 남편 이외에 정을 두고 깊이 사귀는 남자.

정사(情死): 서로 사랑하는 남녀가 그 뜻을 이루지 못하여 함께 자살하는 일.

정상(情狀): 있는 그대로의 사정과 형편. 딱하거나 가엾은 상태.

정위(正尉): 오늘날의 '대위(大尉)'에 해당하는, 대한 제국 때의 위관 계급.

제구(諸具): 여러 가지의 기구.

제르맹(Germain) 궁(宮): 생제르맹(Saint Germain) 궁전. 프랑스 파리(Paris) 서쪽의 센(Seine) 강가에 있는 도시 생제르맹앙레(Saint Germain en Laye)에 세워진 르네상스 시기의 대표적인 왕궁이다.

제잡담(除雜談): 일절 말을 하지 않음.

제후(諸侯): 봉건 시대에 일정한 영토를 가지고 그 영내의 백성을 지배하는 권력을 가진 사람. 군공(君公). 번봉(藩封). 열후(列侯). 공후(公侯).

조급증(躁急症): 조급해 하는 버릇이나 마음.

조기다: 마구 두들기거나 패다. 써서 없애 치우거나 또는 사정없이 들이다.

조비비다: 잘 비벼지지 않는 조를 비비듯이 마음만 조급하고 초조해 하다. 마음을 몹시 졸이거나 조바심을 내다.

조산(造山): 뜰이나 공원 등에 인공으로 쌓아 만든 산.

조지다: 짜임새가 느슨하지 않도록 단단히 맞추어서 박다. 일이나 말이 허술하게 되지 않도록 단단히 단속하다.

조촐하다: 행동이나 행실 따위가 깔끔하고 얌전하다. 외모나 모습 따위가 말쑥하
　　고 맵시가 있다.

조칙(詔勅): 임금의 명령을 일반에게 알릴 목적으로 적은 문서. 조서(詔書).

족치다: 견디지 못하도록 매우 볶아치다.

존가(尊駕): 지위가 높고 귀한 사람의 탈것, 즉 지위가 높고 귀한 사람의 행차.

졸경(卒更): 한동안 남에게 모진 괴로움을 당함. 원래는 순라군이 도둑이나 화재
　　따위를 경계하느라고 도성 안을 돌아다니는 일을 가리키는데, 통행금지 시
　　간을 어겨 벌을 받는다는 뜻의 '졸경(을) 치르다'는 말에서 비롯되었다.

졸여(猝然): 쉬움. 쉽게 할 수 있는 상태에 있음.

졸중풍(卒中風): 뇌에 혈액 공급이 제대로 되지 않아 손발의 마비, 언어 장애, 호흡
　　곤란 따위를 일으키는 증상. 뇌졸중(腦卒中).

졸지(猝地): 갑작스러운 판국.

종가(宗家): 족보로 보아 한 문중(門中)에서 맏이로만 이어 온 큰집. 정적(正嫡). 종
　　갓집.

종시(終是): 끝내.

종자(從者): 남에게 종속되어 따라다니는 사람.

종작: 대중으로 헤아려 잡은 짐작.

종주먹: 쥐어지르며 을러댈 때의 주먹. 단단히 쥔 주먹.

주막거리: 주막(酒幕)이 있는 길거리.

주밀(周密): 허술한 구석이 없고 세밀함.

주변: 일을 주선하거나 변통함. 또는 그런 재주. 두름손.

주사(紬絲): 명주실.

주어박다: 이것저것 되는대로 써넣다.

주적대다: 주책없이 잘난 체하며 자꾸 떠들다. 주적거리다.

주줄이: 줄지어 죽 늘어선 모양.

죽은 말 지키듯 하다: 소용없는 짓인 줄 알면서도 다 틀어진 일을 놓고 안타까워
　　하다.

준신(遵信): 그대로 좇아서 믿음.

줌: '주먹'의 준말.

중로(中路): 오가는 길의 중간.

지근덕거리다: 성가실 정도로 끈덕지게 자꾸 귀찮게 굴다. 지근덕대다.

지기(志氣): 의지와 기개.

지지리: 아주 몹시. 지긋지긋하게.

지친(至親): 매우 친함. 아버지와 아들, 언니와 아우 사이와 같이 매우 가까운 친족. 주친(周親). 지정(至情).

지필묵(紙筆墨): 종이와 붓과 먹.

지함(地陷): 땅을 파서 굴과 같이 만든 큰 구덩이. 땅굴.

진가(眞假): 진짜와 가짜. 진부(眞否). 진위(眞僞).

진솔: 옷이나 버선 따위가 한 번도 빨지 않은 새것 그대로인 것. 진솔옷. 빨래하여 이제 막 입은 옷. 새물.

진솔로 있다: 옷을 빨아 다렸더라도 마구 드러내지 않고 진솔로 그대로 가지고 있다는 뜻으로, 언제나 본래 모습을 잃지 말고 순수함을 지킨다는 것을 빗대어 이르는 말.

질감맞다: 견디기 매우 지루한 데가 있다. 지루감스럽다. 질감스럽다.

질겁하다: 뜻밖의 일에 자지러질 정도로 깜짝 놀라다.

질정(質定): 갈피를 잡아서 분명하게 정함.

집맥(執脈): 병을 진찰하기 위하여 손목의 맥을 짚어 보는 일. 진맥(診脈).

집적하다: 집적거리다. 집적대다. 집적이다.

짓다: '지우다'를 예스럽게 이르는 말.

짝개붙이: 집게나 '핀셋(pincette)'과 같이 끝이 두 가닥으로 갈라져 물건을 집는 데 쓰는 기구.

쪼크리다: '쪼그리다'의 센말.

찌부러지다: 기운이나 형세 따위가 꺾이어 매우 약해지다.

찍어매다: 실이나 노끈 따위로 대강 꿰매다.

ㅊ

차가다: 무엇을 날쌔게 빼앗거나 움켜 가지고 가다.

차꼬: 죄수를 가두어 둘 때 쓰던 형구(刑具). 두 개의 기다란 나무토막을 맞대어

그 사이에 구멍을 파서 죄인의 두 발목을 넣고 자물쇠를 채우게 되어 있다.

차림차림: 차림새의 이모저모. 여럿의 차림새.

차자(次子): 둘째 아들. 차남(次男).

차치(且置): 내버려 두고 문제 삼지 아니함. 차치물론(且置勿論).

참령(參領): 오늘날의 '소령(少領)'에 해당하는, 대한 제국 때의 영관 계급.

참예(參預): 참여(參與).

참위(參尉): 오늘날의 '소위(少尉)'에 해당하는, 대한 제국 때의 위관 계급.

창황(倉悅, 惝悅): 놀라거나 다급하여 어찌할 바를 모름.

채근(採根): 어떤 일의 내용, 원인, 근원 따위를 캐어 알아냄.

채롱: 껍질을 벗긴 싸릿개비나 버들가지 따위의 오리를 결어서 함(函) 모양으로 만든 채그릇.

책력(冊曆): 일 년 동안의 월일, 해와 달의 운행, 월식과 일식, 절기, 특별한 기상 변동 따위를 날의 순서에 따라 적은 책.

책(責)잡다: 남의 잘못을 들어 나무라다.

처시하(妻侍下): 아내에게 눌려 지내는 사람.

처싣다: 함부로 잔뜩 싣다.

천개(天蓋): 관(棺)의 뚜껑.

천거(薦擧): 어떤 일을 맡아 할 수 있는 사람을 그 자리에 쓰도록 소개하거나 추천함.

천고(千古): 아주 먼 옛적. 아주 오랜 세월 동안. 오랜 세월을 통하여 그 종류가 드문 일.

천군만마(千軍萬馬): 천 명의 군사와 만 마리의 군마, 즉 아주 많은 수의 군사와 군마, 즉 아주 많은 수의 군사와 군마. 천병만마(千兵萬馬).

천금(天衾): 송장을 관에 넣고서 덮는 이불.

천 냥 판: '놀음놀이판'을 빗대어 이르는 말. 돈이 무더기로 생기는 아주 호화로운 판. 《무쇠탈》에서는 앞의 뜻으로 쓰였다. 천 냥 만 냥 판.

천정(天定): 하늘이 미리 정함.

천추(千秋): 오래고 긴 세월. 또는 먼 미래.

철석(鐵石): 쇠와 돌. 매우 굳고 단단한 것.

철석간장(鐵石肝腸): 쇠나 돌같이 굳고 단단한 마음. 굳센 의지나 지조가 있는 마음. 절석심장(鐵石心臟).

철장(鐵杖): 쇠로 만든 막대기나 지팡이.

철장대: 쇠로 만든 장대.

철천지한(徹天之恨): 하늘에 사무치는 크나큰 원한. 철지지원(徹地之冤). 철천지원
　　(徹天之冤).

철필촉(鐵筆鏃): 철필(鐵筆) 즉 펜(pen)의 뾰족한 끝. 펜촉.

첩경(捷徑): 지름길.

첩지(帖紙): 관에서 구실아치나 노비를 고용할 때 쓰던 사령장(辭令狀). 체지(帖
　　紙).

첩첩(喋喋): 말을 거침없이 잘하여 수다스러운 모양이나 그런 소리.

첩첩이구(喋喋利口): 거침없고 능란한 말솜씨.

청바지저고리: 감옥에 갇혀 있는 미결수(未決囚)를 가리키는 말. 식민지 시대에
　　아직 판결을 받지 않은 수인(囚人)들이 푸른색의 바지저고리를 입은 데서
　　비롯한 말이다.

청지기: 양반집 수청방(守廳房)에서 잡일을 맡아보거나 시중을 드는 사람. 청직
　　(廳直).

청처짐하다: 동작이나 상태가 바싹 조이는 맛이 없이 조금 느슨하다.

체경(體鏡): 몸 전체를 비추어 볼 수 있는 큰 거울. 몸거울.

체소(體小): 몸집이 작음.

쳇불: 쳇바퀴에 메워 액체나 가루 따위를 거르는 그물 모양의 물건. 말총, 명주실,
　　철사 따위로 짜서 만든다.

초(草): 글의 초안을 잡음. 기초(起草).

초군(樵軍): 나무꾼.

초로(草露): 풀잎에 맺힌 이슬.

촌보(寸步): 몇 발짝 안 되는 걸음. 아주 가까운 거리.

총감(總監): 일정한 분야의 사무를 총체적으로 감독하고 관리하는 직위. 또는 그
　　런 직위에 있는 사람.

총망(悤忙): 매우 급하고 바쁨.

총찰(總察): 모든 일을 맡아 총괄하여 살핌.

추근추근: 성질이나 태도가 검질기고 끈덕진 모양.

추수(秋水): 가을철의 맑은 물처럼 번쩍이는 칼 빛.

추추(啾啾): 벌레나 새 등이 우짖는 소리가 가늘고 구슬픔.

축(縮)가다: 일정한 수나 양에서 모자람이 생기다. 축(縮)나다.

축골동(蓄骨洞): 유골을 쌓아 둔 동굴, 즉 시체를 한데 모아 둔 곳이라는 뜻.

충동(衝動)이다: 흥분할 만큼 강한 자극을 주다. 어떤 일을 하도록 남을 부추기다.

충복(忠僕): 주인을 충심으로 섬기는 사내종. 어떤 사람을 충직하게 받드는 사람.

충천(衝天): 하늘을 찌를 듯이 공중으로 높이 솟아오름. 분하거나 의로운 기개, 기세 따위가 북받쳐 오름. 탱천(撑天).

충충하다: 물이나 빛깔이 맑거나 산뜻하지 않아 흐리고 침침하다.

취체(取締): 규칙이나 법령, 명령 따위를 지키도록 통제함.

측량(測量)없다: 한이나 끝이 없다.

치곧다: 추위가 몸의 아래쪽에서 위쪽으로 치밀어 오르다. 치곧아오르다.

치사(致謝): 고맙고 감사하다는 뜻을 표시함.

치살리다: 지나치게 치켜세우다.

치쉬다: 숨을 크게 들이마시다.

칠(漆): 옻. 옻칠. 검은 칠.

칠칠하다: 나무나 풀, 머리털 따위가 잘 자라서 알차고 길다.

침침칠야(沈沈漆夜): 아주 가까운 거리도 분간할 수 없을 정도로 아주 어두운 밤.

칭탁(稱託): 사정이 어떠하다고 핑계를 댐.

ㅋ

칸통: 넓이의 단위. 한 칸통은 집의 몇 칸쯤 되는 넓이다.

캥기다: 단단하고 팽팽하게 되다. 맞당기어 팽팽하게 만들다. 마주 버티다.

쾌남자(快男子): 시원스럽고 호쾌한 남자. 쾌남아(快男兒). 쾌한(快漢).

탁지(度支): 국가 전반의 재정(財政)을 맡아보는 중앙 관청. 탁지부(度支部).

탕패(蕩敗): 재물 따위를 다 써서 없앰. 탕진(蕩盡).

태의사(太醫師): 궁궐 안에서 임금이나 왕족의 병을 치료하는 의원. 어의(御醫). 태의(太醫).

태전의(太典醫): 궁궐 안에서 임금이나 왕족의 병을 치료하는 의원. 어의(御醫). 태의(太醫).

탱중(撐中): 화나 욕심 따위가 가슴속에 가득 차 있음.

토설(吐說): 숨겼던 사실을 비로소 밝히어 말함.

토이기(土耳其): '터키(Turkey)'를 음역(音譯)한 이름.

토파(吐破): 마음에 품고 있던 사실을 다 털어 내어 말함.

통기(通寄): 기별을 보내 알게 함. 통지(通知).

통리(通理): 사물의 이치에 통달함.

퇴축(退縮): 움츠리고 물러남. 축퇴(縮退).

특무정교(特務正校): 오늘날의 부사관 계급 가운데 최고 지위인 '원사(元士)' 혹은 준사관 계급인 '준위(准尉)'에 해당하는, 대한 제국 때의 부사관 계급.

특사(特赦): 형(刑)의 선고를 받은 특정인에 대하여 형의 집행을 면제하거나 유죄 선고의 효력을 상실하게 하는 사면(赦免) 조치. 특별 사면(特別赦免).

파란(波蘭): '폴란드(Poland)'를 음역(音譯)한 이름.

파르마(Parma): 이탈리아 중북부의 에밀리아로마냐(Emillia-Romagna) 주에 있는 도시.

판장(板牆): 널빤지로 친 울타리. 널판장.

판장문(板牆門): 널빤지로 만든 문. 널문.

팔모: 여러 방면. 여러 측면.

팔밀이: 마땅히 자기가 하여야 할 일을 남에게 미룸.

패(牌): 어떤 사물의 이름, 성분, 특징 따위를 알리기 위하여 그림을 그리거나 글씨를 쓰거나 새긴 종이나 나무, 쇠붙이 따위의 조그마한 조각. 어떤 표적으로 만든 쇠붙이. 주로 좋지 못한 일로 인하여 붙게 되는 별명.

퍼더버리다: 팔다리를 아무렇게나 편하게 뻗다. 퍼지르다.

편시(片時): 잠시(暫時).

편짝: 상대하는 두 편 가운데 어느 한 편.

평복(平服): 제복이나 관복이 아닌 보통의 옷. 평상복(平常服).

폐다: '펴이다'의 준말.

포승(捕繩): 죄인을 잡아 묶는 노끈.

표적(表迹): 겉으로 드러난 자취. 표(表).

푼푼하다: 모자람이 없이 넉넉하다.

풀솜: 실을 켤 수 없는 허드레 고치를 삶아서 늘여 만든 솜. 빛깔이 하얗고 광택이 나며 가볍고 따뜻하다. 명주(明紬)솜. 설면자(雪綿子).

풍기(風氣): 풍도(風度)와 기상(氣像).

풍마우세(風磨雨洗): 바람에 갈리고 비에 씻김. 비바람에 갈리고 씻김.

풍비박산(風飛雹散): 사방으로 날아 흩어짐. 풍산(風散).

풍상(風霜): 바람과 서리, 즉 많이 겪은 세상의 어려움과 고생.

풍양(風陽): 바람과 볕.

피네롤로(Pinerolo): 이탈리아 북서부 피에몬테(Piemonte) 지방의 토리노(Torino) 남서쪽, 알프스 산맥의 기슭과 키소네(Chisone) 계곡 입구에 있는 도시.

필묵(筆墨): 붓과 먹.

팽팽하다: 줄 따위가 잔뜩 켕기어 튀기는 힘이 있다. 남거나 모자람이 없이 매우 빠듯하다. 둘의 힘 따위가 서로 엇비슷하다.

ㅎ

하회(下回): 어떤 일이 있은 다음에 벌어지는 일의 형태나 결과.

한동아리: 떼를 지어 행동하는 무리. 동속(同屬). 떼관음보살.

한모: 일의 중요한 한 측면.

한전(寒戰): 오한이 심하여 몸이 떨림.

함혐(含嫌): 싫어하거나 미워하는 마음을 가짐. 또는 그 마음.

합수(合水)치다: 여러 갈래의 물이 한데 모여 세차게 흐르다.

합창(合瘡): 종기나 상처에 새살이 돋아나서 아묾.

해로동혈(偕老同穴): 살아서는 같이 늙고 죽어서는 한 무덤에 묻힘, 즉 생사를 같
    이하자는 부부의 굳은 맹세.

해자(垓子): 성 주위에 둘러 판 못.

해전: 해가 지기 전. 해가 떠 있는 동안. 해안.

핵실(覈實): 일의 실상을 조사함.

행내기: 만만하게 여길 만큼 평범한 사람. 보통내기.

행세바치: 행세꾼. 행세(行世)하기를 좋아하거나 잘하는 사람을 낮잡아 이르는 말.

행실(行實)을 내다: 사람으로 행하여야 할 마땅한 도리를 가르치기 위하여 잘못
    한 사람을 징계하여 본(本)이 되게 하다. 본보기를 내다.

행장(行裝): 여행할 때 쓰는 물건과 차림.

허섭스레기: 좋은 것이 빠지고 난 뒤에 남은 허름한 물건.

허시(許施): 요청하는 대로 베풂. 허급(許給).

허행(虛行): 헛걸음.

헌수(獻酬): 잔을 올림.

험: '흠(欠)'의 변한말.

헛가게: 때에 따라 벌였다 걷었다 하는 가게.

헤다: 물속에 몸을 뜨게 하고 팔다리를 놀려 물을 헤치고 앞으로 나아가다. 어려
    운 상태에서 벗어나려고 애쓰다.

헤다: 빨거나 씻은 것을 다시 맑은 물에 넣어 흔들어 씻다. 헹구다.

헤번쩍거리다: 흰자위가 많이 보일 정도로 자꾸 눈알을 재빨리 굴리다.

현상(懸賞): 무엇을 모집하거나 구하거나 사람을 찾는 일 따위에 현금이나 물품
    따위를 내걺.

현황(眩慌): 정신이 어지럽고 황홀함.

혈기지용(血氣之勇): 혈기 때문에 일어나는 한때의 용맹.

혈혈(孑孑): 의지할 곳이 없이 외로움.

혐의(嫌疑): 꺼리고 미워함.

협문(夾門): 대문이나 정문 옆에 있는 작은 문.

협착(狹窄): 차지하고 있는 자리가 매우 좁음. 처하여 있는 사정이나 형편이 매우
　　어려움.

형구(刑具): 형벌을 가하거나 고문을 하는 데에 쓰는 여러 가지 기구. 형기(刑器).

호기(豪氣): 꺼드럭거리며 뽐내는 면이 있는 모양.

혼도(昏倒): 정신이 어지러워 쓰러짐.

화란(和蘭): '네덜란드(Netherlands)'를 음역(音譯)한 이름.

화란 국(和蘭國): '네덜란드(Netherlands)'를 음역(音譯)한 이름.

화문석(花紋席): 꽃의 모양을 놓이 짠 돗자리. 꽃돗자리.

화색(禍色): 재앙이 일어나는 징조.

화젓가락: 화로에 꽂아 두고 불덩이를 집거나 불을 헤치는 데 쓰는 쇠로 만든 젓
　　가락. 부젓가락. 화저(火箸).

화족(華族): 지체가 높은 사람이나 나라에 공훈이 있는 사람의 집안이나 자손들.

활개: 사람의 어깨에서 팔까지 또는 궁둥이에서 다리까지의 양쪽 부분.

활싹: 썩 넓게 벌어지거나 열린 모양.

활짱: 활의 몸체.

황겁(惶怯): 겁이 나서 얼떨떨함.

황공무지(惶恐無地): 위엄이나 지위 따위에 눌리어 두려워서 몸 둘 데가 없음. 황
　　송무지(惶悚無地).

황족(皇族): 황제의 가까운 친족. 황친(皇親).

황황(遑遑): 갈팡질팡 어쩔 줄 모르게 급함.

황황겁겁(惶惶怯怯): 매우 두렵고 겁이 남.

회계장(會計帳): 어떤 기관이나 단체의 경리(經理) 부서에서 물자 관리나 금전 출
　　납 따위의 사무를 맡아보는 사람.

회반(灰盤): 뭉쳐 굳어진 석회 조각.

회사(回謝): 사례하는 뜻을 표함.

횡액(橫厄): 뜻밖에 닥쳐오는 불행. 횡래지액(橫來之厄).

효용(驍勇, 梟勇): 사납고 날쌤. 효무(驍武).

후두들기다: 함부로 막 두드리다.

후락(朽落): 낡고 썩어서 못 쓰게 됨. 오래되어서 빛깔이 바래고 구지레하게 됨.

후무리다: 남의 물건을 슬그머니 훔쳐 가지다.

훈수(訓手): 바둑이나 장기 따위를 둘 때에 구경하던 사람이 끼어들어 수를 가르쳐 줌. 남의 일에 끼어들어 이래라저래라 하는 말.

훔켜잡다: 세게 움켜잡다.

훗훗하다: 약간 갑갑할 정도로 훈훈하게 덥다. 마음을 부드럽게 녹여 주는 듯한 훈훈한 기운이 있다. 온온(溫溫)하다.

휘넓다: 탁 트인 듯이 아주 넓다.

휘어들다: 강하였던 의지나 주장 따위가 약하여지다. 남의 손아귀에 들다.

휘지다: 무엇에 시달려 기운이 빠지고 쇠하여지다.

휘휘하다: 무서운 느낌이 들 정도로 고요하고 쓸쓸하다. 휘하다.

흉업다: 말이나 행동이 불쾌할 정도로 흉하다.

흔단(釁端): 서로 사이가 벌어져서 틈이 생기게 되는 실마리. 서로 다르게 되는 시초.

흔뎅거리다: 큰 물체가 위태롭게 매달려 자꾸 흔들리다. 또는 그렇게 되게 하다. 흔뎅대다. 흔뎅흔뎅하다.

흔뎅이다: 큰 물체가 위태롭게 매달려 흔들리다. 또는 그렇게 되게 하다.

흘러보다: 남의 속을 슬그머니 떠보다.

흥감: 넌덕스러운 말로 실지보다 지나치게 떠벌리는 짓.

흥감스럽다: 넌덕스러운 말로 실지보다 지나치게 떠벌리는 태도가 있다.

흥와조산(興訛造訕): 있는 말 없는 말을 지어내어 남을 비방함. 흥와주산(興訛做訕).

희엿하다: 빛깔이 조금 흰 듯하다.

힐난(詰難): 트집을 잡아 거북할 만큼 따지고 듦.

힘젓다: '힘이 되다'라는 뜻의 옛말.

《무쇠탈》 연재 예고

《무쇠탈》

원본(原本) 불국(佛國) 명작(名作)

민우보(閔牛步) 역(譯)

유례(類例)를 파(破)한 신소설(新小說)

일월 일일부터 게재(揭載)

세상에 많은 환영을 받던 〈동아일보〉의 소설《붉은 실》이 부득이 한 사정으로 인하여 중지된 이래로 다시 적당한 소설을 얻어 독자 제 씨에게 소개하고자 여러 가지로 고심한 결과 이번에 훌륭한 소설을 얻어서 일월 일일부터 시작하기로 결정하였습니다.

이 소설은《무쇠탈》이라 하는 이름만 들어도 결단코 심상한 것이 아닌 줄은 누구든지 아시려니와 그 내용으로 말하여도 종래 우리에게 소개된 소설과는 투철히 다른 것으로 누구든지 처음 한 번만 보기 시작하면 종말까지 보지 않고는 견딜 수 없을 만큼 재미있고 날마다 날 마다 마음이 졸이도록 궁금할 것이올시다.

이 소설은 본래 불국에서 유명한 것인데 서양 각국의 가정에서는 거의 그 이름을 모르는 이가 적다 합니다. 혁명당의 무서운 운동에 대 하여 정부의 흉악한 압박을 주장삼아 가지고 그 무대에 여러 가지 인 물이 활동하는 모양은 탐정 연극의 활동사진과 세계에 유명한 혁명 역 사를 아울러 보는 재미가 있을 뿐 아니라 우리에게 주는 교훈이 또한 깊고 많을 것이 더욱 반가운 일이올시다.

　이같이 진기한 소설을 번역하신 이는 작년 〈동아일보〉에 《부평초(浮萍草)》를 소개하여 그 고운 붓끝과 아름다운 글귀가 세상의 큰 칭찬을 받은 민우보(閔牛步) 씨이올시다. 재미있는 사실과 아름다운 문장이 서로 합한 이 소설은 긴긴 밤 밝은 등잔 아래에 가정의 즐거움을 돕기에 가장 적당하다 믿으며 처음부터 사랑하시기를 바라나이다.

　　　　　　　　　　　　　— 〈동아일보〉, 1921년 12월 29~30일, 3면.

《무쇠탈》 단행본 서문

민태원

    파란곡절이 많은 이 《무쇠탈》의 사실은 불란서에서 실지로 있은 일을 그 뒤의 역사 소설가 보아고베 씨가 호기심에 번득이는 놀라운 눈을 가지고 다년 조사한 결과 자신 있는 재료를 모아 들고 그 유려한 붓을 두른 정사 실적의 일대 기록이라. 이와 같이 근거 있는 기록을 조선 풍속에 맞도록 번역한 것은 비록 일반 독자의 편의를 위함이라 할지라도 정사 실적을 소개하는 본의가 아닌지라. 이 책을 출판함에 당하여 비록 역사상 근거를 일일이 기록하지 못하나 그중 중요한 인물에 한하여 역사상의 본이름과 대조하여 보고자 하노라.

    백작 안택승은 로렌 주의 귀족으로서 모리스 마티에르 드 알모이스라 하는 사람이요 방월희 본명은 방다이며 오 부인은 오린부, 왕비 한씨는 발리에르, 노붕화는 루부아, 나한욱은 나로.

    이와 같이 이 기록 중에 있는 인물은 실지로 역사상에 나타난 인물인 것을 소개하며 동시에 이 장황한 일대 기록을 세상에 항다반 있는 정탐 소설과 같이 보지 않기를 희망하노라.

역자.

—《무쇠탈》, 동아일보사 출판부, 1923.

《무쇠탈》 단행본 광고

1

《무쇠탈》

〈동아일보〉 연재, 민우보 역

불국 혁명이 산출한 정사 실적(正史實蹟)의 정탐 소설(偵探小說)

〈동아일보〉의 독자치고야 누구가 《무쇠탈》을 모를 이 있으리오! 차서(此書)는 일찍이 만천하 독자 제씨의 열렬한 환영을 박(博)하였을 뿐 아니라 역필(譯筆)의 유려(流麗)함은 그야말로 추수(秋水)를 의(疑)할지라. 어찌 심상 일반(尋常一般)의 번역서에 비할 바이리오. 폐사(弊社)에서 이에 차서를 상재(上梓)함은 오로지 아(我) 독자 제씨의 갈앙(渴仰)에 부(副)코자 함이라.

1. 파격의 염가(廉價)　　　2. 선명한 인쇄
3. 견인(堅靭)한 지질(紙質)　4. 참신한 장정(裝幀)

등은 실지로 비교하면 알려니와 결코 보통 출판계의 기급(企及)치 못할 바이라. 이 또한 총애(寵愛) 중의 《무쇠탈》로 하여금 일층 광채를 가(加)케 함이요 폐사의 특색임을 자랑하여 두고자 한다.

장정(裝幀) 참신(斬新) 미려(美麗) 고상(高尚)

사륙판(四六版), 473혈(頁)

정가 일 원 삼십 전, 송료 육 전, 삼 책 이하 요(要) 선금(先金)

발행소 동아일보사 출판부, 경성 화동(花洞) 138, 진체(振替) 경성 355

분매소(分賣所) 경향 각 서포(書鋪)

—〈동아일보〉, 1923년 9~11월. 1면 및 4면 하단.

2

《무쇠탈》

민우보 역

미본(美本) 사륙판, 473혈(頁), 정가 일 원 삼십 전, 송료 육 전, 삼 책 이하 선금

보라! 정사 실적(正史實蹟)인 인류사상 일대 경이(驚異)를!

의기남아(義氣男兒) 안택승(安宅昇)과 절대가인(絶代佳人) 방월희(方月姬)의 백열적(白熱的) 연애는 노도(怒濤)가 뛰고 흑운(黑雲)이 소용돌는 불국 혁명을 배경 삼아 발전되었다! 그네의 연애 생활은 첨부터 끝까지 불꽃의 연속이며 선혈(鮮血)의 자취거니와 이에 거듭 영롱한 나매신(羅梅信)의 책략(策略)과 종횡(縱橫)한 나한욱(羅漢旭)의 간지(奸

362

智)가 얽히고 완명(頑冥)한 노붕화(盧鵬化)의 무압(武壓)과 철저(徹底)한 불평당(不平黨)의 반항이 충돌되어 층생첩출(層生疊出)한 삼십 년 간의 파란곡절은 실로 인류사상의 일대 경이가 될 것이다.

홀연(忽然) 판장(版將) 진(盡)

일찍이 본지에 연재하여 비상한 환영을 받던 본서는 출판 이래로 주문이 답지(踏至)하여 유한한 일판이 홀연 다 되었으니 강호의 독서가는 기회를 잃지 말고 당일 주문하시오.

본서의 특색

총 포인트 오호 활자로의 473혈(頁)은 재래 소설의 총 700혈분의 내용을 가졌은즉 가격의 저렴은 실로 공전(空前)의 사(事)이며 인쇄의 선명은 물론이거니와 지질의 선택과 장정의 미려도 유례(類例)에 없음을 확신합니다.

발행소 경성 화동(花洞) 138, 진체(振替) 경성 355, 동아일보사 출판부

분매소(分賣所) 경향 각 서포(書鋪)

— 〈동아일보〉, 1923년 11월 20일, 1면 하단.

3

《무쇠탈》

〈동아일보〉 연재, 민우보 역

불국 혁명이 산출한 정사 실적(正史實蹟)의 정탐소설

독서계 호평의 초점, 중판 우(又) 중판

장정 참신 미려 고상

사륙판, 473혈(頁)

정가 일 원 삼십 전, 송료 육전, 삼 책 이하 요 선금

〈동아일보〉의 독자치고야 누구가《무쇠탈》을 모를 이 있으리오! 차서는 일찍이 만천하 독자 제씨의 열렬한 환영을 박하였을 뿐 아니라 역필의 유려함은 그야말로 추수를 의할지라. 어찌 심상 일반의 번역서에 비할 바이리오. 폐사에서 이에 차서를 상재함은 오로지 아 독자 제씨의 갈앙에 부코자 함이라.

사실(事實)은 무엇보다 웅변(雄辯)이다! 본서가 세상에 난 지 미기(未幾)에 중판에 중판을 거듭하여 발행을 보게 됨은 본서가 일반 독서계에서 얼마나 알뜰한 총애를 받았으며 또 그같이 총애 받는 본서의 내용이 얼마나 충실한가를 가장 웅변으로 설명하는 것이다. 폭풍우 몰아드는 그믐밤같이 혁명 기분(氣分)이 검푸른 불국 천지에서 전광(電光)같이 방산(放散)되는 백열(白熱)의 연애와 귀화(鬼火)같이 명멸하는 음모의 계책이 얽히고 감긴 불가사의의 정사 실적은 유려(流麗) 정치(精緻)한 붓끝에 생동하여 독자의 안목을 휘황(輝煌)케 하는도다! 아아, 독서가 제군이여, 보라, 지금 즉시 이를 보라!

파격의 염가   선명한 인쇄

견인한 지질   참신한 장정

등은 실지로 비교하면 알려니와 결코 보통 출판계의 기급치 못할 바이라. 이 또한 총애 중의 《무쇠탈》로 하여금 일층 광채를 가케 함이 요 폐사의 특색임을 자랑하여 두고자 한다.

발행소 경성부 화동(花洞) 138번지, 동아일보사 출판부

총 발매소 경성부 봉래정(蓬萊町) 1정목(丁目) 88, 진체(振替) 경성 2023번, 박문서관(博文書館)

—〈동아일보〉, 1924년 2월 10일, 3면 하단.

《철가면(鐵假面)》 서문

구로이와 루이코(黑巖淚香)

다음의 해제는《철가면》이 얼마나 불가사의한 것인지 이해하지 못하는 우리나라(일본—편자 주) 사람들에 대해서는 생략하기 어렵다.

이 같은 정사 실전(正史實傳)을 일본식으로 역술하는 것은 본의가 아닌 일이지만 지금까지의 예에 따라 모두 일본 이름으로 고치고 본명은 매번 맨 앞에 적어 놓겠다. 그리고 삼십 년에 걸친 긴 이야기라서 불필요한 부분은 거의 생략할 생각이지만 그래도 다소 지루한 부분이 있는 것은 역사에 근거하기 때문이라고 생각하고 용서해 주기를 바란다.

—《철가면(鐵假面)》, 후쇼샤(扶桑社), 1893; 1920(개정 30판).

《철가면(鐵假面)》 해제

포르튀네 뒤 보아고베(Fortuné du Boisgobey)

1

삼십 년이라는 긴 세월 동안 철가면으로 얼굴을 가리고 보냈다 하면 누가 진실이라고 믿을지. 그렇지만 실제로 그런 사람이 있었다. 그것도 단지 삼십 년을 살아간 것이 아니라 세계에서 가장 무서운 대 감옥, 프랑스의 바스티유 속에 갇혀 살아 간 것이다. 가면을 쓴 채 병을 앓다가 가면을 쓴 채로 감옥 속에서 죽었기 때문에 그가 누구인지는 아무도 모른다. 이것이 거짓이 아닌 증거로 여기에 당시의 간수 잔크 라는 사람의 수첩 가운데서 일부를 발췌해 둔다. 1703년 11월 19일 (월요일) 부분에

항상 검정 가면을 써서 누구인지 알 수 없는 그 죄수는 일요일인 어제도 종전처럼 설교를 들었는데 그 후에 곧바로 병이 생겼다. 그다지 위독해 보이지는 않았지만 밤 열 시경에 이르러 가면을 쓴 채 죽었다.

장로 기로도 씨는 그 병상에 임석하여 여러 가지로 그 사람을 위로했다. 죽음에 가까워진 그가 일신의 이야기를 장로에게 털어 놓았는지 그렇지 않았는지는 모른다, 운운. 이 죄수는 전옥 생 마르 씨가 마거릿에서 데려온 자다, 운운.

그리고 그 뒷부분에

누구인지 알 수 없는 그 죄수는 20일 오후 네 시에 생폴 사원의 공동묘지에 매장되었다. 사원의 과거장(過去帳)에는 소좌 로살르지 씨와 의사 레일 씨가 죄수의 이름을 적었다. 그 이름이 무엇인지 몰랐는데 나중에 듣고 보니 마셜이라 한다. 매장 비용은 40루블이었다.

200년 가까이 지난 지금까지도 철가면의 평판이 여전히 전해지고 있다. 세상 사람들이 의심하는 것도 무리는 아니다. 소설에도 없을 법한 이 같은 불가사의한 죄수가 진실로 바스티유에 존재했다는 것은 앞의 증거로도 분명하다. 게다가 이 죄수가 언제 대감옥에 갇혔는지 알아보니 같은 사람의 수첩에서 앞 인용 부분보다 오 년 전의 페이지에

이번에 마거릿에서 전임하여 처음으로 이 감옥장이 된 생 마르 씨는 1698년(지금부터 194년 전) 11월 18일에 부임했는데 가마에 실린 한 명의 불가사의한 죄수를 데리고 왔다. 이 죄수는 훨씬 오래전에 씨가 피네롤로에 근무했을 때부터 데리고 있었다는 이야기가 있는데 이름도 알 수 없고 얼굴을 철가면으로 쌌기 때문에 얼굴의 생김새도 볼 길이 없었다. 나는 감옥소 내에 있는 파시닐 탑의 가장 좋은 방을 청소해 놓고 기다렸다. 이 죄수가 도착하는 것과 동시에 곧바로 그를 이 방에 가두어 넣었는데 밤 아홉 시가 되어 그는 바드듀 탑의 남쪽 방으로 옮겼다. 이 방은 이미 그를 받아들이기 위해 특별히 최상급으로 치장을 해 놓은 방이다. 이 죄수에게는 처음부터 군조(나중에 소좌가됨) 로살르지 씨가 시중을 들었고 무슨 일이든지 돌보았다. 단지 그 비

용은 모두 전옥 생 마르 씨가 부담했다, 운운.

이를 보면 이 희대의 죄수가 바스티유에 존재했던 것은 만 오 년 정도지만 피네롤로에서 마거릿으로 이감되어 거기로부터 중앙 대감옥에 수감되었던 것 등을 합하면 잡혀 있던 햇수는 모두 30년이라 한다. 그동안에 철가면을 벗지 못했기 때문에 이 사람의 생애는 생전이나 사후나 둘 다 큰 불가사의이며, 아무도 정체를 알 수 없다.

그렇다고 그 신분을 알아보지 않았기 때문에 알 수 없는 것은 아니다. 이 사람이 죽은 후에 조사란 조사는 모조리 다 했다. 아무래도 불가사의한 일이어서 꼭 깊은 사정이 있으리라고 여겨서 훗날 대감옥이 파괴되었을 때(1789년 7월 14일) 프랑스의 역사가, 소설가, 문학사들이 철가면에 관한 실전(實傳)이 있으리라 짐작되는 대감옥의 일지를 뒤지기 시작했다. 그가 잡혔던 사정으로부터 그 사람이 누구인지, 그의 죄목의 자세한 점까지 모두 적혀 있음에 틀림없다고 생각해서 재빨리 찾아가서 그 일지를 찾아냈고 위원들을 선출하여 충분히 다 검토했다. 그렇지만 애석하게도 철가면이 수감된 당일 부분과 그가 죽었던 날의 일지는 깨끗이 뜯겨 있어 흔적도 찾아볼 수 없었다. 그러므로 철가면이 그저 범상한 죄수가 아니라 당시 정부로서는 큰 비밀이었음은 명백하다. 그렇지만 파헤치는 길은 완전히 사라졌다. 당시의 정부는 천 년 후에 이르러도 이 비밀이 탄로되지 않도록 그 채비의 일환으로 일지를 뜯어낸 것이라는 생각이 든다.

2

무엇 때문에 철가면을 썼는지, 그가 누구인지, 죄목이 무엇인지 등등 갖가지 의문에 따라 갖가지 추측이 나왔지만 대부분은 조사가 진행되면서 모두 잘못된 것으로 밝혀졌다. 여기에 이 추정들 가운데 겹치는 것들을 들어 보자.

세상에서 가장 화제가 되었던 것은 유명한 문학자 볼테르가 주장한 가설이다. 이 사람은 가장 미묘한 생각으로 불가사의한 취향을 안출하여 철가면은 전 국왕 루이 13세의 황후인 안 여왕이 낳은 사생아(베르망두아 백작)든가 그렇지 않으면 루이 14세와 왕후인 발리에르 양 사이에서 태어난 사생아라고 했다. 이 견해는 아직 취향이 묘할 뿐이며 역사상의 증거가 충분하지 않다. 실제로 베르망두아 백작은 철가면보다 십 년 전에 마르세유에서 죽었다.

다음으로 영국의 찰스 2세가 낳은 사생아이며 몬머스 후작이라 불린 사람이라고도 하는데, 이 후작은 1685년 7월 16일에 참수되었기 때문에 1703년 11월 19일에 죽은 철가면이 아니다.

또 블롱드 후작이야말로 철가면이라고 주장하는 사람들이 많은데 이 후작은 1669년 6월 26일에 간자 전쟁터에서 전사했다. 즉 철가면이 잡히기 전에 이 세상을 떴다.

어떤 사람은 루이 14세의 재상이며 대장 대신(大藏大臣)을 겸무하여 대단한 권위를 떨친 푸케라고도 하는데, 푸케는 단지 철가면과 같은 시기에 피네롤로에 수감되었을 뿐이며 파리의 대감옥으로는 이감되지 않았고 피네롤로 감옥에서 1680년 3월 20일에 사망했다.

유명한 역사가 시스몬다이 씨의 견해에 따르면, 앞에서 말한 안

여왕(루이 14세의 모친)이 쌍둥이를 낳았는데 그중 한 아이가 왕위에 올라 루이 14세가 되었기 때문에 왕위를 둘러싼 분쟁이 생길까 두려워하여 나머지 한 아이에게 가면을 씌워 평생을 옥중에서 보내게 했다고 한다. 쌍둥이다 보니 루이 14세와 얼굴이 똑같으므로 가면을 씌울 수밖에 없었다는 것이다(이 매력적인 이야기는 발상이 재치 있고 흥미로워서 유명한 작가 플르니에 및 아놀드 등이 연극으로 만들어 1831년 오데온 극장에서 공연한 일도 있다). 또 소설가 알렉상드르 뒤마도 이 설을 재탕하여《브라질론 자작》이라는 제목의 소설을 만들었다. 그러나 이 가설은 여러 가지 전기를 만들어서 이름을 날린 스라피라고 하는 사람이 자신의 상상을 토대로 만들어 낸 것일 뿐 그 밖에는 증거가 없다.

이들 외에 또 다른 견해가 하나 더 있다. 이는 사실에 대한 탐색에서 이름이 있는 대가들이 가장 동의하는 바이며 특히 메리야 도빈 씨 같은 경우는 그 고증을 모아 책 하나를 내놓기도 했다. 그 가정에 따르면 프랑스의 루이 14세가 사보이의 군주와 평화 조약을 맺고 카살레 지방을 자신의 영토로 받으려고 협의했을 때 그 자리에 입회한 만토바 후작의 시종인 이탈리아 인 마티올리라 한다.

과연 마티올리는 가공할 만한 음모가인데, 이 조약을 맺을 때 루이 왕에게 뇌물을 받으면서 오히려 루이 왕의 비밀을 적에게 팔아 넘겨 이중의 모반을 도모했기 때문에 1679년에 철가면과 함께 피네롤로 감옥으로 수감되어 그 후에도 철가면과 마찬가지로 마거릿으로 이감되어 철가면과 마찬가지로 생 마르 씨의 감독하에 있었다.

이 주장은 가장 사실에 바탕을 두고 있고 누구도 이의를 주장하는 사람도 없어 한때는 거의 확실한 것으로 굳어지기도 했다. 그런데 조세국 관리였던 잔크라는 사람이 이것을 의심하여 백 년 전의 여러 가지 기록에서 조사를 시작하여 당시 대신 루부아와 철가면의 감독자 생 마르 간에 주고받은 비밀 서류, 기타의 밀서, 공문 등을 이것저것 검사하여 끝내 이 주장의 잘못을 발견했다. 마티올리는 확실히 철가면보다 몇 년 전에 마거릿 감옥에서 죽었음에 틀림없다.

이것으로 그때까지의 가설들이 모두 잘못인 것이 밝혀졌지만 철가면의 정체만은 끝내 알 수가 없었다. 그 감독자 생 마르라는 사람은 고금을 통틀어 미증유의 엄혹한 간수다. 단지 자신의 출세만을 바라고 상사로부터 명령 받은 일이라면 목숨을 바쳐서라도 이를 지키며 아랫 사람에게 대해서는 한 점의 자비심도 없다. 그래서 이 측은해야 할 죄수에게 삼십 년간이나 철가면을 씌워 놓아 누구에게도 그 얼굴을 안 보이게 했으며, 결국 국가의 비밀을 끝까지 지켜 냈다는 것을 알 수 있다. 다만 알 수 없는 것은 철가면뿐이다. 나는 종전부터 이 불행한 죄수의 신상을 탐색하기로 결심하여 통신부를 찾느라고 정부 문서를 조사했는데, 대충 정부에 관련된 사항은 이 시대(루이 14세 시절)만큼 기록이 분명하게 정비된 시기가 없었다. 그러나 또 민간에 관련된 사항은 이 시대만큼 알 수 없는 시기도 없다. 그런데 적어도 정부에 관련된 서류에 이 사건을 적어 놓지 않았다는 것은 당시 국왕 및 대신들이 중요한 비밀이라면 서기관에게조차 알리지 않았기 때문임에 틀림없다. 나는 이렇게 보아서 방향을 바꿔 가장 알기 어려운 민간의 사문서를 조사하기 시작했는데 이제 철가면이 누구인지, 그 죄목이 무엇인지를 분명히 찾아냈다. 이는 실로 기기괴괴한 사실이기 때문에 나는 당시의 역사와 대조하면서 되도록 널리 세상에 알리기 위해 소설로 써서 공개하기로 했다.

끈기 있게 이 책을 다 읽고 난 뒤에 비로소 철가면이 누구인지를 알 수 있으리라. 철가면의 본명은 이 책의 맨 마지막 쪽에 있다.

파리에서

보아고베 씀.

—《철가면(鐵假面)》, 후쇼샤(扶桑社), 1893; 1920(개정 30판).

《철가면(鐵假面)》 발문

구로이와 루이코(黑巖淚香)

아루모 모리오(有藻守雄)는 당시의 귀족 연감을 찾아보니 로렌 주의 명가 출신이며 본명은 모리스 마티에르 드 알모이스라고 한다. 간수 센토(仙頭)가 오비리야(帶理谷)의 시신에 마티에르라고 이름을 붙여 사원에 보낸 것도 이 이름에서 뽑아 온 것인데, 조정에 대해서는 어디까지나 아루모 모리오로 해 놓았기 때문일 것이다. 그런데 지금까지도 폴 사원에 남아 있는 과거장(過去帳)에는 마티에르를 마티올리로 적어 놓았다.

'르'와 '리'의 차이는 사소한 것이지만 이 때문에 역사 탐색가들은 철가면을 쓴 죄수를 만토바 후작의 시종인 이탈리아 인 마티올리일 것이라고 생각하기에 이르렀다. 과연 마티에르와 마티올리는 비슷한 발음이지만 마티올리가 철가면보다 먼저 죽었다는 사실에 대해서는 충분한 증거가 있다.

철가면은 모리스 마티에르 드 알모이스이며 센토의 생각으로 히리프토리(도리이 타쓰오, 鳥居立夫)와 바꿔 치기한 것임은 다툴 것도 없다. 도리이 타쓰오는 도저히 세상에 내놓을 수 없는 얼굴이기 때문에 철가면으로 얼굴을 싸는 것도 할 수 없다며 체념했던 것이다.

어쨌든 이 책에 적은 바는 프랑스 역사가가 최근에 조사한 내용에 바탕을 둔 것이다. 앞으로 어떤 조사를 실시한다 해도 철가면의 실력(實歷)은 이 책에 적은 바 외에 없을 것이니 독자들은 가공의 소설과 동일시하지 말 일이다. 긴 시간 동안 이 책을 다 읽으신 것에 대해서는 저자(역자) 역시 깊이 감사하는 바이다.

—《철가면(鐵假面)》, 후쇼샤(扶桑社), 1893; 1920(개정 30판).

《철가면의 비밀》 머리말

정비석(鄭飛石)

　　《철가면》은 불란서의 어떤 역사상 사실을 근거로 한 모험 소설이다. 지금부터 이백육십여 년 전 루이 십사세 때에 불란서의 바스티유 감옥에 괴상한 죄수 한 사람이 있었다. 그 죄수는 피네롤로라는 성(城)에서 붙잡혀 나중에 바스티유라는 감옥으로 옮겨 왔는데, 처음 붙잡힌 그때부터 옥중에서 죽기까지 국왕의 명령으로 줄곧 검은 비로드의 복면을 쓰고 있어서 옥지기들조차 그의 본얼굴을 본 사람이 없었고 이름조차 몰랐다고 한다. 그런 죄수가 있었다는 사실은 그 당시의 바스티유 감옥의 공무 일지(公務日誌)에 분명히 기록되어 있는 것으로 보아 결코 누가 꾸며 낸 이야기는 아닌 것이다.

　　어느 나라에나 수수께끼 같은 역사적 사실이 흔히 있는 법이지만 이 소설의 주인공인 '복면의 죄수'도 불란서의 역사상 가장 괴상한 수수께끼로서 매우 유명한 사건이다. 그렇게까지 해서 죄수의 얼굴을 숨겨야 하는 데는 깊은 사정이 있었을 것은 물론이다. 그 죄수에게 복면을 씌운 것은 그의 이름이 세상에 알려져서는 국왕이나 정부의 입장이 대단히 곤란했기 때문이었겠지만 그렇다고 간단히 죽여 버릴 수도 없는 데 무슨 깊고 깊은 비밀이 있었을 것이다.

　　이 역사상 기묘한 수수께끼는 불란서 본국만 아니라 나중에는 전세계의 흥미의 초점이 되었다. 그리하여 역사가라든가 문학자라든가 각 방면의 사람들이 그 기묘한 사건을 재료로 가지가지 상상담을 만들어 발표하게 되었다.

그 죄수는 국왕 루이 십사세의 이복(異服)동생으로 형제간에 사이가 나빴기 때문에 그런 무시무시한 형벌을 내렸다는 설도 있고 또는 루이 십사세와 쌍둥이였다는 둥 국왕의 노여움을 산 총리대신 푸케였다는 둥 혹은 어느 공작이었다는 둥 무슨 승정(僧正)이었다는 둥 또 혹은 이태리 사람이었다는 둥 별의별 억설이 많았으나 그러나 모두가 분명치 않아서 수수께끼는 어디까지나 수수께끼로 남아 있게 되었다.

사실은 복면이라는 것도 검정 비로드의 두건(頭巾)이었었는데 그것이 어느새 '철가면'이라고 불리어지게 되어 이 이야기에 나오는 것과 같이 무쇠로 만든 탈을 쓰고 있었던 것처럼 되고 말았다.

철가면의 수수께끼는 그처럼 뭐라고 말할 수 없는 기괴한 흥미가 있어서 불란서의 유명한 소설가 볼테르라든가 위고라든가 뒤마라든가 그 밖에도 많은 사람들이 그 사실을 재료로 소설을 썼는데, 그중에도 보아고베라는 소설가가 쓴 이 작품 《철가면》이 재미있다는 점에서 가장 유명하게 되었다.

작자인 포르튀네 뒤 보아고베는 지금부터 육십여 년 전에 죽은 불란서의 유명한 탐정 소설가다.

이 책은 상당히 긴 원작을 누구나 가장 재미있게 읽을 수 있도록 간추려 옮긴 것이다.

—《철가면의 비밀》, 정음사, 1954.

해설

역사 속에 묻힌 비밀과 모험의 이국적 상상력

박진영

숨죽여 눈치껏 건네는 음밀한 소문이 돈다. 쳐다만 봐도 무시무시하다는 바스티유(Bastille)에 누군가 갇혔다 한다. 그런데 그게 누구인지 아무도 알거나 볼 수 없다는 것, 아무도 알아서도 보아서도 안 된다는 것. 이름도 없고 얼굴도 없으니 살아 있는 귀신이나 다름없다.

머리에 평생 옴짝달싹 못할 철의 가면을 뒤썼다. 명이 다하는 그날까지 아니, 땅속에 묻힌 뒤에라도 결코 탈을 벗을 수 없으리라 하니 생각만 해도 소름 돋는 일이 아닐 수 없다. 십수 년이 될지 수십 년이 될지 알 길 없는 부지하세월은 가면의 주인을 망각의 늪으로, 죽음의 강으로 내몰되 영겁의 시간이라는 형구(刑具)로 아주 더디게, 그러나 두말할 나위 없이 잔혹하게 존재 자체를 지워 나갈 것이다.

필시 희세의 괴담이자 전설의 주인공이 되고 말 페르소나(persona). 과연 누구일까? 언감생심 옥좌의 주인이 마실 술에 독이라도 탔단 말인가? 왕위 찬탈을 꿈꾼 대역부도의 역적이라면 간단히 처치해 버리면 될 터. 그러지 못하는 것을 보면 혹여 영국이나 에스파냐의 황족을 볼모로 숨겨 둔 건 아닐까? 그도 아니라면 왕후가 내밀히 흘려 둔 종친의 핏덩이라도 되는 걸까? 어쩌면 진짜 국왕은 감금되고 가짜 임금이 나라를 다스리고 있는 건 아닐까? 왕이 거쳐 간 수많은 여인들 가운데 누군가가 겨드랑이에 날개 돋친 아기장수라도 낳았단 말인가? 설마하니 신민이 가득 모인 그레브 광장(Place de Greve)의 이글거리는 유황불에 던져 넣어도 거푸 되살아나곤 한다는 마녀나 아닐는지 모르겠다.

그의 이름을 아는 것은 지상에서 단 두 사람, 그 자신과 그를 움켜쥔 자뿐이다. 그의 얼굴을 볼 수 있는 것은 오로지 하나, 그를 움켜쥔 자뿐이다. 철가면을 움켜쥔 자는 말한다. 그자는 이미 죽었다고, 그러니 아무 데고 묘비를 세워도 좋다고. 그렇다고 순순히 물러설 수야 없는 노릇. 살아남은 자에게는 그의 이름만이라도 알아야 할 이유가 있기 때문이다. 가면 뒤의 얼굴을 다만 한 번만이라도 보아야 할 이유가, 무쇠를 타고 울리는 목소리만이라도 스쳐 들어야 할 이유가 꼭 있다.

역사의 대의를 위해서라도 좋고 혁명의 도화선에 불을 댕기기 위해서라도 좋다. 하지만 어느 무엇보다도 사랑이라는 것을 위하여 비밀을 캐내야 하겠다. 비류직하(飛流直下)로 내리붓는 시간의 채찍질에 몸을 내맡길지언정, 무간나락(無間奈落)의 심연을 거슬러 오르는 벼력을 입는 한이 있을지언정 못다 이룬 사랑에 걸린 저주를 풀어야겠다. 하다못해 천고의 비밀을 알아 버렸다는 것으로라도 복수를 삼아야 하겠다. 그러하기에 목숨이라도 기꺼이 내놓으리라.

빈칸으로 남은 이름, 미제의 수수께끼

끝끝내 불가사의로만 전해지는 미지의 인물이 있다. 베르사유(Versailles)의 주인인 절대 군주에 맞섰다가 두 번 다시 맨 얼굴을 소유할 수 없게 된 비운의 풍운아. 프랑스 점령지 피네롤로(Pinerolo)를 비롯한 여러 곳의 감옥을 전전하며 수십 년의 세월 내내 가면 속에서만 숨을 쉴 수 있었던 그는 결국 파리의 바스티유에서 일생을 마쳤다. 1703년 11월 19일 월요일 밤 10시경의 일이다. 진즉부터 망자(亡者)였던 그의 육신은 이튿날 바로 공동묘지에 매장되었으나 표석에 자신의 이름조차 새겨 넣을 수 없었다.

그런데 가면 속에 유폐된 삼십여 년은 물론이거니와 아예 아케론(Acherōn)을 건너 버린 지 삼백여 년이 지난 뒤에라도 언제 어디서 무슨 죄로 체포되었는지, 왜 얼굴을 가릴 수밖에 없었는지, 심지어 어느 나라 사람인지조차 종시 알 길이 없다. 그의 얼굴을 가린 것은 실상 검은 비로드(veludo) 두건이었으나 언제부터인가 철가면이라는 별칭으로 불리기 시작했다. 그래서 더한층 신비화되면서 오랫동안 전설로 남고 만 주인공. 이른바 철가면의 비밀이란 그 자체로 많은 사람들에게 풍부한 영감과 상상력을 불러일으켰다. 아닌 게 아니라 꼭 영화로나 어울릴 법한 밑감이 아닌가?

필시 모종의 정치 비사(祕史)에 연루되었음에 틀림없는 이 매혹적인 존재에 대해서 당대에도 이미 수많은 억측이 난무하고 구구한 가설이 퍼졌다. 그 가운데 태양왕(太陽王) 루이 십사세(Louis XIV: 1638~1715)의 출생에 얽힌 비밀이라든가 그의 정부(情婦)와 관련된 이야기가 유난히 세인들의 입길에 오르내렸다.

이를테면 루이 십삼세(Louis XIII: 1601~1643)의 왕후이자 섭정(攝政) 안 도트리슈(Anne d'Autriche: 1601~1666)가 리슐리외(Armand-Jean du Plessis, cardinal et duc de Richelieu: 1585~1642)의 후계자로서 막강한 권력을 쥐고 흔들던 추기경이자 재상 쥘 마자랭(Jules Mazarin: 1602~1661)과의 사이에서 낳은 사생아라거나 또는 안 도트리슈가 감쪽같이 빼돌린 루이 십사세의 쌍둥이 형제라는 소문은 꽤 널리 유포되었다. 루이 십삼세의 왕위 계승자가 태어난 것은 안 도트리슈와 결혼한 지 22년 만이었으니, 루이 십사세의 출생을 두고 온갖 비화와 추측이 떠돌 법도 했다.

또 루이 십사세의 정부 가운데 하나였던 루이즈 드 라 발리에르(Louise de La Valière: 1644~1710)의 사생아라거나 역시 루이 십사세의 정부 가운데 하나였던 몽테스팡 후작 부인(Marquise de Montespan: 1641~1707)이 옭은 정적, 영국 스튜어트(Stuart) 왕조의 왕 찰스 이세(Charles II: 1630~1685)가 낳은 서자 몬머스(Monmouth: 1649~1685) 공작, 그 밖에도 블롱드(Vivien de Bulonde) 공작이나 로젱(Lauzun) 후작, 또는 극작가 몰리에르(Molière, Jean Baptiste Poquelin: 1622~1673)라는 추측까지 다양한 풍설이 떠돌았다.

이에 비하자면 비교적 신빙성 있는 추론도 적지 않다. 예컨대 만토바(Mantova)의 공작 페르디난트 카를로(Ferdinand Carlo) 휘하의 외교관으로 프랑스와의 협상에서 농간을 부린 에르콜 안토니오 마티올리(Ercole Antonio Mattioli), 루이 십사세의 재무 장관이자 루부아(Marquis de Louvois: 1639~1691)의 정적으로 결국 독직(瀆職)과 횡령 혐의로 수감된 푸케(Nicolas Fouquet: 1615~1680), 그리고 푸케의 시종으로서 많은 기밀을 알고 있었으리라 짐작되는 외스타슈 도제르

(Eustache Dauger) 등이 유력한 후보로 꼽힌다. 하지만 어느 누구라고 꼬집어 낼 만큼 확실하게 지목되는 주자가 없기는 마찬가지다.

태양과 무쇠의 대결, 부르주아 시대의 전설

철가면의 신원과 비밀에 관한 온갖 풍평들은 한결같이 절대 왕권에 대한 도전과 그 도전에 대한 응징이라는 점에서 공통적이니 말하자면 부르주아 시대가 남긴 전설이라 할 만하다. 유례없이 막강한 중앙 집권 체제를 유지하기 위해 정적에 대한 견제와 압박의 고삐를 늦출 수 없었던 루이 십사세 시대이니만큼 그 이면에서 휘도는 갖가지 권모 술수와 정략이 왕좌를 둘러싼 비밀이나 음모라는 흥밋거리와 잘 맞아 떨어졌던 셈이다.

그중에서도 루이 십사세의 쌍둥이 형제야말로 철가면의 정체라는 흥미롭고 자극적인 주장은 풍자 시인이자 계몽 사상사였던 볼테르(Voltaire, Francois-Marie Arouet: 1694~1778)가 앞장서 퍼뜨렸다. 이 재치 있는 발상을 본격적인 이야깃거리로 가공해 낸 것은 《몽테크리스토 백작(Le Commte de Monte-Cristo)》(1844~1846)의 작가이기도 한 알렉상드르 뒤마(Alexandre Dumas: 1802~1870)다.

알렉상드르 뒤마는 《삼총사(Les Trois Mousquetaires)》(1844)와 《이십 년 후(Vingt Ans Après)》(1845)의 뒤를 이어 《브라질론 백작, 십 년 후(Le Vicomte de Bragelonne, ou Dix Ans Plus Tard)》(1847~1850)를 내놓아 이른바 달타냥 이야기(d'Artagnan Romances)의 대단원을 마무리했다. 이 삼부작의 마지막 소설은 다시 《브라질론 백작(The

Vicomte de Bragelonne)》과《루이즈 드 라 발리에르(Louise de la Vallière)》, 그리고《철가면(L'homme au Masque de Fer)》의 세 부분으로 구성되었다. 달타냥과 삼총사가 펼치는 일대 무용담의 대미를 장식한 마지막 편은 곧《철가면(The Man in the Iron Mask)》으로 영역되어 전 세계적으로 큰 인기를 끌었다. 알렉상드르 뒤마가 달타냥과 삼총사의 후일담으로 재생시킨 이 모험담이 가장 널리 알려진 철가면 이야기다.

알렉상드르 뒤마의 소설은 이미 1920년대부터 최근에 이르기까지 할리우드에서만도 여러 차례 영화화된 바 있다. 한국에서도 상영된《아이언 마스크(The Man In The Iron Mask)》(1998)도 그 가운데 하나다. 또한《마농의 샘(Manon des Sources)》(1952)으로 널리 알려진 프랑스의 극작가이자 영화감독 마르셀 파뇰(Marcel Pagnol: 1895~1974)도 〈철가면의 비밀(Le Secret du Masque de Fer)〉(1965)이라는 소론을 남긴 바 있는데, 짐작건대 자신이 직접 영화로 제작하려는 계획이었을 것이다.

그런데 막상 알렉상드르 뒤마의 소설《철가면》이 한국에 직접 소개된 적은 없다. 식민지 시대에 널리 읽혔을 뿐 아니라 해방 이후 봇물처럼 쏟아져 나온 각종 문학 전집과 세계 명작 선집, 청소년 문고 등에 빠짐없이 오른《철가면》은 알렉상드르 뒤마의 소설과는 전혀 다른 버전의 이야기다.

포르튀네 뒤 보아고베의 소설적 상상력

철가면의 비밀을 둘러싼 기묘한 전설을 왕궁 밖으로 끌어내어 열정과 격동의 시대, 변방의 외사(外史)와 신흥 세력의 풍속도로 무대를 넓힌 것은 프랑스의 대중 소설가 포르튀네 뒤 보아고베(Fortuné du Boisgobey: 1821~1891)다. 포르튀네 뒤 보아고베의 원작은 일찍이 일본의 번안 소설가 구로이와 루이코(黑巖淚香: 1862~1920)에 의해《철가면(鐵假面)》(1892~1893)으로 번안되었으며, 한국으로 건너와 '순한글의 한국어 문장'으로 된《무쇠탈》(1922)로 거듭났다. 한국의 번안 소설《무쇠탈》은 전문 번안 작가 우보(牛步) 민태원(閔泰瑗: 1894~1934)의 대표작으로, 초창기〈동아일보〉의 인기 연재소설이자 1920년대 상반기 최고의 베스트셀러다. 식민지 시대부터 지금까지 한국인에게 꾸준히 사랑 받아 온 철가면 이야기의 원천은 오직 이것 하나다.

포르튀네 뒤 보아고베 역시 태양왕 루이 십사세의 시대를 배경으로 펼쳐지는 미스터리와 집념의 한판 대결을 그려 냈다. 그러나 중심이 되는 뼈대만 추려 보더라도 일찌감치 쏟아져 나온 여러 가지 추정들은 물론이거니와 알렉상드르 뒤마의 소설과도 완전히 다르다. 제목도《철가면》이 아니라《생 마르 씨의 두 마리 티티새(Les Deux Merles de M. de Saint–Mars)》(1878)다. 제목에 어렴풋이 비쳐 있듯이 포르튀네 뒤 보아고베의 소설은 철가면을 쓴 죄수를 가리키는 두 개의 별명에 얽힌 의문을 조금 더 강조하여 추리 소설의 요소를 가미한 역사 모험 소설이다.

아쉽게도 한국에서는 포르튀네 뒤 보아고베의 이름이 널리 알려

지지 않았고 그리 중요하게 거론된 적도 없다. 한국의 번안 소설이 줄 곧 일본을 경유하다 보니 원작이나 원작자에 대해 주의를 기울일 여지가 적었던 탓이다. 이 점은 번안 소설의 시대를 통틀어 일반적인 현상이기도 하다. 그러나 실상 포르튀네 뒤 보아고베는 한국의 번안 소설에 적잖은 영향을 끼쳤으며, 특히 1920년대 신문 연재소설의 새로운 지평을 시사하는 키워드 가운데 하나이기도 하다.

포르튀네 뒤 보아고베는 프랑스 대중 일간지의 인기 작가 가운데 하나다. 19세기 후반 프랑스의 신문 연재소설은 상업성이 유독 강한 편이었는데, 특히 눈에 띄는 점은 장편 추리 소설이 인기를 끌었다는 점이다. 예컨대 에밀 가보리오(Emile Gaboriau: 1832~1873)와 같은 경우가 대표적이다. 그는 세계 최초의 장편 추리 소설《르루주 사건(L'Affaire Lerouge)》(1866)의 작가이며, 곧이어 내놓은《오르시발의 범죄 (Le Crime d'Orcival)》(1867)나《르콕 탐정(Monsieur Lecoq)》(1868)도 추리 소설의 고전으로 일컬어진다. 에밀 가보리오가 죽은 뒤에 대중지 〈르 프티 주르날(Le Petit Journal)〉에 추리 소설을 연재해 주목을 받은 작가가 바로 포르튀네 뒤 보아고베이니 에밀 가보리오의 뒤를 잇는 적통의 후계자다. 포르튀네 뒤 보아고베는 에밀 가보리오가 창조한 탐정을 되살려 낸《르콕의 만년(Le Vieillesse de Monsieur Lecoq)》(1876)으로 명성을 날리기 시작했는데, 이 소설도 얼마 뒤 한국에서 번안되었다. 그의 대표작이 된《생 마르 씨의 두 마리 티티새》역시 〈르 프티 주르날〉에 연재된 인기 소설이다.

포르튀네 뒤 보아고베의 신문 연재소설은 당시의 영미 소설과는 여러모로 노선을 달리했다. 즉 위장 결혼이나 독살 스캔들과 같이 다소 선정적인 주제를 즐겼던 빅토리아(Victoria) 시대의 대중 소설과는 이질적이며, 또한 에드거 앨런 포(Edgar Allan Poe: 1809~1849)를 효시로 하는 추리 소설의 계보와도 유다르다. 가족 갈등이나 멜로드라마의 요소를 십분 활용하면서도 비밀의 추적과 범죄 해결에 치우친 포르튀네 뒤 보아고베의 장편 소설은 말하자면 양쪽의 성격을 두루 절충하고 배합한 편이라 할 수 있을 터이다. 중세의 로망(roman)에 가깝다고나 할 법한 철가면의 기담(奇談)을 한결 근대적인 시선에서 소설화하는 힘도 여기에서 비롯되었다. 이 점은 포르튀네 뒤 보아고베의 소설이 메이지 시대(明治時代)의 일본에서 호평 받을 수 있었던 비결이기도 하다.

구로이와 루이코와 한국의 번안 소설

에밀 가보리오와 그의 계승자 포르튀네 뒤 보아고베의 소설을 통해 일본에서 추리 소설의 영역을 개척하고 활성화시키는 데 선도적인 역할을 담당한 것은 번안 소설가 구로이와 루이코다. 구로이와 루이코는 특히 포르튀네 뒤 보아고베의 소설을 집중적으로 번안하여 큰 갈채를 받았다. 구로이와 루이코는 70여 편에 달하는 장편 번안 소설을 남겼는데, 그 가운데 20여 편이 포르튀네 뒤 보아고베의 소설을 번안한 것이니 과연 압도적이라 할 만하다. 구로이와 루이코의 명성을 드높인 이 소설들은 대개 1890년을 전후한 무렵에 발표되었다.

일본에서는 메이지 초기부터 독부(毒婦)의 범죄 행각을 다룬 통속 소설이라든가 재판 실록 따위가 적잖은 인기를 끌고 있었다. 그래서 구로이와 루이코가 선보인 프랑스의 장편 추리 소설도 큰 이물감이나 저항 없이 수용될 수 있었다. 게다가 서양 소설의 빈틈없는 구성력과 이색적인 추리 기법 등이 보태지면서 가히 폭발적인 인기를 끌 수 있었다. 이 점에서 구로이와 루이코는 서양 문학 특히 프랑스 추리 소설을 유입하는 주요 통로가 되었을 뿐 아니라 일본 추리 소설의 개척자로 올라설 수 있었다. 실제로 일본 최초의 창작 추리 소설 〈무잔(無慘)〉(1889) 역시 구로이와 루이코의 손으로 빚어졌다. 아서 코난 도일(Arthur Conan Doyle: 1859~1930)이나 모리스 르블랑(Maurice Leblanc: 1864~1941)이 본격적으로 소개된 것이 메이지 말엽이고, 전문 추리 소설 작가로서 대중적인 지명도를 얻은 에도가와 란포(江戸川亂步: 1894~1965)가 맹활약한 것도 1930년대에 들어와서라는 점을 고려하면 구로이와 루이코의 선구적인 위상은 금세 확연해진다. 구로이와 루이코는 점차 메리 엘리자베스 브래든(Mary Elizabeth Braddon: 1837~1915)과 버사 M. 클레이(Bertha M. Clay, Charlotte Monica Brame: 1836~1884) 등 영미 여성 작가의 소설로 눈길을 돌려 도시적인 취향과 세련된 감각, 그리고 연재의 긴장감을 고조시킨 새로운 색채의 대중 소설이 확산되고 안착하는 데에서도 한몫을 톡톡히 해냈다.

구로이와 루이코는 한국의 번안 소설이 새로운 상상력의 영역을 개척하고 다양한 갈래의 소설 유형으로 분기하는 마당에서 결정적인 교두보가 되었다. 구로이와 루이코의 소설이 지닌 가치와 잠재력이 유감없이 발휘된 것은 하몽(何夢) 이상협(李相協: 1893~1957)에 의해서다. 이상협은 구로이와 루이코의 인기 번안 소설을 다시 번안한 《정부원(貞婦怨)》(1914~1915)과 《해왕성(海王星)》(1916~1917)을 잇달아 내놓아 새로운 번안 모형을 구축했을 뿐만 아니라 독창적인 상상력의 출구를 찾아냈다. 이상협의 번안 소설은 치밀한 짜임새와 박진감, 참신한 기교와 감각을 앞세우며 독자들의 지적 호기심을 자극하고 소설적 재미를 충족시키는 데에 성공했다. 이상협의 번안 소설은 가정 소설 일색의 〈매일신보〉 연재소설, 그리고 일재(一齋) 조중환(趙重桓: 1884~1947)에 의해 개척되고 주도된 일천한 역사의 번안 소설에 던진 커다란 충격파이기도 했다.

일본의 번안 소설을 다시 번안하는 방법을 계승하면서 세계 문학과 소통하는 효율적인 경로를 발굴해 낸 것이 바로 이상협의 후계자로 등장한 전문 번안 작가 민태원이다. 민태원의 데뷔작이자 출세작이 된 《애사(哀史)》(1918~1919) 역시 구로이와 루이코를 통해 얻은 값진 소득 가운데 하나였기 때문이다. 《애사》는 한국의 번안 소설이 서양의 고전 명작으로 시야를 넓히면서 고급 문학이자 대중 문학으로서 신문 연재소설의 위상을 다지는 데에 결정적으로 이바지했다. 특히 '순 한글의 한국어 문장'으로 된 번안 소설의 권위와 역사적 정통성을 공공연하게 인증했다는 점에서 《애사》는 1910년대의 〈매일신보〉 연재소설이 거둔 문학사적 승리의 결실이다.

그런데 민태원은 1920년 4월 〈동아일보〉의 창간과 함께 이상협을 따라 이직하면서 1910년대와 1920년대, 그리고 〈매일신보〉 연재소설과 〈동아일보〉 연재소설을 잇는 핵심적인 가교 역할까지 떠맡았다. 이를테면 《무쇠탈》은 한국의 번안 소설에서 민태원이 담당한 몫과 구로이와 루이코 번안 소설의 가치, 그리고 포르튀네 뒤 보아고베의 소설이 지닌 파급력을 가장 뚜렷하게 드러내 준 번안 소설이다. 한국에 번안된 구로이와 루이코의 소설은 십여 편을 웃도는데, 이 가운데 적어도 네 편 이상이 포르튀네 뒤 보아고베의 원작일 정도다. 그중 신문에 연재된 것으로는 민태원의 《무쇠탈》이 처음이다. 이로써 1920년대의 새로운 문화적 감수성과 대중적 취향을 집약한 색다른 코드가 대두한 셈이다.

우보 민태원과 〈동아일보〉 연재소설의 시대

1910년대 유일의 한국어 중앙 일간지 〈매일신보〉가 창출해 낸 신문 연재소설의 시대는 명실상부한 번안의 시대이자 소설의 시대였다. 새로운 시대정신과 상상력을 표현하고 향유하는 최적의 근대 문학 양식이 된 한국의 번안 소설은 삼대 전문 번안 작가와 대중 매체, 그리고 독자의 합력이 빚어낸 합작품임에 틀림없다.

그런데 삼일 운동 직후 이른바 민간 신문의 시대가 열리면서 사정이 썩 달라졌다. 이상협을 필두로 많은 기자와 작가가 대거 〈매일신보〉를 떠나 〈동아일보〉로 옮겨 갔기 때문이다. 그것은 1910년대 내내 지속되었던 〈매일신보〉와 〈매일신보〉 연재소설 독점 체제의 종식을, 그리고 대안의 중앙 매체이자 시장 경쟁자로 등장한 〈동아일보〉와 〈동아일보〉 연재소설 시대의 개막을 뜻한다.

〈동아일보〉는 같은 날 창간된 〈시사신문〉이라든가 이미 한 달 전에 출범한 〈조선일보〉와는 위상도 달랐고 역량도 달랐다. 애초부터 친일 언론의 색깔을 노골화했던 〈시사신문〉이야 말할 나위도 없거니와 〈조선일보〉 역시 관변 기관지의 태생적인 한계와 끊이지 않는 내부 분란 때문에라도 쉬 안정을 찾지 못한 처지였다. 이에 반해 〈동아일보〉는 이상협을 수장 삼아 민태원과 천리구(千里狗) 김동성(金東成: 1890~1969), 순성(瞬星) 진학문(秦學文: 1894~1974), 종석(種石) 유광

렬(柳光烈: 1898~1981) 등이 창간 주역이자 핵심 필진으로 활약하면서 〈매일신보〉의 내부 역량과 대중적 영향력을 거의 통째로 이월시키다시피 했다. 실제로 〈매일신보〉는 〈동아일보〉와의 경쟁에서 한동안 고전을 면치 못할 정도였다.

한 시대를 풍미한 번안 소설의 성장 동력과 정통성을 고스란히 〈동아일보〉 쪽으로 상속시킨 장본인은 다름 아닌 민태원이다. 민태원은 〈동아일보〉 창간호를 장식한 연재소설 《부평초(浮萍草)》(1920)를 통해 번안 소설의 전통을 다시 부활시켜 나가기 시작했다. 엑토르 말로(Hector Malot: 1830~1907)의 《집 없는 아이(Sans Famille)》(1878)를 번안한 《부평초》는 〈동아일보〉의 번안 소설이 말하자면 〈매일신보〉 연재소설의 적자임을 천명했다. 《부평초》는 '순 한글의 한국어 문장'으로 세계 문학을 품은 한국의 번안 소설, 빅토르 위고(Victor Marie Hugo: 1802~1885)의 《레미제라블(Les Misérables)》(1862)을 번안한 《애사》의 연장선 위에 놓여 있기 때문이다.

이때부터 이상협 사단이 〈동아일보〉를 떠나 〈조선일보〉를 인수하여 혁신에 나서는 1924년 무렵까지 〈동아일보〉는 번안 소설의 전성기를 다시 구가하는 무대인 동시에 원동력이 되었다. 민태원이 1년 3개월 만에 내놓은 번안 소설 《무쇠탈》은 그 정점을 차지했다. 《무쇠탈》은 1922년 1월 1일부터 6월 20일까지 총 165회에 걸쳐 〈동아일보〉에 연재되었다. 〈동아일보〉 연재소설에 삽화가 함께 수록된 것도 《무쇠탈》이 처음이다.

《무쇠탈》과 '정탐 소설'의 도래

《무쇠탈》의 출현과 성공은 어느 정도 예고된 것이기도 하다. 창간호부터 상설된 〈동아일보〉의 연재소설은 민태원과 김동성을 주축으로 운영되었다. 김동성은 아서 베냐민 리브(Arthur Benjamin Reeve: 1880~1936)의 《일레인의 업적(The Exploits of Elaine)》(1915)을 번안한 《엘렌의 공(功)》(1921)과 아서 코난 도일의 《주홍색 연구(A Study in Scarlet)》(1887)를 번안한 《붉은 실》(1921)을 잇달아 내놓았다. 그런데 한국인이 명탐정 셜록 홈스(Sherlock Holmes)와 초대면한 소설이기도 한 《붉은 실》은 종내 미완으로 그치고 말았다. 그 뒤를 이어 연재된 것이 민태원의 《무쇠탈》이다. 《무쇠탈》은 독자들의 호응을 받으며 성공리에 연재를 마쳤을 뿐만 아니라 단행본이 출판될 무렵에는 〈동아일보〉가 대대적으로 광고를 지원할 정도로 큰 인기를 끌었다.

이 사실은 영미의 추리 소설이 한국에서 그리 매력적이지 않았음을 시사한다. 따지고 보자면 이상협의 《정부원》이 센세이션을 일으킬수 있었던 것도 탐정이나 사건 추리 자체에 집중하기보다는 비밀과 음모, 추적과 모험의 요소를 가정 소설의 소재나 구조와 성공적으로 결합시켰기 때문이다. 따라서 지금 우리 시대의 추리 소설이라는 말보다는 당대에 회자되었던 '정탐 소설'이라는 용어가 훨씬 더 정곡을 짚고 있다. 포르튀네 뒤 보아고베의 소설, 정확하게 말하자면 포르튀네 뒤 보아고베의 소설을 원작으로 삼은 구로이와 루이코의 번안 소설이 지닌 최강의 효능도 여기에서 비롯되는바 이 점을 이상협의 후예 민태원이 놓칠 리 없다.

민태원이 간파한 것은 포르튀네 뒤 보아고베의 소설이 지닌 대중

성과 잠신함의 양면이며, 또한 구로이와 루이코의 번안 소설을 다시 번안하는 효율성이다. 이미 일본에서 포르튀네 뒤 보아고베의 소설이 선풍적인 인기를 끈 데에다가 한국에서 구로이와 루이코의 번안 소설이 지닌 잠재력도 충분히 검증되었으니 민태원이 구로이와 루이코의 번안 소설을 충실하게 다시 번안하는 방법을 택한 것은 당연한 일이다. 한국에서 구로이와 루이코의 번안 소설을 통해 다시 번안된 포르튀네 뒤 보아고베의 '정탐 소설'이 지지와 호응을 얻기란 어렵지 않을 터이다. 그것은 1910년대와는 다른 갈래, 다른 감각의 번안 소설이 될 수 있었고, 실제로《무쇠탈》은 1920년대의 독자들을 순식간에 매료시켰다.

이렇게 해서《무쇠탈》은 이상협이 개통시킨 구로이와 루이코라는 지름길이 여전히 유효하고 효과적이라는 사실을 입증하는 한편 포르튀네 뒤 보아고베의 소설이 지닌 가능성을 성공적으로 시험해 보였다. 그 파급 효과는〈동아일보〉뿐만 아니라 곧〈매일신보〉와〈조선일보〉에도 미쳐 '정탐 소설'이 1920년대 번안 소설의 대표 주자로 부상하기에 이른다.

결과적으로 민태원은 이상협의 번안 모형을 적극적으로 승계하고 '정탐 소설'의 적응 가능성을 확대한 1920년대의 전문 번안 작가가 되었다. 그것은 한국의 번안 소설이 지닌 영향력과 위상을, '순 한글의 한국어 문장'으로 된 신문 연재소설의 전통을 거듭 확인해 준다. 요컨대 1910년대의〈매일신보〉연재소설이 획득한 문학사적 정통성은 민태원을 거점으로〈동아일보〉연재소설로 상속되었다.

영웅 없는 시대의 역사 모험 소설

삽화까지 대동하며 반년에 걸쳐 공들여 연재된 《무쇠탈》. 그러나 이 소설에는 마땅히 내세울 만한 주인공도 없고 탐정도 등장하지 않는다. 이 점은 꽤 흥미로운 대목이다. 그러면서도 독자의 눈길을 사로잡을 수 있었던 비결은 무엇일까?

《무쇠탈》은 1672년부터 1703년까지 장장 삼십여 년에 걸쳐 펼쳐지는 비밀과 모험의 이야기다. 하지만 명탐정이나 걸출한 영웅도, 눈부신 추리나 화려한 무용담도 찾아볼 수 없다. 아닌 게 아니라 추리 소설이라 부르기에는 규모가 넘치며 역사 소설치고는 오히려 빈약하다. 주인공의 성공이라든가 선의 승리는 영 불투명하니 어느 편짝으로든 정석의 문법을 보여 주지도 않는다.

일의 사달부터 색다르다. 마음만 앞선 섣부른 영웅이 자차분한 시비에 말려들었다가 결투 끝에 쓰러진 것. 장차 큰일을 앞두고 자갈 하나라도 새겨 디뎌야 할 혁명가가 웬 부랑패류의 칼날에 고꾸라져 목숨을 잃을락 말락 한 지경이라니. 그것도 이름 없는 선술집에서 까짓 신문 한 장을 놓고 벌어진 일이다.

패기 방장한 스물여덟 살 열혈 청년 안택승. 알고 보면 난세를 구한답시고 떨쳐나선 용사이건만 첫밤부터 한칼에 나가떨어지고 말았다. 간신히 숨만 붙어 피로 칠갑한 채 업혀 달아나야 하는 혁명 전위의 초라하기 그지없는 데뷔 무대다. 일생을 걸어 벼르고 별러 오던 대업의 결행마저 두 달 가까이나 미루지 않을 수 없다.

그뿐이 아니다. 영웅을 옹위하고 나선 자들도 서툴고 어설프기 짝이 없다. 이팔청춘의 꽃다운 시절을 남복(男服)으로 떠도는 연인이자 동지 방월희가 곁에 있건만 아무리 뜯어봐도 슬기롭지도 못하고 용맹하지도 않다. 복수에 나선 충복은 원수의 배후에 몰래 숨어들었다가는 술을 마시고 잠드는 바람에 때를 놓쳤다. 루이 십사세의 총애를 받다가 내쳐진 전 왕후가 뒷배를 봐 주고 있다지만 기실 넋 놓고 갈팡질팡하는 한갓 사랑의 노예일 뿐이며 갖가지 빙충맞은 짓만 일삼으니 영락없는 희극 배우다.

한결같이 미덥지 못한 이 패에 비하자면 악명 높은 모사와 희세의 무협, 그리고 잘 구슬린 첩자가 한동아리가 된 맞은편짝은 그야말로 노련하고 빈틈없다. 그들은 적수의 정체를 진즉에 알아보았을 뿐 아니라 언거번거 능갈치며 상대를 휘어잡는 솜씨만도 여간이 아니다. 모반자들의 일거수일투족을 꿰뚫어 보다시피 하며, 차분하고도 민첩하게 덫을 놓고 기다릴 줄 안다. 어딘가에 비밀 상자가 숨겨져 있다는 사실까지 알아챈 것을 보면 이편의 내밀한 속사정까지도 소상히 살피고 있는 판이다.

사정이 이렇다 보니 반정(反正)의 전위대가 펼침 직한 그럴듯한 한판 승부는 기대하기 어렵다. 15인의 결사대는 고비판마다 번번이 발목을 잡히고 종내 결전의 바로 그날, 매복에 걸려 몰살된다. 게다가 결사대를 이끌던 선봉장은 어이없이 생포되어 그길로 무쇠탈을 뒤쓴 채 옴나위없이 옥귀신으로 썩어 갈 판이다. 그나마 살아남은 자들이 있어 불행 중 다행이라지만 혁명을 위해 재기하는 것은 더 이상 그들의 몫이 아니다. 생각만 해도 끔찍한 운명의 주인공이 된, 살아 있는 망자를 구출해야 하기 때문이다. 정작 문제는 여기에서 출발한다. 대체 그 무쇠탈이 누구란 말인가? 한목숨 기꺼이 내던지고라도 구해야 할 당수인가 혹은 혁명의 이름으로 처단해야 할 배신자인가?

결국《무쇠탈》은 소설의 제목이자 주인공이 사라진 시점에서 추리와 모험을 동시에 시작한다. 이때부터 17세기 후반의 정치사와 시대적 배경이 조금씩 뒤섞인다. 등장인물의 뒤로는 갖은 권모술수와 흉계가 난무하는 한바탕 정치판이 비쳐 있다. 그곳에는 정략과 결탁, 음모와 협잡이 있을 뿐 충의라든가 민심이라든가 하는 따위는 눈 씻고 찾아봐야 보이지 않는다. 어느 누구랄 것도 없이 누구나 다 한낱 사삿일과 원한으로 움직일 뿐이다.

어쩌면 그것이야말로 딱딱하게 굳어 버린 역사가 아니라 당대인의 욕망과 사랑이 생생하게 뛰노는 현장의 영상에 가까울지도 모른다. 그래서《무쇠탈》은 신물 나는 고생담으로 그치지는 않지만 그렇다고 환상적인 영웅 구출기가 되기도 어렵다. 정체불명의 무쇠탈을 둘러싸고 거듭되는 실패의 기록이자 불굴의 도전의 역정.《무쇠탈》이 영웅의 무용담과 활약상에 기대지 않으면서도 흥미진진함을 잃지 않을 수 있었던 이유다.

미끄러지는 실마리, 엉키는 실타래

얼굴 없는 주인공이 누구인지를 가려내자면 무엇보다도 비밀의 상자를 파내야 한다. 하지만 상자는 이미 판도라(Pandora)의 손에 넘어가 버렸다. 테세우스(Theseus)의 실마리를 사려쥔 아리아드네(Ariadne)가 사십여 일을 앓아누운 데에다가 상자를 눈앞에 두고도 그만 미노타우로스(Minotauros)에 놀라 졸도해 버렸기 때문이다. 이제는 맨몸으로 다이달로스(Daedalus)의 미궁(迷宮, labyrinthos)에 뛰어들지 않을 수 없는 형국이다.

사라진 상자의 행방을 쫓자면, 사랑하는 사람의 생사를 확인하고 살려 내자면, 말 그대로 아주 콩켸팥켸 얼크러진 실타래를 풀어야 한다. 아리아드네는 미노타우로스를 미혹에 빠뜨리기도 하고 미궁의 주인 미노스(Minos) 앞에 무릎을 꿇어도 본다. 아예 미궁을 허물어 버리려고 무던히 애면글면하고 심지어는 어둠의 비의(秘儀)를 빌려도 보지만 미로의 출구는 도시 보이지 않는다. 그렇게 십수 년, 수십 년에 걸쳐 기상천외한 모험과 작전을 펼치고도 끝끝내 구출해 내지 못한 자. 그는 대체 누구이며 어디로 숨어 버린 걸까?

요컨대 거사는 무산되었고, 혁명의 주역은 감쪽같이 사라졌다. 걸핏하면 기절하기 일쑤인 방월희는 프리마 돈나(Prima donna)의 이름이 무색할 지경이다. 한데 대장정은 이미 시작되었다. 중세의 황혼기를 휘젓는 주술사이자 독약 전문가가 보다 못해 길라잡이로 나섰을 뿐이다. 이름을 정할 수도 없고 눈에 보이지도 않는 주인공을 텅 빈 구심점으로 삼은 모험담, 아무런 열쇠도 쥐고 있지 않은 프리마 돈나의 모험담은 그렇게 시작된다.

열정과 집념으로 무쇠탈을 추적하는 데에 일생을 건 방월희는 번번이 실마리를 잡았다가는 놓친다. 함정에 빠지거나 길을 잃고 헤매기도 일쑤다. 그래도 뜻을 같이하는 이들이 그녀를 보호해 주면서 마치 손발이 척척 맞는 삼총사처럼 의기투합한다. 여러 차례 위기가 닥치고 손에 땀을 쥐게 하는 장면들이 연출되지만 그때마다 돌파구를 여는 것은 방월희 자신의 의지나 지혜가 아니라 동료들과의 호흡과 협력이다. 그래서 하나같이 영웅도 전사도 아니로되 목표를 향해 한 발짝 한 발짝 내디딘다.

따지고 보면 비밀의 상자란 그리 중요한 게 아닌지도 모른다. 어차피 상자 안에 무엇이 들어 있는지가 아니라 누가 그 상자를 가져갔는지가 문제 아니던가? 무쇠탈의 정체도 그만 못지않다. 탈을 쓴 자가 누구인들 어떠하랴? 그가 누구인지 말할 수 있는 자는 또 누구랴? 사태의 요령은 시종일관 무쇠탈을 어떻게 빼돌릴 것인가에 놓여 있다. 그래서 비밀은 심연의 밑바닥에 가라앉을지언정 모험은 늘 살아남은 자들의 몫이게 마련이다.

근대 이성을 소유한 마녀의 등장

《무쇠탈》에서 단연 눈길을 잡아끄는 인물은 나매신이다. 그녀는 처음에는 조연이자 단역으로 출발했으나 점차 추리와 모험의 중심에 다가선다. 흐트러진 갈피를 가지런히 정돈하고 앞으로 풀어야 할 숙제를 제시하는 것이 나매신의 몫이다.

이탈리아 출신의 나매신은 《무쇠탈》의 등장인물 가운데 가장 파란만장한 인생 역정을 밟는다. 그녀는 황족의 측근으로 성장한 부르주아에 불과하지만 프랑스 궁정의 귀족 계급에 대한 환멸과 저항을 표현할 뿐 아니라 인접국의 정치적 이해를 대변하고 배후 조종하는 이방인이기도 하다. 루이 십사세의 충직한 종복(從僕)이자 철혈의 총리 노붕화 즉 루부아 역시 나매신과는 끝까지 대결하지 않을 수 없다.

나매신의 매력적인 성격은 그녀의 입지와 태도에서 비롯된다. 나매신은 명석한 두뇌의 소유자로서 분석적 진단 능력과 객관적인 판단력을 발휘하는 숨은 책사(策士)다. 그녀의 형상은 이성과 합리성을 중시한 근대 부르주아의 이념과 지향을 대변한다. 거듭되는 위기 국면에 냉정하게 대처하면서 속사정을 헤아려 보고 앞날을 예측하는 힘을 발휘하는 것은 기실 나매신뿐이다.

그런 점에서 나매신은 망자를 다시 불러내는 중세의 마녀가 아니다. 예컨대 그녀의 득의의 영역인 독약이야말로 근대 과학의 꽃이다. 독약은 그저 화학의 소산일 뿐 결코 마법이나 주술이 아니며 신비의 연금술도 아니다. 그것은 긴 세월을 투자해서 얻어진 노력의 대가이며, 언제든지 실패와 오류의 가능성을 안고 있다. 이 사실을 가장 뚜렷하게 인식하고 있는 것도 그녀 자신이다.

몰락한 전 왕후가 자신의 감정과 격렬하게 분출하는 욕망을 제어하지 못한 채 갈팡질팡하며 우스꽝스러운 장면을 연출해 낼 때마다 이에 대비되는 나매신의 형상은 한층 돋보인다. 나매신은 자신이 치명적인 위험에 처했을 때조차 논리적인 사유와 인식을 결코 저버리지 않는 인물이기 때문이다. 요컨대 나매신은 새로운 세계관의 대두와 사회 질서 재편의 욕망을 표상하는 대리인이자 전령으로 활약한다.

어쨌든 나매신 역시 일련의 사태와 비밀의 최종적인 해결사는 아니다. 다만 사건의 인과 관계에 일관된 질서와 필연성의 계기를 배분하면서 모험에 동참할 뿐이다. 따라서 무쇠탈의 정체와 비밀은 전혀 다른 자리에서 뜻밖의 입을 통해 추론되어야 한다. 나매신은 그 과정에서 두 번의 결정적인 국면을 조성한다. 한 번은 성공한 독약으로, 또 한 번은 실패한 해독제로. 그리고 두 마리 티티새의 행방과 운명을 추리하는 것은 결국 독자의 몫으로 떠넘겨진다.

탐정 없는 추리의 묘미

나매신은 무쇠탈의 정체를 추적하는 모험의 도정에서 점차 탐정의 임무에 손을 대는 듯 보이지만 어디까지나 보조원으로만 남을 뿐 결코 주인공이 되지는 않는다. 딱히 내놓을 만한 탐정이 없는 판국에도 결코 전면에 나서지 않으며, 데우스 엑스 마키나(deus ex machina)의 역할을 감당하지도 않는다.

결국《무쇠탈》은 주요 등장인물 가운데 어느 누구도 두각을 드러내지 않은 채 진행되는 입체적 모험이 된다. 모험의 참여자들은 모험을 진행하면서 각자가 품은 의심을 해결해야 하지만 서로 다른 시간과 장소에서 엇갈린 퍼즐의 조각들을 맞추기란 쉽지 않다. 출발선에서부터 살아남은 것은 누구인지, 누가 언제 어디에서 실종되었는지 도무지 정해져 있지 않은 데에다가 모험의 참여자가 번갈아 바뀌면서 종잡을 수 없는 혼란에 빠지기 때문이다.

몇 번에 걸친 구출 기도와 탈옥이 성공했으면서도 정작 비밀의 핵심이 풀리지 않는 것도 이 때문이다. 모험의 도정에서 발견된 추리의 단서들은 종종 오인의 빌미가 되기도 한다. 똑같은 목표를 공유하고 대장정에 뛰어든 전 왕후의 행보 역시 엉뚱한 알리바이를 제공하며 모험의 참여자들에게 혼선을 주곤 한다. 무쇠탈을 빼내야 모든 문제가 해결된다는 점에서 모험에 함께 동참한 독자로서는 무쇠탈이 언제 어디로 이동했고 누가 어떻게 잡히거나 탈출했는지 역으로 추적해야 하는 수사관이 될 수밖에 없다.

그런가 하면 추리가 진척되면서 점차 회의에 빠져 들기도 한다. 이 점은 등장인물이나 독자나 마찬가지다. 모험의 참여자들이 무쇠탈을 탈출시키지 못해서가 아니라 그의 존재 자체가 불투명하다는 것이 거듭 밝혀지기 때문이다. 논리 정연해야 할 추리가 어느새 모험의 진행 과정과 마찰을 일으키더니 스스로 딜레마에 빠진 셈이다. 그래서 무쇠탈의 비밀을 은폐하려는 안간힘과 무쇠탈을 구출하려는 검질긴 노력이 맞부딪치면서도 끝내 무쇠탈의 정체는 확증되지 않는다. 자칫 전설로 묻히고 말 비밀 앞에서 모험의 주역들은 무력하고, 비밀의 열쇠를 쥔 증인들은 오히려 차례로 제거되고 만다.

결국 《무쇠탈》의 대단원은 무쇠탈의 정체에 대한 독자의 기대를 전면적으로 배반하기까지 한다. 모험은 종료되었으나 미스터리는 남는다. 미스터리는 해명되지 않았으나 더 이상의 모험은 없다. 이것은 역사 모험 소설의 일반적인 규약을 파기한 것인 동시에 추리 소설의 기본 규칙을 위반한 것이기도 하다.

결과적으로 《무쇠탈》은 장대한 규모의 스펙터클을 펼쳐 보인다든가 바스티유에서 무쇠탈을 탈출시키는 스릴을 고조시키는 데에 초점이 있다기보다는 비밀을 추적하고 해소하는 과정에서 전달되는 불안감과 긴박감의 공유, 그리고 일대 반전의 효과를 노린다. 그래서 모험의 참여자들이 비밀에 접근하는 길목마다 위기의식과 긴장감을 고조시키는 사건이 기다리고 있고 일련의 사건들은 뜻밖의 반전으로 이어지게 마련이다. 이것은 모험의 요소와 추리의 요소를 뒤섞으면서 얻어진, 등장인물이 기대하는 바와 독자에게 요구하는 바를 교묘하게 뒤틀면서 거둔 망외의 소득이기도 하다.

사라진 혁명, 이국적 열정과 낭만

17세기 후반의 프랑스를 배경으로 벌어지는 정치적 대결과 삼십 여 년에 걸친 모험담, 그리고 무쇠로 만든 탈을 쓴 죄수라는 기발한 착상을 밑바탕으로 삼은 비밀과 추적의 이야기는 그 자체로도 낯설고 신기한 것임에 틀림없다. 게다가 한국의 번안 소설이 대체로 당대 혹은 당대에서 그리 멀지 않은 시대를 배경으로 삼았다는 점에 비추어 보더라도 《무쇠탈》은 상당히 유별나다 하지 않을 수 없다.

따라서 《무쇠탈》을 가리켜 추리 소설이나 '정탐 소설'이라 부르든 혹은 역사 모험 소설이라 부르든 1920년대의 한국인으로서는 어느 정도의 거리감을 느끼지 않을 수 없다. 그런데 번안 소설 《무쇠탈》은 이러한 거리감을 에두르거나 피하지 않고 도리어 정면으로 드러내는 길을 택했다. 그만큼 독자의 정서나 감수성도 1910년대와는 썩 달라졌다.

어차피 《무쇠탈》의 무게 중심은 소재의 참신함과 독특한 성격의 사건 진행에 치우쳐 있어서 등장인물의 개성화라든가 복잡한 사회적 갈등 구조, 등장인물 내면의 고뇌나 심리 묘사 등에는 그리 관심을 두지 않는 편이다. 그러다 보니 추리와 모험의 요소 중에서 어느 쪽에 주안점을 두느냐에 따라 군데군데 플롯이 느슨해지는 허를 보이기도 한다.

예컨대 《무쇠탈》에서 강렬한 역사의식을 찾아보기 어려운 것도 이 때문이다. 《무쇠탈》의 주요 등장인물들은 역사 속에서 배태된 개인이라기보다는 주어진 과제를 해결해 나가는 낱낱의 도전자이자 배우에 가깝다. 애초부터 저항의 동기라든가 혁명의 원동력 따위는 소품으로만 배치되어 있을 뿐 별다른 주목을 끌지 못한다. 목숨보다 소중히 여기던 비밀 상자의 행방이 그리 문제 되지 않듯이 무쇠탈의 신원과 정체가 누구로 밝혀지느냐의 여부와는 무관하게 에스파냐 왕위 계승 전쟁(España Succession War, 1701~1714)은 이미 현재 진행형이다. 이 때의 역사란 낯선 풍경의 하나이며 일종의 무대 장치일 뿐이다.

그러면서도《무쇠탈》이 독자의 호기심과 흥미를 불러일으킬 수 있는 것은 다른 갈래의 감각이 그 빈틈을 메워 주기 때문이다. 이를테면 여성에 대한 우대와 매너의 풍습이라든가 '키스'라는 단어의 노출 등이 단적인 사례다. 이러한 장면들은 단지 서술되거나 설명된다고 해서 독자에게 곧바로 전해질 수 있는 것이 아니며, 아예 한국식으로 완화시켜 번안한다면 자칫 플롯의 성격을 변질시키거나 속도감을 이완시키는 난처한 문제를 야기할 수도 있다.《무쇠탈》의 단행본 광고에서 '백열적(白熱的) 연애'라 표현한 낭만적 열정의 감수성을 약화시킬 것이 틀림없기 때문이다.《무쇠탈》이 연재되는 내내 삽화가 배치된 것도 이를 보완하기 위한 배려 가운데 하나다.

말하자면 번안 소설《무쇠탈》은 독자로 하여금 서양의 낯선 일상적 감각을 낯선 그대로 받아들일 것을 요구한 셈이다. 이러한 태도는 비단 풍속적인 차원에만 국한되어 있지 않다. 흥미롭게도《무쇠탈》은 긴장과 흥분을 자아내는 대목, 위기감이 고조되는 장면에서 각별히 이국적인 정서와 자극적인 묘사를 집중한다.

예컨대 브뤼셀에서 벌어진 결투와 암살 기도 장면이라든가 말을 몰아 도하 작전에 나선 결사대의 최후를 묘사할 때, 노회한 정치가에게 뒤늦게 밀려든 열애의 감정을 그릴 때, 바스티유의 탈옥 장면이라든가 독약 사건을 추궁하는 특별 재판정의 심문과 고문, 그리고 공개 처형장의 풍경을 그릴 때, 또 궁정에서 산책을 즐기는 절대 군주이자

폭군인 루이 십사세와 대면하는 장면을 그릴 때, 무쇠탈을 이감시키는 도중에 들른 별장을 묘사할 때와 같은 경우가 그러하다. 이러한 장면들은 한결같이 크고 작은 반전이 일어나거나 앞을 예측하기 어려운 궁지에 몰린 대목, 또는 무쇠탈의 비밀을 캐낼 희망을 찾을 수 있는 결정적인 국면이다.

그리고 보면 《무쇠탈》이 제시한 이국적인 감각이랄까 취향이란 멀리 떨어진 시대와 지역에 대한 관심이나 흥미의 차원으로 그치지 않는다. 그것은 큰 역사와 주제의식 속에서는 그리기 힘든, 작고 외진 곳의 역사 또는 풍습의 일부로 녹아 있다. 민태원의 번안 소설 《무쇠탈》은 그렇게 해서 다양한 갈래, 새로운 영역의 소설 유형으로 소화되는 한편 1920년대의 달라진 지형에 걸맞은 대중적 취향을 창출할 수 있었다.

민태원에 이르러 한국의 번안 소설은 또 다른 국면으로 들어섰다. 민태원은 활동의 장을 〈매일신보〉라는 단 하나의 무대에서 〈동아일보〉까지 넓혔고, 1910년대의 신문 연재소설이 쌓아 올린 전통과 정통성을 고스란히 1920년대로 물려주었다. 한편으로는 근대 소설의 환경과 조건이 빠른 속도로 달라지기 시작했으며 내부의 역량에도 작지 않은 변화가 일기 시작했다.

번안 소설의 대중적 영향력은 1920년대에 들어와서도 여전했지만 차차 번역 소설에 활력을 불어넣기 시작하면서 놀라운 상승효과를 낳았다. 새 시대의 전문 번안 작가가 뒤를 이어 출현했을 뿐만 아니라 전문 번역가가 등장하고 성장할 수 있었다. 이를 바탕으로 서양의 고전 명작은 물론이거니와 중국 소설, 노벨상 수상자들의 대표작, 역사 소설이나 과학 소설과 같은 새로운 갈래의 소설들이 지면을 화려하게 장식했다. 신문 연재소설뿐만 아니라 단행본 출판 시장도 활성화되었으며, 시와 희곡, 동화의 번안 및 번역도 활기를 띠었다. 한국 문학 속에서 자라난 세계 문학은 다양한 형질로 분화되거나 혹은 융화하면서 본격적인 근대 문학이 성장할 수 있는 비약의 저력을 차근차근 축적했다.

그런 의미에서 번안 소설의 시대를 가로질러 본격적인 근대 장편 소설이 꽃필 수 있었다는 사실이야말로 거듭 강조되어야 마땅하다. 1910년대의 독자는 이상협의 번안 소설《해왕성》과 동시에, 그리고 같은 지면 〈매일신보〉에서 한국 근대 문학사의 첫 번째 창작 장편 소설을 읽을 수 있었다. 그것이 바로 춘원(春園) 이광수(李光洙: 1892~1950)의 《무정(無情)》(1917)이다. 또한 1920년대의 〈동아일보〉 독자는 민태원의 번안 소설《무쇠탈》의 뒤를 이어 1920년대의 첫 번째 창작 장편 소설인 나도향(羅稻香: 1902~1926)의 《환희(歡喜)》(1922~1923)와 만날 수 있었다. 이 사실이야말로 근대 문학의 남상(濫觴)으로서 한국의 번안 소설이 맡은바 지위와 역할을 가장 명료하게 웅변해줄 터이다.

한국의 번안 소설이 간단치 않은 내구력을 자랑하며 활주하기 시작한 지 꼭 십 년. 그사이 조중환을 필두로 하여 이상협과 민태원에 이르는 삼대 전문 번안 작가는 늘 자신의 시대가 딛고 선 역사를 발판으로 새로운 시대를 향한 상상력의 입구를 찾아갔다. 그리하여 한국의 번안 소설이야말로 근대의 한국과 한국인 그리고 한국어가 지닌 창조성의 물꼬가 될 수 있었다.

한국 근대 문학의 토양이자 자양분인 동시에 또한 스스로 싹이 되어 준 번안 소설의 시대. 그래서 한국의 번안 소설은 왜 꼭 '번안'이어야 했는지, 왜 꼭 '소설'이어야 했는지, 왜 꼭 '순 한글의 한국어 문장'이어야 했는지에 대한 물음이자 해답이다. 근대 한국의 청사진을 창안하고 실험하는 시대적 기획으로서, 당대 한국인의 삶과 사유를 표현하고 공유하는 문학적 방법으로서, 또한 한국어의 과거와 현재 그리고 미래에 연속성과 불연속성을 부여하는 언어적 실천으로서 번안 소설 십 년의 역사는 자신의 시대적 소명에 충실했다. 한 세기를 건너온 지금 우리 시대의 문학과 언어에 던져진 과제 역시 번안 소설의 역사가 역설하는 바와 그리 다르지 않을 터이다.